the coldest winter

Titre de l'édition originale : The Coldest Winter

Ce livre est un ouvrage de fiction. Les noms, personnages, lieux et événements sont le produit de l'imagination de l'auteur ou utilisés de façon fictive. Toute ressemblance avec des faits réels, des lieux ou des personnes existants ou ayant existé serait purement fortuite.

Ouvrage dirigé par Isabelle Solal
Édition en langue française : The coldest winter
Traduit de l'anglais (États-Unis) par Marie-Christine Tricottet
Design de couverture : © Murphy Rae
Collection New Romance® créée par Hugues de Saint Vincent,
dirigée par Arthur de Saint Vincent

34-36, rue La Pérouse
75116 – Paris
www.hugopublishing.fr

ISBN : 9782755673227
Dépôt légal : mars 2024
Imprimé en France par CPI Brodard

NEW ROMANCE®

the coldest winter

Roman traduit de l'anglais (États-Unis)
par Marie-Christine Tricottet

BRITTAINY C. CHERRY

Hugo Roman

DE LA MÊME AUTEURE
DANS LA COLLECTION NEW ROMANCE

Série The Elements

The Air he breaths, Livre 1

The Fire between Hi & Lo, Livre 2

The Silent waters, Livre 3

The Gravity of us, Livre 4

Standalones

Disgrace

La force de renaître (The Wreckage of us)

Behind the Bar

Eleanor and Grey

Landon & Shay, T. I, T. II

The Coldest Winter

Série The Compass

Tempêtes du Sud #1

Lueurs de l'Est #2

À l'Ouest les vagues #3

Étoiles du Nord #4

À PROPOS DE THE COLDEST WINTER

CRITIQUES

« Les auteurs avec qui je m'abandonne suffisamment pour traverser un chagrin d'amour et ensuite me laisser guider délicatement vers un happy end ne sont pas légion. Brittainy Cherry en fait partie. Brittainy a vraiment assuré avec ce roman. »

Crystal's Bookish Life

« D'accord, il m'a fallu plusieurs heures pour reprendre mes esprits avant de m'asseoir à mon bureau afin d'écrire cette critique, parce que, oh là là... ce roman a comblé mes espérances. Je ne trouve pas de mots pour exprimer à quel point j'ai adoré ce livre, les personnages, le chagrin, l'amour, le piment, le passé, tout cela combiné avec une absolue perfection. »

Camillia, Goodreads

« Waouh. Mon cœur déborde de bonheur. Quelle magnifique histoire, puissante et délicieuse ! PASSIONNANT. Le style poétique de cette autrice m'a tenue en haleine du début à la fin. »

Vanessa (When Vane Reads)

« Waouh ! Quelle histoire puissante ! Elle suit Starlet et Milo aux prises avec l'amour, la perte, la dépression, la famille, les amis et le chagrin ! La quantité d'amour et de compassion que ces deux-là éprouvent l'un pour l'autre et pour tous ceux qui les entourent est tellement émouvante ! Un point particulièrement fort de l'intrigue réside dans les difficultés qu'ils rencontrent pour gérer la perte et le chagrin. Je les ai absolument adorés, eux, le lien qui les unit et leur histoire d'amour. »

Krystal Nerdy Book Lover

QUELQUES COMMENTAIRES RECUEILLIS SUR INTERNET

The Coldest Winter *a touché des fissures situées au plus profond de mon âme et, au final, m'a fait atteindre des sommets.*

Brittainy Cherry nous entraîne dans l'histoire d'un amour interdit, avec son lot d'anxiété et d'émotion. Une histoire magnifiquement écrite.

Des montagnes russes émotionnelles, déchirantes et réconfortantes. Le lien qui unit Milo et Starlet est si profond. Ils sont faits l'un pour l'autre et bien que leur relation semble vouée à l'échec dès le premier chapitre, rien ne peut les empêcher de tomber amoureux.

À tous ceux et celles qui se sont perdus
et se sont battus jusqu'au bout
pour retrouver leur chemin.
Ce livre est pour vous.

AVERTISSEMENT DE L'AUTEURE

Ce récit a été conçu avec amour et avec le plus grand soin. Il relate avec compassion les différentes étapes que peut être amenée à traverser une personne qui pleure la perte d'un être cher. J'ai voulu créer une histoire qui montre avec sincérité et sans détour que le chemin vers la reconstruction est propre à chacun de ceux qui le parcourent.

Pour ces raisons, je tiens à avertir les lecteurs que certains passages de cette histoire peuvent heurter leur sensibilité en raison de leur contenu qui aborde des sujets tels que la drogue, la dépression et la mort.

PROLOGUE

ONZE MOIS PLUS TÔT

Mon tout,

La première année est la plus dure.

C'est ce que je retiens de l'époque où j'ai perdu ma mère. Je me rappelle avoir eu le sentiment que le monde tournait au ralenti et en même temps qu'il partait en vrille à une vitesse incontrôlée. C'était comme si tout, même les choses les plus anodines, me faisait réagir. Les occasions heureuses elles-mêmes me paraissaient déprimantes, parce que je me rendais compte qu'elle n'était plus à mes côtés pour fêter avec moi ces moments importants. Et le pire, c'est qu'elle n'était pas là non plus pour les moments de moindre importance. Ces petits moments qui comptaient encore plus à mes yeux que les autres.

Je le regrette, mais je ne serai pas là pour partager ces moments. Les grands. Les petits. Les ni grands ni petits. Je regrette de n'être pas là pour t'apporter l'aide que tu serais en droit d'attendre de moi lorsque le monde pèsera trop lourd sur tes épaules.

Je regrette que nos adieux doivent se faire plus tôt que nous ne l'avions escompté.

Mais il y a une chose que je veux te laisser en te quittant. Un cadeau en quelque sorte. C'est ma boîte de recettes. Tu sais à quel point elle compte pour moi et je tiens à te la transmettre.

Elle contient des centaines de ces repas préférés que j'ai cuisinés pour toi tout au long de ta vie. Si jamais l'envie te prenait de cuisiner, je veux que tu les aies. J'espère que cela t'aidera à sentir ma présence quand tu perdras ton chemin. J'espère que dans chaque bouchée tu percevras le goût de mon amour.

Je t'aimerai toujours. Et même un peu plus longtemps que ça.

Retrouve-moi dans les levers de soleil. Je serai toujours là, attendant de briller pour toi.

Con amore,

Mama.

1

STARLET

JANVIER, AUJOURD'HUI

LE JOUR DE MES QUATORZE ANS, j'ai planifié le cours de ma vie. Je savais ce que je voulais et j'avais une vision claire du chemin à suivre afin d'obtenir tout ce que je désirais. Étape numéro un, décrocher un diplôme universitaire d'enseignement comme ma mère l'avait fait. Étape numéro deux, me fiancer à mon petit ami, John, en sortant de la fac. Étape numéro trois, commencer ma carrière d'enseignante dans un poste génial. Le premier enfant vers vingt-trois ans, ça m'avait toujours semblé bien.

Je savais à quoi ressemblerait ma vie et, au moment d'entamer le second semestre de ma deuxième année de fac, j'étais certaine d'être sur la voie étroite et sans détours qui me conduirait à la réalisation de mes rêves.

Je me targuais d'avoir la tête sur les épaules. Si je devais me définir en un mot, ce serait perfectionniste. Je faisais toujours ce qu'il fallait, parce que j'avais une peur irrationnelle de l'échec. Je n'étais pas du genre à m'écarter de ma zone de confort dont je connaissais toutes les limites. Je connaissais par cœur les contours des murs de protection de ma stabilité. Je n'avais aucun problème à rester sur le droit chemin – j'aimais mon filet de sécurité.

Cet après-midi-là, debout devant le miroir en pied de la chambre d'étudiante que je partageais avec ma coloc, je passai les mains sur ma robe blanche stylée. À côté du miroir était placardé le tableau de visualisation que j'avais établi à partir de tous les objectifs que je prévoyais d'atteindre. Souvent les gens doivent mettre à jour leur tableau de visualisation tous les ans, mais moi, j'avais cette chance d'avoir conservé la même vision précise depuis mon adolescence. Je me connaissais. Par conséquent, je connaissais la personne que j'allais devenir, et cet après-midi était une étape supplémentaire vers mon avenir radieux.

C'était le jour de mon vingt et unième anniversaire et mon petit ami, John, allait me demander en mariage cet après-midi même.

John n'était pas très doué pour les surprises. Lorsqu'il m'avait suggéré de me faire faire une manucure pour mon anniversaire et de porter une robe blanche, j'avais tout de suite compris ce qui allait se passer. De plus, alors que nous étions dans sa chambre l'autre soir pour réviser notre examen de physique, j'avais ouvert le premier tiroir de son bureau pour y chercher un stylo et j'avais vu l'écrin de la bague.

Le moment était parfaitement choisi, sachant que je voulais être fiancée au moins un an avant le mariage. Si tout se passait comme prévu, nous pourrions avoir notre premier enfant à l'âge de vingt-trois ans – seulement un an de plus que mes parents lorsqu'ils m'avaient eue.

Ce serait un euphémisme de dire que l'histoire d'amour de mes parents était un modèle pour moi. Ma mère avait quitté ce monde quelques années plus tôt, mais mon père continuait de parler d'elle comme d'une bénédiction pour ce monde. Il n'avait pas tort à ce sujet. Ma mère était une sainte.

Toute ma vie était dirigée par ma relation à ma mère. Toutes les décisions que j'avais prises depuis sa disparition étaient sous-tendues par l'idée que je me faisais de ce qu'elle penserait de mes choix. J'obtenais les meilleures notes parce que je savais qu'elle en serait fière. Je ne jurais jamais parce qu'elle ne le faisait pas. J'avais choisi l'enseignement parce qu'elle avait été l'une des meilleures enseignantes que j'avais jamais connues. Je mettais du rouge à lèvres et des talons hauts parce que c'étaient ses deux signes distinctifs. Je portais aussi ses bijoux. Il ne se passait pas un jour sans qu'une partie d'elle ne repose sur mon corps.

Ma mère était une belle Italienne avec une peau mate de Méditerranéenne et des cheveux blond foncé, tout le contraire de moi. Mon père était un séduisant homme noir à la peau très foncée et aux yeux incroyablement gentils. J'avais les cheveux noirs de mon père, lorsqu'il en avait encore, et les yeux marron foncé de ma mère. Mon père disait toujours que j'avais le teint doré, un parfait mélange de l'ADN de mes parents. Mes cheveux, en revanche, étaient naturellement rebelles. Mes boucles m'imposaient un travail de tous les jours qu'aucun de mes parents n'avait eu à subir. Ma mère était passée maître dans l'art de s'occuper de mes cheveux, et avant de nous quitter, elle m'avait enseigné tous ses trucs.

Lorsqu'elle me manquait trop, je lissais mes cheveux et comme ça, c'était elle que je voyais en me regardant dans le miroir. Je me lissais souvent les cheveux. Elle m'aurait grondée de le faire autant, elle qui adorait mes boucles naturelles, mais je ne voulais rien tant qu'être exactement comme elle.

Je la retrouvais dans mes yeux alors que je mettais une dernière touche à ma tenue avant d'aller retrouver John. Une vague de papillons voleta dans tout mon être à l'idée de ce qui m'attendait ce soir-là. Si seulement tu étais là, maman.

Si elle avait été là, une fois fiancée je l'aurais appelée et nous aurions pu ensemble échafauder des plans en prévision du mariage. Son absence dans ces moments importants de mon existence me semblait tellement injuste.

John aurait plu à maman. Nous avions beaucoup en commun, lui et moi, il était structuré, constant et fiable. Il savait ce qu'il voulait dans la vie et avait une vision précise du chemin à suivre pour son avenir.

Il était convenu que je le rejoigne dans sa chambre de la résidence universitaire pour ensuite aller dîner dehors, mais j'étais dans un tel état d'excitation que je me pointai avec une heure d'avance. Je n'arrêtais pas de penser au moment où il me ferait sa demande. Est-ce que ce serait avant ou après le dîner ? Après que j'ai bu la première gorgée d'alcool de ma vie – ce serait du prosecco, la boisson préférée de ma mère ? À moins qu'il ne repousse jusqu'à un moment plus avancé de la soirée, lorsque nous rentrerions à pied, sur les marches de Rander Hall, lieu de notre première rencontre en première année de fac, au cours d'introduction à l'histoire ?

La variété des possibilités rendait la perspective encore plus excitante. Je savais que cela allait se produire, mais je ne savais pas comment cela allait se passer.

En approchant de la chambre de John, j'entendis de la musique à plein volume. C'était sûrement Kevin, son coloc, qui l'avait mise. John n'écoutait pas de rap, même si je lui avais dit qu'on trouvait des paroles sublimes dans le rap – je tenais ce goût de mon père.

Sans frapper, j'ouvris la porte comme d'habitude puisque les garçons ne fermaient jamais leur chambre à clé et je restai interdite en découvrant John, allongé sur son lit, complètement nu, avec une fille penchée sur lui qui lui taillait une pipe. En me voyant, il écarquilla ses yeux bleus tandis que ma poitrine se serrait et que mes poumons se vidaient d'un seul coup de tout leur air. Petit à petit, je sentis la panique m'envahir en considérant mon petit ami et la fille à genoux devant lui.

– Eh merde ! cria John en dégageant la fille.

– Désolée, bégayai-je, désorientée et confuse, tout en sortant précipitamment de la chambre avant de refermer la porte derrière moi.

Je m'excusais d'avoir grillé mon petit ami en pleine trahison ? Les larmes me piquaient les yeux et je secouai la tête, encore sous le choc de ce que je venais de découvrir. Je commençai à courir dans le couloir, parce que je sentais que je n'allais pas pouvoir contenir mes émotions, lorsque je fus rattrapée par une voix dans mon dos.

– Starlet ! Starlet, attends !

En jetant un coup d'œil par-dessus mon épaule, je vis John qui courait vers moi torse nu tout en enfilant à la hâte la deuxième jambe de son pantalon de survêtement.

Je le regardai, les yeux ronds. Plusieurs garçons qui se trouvaient dans le couloir nous lançaient des regards interrogatifs.

– Ce n'est pas ce que tu crois !

Cela me rendit furieuse, mais je me gardai bien de le montrer. Je n'avais pas envie que les inconnus qui se trouvaient là sachent que j'avais grillé mon petit ami en situation délicate avec une autre fille. On a tous ses peurs dans la vie et, pour moi, l'humiliation publique en était indéniablement une. Il ne manquerait plus que je me mette à sangloter devant tout le monde après avoir découvert que John me trompait.

Je filai tout droit vers l'ascenseur en pressant le pas. J'appuyai de façon répétée sur le bouton d'appel comme si cela allait le faire apparaître comme par magie. Ce fut peine perdue, hélas, et John me rattrapa, tout essoufflé et la langue pendante. Mais je dois à l'honnêteté de reconnaître que c'était déjà le cas avant, dans le lit avec elle. Elle. C'était qui ? Était-ce important ?

Non.

On s'en fichait.

On se fiche de savoir avec qui l'infidèle vous trompe – la seule chose qui compte c'était qu'il vous trompe.

Je me précipitai dans l'ascenseur dès que la porte s'ouvrit, avec John sur mes talons.

– Fiche-moi la paix, dis-je sèchement en appuyant frénétiquement sur le bouton du rez-de-chaussée.

– Starlet, ce n'est pas ce que tu crois, insista-t-il.

J'ouvris des yeux ronds, ébahie par tellement de mauvaise foi. Il se pinça l'arête du nez et soupira.

– Bon d'accord, c'était ce que tu crois. Mais essaie de comprendre. On révisait notre exam de maths, elle et moi et...

– Attends, laisse-moi deviner, un plus une égale ton pénis dans sa bouche ? Je parie que tu adores ce genre d'équation.

Les larmes que j'avais retenues jusque-là se mirent à couler lorsqu'il me jeta un regard coupable. Il avait honte de quoi ? Que ce soit arrivé ou de s'être fait surprendre ?

– Je suis désolé, Star, murmura-t-il, les yeux pleins de larmes.

Quel idiot ! Quelle sorte de personne se mettrait à pleurer en se faisant prendre en flagrant délit de tromperie ? Et le jour de mon anniversaire en plus ! S'il avait attendu je lui aurais fait la même chose moi-même. Et mieux, probablement ! Comme je l'ai dit, j'étais perfectionniste.

– Comment tu as pu me faire ça ? criai-je, me sentant ridicule de craquer devant lui. Le jour de mon anniversaire et alors que tu allais me demander en mariage !

Il plissa les yeux.

– Tu savais que j'allais te demander en mariage ce soir ?

– Bien sûr.

Je levai les mains aux ongles parfaitement manucurés.

– Je me suis fait faire les ongles !

Il se gratta la nuque.

– J'avais quand même l'intention de le faire. Sur le papier, toi et moi, on forme un couple parfait, Starlet. Mes parents t'apprécient. Ils pensent que tu es la femme qu'il me faut, contrairement à Meredith. Elle est déjantée et marrante alors que toi, tu es... toi.

– Ça veut dire quoi, ça ? demandai-je, vexée par le ton qu'il employait.

On aurait dit qu'il se moquait de moi.

– Tu sais bien. Un peu ennuyeuse et prévisible. Dans le bon sens du terme, bien sûr ! Je sais toujours d'avance ce que tu vas faire, et ça me plaît. Tu ne sors jamais de ton périmètre. Et c'est très bien. Tu es comme les céréales Cheerios – légèrement basiques mais pas mauvaises pour le cœur. Tandis que Meredith, elle est comme ces céréales sucrées qui te donnent du diabète. Je veux dire, c'est bon – *c'est super bon* –, mais du genre... mauvais pour la santé. Mais toi, tu es du genre Cheerios. J'aime bien les Cheerios. En fait, c'est surtout mes parents qui les aiment, mais je me dis qu'avec le temps je deviendrai fan. Je t'aimerai probablement beaucoup quand on aura la trentaine.

Il comparait les femmes à des céréales ? Whitney, ma meilleure amie, n'aurait pas fini de rigoler si elle savait ça.

Mes larmes continuaient de couler et mon cœur de se briser. J'aurais voulu pouvoir dissimuler mes sentiments. John ne les méritait pas, et pourtant j'étais là en train de les étaler publiquement sous ses yeux. Je parie qu'avec un ego arrogant comme le sien ça lui plaisait de voir à quel point j'étais affectée par sa conduite. Whitney m'avait dit une fois que les types nuls prenaient leur pied en humiliant les femmes. Je ne pensais pas que John était comme ça, mais en fin de compte, qu'est-ce que je savais vraiment de lui ?

– C'est qui Meredith ?

– Oh, c'est la fille que tu as vue en train de...

Il s'interrompit et haussa les épaules.

– Si ça peut te rassurer, je ne sortirai jamais avec Meredith. C'est une pute, elle couche avec tout le monde.

Je restai bouche bée et je me mis à le frapper frénétiquement avec mon sac à main. Je ne savais pas si je le frappais pour Meredith ou pour moi. Quoi qu'il en soit, je me défoulais sur son bras.

– Espèce de salaud ! criai-je, écœurée par ce qu'il venait de dire.

Les portes de l'ascenseur s'ouvrirent alors que je criais et que je le frappais avec mon sac à main.

– T'es un salaud, John, un vrai salaud ! Je ne veux plus jamais te revoir.

En me retournant, je vis un groupe de personnes dans le hall qui me dévisageaient en train de piquer ma crise.

La honte.

Génial.

Tout bonnement génial.

Joyeux anniversaire à moi.

* * *

J'ALLAIS QUAND MÊME te demander en mariage ce soir.

John l'avait dit comme si c'était un compliment et que j'aurais dû sauter de joie à cette idée.

Si j'avais une machine à remonter le temps, j'aurais averti la Starlet d'avant du risque qu'elle courait en entrant à l'improviste dans la chambre de son petit ami.

Prendre John en flagrant délit de tromperie le jour de mon anniversaire n'entrait pas dans mes bonnes résolutions du premier de l'an. Je savais déjà qu'il n'était pas très fort dans l'art d'offrir des cadeaux, mais là, c'était sûrement le pire cadeau qu'on puisse imaginer.

La preuve manifeste que vous étiez vraiment au trente-sixième dessous, c'était quand « Angel » de Sarah Mc Lachlan passait en boucle à fond dans votre chambre d'étudiante et que vous aviez prévu de regarder *Le journal de Bridget Jones*, suivi de *Ce que pensent les hommes*[1].

C'est sûr qu'il ne me mérite pas !

J'étais là dans ma chambre, épuisée émotionnellement et tout sauf fiancée. J'étais comme une vieille chaussette.

Seule.

Délaissée

Pathétique.

Joyeux anniversaire, Starlet Evans.

1. Film de 2009, adapté de *Laisse tomber, il ne te mérite pas.* (NdT, ainsi que pour les notes suivantes)

Si on érigeait l'auto-apitoiement au grade de discipline olympique, je décrocherais à coup sûr la médaille d'or.

– Oh là là. Alors, où est ce petit chien triste et affamé qui réclame mon aide ? demanda Whitney en pénétrant dans notre chambre.

J'étais là, dans toute la splendeur de ma détresse, assise sur mon lit, le mascara dégoulinant sur mes joues. Ma robe blanche, qui m'avait servi de mouchoir, était toute maculée de maquillage.

– Ici, dis-je dans un sanglot. C'est moi, ce pauvre petit chien affamé qui réclame ton aide.

Endossant immédiatement son rôle de meilleure amie, elle se précipita vers moi pour me serrer dans ses bras.

– Non, non et non. Je ne veux pas voir ça. Ça n'existe pas, on n'est pas triste le jour de son anniversaire. C'est contraire à toutes les règles. Qu'est-ce qui t'arrive ?

– Je suis entrée dans la chambre de John et je l'ai trouvé avec une fille qui lui taillait une pipe !

Elle plissa les yeux.

– Non, vraiment ?

– Ben si. Je ne vais pas aller inventer une histoire pareille.

– Non, bien sûr. C'est juste que, connaissant John, je trouve ça étonnant.

– Je sais. Il est si loyal, d'habitude.

– Non, je veux dire, parce qu'il est tellement moche. Comment il a pu trouver une fille pour lui faire ça ?

– Qu'est-ce que tu racontes, dis-je, le souffle coupé. Il n'est pas moche.

– Oh, arrête. Disons qu'il est mi-moche. Tu ne peux pas dire le contraire. Et puis, tu ne vas pas le défendre après ce qu'il t'a fait. Le jour de ton anniversaire !

– Le jour de mon anniv' ! T'as raison, il est mi-moche.

– Mais tellement.

– C'est quoi, mi-moche ? dis-je en sanglotant de plus belle.

Elle me regarda en rigolant. Cela faisait trois semestres de cursus étudiant que nous cohabitions, elle et moi, et Whitney ne se laissait plus impressionner par mes envolées de tragédienne.

– C'est une personne qui n'est pas totalement moche, mais moyennement moche. Mi-moche.

Je soupirai tout en pouffant.

– John est tellement mi-moche.

– Et toi, tu es canon. Je veux dire *vraiment* canon. Bon, peut-être pas là, tout de suite, avec ton maquillage qui te donne l'air d'être tout droit sortie de *L'exorciste*, mais ma chérie, tu es une bombe. Tu donnais dans la cause humanitaire, ma puce. Mais le problème quand une bombe sort avec un mi-moche, c'est que la plupart du temps le fameux mi-moche a la tête qui enfle et finit par se croire canon parce qu'il se sort une bombe, tu vois ?

– Tu devrais faire un séminaire sur le sujet.

– J'éviterais des peines de cœur à des millions de femmes. La pire chose qui puisse arriver, c'est d'avoir le cœur brisé à cause d'un mec mi-moche. Déjà, tu t'es probablement forcée à sortir avec lui au départ. S'il y a un truc que tu devrais ressentir en ce moment, c'est de la honte qu'entre tous les mecs qui existent, ce soit justement *celui-là* qui te fait souffrir. Avec la tête qu'il a, je ne vois pas ce qui lui permet de te faire de la peine.

– Parce que je suis vraiment une bombe ?

– Toutes les femmes sont des bombes. La plupart des hommes sont mi-moches. Mais ce sont juste des crétins arrogants qui sont sortis avec des vrais canon et maintenant ils ont la tête qui ne passe plus entre les portes ! C'est inquiétant, mais c'est la faute du patriarcat. C'est une histoire vieille comme le monde. Tu sais pourquoi Napoléon était un tel connard ? Parce qu'une fille canon lui a probablement dit que non, il n'était pas si petit que ça, et vlan ! On connaît la suite.

J'eus un petit rire et les yeux de Whitney s'éclairèrent.

– Ah, voilà ce que je veux entendre, tu as ri.

Elle se précipita vers moi, bondit sur mon lit, s'empara de mon téléphone et coupa la musique.

– Hey ! Elle était super, cette chanson !

– Non. Tu sais ce qu'il te faut comme chanson en ce moment ? Tout Lizzo. Ou bien « Flowers » par Miley Cyrus.

– Et SZA ?

– Non ! Pas de SZA pour le moment. Ça ne s'écoute pas n'importe où, n'importe quand. Et surtout pas au moment d'une rupture.

C'était pas faux.

Elle attrapa un élastique sur ma table de nuit, remonta mes cheveux et me fit un chignon sur le sommet du crâne. Puis elle essuya mes larmes de son pouce. Prenant mon visage entre ses mains, elle planta son regard bleu dans mes yeux marron.

– Tu sais ce qu'on va faire ce soir ?

– Manger des glaces Ben&Jerry en regardant des vieilles photos de John et moi ?

Elle me lança un regard menaçant.

Je poussai un soupir.

– Qu'est-ce qu'on va faire ?

– On va aller à une soirée étudiante.

Elle se trémoussa sur mon lit et battit des mains, tout excitée.

– On va aller dans une soirée étudiante pour fêter ton anniversaire !

– Je ne vais pas dans ces soirées.

J'étais tout, sauf le genre de fille qui va en soirée. Ma vie estudiantine se limitait à aller en cours, encore en cours et toujours en cours. Puis je m'asseyais dans ma chambre d'étudiante et j'étudiais pendant des heures. Rien ne pouvait me distraire de mon objectif, et certainement pas faire la fête. Quelle personne concentrée sur la réalisation de ses rêves avait du temps à perdre à soigner une gueule de bois, faire des histoires et s'habiller pour aller en soirée ?

Oh mon Dieu ! John avait raison. J'étais du genre Cheerios !

Whitney posa ses mains sur mes épaules et me secoua.

– Starlet.

– Oui ?

– On va à cette fête. Tu vas boire de l'alcool bas de gamme et frelaté et tu vas flirter avec des hommes qui ne sont pas mi-moches. Et je te jure que si jamais je te vois avec un mi-moche, je hurlerai MM dans ta direction.

– Et si le type est canon ?

– Alors je lèverai mon chapeau invisible pour te saluer et, toi, tu continueras en restant vigilante. Les mecs sexy aussi sont des connards.

– Rappelle-moi pourquoi on aime les hommes, déjà ?

– On a été programmées depuis l'enfance pour trouver le sexe opposé attirant, ce qui nous a amenées à nous tromper nous-mêmes pour les années à venir, poussées par l'injonction de la société à nous imposer les normes sociales du passé, afin que nos parents et nos grands-parents n'aient pas le sentiment d'avoir gâché des dizaines d'années de leur vie à ne pas vivre dans la vérité, ce qui les a, à leur tour, menés à vouloir que nous continuions à vivre dans leurs mensonges.

Whitney avait toujours des réponses interminables aux questions les plus simples.

Je haussai les épaules.

– Et moi qui croyais que c'était parce qu'on aimait le sexe.

Elle hocha la tête en signe d'assentiment.

– Ben oui. On aime le sexe, c'est sûr. Maintenant va te doucher et t'habiller. On sort dans pas longtemps.

* * *

DEBOUT DANS LA CUISINE faiblement éclairée d'une résidence universitaire, les cheveux encore humides de la douche et vêtue d'un débardeur noir et d'un jean noir moulant, je me sentais totalement décalée. Le jean appartenait à Whitney qui m'avait juré qu'il me faisait des fesses incroyables. Je n'avais jamais porté de jean aussi moulant, mais en me regardant dans la glace avant de partir, j'avais effectivement trouvé que mon derrière était plutôt arrondi.

À mon grand regret, Whitney m'avait empêchée d'emporter un livre pour venir à ladite soirée parce que j'avais pour mission de socialiser. Elle m'avait même fauché mes écouteurs pour m'empêcher d'écouter des livres audio en douce. Elle m'avait intimé l'ordre d'interagir avec les autres au lieu de me refermer sur moi-même comme je le faisais d'ordinaire. Malgré tout, je ne savais pas comment m'y prendre pour entamer une conversation avec les individus présents dans cette maison. J'observais les lieux qui m'entouraient en me frottant les bras continuellement.

J'étais effarée par le nombre de bouteilles d'alcool qui encombraient les tables et les plans de travail de la cuisine auxquelles venaient s'ajouter plusieurs fûts de bière ainsi que deux énormes saladiers réfrigérés emplis de ce que les gens appelaient du « Magic Punch ». Je n'avais jamais vu autant d'alcool de ma vie. La musique à fond envahissait l'espace, provoquant un léger sifflement dans mes oreilles, tandis que des groupes se formaient, bavardaient et riaient. Dans les coins, une poignée de garçons draguaient des filles et un certain nombre de couples étaient déjà passés à l'étape suivante.

Whitney revint vers moi et me tendit un gobelet rouge.

– Tiens, bois ça, dit-elle. C'est le punch magique.

Je reniflai la boisson et fronçai le nez.

– C'est quoi, au juste, ce punch magique ?

Elle haussa les épaules en buvant une bonne lampée de son gobelet.

– C'est justement ça qui est magique – personne ne sait. Mais d'après ce qu'on m'a dit, dès le deuxième verre, tu seras en route pour Hogwarts, le pays des fées.

– Super, dis-je en rigolant à demi.

Elle leva son gobelet dans ma direction.

– On porte un toast. À la fille dont c'est l'anniversaire. Que cette soirée soit pour elle une nouvelle expérience, faite de rigolade et de mecs hyper-sexy.

– Yesss ! dis-je, enthousiaste, en trinquant avec elle avant de boire une gorgée que je recrachai aussitôt. Oh la vache, c'est quoi ce truc ? De l'alcool à brûler ?

– Voyez-vous ça. Ta première gorgée d'alcool.

Whitney posa la main sur son cœur en souriant largement.

– Ma petite fille devient grande.

– Ouais, regardez-moi. Je suis vivante et pleine d'énergie. Je suis dans l'action, dis-je en la jouant plus cool que jamais. John avait tort lorsqu'il me traitait de Cheerios.

Elle haussa un sourcil.

– Il t'a traitée de Cheerios ?

– Ouais.

En y repensant, je sentis les larmes me monter aux yeux.

– Parce que je suis ennuyeuse et sans fantaisie !

– Non, mais c'est pas vrai, quel con ! Qu'il aille se faire voir ! C'est un putain de menteur qui ne te méritait pas.

– T'as raison.

Je m'appuyai sur le plan de travail tout poisseux. Instantanément, je me pris à imaginer la douche bien chaude que je prendrais en rentrant.

– C'est le moment idéal pour prouver que John a tort. Je ne suis pas barbante. Je suis marrante. Je suis déjantée. Je peux tout à fait être comme Meredith.

– C'est qui Meredith ?

– La fille à la pipe.

– Oh, qu'elle aille se faire voir elle aussi, cette pétasse !

Je fronçai les sourcils.

– Je ne sais pas si c'est une pétasse. Je ne sais pas si elle était au courant qu'il était en couple parce qu'il y a des mecs qui mentent, et si ça se trouve, elle ne savait pas qu'elle brisait une relation. Et est-ce qu'une fille peut briser une relation si la relation n'était pas déjà brisée avant ? Sigmund Freud disait que...

Whitney posa les mains sur mes épaules en faisant la grimace.

– Ah non, ma puce, s'il te plaît, tu ne vas pas commencer à citer des philosophes célèbres sinon tu vas devenir chiante. Interdiction d'avoir la cuite intello ce soir, d'accord ?

– Quel genre de cuite suis-je censée avoir, alors ?

– J'en sais rien. Le genre qui te fait danser sur les tables, qui te fait déconner dans le bon sens du terme et rouler des pelles à un inconnu. Mais pas citer Freud en tout cas.

– C'est vrai. Tu sais, je n'allais même pas citer Freud. C'était seulement mon côté idiot qui reprenait le dessus.

– Star ?

– Oui ? Tu es ma meilleure amie, ma coloc, ma copine à la vie à la mort, alors tu peux me croire, je sais très bien que tu t'apprêtais à citer Freud.

Elle n'avait pas tort.

N'empêche, c'était un mec fascinant qui avait des idées géniales.

– Mais je trouve que c'est bien que tu ne pourrisses pas la nana. C'est très sympa de ta part, si c'était moi, je les détesterais tous les deux.

– Qu'est-ce que tu veux, c'est ça la solidarité féminine.

Je soupirai en repensant à ce qui s'était passé un peu plus tôt. Je me revoyais pénétrant dans la chambre de John. Je n'arrivais pas à me sortir l'image de la tête. Mon père m'avait dit que John n'était pas l'homme qu'il me fallait. Sur quels arguments basait-il son jugement ? Ses tatouages étaient affreux. Mon père possédait un des plus célèbres salons de tatouage de Chicago et jugeait les gens sur leurs tatouages, peut-être pas tout le monde, mais en tout cas John, oui.

– Je vais danser sur les tables et trouver quelqu'un avec qui flirter, dis-je à Whitney en me rengorgeant.

Je n'allais pas laisser ce garçon gâcher mon anniversaire. Le jour de mes vingt et un ans, pas question que John fiche en l'air ce qui était censé être une soirée de folie pour moi.

– Parfait ! C'est ce que je voulais entendre parce que c'est ton anniversaire et qu'on ne va pas laisser cette petite bite de John le gâcher !

– Il n'a pas une petite bite.

Je soupirai.

– T'en as vu beaucoup des bites en action ?

– Seulement la sienne.

Elle secoua la tête.

– Alors tu peux me croire, John a une petite bite.

– Comment tu pourrais le savoir ?

– Ce mec dégage une énergie de p'tite bite. Tu te souviens de la fois où il t'a cueilli une rose, en disant « une rosette » avec une voix de bébé et te l'a mise dans les cheveux ? (Elle s'étrangla de rire.) J'ai su immédiatement à quoi m'en tenir. J'ai donné le change pendant des années parce que je t'aime, mais c'est totalement le connard à p'tite bite. C'est bien mieux pour toi.

– Je sais.

Si seulement mon cœur pouvait y croire.

– En tout cas, à ma santé !

– À ta santé !

Whitney vida son verre d'un trait avant de me donner une claque sur les fesses.

– À la bonne heure, c'est comme ça que je t'aime.

– Je vais me dégoter un garçon avec qui passer la soirée, dis-je sans vraiment y croire.

Whitney secoua la tête et me regarda droit dans les yeux.

– Non, ma chérie. Tu vas te chercher un homme avec qui te peloter. Un *homme*, pas un garçon.

– Oui, dis-je en sautillant sur place comme un boxeur qui s'apprête à entrer sur le ring pour son premier match. Mais avant d'y aller, je peux quand même te dire la citation de Freud ?

Elle sourit.

– Bien sûr.

– *C'est dans tes faiblesses que réside ta force.*

Je souris.

– Ce bon vieux Freud a raison, tu ne trouves pas ?

– L'homme, le mythe, la légende, acquiesça-t-elle en souriant. Tu me fais rire, surtout ne change rien, ma chérie.

Je n'étais pas sûre de pouvoir le faire, même si je le voulais.

Whitney me planta là et s'éloigna, sans doute pour aller danser sur une table, j'en profitai pour vider le cocktail que contenait mon gobelet que j'allai précipitamment remplir au bol de punch sans alcool posé sur l'îlot central de la cuisine. D'accord, je ne boirais pas ce soir-là, mais quand même, j'étais venue à une soirée. Ce n'était pas rien. En me retournant, je perdis l'équilibre après avoir mis le pied dans un truc collant. Au moment où j'allais me casser la figure, de grandes mains fermes et calleuses m'attrapèrent par les épaules et stabilisèrent ma position. Ma peau tendre frissonna au contact de leur chaleur et de leur rudesse. Le contraste échauffa mon sang. J'observai avec curiosité ces mains posées sur mes bras avant d'incliner la tête pour regarder leur propriétaire. Lorsque mon regard interrogateur croisa le sien, il me lâcha vivement en écartant les mains.

Je continuai de le dévisager, incapable de faire autrement. Nos regards se croisèrent de nouveau et mon cœur se mit à battre plus vite. Tout ce chagrin dans ses yeux faisait de lui la personne la plus attirante que j'aie jamais vue. Je me demandai s'il avait conscience de l'infinie tristesse qu'exprimait son regard. Pourtant il était beau – le genre de beau mec qu'on ne voit que dans des magazines.

Cet homme mystérieux et dur était sans doute l'un des individus les plus marquants que j'aie jamais croisés au cours de mes vingt et une années d'existence. Il était vêtu des couleurs de la nuit et se déplaçait comme un être minéral. Tout en lui semblait concentré. Même si une chaleur indéniable se dégageait de son contact, son esprit semblait glacial. Je ne m'aperçus pas tout de suite que j'avais renversé mon jus de fruit sur son tee-shirt, mais même après en avoir pris conscience, je ne parvins pas à en détacher mon regard. Son tee-shirt noir mouillé moulait son torse et mettait en valeur ses bras musclés. Il était beaucoup plus grand que moi, facilement un mètre quatre-vingt-dix, et il avait le genre de bouche qui donnait l'impression d'être plus encline à grimacer qu'à sourire. Sa barbe, parfaitement taillée, rendait la grimace encore plus prononcée.

Il avait les lèvres charnues, pourtant, et une peau parfaitement lisse. Soit il en prenait grand soin, soit il faisait partie de ces types qui avaient eu la chance d'échapper aux ravages de l'acné.

Et puis il y avait ses yeux.

Jamais un regard ne m'avait hypnotisée, mais là je restai figée sur place.

En se posant sur moi, ces yeux transmettaient une foule de sensations directement au creux de mon estomac et une vague de chaleur me submergea. Des prunelles vertes parsemées de paillettes brun doré. À moins qu'elles ne soient brunes avec des touches de vert. C'était difficile à dire dans mon état semi-comateux et avec mon cœur à demi brisé. Tout ce que je savais, c'est que ça me plaisait d'y plonger, même s'ils paraissaient froids.

Non, pas froids.

Plutôt abattus ?

Un regard abattu peut souvent être confondu avec de la froideur.

Le sien donnait l'impression d'exprimer autant de douleur que mon cœur en ressentait.

Le fait d'être malheureux soi-même vous sensibilise à la tristesse des autres qui vous renvoie la vôtre.

– Oh zut, je suis désolée, bredouillai-je.

Je posai mon gobelet rouge sur le plan de travail et, sans réfléchir, je me mis à frotter de haut en bas le torse de cet homme étrange pour essayer de réparer ma bêtise. Il ne bougea pas d'un pouce, aussi sombre et menaçant qu'une gargouille sur une corniche, les yeux rivés sur moi. Son regard était à la fois pénétrant et curieusement détaché. Comme s'il pouvait lire dans mes pensées contre son gré.

Je découvris des abdos durs comme de la pierre alors que je caressais son torse du bout des doigts. Cela n'arrangeait pas les choses, mais j'étais incapable d'arrêter d'essuyer machinalement le jus de fruit sur son tee-shirt. Mes mains n'avaient aucune efficacité dans ce sens, mais je les faisais aller et venir sur son torse comme si la vitesse de ce mouvement suffirait à le sécher.

– Si tu dois continuer à m'astiquer comme ça, tu pourrais aussi bien descendre plus bas.

Sa voix passa ses lèvres avec tellement d'aisance et d'autorité que l'indécence de sa remarque faillit m'échapper.

Mes mains s'immobilisèrent et j'inclinai la tête pour le regarder dans les yeux.

– Pardon ?

– Si tu dois continuer à m'astiquer les abdos, tu pourrais aussi bien m'astiquer la queue, aussi.

J'écartai les mains brusquement, complètement éberluée.

– Quoi ?

– J'ai pas été clair ?

Sa voix était onctueuse comme du whisky, provoquant la même sensation piquante lorsque le son atteignit mes tympans.

Elle était grave, basse et ferme et dénuée de la moindre parcelle de doute. Je ne savais pas qu'une voix pouvait posséder une telle force, une telle assurance. Ce n'était pas comme s'il revendiquait le pouvoir. Il était puissant naturellement.

Indéniablement pas un garçon.

Indéniablement un homme.

Un homme hyper-sexy.

– Euh... si. Très clair.

– Et donc ?

Je hochai un sourcil.

– Et donc quoi ?

– Tu vas m'astiquer la queue ou bien tu vas t'écarter pour que j'aille me chercher une bière ?

– Tu es toujours aussi grossier ?

– Je ne suis pas grossier. Je vais droit au but, c'est tout.

– Et c'est quoi le but, exactement ?

– Que tu m'astiques la queue.

Je fis une grimace.

– Arrête de dire queue.

– Ne me demande pas ce que je veux, alors.

Je posai les mains sur mes hanches et secouai la tête, incrédule.

– C'est comme ça que vous faites, vous les gars ? Et ça marche ? Vous demandez carrément aux filles de vous toucher le pénis ?

– Le pénis ? pouffa-t-il, et ses lèvres se retroussèrent en un sourire démoniaque. Quel langage châtié, si correct ! se moqua-t-il.

– Et encore, j'aurais pu dire phallus.

Il se pencha imperceptiblement et son souffle chaud balaya mon visage.

– Tu peux sucer mon phallus si tu veux. Et aussi mes testicules, tant que tu y es.

– Qu'est-ce qui ne tourne pas rond chez vous, les mecs avec les pipes ? N'importe quoi pour une pipe, je te jure !

Il haussa les épaules.

– Je rends la pareille, aussi.

– Ça veut dire quoi, ça ?

– Ça veut dire que tu peux t'asseoir sur ma figure.

Je restai bouche bée, les yeux ronds.

– Oh, c'est pas vrai !

Il haussa un sourcil.

– L'idée te met mal à l'aise, hein ?

– Quoi ? Non. Pff, s'il te plaît. Pas du tout. (Je dansai d'un pied sur l'autre.) Ça ne me dérange pas. Je m'en fiche. Je suis cool.

Punaise, les Cheerios, Star.

– Cool ?

Il rit presque, mais je doutais qu'il en soit capable.

– T'as quel âge, déjà ?

– Oh ça va. Je ne cherche pas à rencontrer des inconnus qui me disent que je peux m'asseoir sur leur visage.

– Ah bon ! C'est triste. J'espère que cette année t'apportera plus d'occasions de le faire. C'est mon vœu de nouvel an pour toi. Et je me propose pour être ton premier siège.

Mes joues s'empourprèrent.

– Arrête.

– Quoi ? Je te propose de t'asseoir. Qu'est-ce que tu veux de plus ? Une demande en mariage ?

Ce ne serait pas si mal, me dis-je.

– Sans vouloir te vexer...

– Tu vas me vexer.

– J'ai dit le contraire.

– C'est ce qu'on dit quand on s'apprête à dire un truc vexant. Mais vas-y, continue.

Je haussai les épaules.

– Tu m'as l'air d'être un vrai con.

– Mes potes m'appellent Ducon.

– C'est quoi ton vrai nom ?

– On s'en fout, dit-il en se passant le pouce sur l'arête du nez. De toute façon, à la fin de la soirée soit tu me traiteras de con, soit je serai dans le tien. Dans un cas comme dans l'autre, c'est Ducon pour toi.

– Oh, la vache ! Tu es toujours aussi explicite ?

– Ça dépend. Toi, t'es toujours aussi coincée ?

– J'ai l'air coincée ?

Il me jaugea des pieds à la tête plusieurs fois avant de me regarder de nouveau dans les yeux. Le sourire qui flottait sur ses lèvres me fit presque rougir. Il ne détestait pas ce qu'il voyait. Les hanches et tout.

– Tu as l'air d'une jeune femme qui devrait s'asseoir sur mon visage.

Je secouai la tête en riant.

– J'en ai ma claque de cette conversation.

Il croisa les bras sur sa large poitrine et se pencha vers moi.

– Je comprends, mais j'essaie seulement de t'aider à tenir ta résolution de nouvel an de t'asseoir sur des visages.

– Ce n'était pas ma résolution. C'est toi qui l'as décrétée pour moi.

– Qu'est-ce que tu veux que je te dise ? Je veux ce qu'il y a de mieux pour toi.

J'ai honte de l'admettre, mais je prenais plaisir à ce badinage. John ne badinait jamais avec moi. Beurk. John. *Qu'il aille se faire voir, cet imbécile !*

Je me retournai vers l'homme.

– Je pense qu'on va s'arrêter là.

– Oui. Moins de bavardage, plus d'action.

J'entrouvris les lèvres pour répondre, mais mon esprit se bloqua lorsque je le dévisageai.

Il avait incliné la tête et il plissait les yeux, apparemment de plus en plus captivé par ma personne. Il m'observait comme si j'étais Mona Lisa – une chose exceptionnelle mais qu'il avait du mal à saisir. Il me dévisageait comme s'il essayait de trouver des indices pour résoudre un mystère dont je n'avais pas conscience de faire partie. Pourquoi m'observait-il de cette façon ? Et pourquoi sous son regard me sentais-je tout à la fois paniquée et en sécurité ?

Barre-toi, Star.

Mais je ne le fis pas. J'en étais incapable.

Nous restions plantés là, sans rien dire, alors que le rythme de la musique battait autour de nous. Les bavardages des autres fêtards résonnaient à mes tympans, mais nous étions figés sur place.

Pourquoi continuait-il à me regarder ?

Et pourquoi ne pouvais-je détourner les yeux ?

Gênée, je me forçai à sourire.

– Bon, ben, cette discussion était... bizarre. D'accord. Ouais. Salut.

J'entrepris de passer devant lui. Mon bras frôla le sien et encore une fois, au moment où sa main se posa sur mon bras, je ressentis cette même sensation de chaleur.

Il inclina la tête en plissant les yeux.

– Est-ce que ça te dirait d'oublier ?

Des papillons se mirent à voleter dans mon ventre.

– Oublier quoi ?

Il s'approcha, sa bouche venant près du bord du lobe de mon oreille. Son souffle chaud fondit sur ma peau frissonnante lorsqu'il murmura :

– Tout.

La nervosité étreignit mon estomac lorsque je plongeai de nouveau mon regard dans ses yeux verts parsemés d'éclats bruns. C'est là que je le revis – l'éclair de souffrance dans ses yeux. Éphémère, mais présent. Caché derrière des secrets et des histoires qu'il n'avait jamais confiés à personne. Quelque part, je me dis que peut-être je l'avais imaginé, mais non. Il était bien là. Je pouvais le jurer. Je ressentis sa tristesse se diffuser dans mon organisme alors qu'il maintenait son emprise sur moi. C'était comme si son intensité explosait dans mon âme. Non seulement j'étais témoin de son côté obscur mais je le percevais jusque dans son contact.

– Qui t'a fait souffrir ? demandai-je en guise de réponse.

L'éclair traversa ses yeux de nouveau. Le chagrin – il était là une fois de plus. Il était impossible que je me sois trompée.

Son regard se fit plus dur.

– Personne.

– Menteur.

– Menteur, okay. Que dirais-tu de se mentir en position allongée ? proposa-t-il.

Sa main toujours posée sur mon avant-bras envoyait dans mon organisme une chaleur qui me montait à la tête. La chaleur de son contact me plaisait. Les éclairs de tristesse qui passaient dans ses yeux me plaisaient. Cette sensation qui me rappelait les montagnes russes – terrifiantes mais assez excitantes pour justifier le prix d'entrée – me plaisait.

Ça me plaisait aussi qu'il sente le cèdre et la citronnade.

En regardant derrière lui, je croisai le regard de Whitney. Elle haussa un sourcil et acquiesça de la tête en mimant « HS » du bout des lèvres à mon intention.

Ouais. Un mec Hyper-Sexy.

À ce moment précis, je sus que deux options se présentaient à moi. Je pouvais être la Starlet ennuyeuse, sans surprise, qui faisait toujours ce qu'il fallait. Celle qui laissait son cerveau lui dicter ses choix. Qui pensait toujours à l'avenir et aux conséquences de ses actes. Ou bien je pouvais être la Starlet déjantée. La fille qui faisait taire sa raison et passait du côté débridé de sa personnalité. La fille qui lâchait prise et se libérait – celle qui avait envie de grimper sur cet homme comme sur un arbre et de s'asseoir confortablement. Je ne voulais plus être une « Cheerios ». Je voulais être le fond d'un paquet de Frosted Flakes, là où on trouve les meilleures. Sucrées, drôles et délicieuses.

Je baissai les yeux sur sa main avant de le regarder droit dans les yeux.

– D'accord, dis-je dans un souffle.

Il haussa un sourcil.

– D'accord quoi ?

– J'ai envie de m'asseoir.

Il me décocha un sourire démoniaque.

Qui me plut, lui aussi.

Je retournai la main de façon à prendre moi-même son poignet cette fois et je l'entraînai vers une chambre.

2

STARLET

APRÈS AVOIR TROUVÉ UNE CHAMBRE, je refermai la porte derrière nous. Je fermai à clé en lui tournant le dos, nous barricadant dans notre fantasme. Le déclic du verrou rendit la chose plus réelle et accrut la sensation d'anticipation de ce qui allait venir. En pivotant sur moi-même pour lui faire face, je le trouvai en train de m'observer en détail et sa respiration se fit plus saccadée alors qu'il serrait les poings le long de son corps. Il se tenait immobile, patient, comme s'il attendait que je lui donne l'autorisation de me toucher.

Je souris timidement en me mordant la lèvre inférieure. Je me sentais légèrement déstabilisée d'être ainsi le centre de son attention. Aucun homme ne m'avait jamais regardée de cette façon... comme s'il était une bête féroce affamée se préparant pour le plus grand festin de sa vie. Il s'avança vers moi et me colla contre la porte. Mon dos entra doucement en contact avec le bois et, de ses larges mains, il retint ma tête pour éviter que je me cogne.

Ses lèvres effleurèrent brièvement les miennes, son nez frôlant le mien. J'entrouvris les lèvres lorsque son souffle atteignit ma bouche. Nos respirations s'accordèrent juste avant que sa bouche s'écrase sur la mienne. Sa langue plongea pour venir goûter la mienne.

Sa main remonta le long du dos de mon débardeur, caressant ma peau tout en appuyant son baiser. La tête me tournait tandis que l'excitation créée par le goût de sa bouche devenait addictive. Je croisai les doigts sur sa nuque, et son corps se pressa contre le mien. Un frisson passa entre mes cuisses alors que son autre main se posait sur ma nuque. Mon corps s'arc-bouta contre le sien, incapable de se souvenir de ce qu'il ressentait avant que son corps ne s'emmêle avec le mien. Je me trouvais obscène, mais je n'avais qu'une envie, c'était qu'il me pousse à aller encore plus loin. Je voulais qu'il me culbute de toutes les façons possibles. Contre le mur. Sur la commode. Adossée au lit. Je n'avais jamais éprouvé cette sensation auparavant – ses baisers me faisaient planer.

Est-ce que c'était censé être toujours comme ça, un baiser ?

Puissant ? Dévorant ? Euphorisant ?

Est-ce que c'était de cela qu'il s'agissait quand on parlait de mal se conduire ?

Était-ce pour cela que les gens oubliaient toute retenue ?

Sous l'emprise de ses mains qui exploraient mon corps, celui-ci se mit à vibrer. Mes hanches, mes cuisses, mes courbes... Ses lèvres descendirent le long de mon cou en même temps que sa main gauche détachait la boucle de ceinture de mon jean.

Il goûtait ma peau en grondant, m'obligeait à incliner la tête sur le côté pour faire courir sa langue le long de ma clavicule.

Une fois la boucle de ma ceinture détachée, il déboutonna mon jean et le fit glisser jusqu'à mes pieds. Je m'en extirpai prestement après avoir envoyé valser mes chaussures à l'autre bout de la pièce.

Il marqua un temps d'arrêt, posa un doigt sous mon menton et inclina ma tête afin de me regarder droit dans les yeux. De nouveau, il me transperçait jusqu'à l'âme en lisant les pages nouvellement rédigées à la plume trempée dans l'encre du péché et de la transgression.

Tout se mit à tourner au ralenti.

Je retins mon souffle pendant qu'il m'examinait.

Il était incroyablement intense sans même chercher à l'être.

Ses yeux scrutaient les miens, délibérément, comme s'il y cherchait quelque chose, à l'affût d'une réponse qui s'y trouverait.

– D'accord ? murmura-t-il sur mes lèvres.

Les battements de mon cœur s'intensifièrent lorsque je compris.

Il ne me forçait pas, il m'honorait. Il n'escomptait pas seulement satisfaire son plaisir, il me demandait la permission. Quelque part, cela ne fit que m'exciter davantage.

– D'accord, dis-je dans un souffle.

Sur ces mots, ses lèvres revinrent se souder aux miennes. Ses baisers me faisaient planer. Mon cerveau était embrumé et mon cœur excité. J'aimais le sentir contre moi. J'adorais ça, en toute franchise. Il était comme le paradis mélangé à l'enfer, comme un ange déchu qui pouvait à tout moment rejoindre les sommets.

Lorsque sa bouche se détacha de la mienne, il remonta les bords de mon débardeur et le lança de l'autre côté de la chambre. Il posa ses mains en corolle sur ma brassière et sa bouche forma une guirlande de baisers le long de la courbe de mes seins. Puis il se baissa de plus en plus, savourant des lèvres le moindre centimètre de ma peau tout en s'approchant progressivement de la lisière de ma culotte.

– C'est mon anniversaire, dis-je d'une voix étouffée.

Je ne sais pas pourquoi ces mots avaient jailli de ma bouche. Ni pourquoi ma raison s'efforçait de revenir sur le devant de la scène et de repousser mes désirs sur le côté.

Ces yeux brun-vert se plantèrent dans les miens une nouvelle fois. Il inclina la tête, l'air perplexe, attendant que je fournisse une explication. Je me raclai la gorge.

– Mon copain m'a trompée aujourd'hui. Le jour de mon anniversaire.

– Ducon, gronda-t-il, presque protecteur.

Je ricanai.

– Je croyais que c'était ton nom.

– Crois-moi, ça l'est.

Il pressa le bout de ses doigts sur le fin coton de ma culotte sans me quitter des yeux. Il fit descendre ma culotte le long de mes cuisses et me laissa la retirer. Puis ses mains se posèrent sur mes hanches et il me souleva.

– Attends !

Je secouai la tête. Pendant une fraction de seconde, je me sentis gênée. Je n'avais pas honte de mes rondeurs, non, pas le moins du monde. Toutefois, je m'inquiétais de ne pas être un poids plume contrairement aux femmes avec qui il devait sortir généralement.

– Tu vas te faire mal au dos. Je suis un peu plus enveloppée que la moyenne des étudiantes. Tu ne peux pas me soulever comme...

– Je te vois, dit-il en baladant les mains sur mes courbes, sur ma peau, sur mon ventre. J'ai envie de toi, murmura-t-il en embrassant des parties de mon corps que John évitait.

Il passa les mains sur ma peau avant de les poser sous mes fesses pour me soulever dans ses bras sans effort et me transporter sur le lit. Je suis pratiquement certaine que c'est à ce moment-là que j'ai éprouvé le premier orgasme de cette nuit-là.

– Tu es à moi, ce soir, dit-il d'une voix basse et lourde de désir. Allez, accroche-toi à la tête de lit, ordonna-t-il en me positionnant sur lui, et laisse-moi me régaler.

La partie de mon cerveau qui avait tendance à trop penser s'inscrivit aux abonnés absents lorsqu'il souleva mes quelque cent kilos pour m'asseoir sur sa poitrine. Il m'attrapa par la taille et me souleva pour me reposer sur sa figure et je perdis le sens des réalités. Sa langue allait et venait dans mon intimité, me tirant des cris de plaisir. Mes hanches se balançaient sur sa bouche, sur sa barbe qui était maintenant imprégnée de mes sécrétions.

Je m'accrochai des deux mains à la tête de lit alors qu'il me dégustait comme si j'étais son dernier souper, passant la langue sur mon clito, le suçant, l'aspirant entre ses lèvres. Il buvait à ma source comme un homme perdu dans le désert et j'étais la première à pouvoir étancher sa soif. J'avais l'impression qu'il avait autant envie de moi que moi de lui.

– Je vais... je...

Je gémis, hors d'haleine, sentant l'orgasme monter à chaque seconde. Je plantai les ongles dans la tête de lit alors que sa tête disparaissait entre mes cuisses.

Oui, oui, oui, s'il te plaît...

Le rythme de sa langue s'accentua comme s'il pouvait lire dans mes pensées. Je me cambrai en arrière, agrippant ses jambes, bougeant comme si sa langue donnait la cadence et mon intimité sa mélodie préférée.

Je m'écroulai contre lui, secouée par la violence de l'orgasme qui m'arrachait des cris. Au moment où il me sembla trop fort, trop puissant, je tentai de m'en écarter, mais il me retint par les cuisses en disant :

– Pas encore.

Avant de me ramener contre lui pour continuer. Et là, cela devint vraiment bon. C'est là que je décrochai vraiment la timbale. J'étais disposée à réclamer pour qu'il m'en donne davantage, mais il le fit sans se faire prier, généreusement. Il me donnait la sensation d'être une reine et œuvrait comme s'il n'était qu'un paysan s'efforçant de gagner mes bonnes grâces. Pourtant, je le chevauchais comme si c'était lui le roi et je ne demandais pas mieux que d'être son humble servante.

Comme je me cambrais en arrière, m'allongeant sur lui, je sentis son érection palpiter contre mon dos. Il était totalement éveillé et prêt à entrer dans le jeu. Le sentir vibrer contre ma colonne vertébrale ne fit qu'accroître mon désir. Le moment venu, il me souleva pour me poser sur son ventre. Une timidité soudaine me fit monter le rouge aux joues lorsque je vis le plaisir dans son regard. Sa barbe conservait les traces luisantes de mon plaisir avant qu'il ne l'essuie d'un geste avec un regard coquin. Son sourire le faisait ressembler à Hadès et je mourais d'envie d'être sa Perséphone.

– Joyeux anniversaire, chuchota-t-il. Tu es magnifique. De la tête aux pieds.

Le compliment me toucha à un point que je n'avais jamais ressenti jusqu'ici. Je n'avais jamais été avec un homme qui m'admirait au lit et qui le disait. Cela me donna de l'assurance.

Avec lui, mon corps faisait des choses que je n'aurais jamais imaginé pouvoir faire. Je ne savais pas qu'il pouvait réagir aussi bien aux mots, compliments, caresses. Non seulement il me transformait physiquement mais mentalement aussi. Il me poussait à me réjouir de mes rondeurs féminines, en me découvrant sous un nouveau jour.

Il me retourna sans effort de façon à m'allonger sur le dos et à me surplomber. Cela me plaisait, cette façon qu'il avait de me remuer comme une poupée de chiffon, comme si mon poids n'était qu'une vue de l'esprit qui n'existait que dans mes complexes.

Je me demandais où je trouvais tellement de confiance en moi en étant nue avec un inconnu quand mon ex-copain me regardait à peine au cours de nos relations intimes. Le sexe était comme une corvée avec John, une chose dont il fallait se débarrasser avant de retourner à nos autres tâches. Ce soir-là, en revanche, cela devenait une aventure – un voyage de découverte.

Alors qu'il me surplombait de son corps, je ne cessais de le dévisager. Il me paraissait si familier, pourtant je savais que nous ne nous étions jamais rencontrés. C'était comme un souvenir tapi au fond de ma mémoire et oublié en cours de route. Un rêve perdu qui redevenait finalement possible.

Je lui enlevai son tee-shirt tandis qu'il déboutonnait son jean. Un cri étouffé m'échappa lorsqu'il le baissa en même temps que son boxer.

Étant donné sa taille et son épaisseur, l'apparition de son membre aurait dû être précédée d'un avertissement.

Attention ! Risque d'étouffement. Avaler cet article peut provoquer un blocage de la mâchoire et un gonflement des lèvres. Risque de mort au cas où l'utilisateur ne reprendrait pas sa respiration. Strictement réservé à un public averti. La direction dégage toute responsabilité en cas d'accident.

J'avais mal à la mâchoire simplement en le regardant, mais un marché est un marché.

J'allais me baisser, mais il rigola en faisant non de la tête.

– C'est ton anniversaire, dit-il en me forçant à me rallonger avant de m'embrasser dans le cou. C'est moi qui régale, chuchota-t-il contre mon oreille tout en écartant mes jambes et en se baissant sur moi.

Il sortit prestement un préservatif d'une poche de son pantalon et l'enfila avant de revenir sur moi. Son érection frottait contre mon intimité. Il me passa une main dans le dos et d'un claquement de doigts dégrafa mon soutien-gorge. Il posa les lèvres sur mon sein gauche et sa langue entreprit un va-et-vient rythmé sur mon téton qui me fit perdre la tête. Saisissant son membre énorme, il en frotta la pointe sur mon clito de façon répétée. Je sentais monter le plaisir alors qu'il m'excitait avec ce va-et-vient sur mes lèvres gonflées. Mon désir de le sentir en moi me rendait folle et je le suppliai de me prendre sans attendre.

– S'il te plaît, marmonnai-je hors d'haleine. J'ai envie de toi tout entier...

Ses lèvres effleuraient les miennes comme si c'était leur place depuis toujours. Sa langue se glissa dans ma bouche au moment même où son sexe se glissait en moi en une poussée belle et ferme.

– Oui, oui, oui, criai-je lorsqu'il me pénétra.

Mon dos s'arc-bouta et il s'enfonça plus profondément en moi. Au début, il y allait lentement, chaque centimètre faisant l'effet d'être un kilomètre. Je posai les mains sur son torse musclé tandis qu'il soulevait mes jambes pour les poser sur ses épaules. Il me plia en deux comme une crêpe et augmenta la cadence. Alors que mes jambes étaient saisies de tremblements, je rejetai les mains derrière ma tête pour appuyer mes paumes contre la tête de lit. Son rythme, son calibre, tout ça, c'était si bon.

Oui, oui, oui...

Il posa une main à la base de mon cou, sans serrer très fort mais suffisamment pour intensifier mes sensations, au-delà de ce que je croyais possible. C'était nouveau, et ça me plaisait... ça me plaisait qu'il m'étrangle.

Il posa ses lèvres sur les miennes qu'il lécha de haut en bas avant de murmurer :

– C'est qui, la gentille petite fille dont c'est l'anniversaire aujourd'hui ?

Ses pupilles se dilataient, et mon cœur bondit dans ma poitrine lorsque je répondis en murmurant moi aussi.

– Le mien.

Je n'avais qu'une envie, prolonger ce moment avec lui. Il me serrait dans ses bras comme s'il tenait à moi. Il caressait la totalité de mon être, à la fois physiquement et mentalement. Il tempérait le vacarme de mes complexes en pressant sa bouche contre la mienne.

– C'est ça, dit-il d'une voix douce. C'est l'anniversaire de ma gentille petite fille.

À ce moment précis, je perdis le contrôle.

À ce moment précis, il me découvrit.

Mes jambes flageolaient contre lui, et il gronda de plaisir alors que j'éprouvais un nouvel orgasme. Il le ressentait lui aussi – il sentait tout. Je pouvais dire qu'il luttait et faisait tout ce qui était en son pouvoir pour retarder le moment de me rejoindre au point final. Il ne cherchait pas à mettre fin à la fête de sitôt.

Il me retourna sur le côté, passa les jambes autour de moi et me prit par-derrière.

– Oh mon Dieu ! dis-je dans un souffle, découvrant que des angles d'attaque différents touchaient des cibles différentes, et j'adorai ça sans réserve.

Le visage appuyé contre moi, il me dit :

– Ça, ça me plaît. C'est super, parce que je te vois dans ton intégralité. (Il posa les mains sur mes seins et les caressa en me mordillant le lobe de l'oreille.) Ça me plaît parce que je te sens dans ton intégralité.

Nous restâmes comme cela, l'un avec l'autre, laissant filer le temps et les dernières inhibitions qui nous restaient. Je ne savais rien de ses blessures, et lui connaissait à peine les miennes, mais pendant ces moments bénis, nous avions le sentiment de ne faire qu'un. Un désordre d'une beauté incroyable.

Il me retourna sur le dos et me regarda droit dans les yeux, une fois de plus. Ces yeux marron-vert étaient addictifs. Il aurait pu me demander n'importe quoi à ce moment-là, je me serais pliée à ses moindres désirs. S'il m'avait demandé de lui décrocher la lune, j'aurais trouvé une échelle assez grande pour atteindre le ciel, parce que je désirais ardemment son plaisir. Je le désirais lui autant que lui me désirait, apparemment.

– Jouis avec moi, ordonna-t-il en frottant la pointe de sa queue contre mon clitoris.

D'une poussée il me pénétra, sans détourner ses yeux des miens, sans ciller, comme si j'étais l'unique personne au monde qu'il voudrait regarder à partir de maintenant. Je fis ce qu'il me commandait.

Il jouit en moi, et je jouis vite, fort, longtemps et librement.

Oui, oui, oui...

Après, il s'écroula sur moi.

– Putain, marmonna-t-il, satisfait.

Il déposa une chaîne de baisers le long de mon cou avant de rouler sur le côté, épuisé, vidé, après le tour de montagnes russes que nous avions effectué ensemble.

– C'était... dit-il dans un souffle.

– Ouais... confirmai-je.

Il inclina la tête vers moi et un petit sourire narquois effleura ses lèvres.

– Je t'avais bien dit que tu t'assiérais sur moi.

Je levai les yeux au ciel, un peu gênée.

– Ouais, bon, ça va.

Il me dévisagea avec une expression étrange. Il plissa les yeux, inclina la tête légèrement et scruta mon visage. Le sourire coquin qui dansait sur ses lèvres s'évapora lorsqu'il croisa mon regard. Puis, avec précipitation, il sortit du lit et rassembla ses affaires. Comme s'il avait vu un fantôme dans mes yeux.

Le voir tout à coup si pressé me fit froid dans le dos.

Comment pouvait-il en un clin d'œil me faire sentir que je n'étais rien alors qu'une seconde plus tôt il me couvait des yeux comme un trésor.

Je remontai la couverture sur mon corps, espérant qu'elle constituerait un rempart pour protéger mon cœur sensible. Ce retour brutal à la réalité fit revenir le flot de mes angoisses. Un sentiment bizarre de rejet s'installa dans mon esprit alors que sa chaleur s'évaporait de ma peau. La descente depuis les sommets s'ajoutait au sentiment de solitude. Il était toujours dans la pièce, mais on l'aurait cru à des kilomètres. Peut-être pas physiquement, mais quelque part dans sa tête, il était parti à l'instant même où il avait posé le pied sur le sol en sortant du lit.

Un goût amer se répandit dans ma bouche, mais je m'efforçai de le ravaler. En même temps, qu'est-ce que j'avais cru ? Je ne connaissais même pas son nom. Il ne me devait rien, même pas un au revoir. En toute logique, ma raison le comprenait, mais mon cœur ? Je ressentis comme une fêlure.

Je me mordis la lèvre inférieure.

– Tu t'en vas déjà ?

Il me regarda dans les yeux, et je les revis – la plaie à vif, la confusion. Quelque chose le dévorait et troublait ses pensées. Peut-être éprouvait-il comme moi ce sentiment de conflit intérieur ? Ne ressentait-il pas la même chose que moi ? Ce n'était pas seulement sexuel. Ce n'était pas possible. Je n'avais jamais éprouvé un tel sentiment d'intimité avec une personne que je connaissais, et encore moins avec un inconnu. Mais peut-être que c'était comme ça, les coups d'un soir – des situations fausses qui avaient l'air réelles.

Il marqua une pause, l'espace d'une fraction de seconde. Il entrouvrit les lèvres comme pour s'exprimer, mais au lieu de cela, les referma d'un air pincé avant de continuer à se rhabiller. À le voir enfiler ses vêtements à toute vitesse, on aurait dit un secouriste appelé en renfort sur une scène d'accident. Je n'avais jamais vu personne si pressé de me quitter. Je lui aurais bien demandé ce que j'avais fait pour l'offenser, mais je doutais qu'il me réponde franchement. Je ne le connaissais pas, mais je savais que ses yeux disaient la vérité bien plus que sa bouche.

Je culpabilisai en me demandant ce que j'avais fait de mal.

– Tu as une copine ? demandai-je.

Était-ce la raison pour laquelle il était si pressé de me quitter ? Est-ce que j'étais sa Meredith, à mon tour ? Avait-il son propre paquet de Cheerios qui l'attendait à la maison ?

– Quoi ? Non.

– Alors pourquoi tu pars aussi vite ?

– Tu espérais quoi ?

Il fit une grimace, évitant à tout prix de me regarder en face.

– Des câlins ?

Non, je ne m'attendais pas à des câlins, mais n'empêche, ça aurait été sympa. Sa façon d'éviter mon regard me paraissait tellement étrange. Ce n'était pas comme s'il me voyait comme une espèce de boulet, mais plutôt comme si j'étais sa drogue préférée et qu'il essayait désespérément de rester clean.

– Hé, le rappelai-je.

Il leva les yeux.

– Tout va bien ?

Je voulais voir son visage. Repousser l'instant où il tournerait la page sur ce qui venait de se passer entre nous. Mais cette fois, lorsqu'il leva les yeux sur moi, il était différent.

Son regard ne recelait plus la gentillesse qu'il avait montrée pendant nos ébats. Sa froideur, sa distance étaient revenues, mais je n'aurais su dire quelle était sa vraie nature. Était-il l'homme bien élevé qui demandait la permission ? Celui qui paraissait parfois être l'âme la plus esseulée du monde ? Ou bien était-il simplement un homme qui enchaînait les aventures sans lendemain sans éprouver de sentiments ?

– Très bien. On n'est pas dans un conte de fées. On a baisé. Et maintenant on s'en va, dit-il en remontant son jean. Bienvenue dans la vraie vie.

– T'es vraiment un connard.

– Je t'avais prévenue. Bon anniversaire. Merci pour les friandises.

Après son départ, je restai dans le lit encore quelques instants. Les émotions se bousculaient en moi et je n'arrivais pas à les contrôler. Je fondis en larmes et me mis à sangloter dans mes mains, prenant soudain conscience de ce que j'avais fait. Je ne reconnaissais pas la personne que j'avais été ce soir, moi qui avais toujours un sens aigu de qui j'étais. J'étais fiable. Responsable. Stable. La fille bien qui ne faisait jamais rien de mal. Tout ce qui s'était passé dans cette pièce était mal. Cela n'aurait jamais dû arriver. Je n'aurais jamais dû me retrouver dans une telle situation. Et pourtant, j'aurais aimé revivre chaque seconde de cette soirée au ralenti. Ses mains sur ma taille... sa langue dans mon cou... ses lèvres sur les miennes...

Ma raison et mon cœur livraient bataille alors que les larmes jaillissaient de mes yeux parce que je ne comprenais pas.

Était-il possible qu'une chose aussi mauvaise soit aussi bonne ?

3

STARLET

JE ME RÉVEILLAI sans le moindre signe de migraine

C'est un miracle de vingt et unième anniversaire !

En même temps, une seule gorgée de ce punch magique ne suffisait sans doute pas à me filer la gueule de bois.

La première pensée qui me vint à l'esprit alors que je m'étirais dans mon étroit lit d'étudiante fut que John m'avait trompée. Heureusement, suivie aussitôt de l'évocation de Ducon – à la fois l'homme et son phallus.

J'avais encore mal partout après qu'il m'avait retournée en tous sens comme une crêpe.

Est-ce que je lui avais vraiment dit que j'étais sa gentille petite fille ? Son gentil petit soldat d'anniversaire.

Oh la vache, Starlet. Quelle nuit, non mais quelle nuit !

Je bondis hors de mon lit et filai sous la douche. Un des avantages de n'être plus en première ou deuxième année de fac, c'était que vous aviez de grandes chances de bénéficier d'une douche adjacente à votre chambre de la résidence universitaire au lieu de la partager avec la vingtaine des autres filles de votre étage – les avantages de progresser dans les études.

Aussitôt sortie de la douche, je me séchai les cheveux alors que Whitney s'étirait dans son lit. Elle bâilla en ouvrant grand la bouche, puis se tapota le ventre cinq fois, comme tous les matins.

– B'jour, coloc.

– B'jour, coloc, répliquai-je.

Elle s'assit dans son lit et étira les bras.

– T'as la gueule de bois ?

– Pas du tout.

Elle haussa les sourcils.

– Sérieusement ?

– Je suis peut-être immunisée contre la gueule de bois.

C'était ça ou je n'avais pas bu une goutte d'alcool de la soirée.

– Dis pas ça, malheureuse. Tu te souviens de la fois où j'ai avalé vingt et un Jell-o shots[2] ? Je frémis en y repensant.

– Oui.

Elle était rentrée à la résidence en titubant comme si elle avait des jambes en gélatine.

Elle sourit.

– J'ai fini à l'infirmerie où on m'a dit que ma gueule de bois avait mis deux jours à me rattraper. Je n'avais jamais bu autant de RedBull de ma vie.

– Espérons que ça ne va pas m'arriver, ricanai-je. Pour l'instant, je me sens très bien.

– Tant mieux. C'est bien, vu la façon dont John s'est comporté avec toi. Mais en même temps, après la nuit que tu as passée... (Elle laissa filer un sourire narquois et remua les sourcils.) On n'a même pas parlé de ce que tu as fait après t'être barrée avec le mec hyper-sexy.

C'est vrai. Whitney et moi étions rentrées en titubant et en gloussant comme des écolières à propos de tout et de rien. Moi, je titubais à cause de mes activités dans la chambre et elle, elle marchait de travers à cause du punch magique. Nous n'avions même pas commencé à entrer dans les détails de mes aventures avec Ducon.

2. Mini-cocktails alcoolisés, grands classiques des soirées étudiantes américaines.

Je sentis le rouge me monter aux joues en repensant à cette nuit. Je n'étais pas très à l'aise pour parler de ma vie sexuelle, surtout parce qu'avec John le sexe était plutôt routinier et ennuyeux. Mais la nuit dernière ?

À propos de la nuit dernière...

Je m'assis à mon bureau et sortis une brosse à cheveux.

– Cette nuit c'était... différent.

– Est-ce qu'il avait un gros zizi ? Comme zizi-panpan ?

Je rigolai en secouant la tête.

– Pourquoi tu dis des trucs comme ça ?

– Je ne sais pas. Mes parents sont bizarres. Je pense qu'ils m'ont transmis le gène. Non, en vrai, c'était comment ?

– C'était...

Je fermai les yeux un instant, prête à défaillir.

– Oh la vache !

Le cri étouffé de Whitney me força à ouvrir les yeux. Elle pointa vers moi un index accusateur.

– Il t'a fait grimper aux rideaux !

– Il m'a fait grimper aux rideaux, dis-je en écho, en secouant la tête, incrédule, en repensant à la nuit précédente.

– Yes, génial ! Je suis tellement fière de toi, ma puce. Alors, tu confirmes, maintenant ? John a bien une petite bite ?

– Je crois qu'elle n'entre même plus dans la catégorie des bites. Plutôt des cacahuètes.

– Alors que pour Monsieur Hyper-Sexy, c'était...

– Une trompe d'éléphant.

Whitney leva les bras au ciel en signe de victoire.

– Punaise ! Joyeux Anniversaire, Starlet Evans !

Joyeux anniversaire, en effet.

– J'espère que tu ne pourras pas marcher droit de tout le week-end. En parlant de ça... Sur une échelle de un à dix, qu'est-ce qu'on se ferait bien là, tout de suite ? Une tartine à l'avocat ?

Pendant que Whitney me parlait, j'essayais de démêler mon abondante chevelure mouillée. Avec mes cheveux bruns frisés, c'était le même cinéma tous les matins. Je ne comptais plus le nombre de fois où j'avais envisagé de me raser la tête, mais cela ne devait pas être loin de cinquante fois par jour.

Pour Whitney, le samedi signifiait une chose et une seule – le brunch. C'était sa manière préférée de dessoûler après ses excès du vendredi soir. La majeure partie du temps, ma coloc avait le nez plongé dans ses livres et prenait ses études trop au sérieux, mais quand le vendredi pointait son nez ? La jeune personne instruite se mettait en congé pour donner libre cours à la fofolle fêtarde.

Elle appelait ça une vie parfaitement équilibrée. Après la nuit que je venais de passer, je comprenais mieux pourquoi et je regrettais d'être passée à côté de deux années de fêtes étudiantes parce que j'étais trop concentrée sur mes études.

– Excellente idée. Avec des œufs brouillés.

– Non, durs et passés à la moulinette. Et du fromage de chèvre avec du miel. (Elle gémit de plaisir.) On pourrait aller Chez Eve pour bruncher ? Je t'invite pour ton anniversaire.

Il y avait deux raisons pour lesquelles Chez Eve était notre endroit favori pour bruncher. On pouvait y aller à pied depuis le campus et la carte était longue comme le bras. Si vous aviez envie de vous goinfrer de noix ou de sirop d'érable et de crème fouettée, Eve avait le plat qu'il vous fallait.

Abandonnant l'idée de démêler mes cheveux, je les empilai en une sorte de chignon informe sur le sommet de mon crâne.

– Je ne peux pas aller bruncher, je te rappelle. J'ai promis à mon père de passer tout le week-end avec lui, pour mon anniversaire.

Elle poussa un cri de désespoir comme si je lui avais annoncé la fin du monde.

– Mais alors, et nos traditions du week-end ?

– La tradition va devoir faire une pause le temps d'un week-end. À moins que tu ne veuilles te joindre à nous.

Elle plissa les yeux, s'abîmant dans ses réflexions.

– Éric est plutôt beau mec.

Je frissonnai.

– Laisse tomber, tu ne peux pas venir.

– Tu es sûre de ne pas vouloir d'une nouvelle belle-mère ?

– Je vais faire comme si je n'avais rien entendu.

Je rigolai en enfilant mes baskets à toute vitesse avant d'attraper ma doudoune rose, mon écharpe et mes moufles. Une fois emmitouflée et après avoir bouclé mon sac à dos, je me dirigeai vers Whitney et l'embrassai sur le front.

– Tu mangeras une tartine à l'avocat en pensant à moi.

Elle ronchonna et me fit signe de partir.

– Dis bonjour pour moi à mon futur mari.

Je la regardai en ricanant et me saisis de mon sac de linge à laver chez mon père. Je sautai dans ma voiture, en route pour aller passer le week-end à Chicago. C'était pratique pour moi d'être inscrite à l'Université du Wisconsin-Milwaukee parce que ce n'était qu'à deux heures de voiture de chez mon père. J'y allais tous les dimanches pour que nous passions du temps ensemble. C'était le seul jour de la semaine où il ne travaillait pas dans son studio de tatouage et le jour où j'en profitais pour faire ma lessive. Ce serait sympa pour une fois de passer le samedi et le dimanche ensemble. D'une façon générale, j'étais une fille à papa.

J'allai directement au salon de tatouage, sachant que c'était là que je trouverais mon père ce samedi matin. Il y passait sa vie et j'étais certaine que lui et ses employés seraient en train de travailler sur une pièce fantastique. Lorsque j'étais petite, j'y passais le plus clair de mon temps à le regarder, lui et ses potes, garçons et filles, encrer des gens. C'était extraordinaire de voir le nombre de personnes qui criaient de joie en voyant leurs chefs-d'œuvre prendre vie.

Si je n'étais pas déjà engagée dans un plan de carrière, et si j'avais eu des talents artistiques et une main plus sûre, j'aurais volontiers passé ma vie à travailler avec mon père.

Je me garai au coin de la rue et sortis dans le froid hivernal. Je me précipitai vers la porte, les joues rougies par le vent frisquet.

– Surprise ! s'écrièrent en chœur les membres de l'équipe, ce qui me prit complètement au dépourvu.

Le salon était orné de décorations d'anniversaire.

– Joyeux anniversaire, Starlet.

C'était absolument réjouissant de voir cette bande de costauds tatoués qui tenaient à la main des ballons roses et mauves en mon honneur. C'étaient les meilleurs copains de mon père et je les connaissais tous depuis ma plus tendre enfance. Nelson fut le premier à se précipiter vers moi pour me serrer dans ses bras.

– Bon anniversaire, crevette, dit-il en me frottant les cheveux de son poing serré.

Nelson avait tout de la rock star. Bâti comme un demi de mêlée, c'était un géant naturellement cool d'un mètre quatre-vingt-quinze pour au moins cent trente kilos. Mais il n'était pas gros. Il était tout en muscles. Il me souleva du sol sans le moindre effort. Joy, sa femme, fut la seconde à s'avancer vers moi. Joy était une belle femme noire tatouée de la tête aux pieds. Elle avait les cheveux gris acier et la tête rasée sur les côtés. Elle portait en permanence des talons de dix centimètres qui ne l'empêchaient pas malgré tout d'être plus petite que son mari.

Ils étaient pour moi comme mon oncle et ma tante. Entre mon père et eux, c'était à la vie à la mort. Ce couple nous avait entourés de tant d'amour pendant les jours les plus sombres de notre existence que, franchement, je pense que nous ne nous en serions pas sortis dans ces moments difficiles sans leur présence indéfectible.

Ensuite, Harper vint me serrer dans ses bras. C'est un type dans la soixantaine, mais un des artistes les plus reconnus du monde du tatouage. Des gens venaient de partout pour se faire tatouer par lui. C'était un homme calme et posé, en lien avec les énergies de l'univers. Parfois, s'il sentait qu'une personne avait le trac avant une séance de tatouage, il lui tirait les cartes de tarot, suivi d'une séance rapide de Reiki. Nous le surnommions notre gourou hippie.

– Meilleurs vœux, ma petite chérie.

En souriant, Harper m'attira contre lui. Personne ne savait enlacer comme Harper. Il vous serrait dans ses bras comme s'il avait attendu toute sa vie pour le faire. C'était le genre de hug qui vous faisait fondre.

Ensuite venait Cole, le fêtard de la bande. Il approchait de la quarantaine, mais continuait à faire la fête comme s'il avait toujours vingt ans. Il était couvert de piercings, le dernier en date étant un Dolphin Bites juste au-dessous de sa lèvre inférieure. C'était un homme mince aux cheveux blonds en bataille avec des yeux verts qui brillaient d'un éclat amusé. Je ne l'avais jamais vu de mauvaise humeur. Cole était le genre d'homme qui profite de la vie. C'est sans surprise qu'il s'avança avec un plateau sur lequel s'alignaient des shots pour tout le monde.

– Vingt et un ans, bordel ! cria-t-il en soufflant dans une langue de belle-mère. Bon anniversaire, cow-boy, dit-il en posant le plateau pour m'embrasser sur le front.

Et enfin, il y avait mon père – le meilleur papa du monde.

– Joyeux anniversaire, Princesse, dit-il en me serrant dans ses bras. Je n'arrive pas à croire que tu sois devenue une grande personne.

Il m'embrassait le front de façon répétée.

Mon père et moi nous ressemblions beaucoup, même s'il avait un peu plus de tatouages que moi qui n'en avais pas un seul. Cela faisait des années qu'il insistait pour me tatouer, mais je n'étais pas encore prête pour savoir ce que je désirais qu'il crée sur ma peau. Mais un jour. Un jour.

Mon père était un homme séduisant qui avait des fossettes profondes qui apparaissaient lorsqu'il riait – ce qu'il faisait souvent. J'avais les mêmes. J'avais aussi ses yeux marron et son franc sourire. Il mesurait près d'un mètre quatre-vingt-dix et avait le crâne rasé et luisant que chacun aimait à caresser, parce que ça portait bonheur, disait-on.

– Tu ne devais pas venir avec ton petit ami ? me demanda-t-il.

Je fronçai le nez.

– Disons que ça n'a pas marché, et j'espère bien ne plus jamais le revoir.

Mon père plissa les yeux, hésitant à me demander plus de détails.

– Tant mieux. Ses tatouages étaient merdiques.

Je souris.

– Les pires qui soient.

– On boit un coup ? s'écria Cole en me fourrant un petit verre dans la main.

Je me mis à rire.

– D'accord, mais on reste raisonnables. J'ai une grosse journée lundi et je ne dois pas faire d'excès.

Cole me fit un petit geste

– Tu as vingt et un ans. Tu peux bien te lâcher un peu.

S'il savait à quel point je m'étais lâchée la nuit précédente. Le seul fait d'y penser me faisait rougir.

– T'inquiète, mon cœur, dit papa. Je prendrai soin de toi.

Ils avaient tous l'air si impatients que je ne pouvais pas les décevoir.

Et puis, un shot ça ne pouvait pas être pire que le punch magique.

Je pris le petit verre des mains de Cole et tout le monde but cul sec à ma santé.

– Oh la vache !

Pire. En fait, c'était pire, bien pire que le punch magique.

Joy rigola et me tapota le dos.

– Attends, je vais te préparer un vrai truc. Quelque chose qui ne te donnera pas envie de vomir. Fais-moi confiance. Cela vient d'une fille qui déteste le goût de l'alcool.

Je crois en toi, Joy.

Elle me prépara un cocktail, qui était un vrai punch magique parce qu'on ne sentait pas du tout l'alcool qu'il contenait.

Je bus ces cocktails comme un vrai marin. On mit la musique à fond dans le salon toute la journée. J'ignorais que j'étais capable de boire autant jusqu'à ce que j'aie *trop* bu, et tout d'un coup, on était samedi soir. Et je me retrouvai à genoux devant la cuvette des toilettes chez mon père qui me tenait les cheveux en arrière.

– Je crois que je vais mourir, dis-je après avoir vomi pour la troisième fois.

La gueule de bois que je croyais avoir évitée samedi matin ? Elle avait été assez gentille pour attendre le samedi soir.

Mon père rigolait.

– Je me souviens de ma toute première cuite. J'avais quatorze ans et j'ai vomi dans les chaussures préférées de mon père.

– Quatorze ans ? !

– On n'a pas tous été des enfants sages comme toi, princesse. Certains d'entre nous ont fait de mauvais choix, parfois.

– Je ne boirai plus jamais d'alcool de toute ma vie.

Je me redressai en gémissant et m'appuyai contre la baignoire.

Mon père vint s'asseoir à côté de moi et je posai ma tête sur son épaule.

– On dit toujours ça quand on est malade parce qu'on a trop bu. Et va savoir, une autre soirée arrive et on oublie et le cycle infernal recommence.

– Pas moi, je te jure que c'est la dernière fois.

Il m'embrassa sur le front.

– Prends une douche et mets-toi en pyjama. Tu refoules du goulot. Je vais te faire du pop-corn. Ça te remettra l'estomac en place. Tu n'as rien mangé de la journée.

Il se releva.

– Des tacos, ça te dirait ? C'est pas mal pour éponger la cuite.

4

MILO

MA MAISON ÉTAIT PLEINE DE RIRE et de lumière lorsque ma mère était là. Tous les matins lorsque je me réveillais, elle dansait dans la cuisine avec la musique à fond tout en préparant mon petit déjeuner avant que je parte pour l'école. D'ailleurs, ce n'était jamais un simple petit déjeuner. Elle se surpassait toujours et faisait des muffins frais avec une frittata ou un truc du genre.

Elle préparait des litres de café, qu'elle buvait pratiquement toute seule, et essayait ensuite de me persuader de danser avec elle. Ce que je ne faisais pas étant donné que j'étais tout sauf du matin. Je tenais ça de mon père.

Je n'avais jamais réalisé à quel point tout cela me semblait normal jusqu'au moment où cette période a pris fin. Une fin qui n'a pas été rapide, malheureusement. Lorsqu'elle est tombée malade, elle ne mettait plus la musique aussi fort. Puis la danse du matin s'est faite plus rare. Elle n'arrivait plus non plus à préparer le petit déjeuner. Je savais que c'était dur pour elle, alors parfois je prenais le relais. Je faisais la cuisine à sa place. Je mettais de la musique quand elle oubliait. Je dansais de temps en temps pour la faire rire.

Son rire...

C'est ce qui me manquait le plus.

Elle cuisinait aussi sa sauce spéciale pour le repas du dimanche. C'était une sauce pour les pâtes qu'il fallait faire mijoter longtemps et qui était un régal divin. Le repas du dimanche était très important chez nous. On avait l'habitude d'avoir des dizaines d'invités, dont certains de mes potes, et on riait jusqu'au coucher du soleil alors que tout le monde s'extasiait devant les talents culinaires de maman.

La saveur de son amour me manquait. Je sais que cela peut paraître idiot, mais ce sont moins les ingrédients qu'elle utilisait que sa manière de les utiliser. Mon père plaisantait toujours en disant que la magie résidait dans sa cuillère préférée avec laquelle elle tournait la sauce. Aujourd'hui, la cuillère restait accrochée dans le placard avec le reste de ses ustensiles de cuisine que plus personne n'utilisait.

C'était étrange de penser à quel point cette maison avait été vivante autrefois. Aujourd'hui, les matins étaient silencieux, particulièrement pendant le week-end. La plupart du temps, papa était absent lorsque je me réveillais, alors qu'il était tôt pourtant. J'avais beau ne pas être du matin, je me réveillais généralement aux aurores pour ne pas rater le lever du soleil – une chose que j'avais commencé à faire après le décès de maman. Je n'avais pas la moindre idée de l'endroit où mon père pouvait se trouver. Tout ce que je savais, c'était qu'il n'était pas à la maison.

Lorsque je me levais le week-end, je prenais mon petit déjeuner puis je retournais dans ma chambre où je restais assis dans la pénombre d'une maison qui n'était plus le foyer qu'elle avait été. C'était une maison hantée par les souvenirs de la belle vie que nous avions eue autrefois. Les jours où le silence devenait trop pesant, j'avais le choix entre deux occupations pour me distraire. Soit le sexe, soit aller traîner avec les copains.

Le sexe était mon dérivatif de prédilection depuis que j'avais perdu ma virginité quelques années auparavant. Je m'étais taillé une certaine réputation dans mon quartier. Ce n'était un secret pour personne. On m'affublait d'un tas de qualificatifs. Certains me traitaient de queutard, d'autres de micheton, mais la plupart des filles m'appelaient Ducon.

Comme la fille de l'anniversaire.

La putain de fille de l'anniversaire.

C'était quoi, ça ?

Les choses ne s'étaient pas déroulées comme prévu, hier soir. Enfin si, au début, jusqu'à ce que ça déraille.

Je n'arrêtais pas de penser à cette soirée à la résidence universitaire et à cette fille excentrique et bizarre. Il y avait chez elle quelque chose qui me perturbait. Elle me regardait comme si elle voyait mon vrai moi. Le moi que la plupart des gens ignoraient en dehors de mon petit noyau restreint d'amis. Ça m'embêtait. Ou m'intriguait – au choix.

Mais aussi, le sexe...

J'avais passé une des meilleures soirées de ma vie et je ne connaissais même pas son nom. J'avais déjà couché avec pas mal de filles, mais personne ne m'avait fait ressentir la même chose qu'elle, et elle ne m'avait même pas sucé.

Elle était incohérente aussi, ce qui était étrangement amusant. Ça non plus, ce n'était pas un truc qui m'arrivait souvent, d'être amusé. Depuis notre plan cul de la veille, j'avais pensé à elle bien plus souvent que je ne l'aurais voulu. Normalement, après un plan cul, je ne repensais jamais à la fille. Je n'avais jamais couché deux fois avec la même fille. Cela laissait peu de place aux sentiments. Mais cette fois, pour une raison qui m'échappait, j'avais encore envie de sentir le goût de sa peau sur ma langue. La nuit que nous avions passée ensemble était presque trop pour moi. À peine sorti de la chambre, je m'étais barré vite fait. Je n'aurais su expliquer ce que je ressentais. C'était comme si tout mon univers était bouleversé. J'étais comme un con quand je m'étais rhabillé et que je m'étais précipité vers la sortie, mais j'étais incapable de rester avec elle. Il y avait quelque chose dans ses yeux qui me donnait envie d'être vrai, et je ne voulais pas de ça. Son regard doux posé sur moi provoquait un sentiment de panique qui montait dans ma poitrine parce qu'elle me semblait si différente de toutes les jeunes femmes que j'avais connues avant elle et qui, pour la plupart, me faisaient oublier la vie. Elle, elle me faisait m'interroger.

Vu la façon dont je m'étais comporté, elle devait penser probablement que j'étais un enfoiré, mais elle ne se rendait pas compte que mon corps cessait de fonctionner. Elle était là, assise sur le lit, en train de me regarder alors que mes mains devenaient moites. Mes yeux se brouillaient et je sentais la panique monter en moi. J'ai eu beaucoup de crises d'angoisse au cours des trois dernières années, mais jamais après le sexe. Le sexe calmait mes angoisses, il ne les renforçait pas.

En général, les crises ne se produisaient que lorsque je pensais trop à ma mère. Et une chose dont je suis sûr, dans cette chambre je n'avais pas du tout pensé à ma mère chérie. Je n'avais aucune idée de la raison pour laquelle cette fille me mettait aussi mal à l'aise. Pour mon bien, j'espérais ne jamais la revoir. N'empêche, je n'arrêtais pas de penser au sexe avec elle. Ça avait été si bien que cela m'ôtait toute envie de remettre le couvert avec une autre fille, ce soir-là.

Par conséquent, il ne me restait plus qu'à me tourner vers la deuxième chose qui me venait en aide lorsque j'avais l'esprit trop sombre et que le silence devenait insupportable – mes potes.

Tout le monde s'accordait à penser que ces dernières années je m'étais montré particulièrement nul comme ami, mais cela ne les empêchait pas de continuer à supporter ma compagnie. J'imagine que c'est ça les vrais amis, les gens qui comptent – ceux qui vous connaissent sous votre plus mauvais jour et qui continuent pourtant de vous voir.

La plupart de mes potes zonaient chez Savannah le week-end. Savannah était ma plus vieille copine. On se connaissait déjà avant d'avoir prononcé nos premiers mots. Nos mères étaient des amies très proches. Bien qu'elle n'ait que quelques mois de plus que moi, Savannah se comportait toujours comme une grande sœur. En même temps, elle se comportait de façon maternelle avec tout le reste de la bande.

Ses parents avaient les moyens et elle habitait dans un quartier très chic. On pouvait voir des voitures de luxe garées devant chaque maison. Ce week-end-là, ses parents étaient absents et donc elle avait invité tout le monde à venir boire un verre et fumer des joints, ce qui était tout à fait ce dont j'avais besoin.

Le noyau de base de la bande n'était pas très grand, mais était constitué de personnalités fortes. À l'exception de Tom, le nouveau, on se connaissait tous depuis l'école élémentaire.

On était six en tout. Tout d'abord il y avait Brian, l'accro aux jeux vidéo. Il ne parlait que des derniers jeux qui sortaient et des trucs les plus excitants sur le marché. J'étais certain qu'il deviendrait multimillionnaire avec sa propre société de jeux vidéo. Il était incollable sur le sujet. Il avait aussi un an de plus que moi et il était étudiant à Milwaukee, à l'Université du Wisconsin. C'est à cause de lui que je m'étais retrouvé dans cette fichue fête étudiante la veille.

Ensuite, il y avait Chris. Il était plutôt timide. Savannah et moi l'avions connu en CE2 où deux gamins le harcelaient dans la cour de récréation. Savannah avait flanqué un œil au beurre noir à chacun des deux garçons, puis elle avait dit à Chris de rester avec nous. Il ne nous avait plus quittés après ça.

Bonnie était la petite amie de Savannah. Elles sortaient ensemble depuis deux ans et je n'avais jamais vu un couple aussi bien assorti.

Tom était le dernier arrivé – comme Bonnie, il avait un boulot chez Target, et c'est là qu'ils s'étaient connus. Je ne le connaissais pas très bien parce qu'on s'était rencontrés pendant ma période gothique. Il ne m'avait pas connu avant la maladie de ma mère, donc il n'avait vu de moi que mon côté renfermé.

La soirée se déroulait habituellement sans incident. On finissait toujours dans le sous-sol chez Savannah parce que ses parents nous avaient dit que si nous devions fumer des joints ou boire de l'alcool, il fallait qu'on reste en bas plutôt que de rentrer en voiture en ayant bu ou pris des substances. Comme ça, ils nous savaient en sécurité. C'était bizarre que ses parents soient d'accord avec ça. Les gens riches avaient d'autres critères de vie. Ma mère n'aurait jamais laissé passer ça.

Et voilà que je repensais à maman. J'étais trop lucide.

Chris, Tom et Brian étaient tous assis devant la télé en train de jouer à un jeu vidéo tout en discutant. Je n'écoutais pas assez attentivement pour savoir de quoi. Je ne me souvenais plus depuis quand je n'avais pas parlé avec eux. La plupart du temps, je venais, je fumais et je buvais, c'est tout.

– Allez, fais pas ton bâtard. Fais tourner le joint, dit Savannah en me donnant un coup de genou alors que nous étions assis sur son canapé avec Bonnie.

Je tirai une nouvelle bouffée avant de passer le joint à Savannah.

– T'es bizarre, dit Savannah avant de le passer à Bonnie. Qu'est-ce que t'as ? Tu vas bien ?

Ce n'était pas une question en l'air. Savannah me demandait toujours si j'allais bien. Elle s'inquiétait toujours pour moi. Avec raison, j'imagine.

– Rien. Tout va bien.

Je répondais toujours la même chose.

– Il paraît que tu as branché une fille hier soir à cette soirée étudiante, dit Bonnie.

– C'est ce qu'on dit ?

– C'est ce qu'on dit, répondirent-elles à l'unisson.

– Ben, c'est que ça doit être vrai.

– Il faut que tu trouves une autre façon de régler tes problèmes, Milo, dit Savannah. Les MST, ça existe en vrai. Et d'ailleurs, j'espère que tu te couvres toujours le cornichon.

– S'te plaît ! N'appelle pas ma bite un cornichon, dis-je froidement.

– C'est vrai, Savannah, je suis sûre que c'est plutôt une grosse saucisse, ajouta Bonnie, si c'est un cornichon, ça veut dire qu'elle est verte et donc que la MST est déjà là.

Savannah se tourna vers moi.

– Ton cornichon est vert, Milo ? Si c'est le cas, on peut t'aider. Il ne faut pas avoir honte d'en parler.

Elle disait ça sur un ton tellement maternel qu'il me fit regretter ma mère.

Je gardai le silence un moment parce que je n'avais pas l'intention de passer la soirée à parler de queues vertes comme des cornichons. La seule chose que je cherchais c'était m'abrutir pour ne plus rien ressentir.

Savannah me donna un nouveau coup de coude.

– Qu'est-ce que t'as ?

– Rien.

Elle fronça les sourcils, parce qu'elle se faisait du souci. Cela m'embêtait qu'elle s'en fasse autant. Tous mes amis s'en faisaient. Ils m'avaient vu traverser les moments les plus difficiles de ma vie et m'avaient soutenu même quand j'essayais de les repousser. Je ne les méritais pas. Je ne méritais pas grand-chose en général.

– Tu es vraiment bizarre ce soir. T'es sûr que tu vas bien ?

Non, je ne vais pas bien, Savannah.

C'est vrai que j'étais bizarre ce soir-là. Parce que bien que je sois là, je n'étais pas vraiment là. Mon esprit était ailleurs.

Ça va faire un an, maman.

Un an sans toi.

Eh merde.

J'étais encore trop lucide parce que mon cœur continuait de battre et que mon esprit continuait de penser. Bien sûr, mes amis auraient voulu que je me confie davantage, mais je ne savais pas comment faire. Et puis, je n'avais pas besoin de parler de ma tristesse. Je vivais avec au quotidien.

Elle me tourmentait bien assez comme ça, ce n'était pas nécessaire de mettre des mots dessus.

Sans répondre à mon amie, je me levai du canapé et me dirigeai vers le bar. J'ouvris le placard pour y prendre un gobelet de plastique rouge que je remplis à moitié de cognac. J'étais presque arrivé au point où je ne penserais plus à ma mère, ce qui veut dire que je n'étais pas loin du coma éthylique.

J'avalai l'alcool d'un trait. Cela me brûla en descendant, mais je restai stoïque.

Je remplis un deuxième gobelet, jusqu'en haut cette fois. Je le vidai cul sec. Je répétai l'opération plusieurs fois, profitant de ce que personne ne me regardait et au bout d'un moment, le bruit dans ma tête commença à s'atténuer.

– Hé Milo, je voulais te demander un truc. On m'a dit que tu étais sorti avec Erica Court, c'est vrai ? me demanda Tom en venant vers moi et en me donnant une tape dans le dos.

Je dois reconnaître un truc à ce gars. Il ne se laissait pas démonter par mes manières bourrues. Il était toujours gentil avec moi, comme avec tout le monde d'ailleurs. Il parlait trop, à mon goût, mais je trouvais que tout le monde parlait trop. De façon générale j'aurais aimé que les gens apprennent à la fermer.

Je lui décernais un bon point supplémentaire parce qu'il avait toujours sur lui une petite boîte qui contenait des pilules qui font du bien au cas où quelqu'un aurait besoin d'un coup de fouet. Ça et des bonbons acidulés. Il était obsédé par les bonbons, légaux ou illégaux.

– Je ne sais pas, qui c'est ?

– Erica Court. Une fille mignonne qui a toujours des nattes hautes. Elle aime les mangas et il lui arrive de se déguiser avec des oreilles de chat.

Ah oui, la fille aux oreilles de chat. Ouais, je l'avais baisée. Elle n'avait pas arrêté de miauler.

– Oui, ben quoi ?

– Elle t'intéresse ?

Je haussai les sourcils.

– Comment ça, elle m'intéresse ?

– Ouais. Comme vous avez couché ensemble, je voulais m'assurer que je ne marchais pas sur tes plates-bandes parce qu'elle m'a invité à sortir. Par égard pour notre amitié, je préférais avoir ton accord d'abord.

Oh Tom. Le gentil Tom si attentionné.

– Pas de souci, vas-y, marmonnai-je en me servant un autre verre que j'avalai aussi vite que les précédents.

Celui-ci était probablement celui de trop.

Je lui donnai une tape dans le dos.

– Bon, moi je rentre.

– Quoi ? Mais il est encore tôt.

– Il est deux heures du mat, et je dois aller quelque part demain.

Je sortis mes clés et attrapai mon blouson posé sur le dossier d'une chaise.

– J'y vais.

Je me dirigeai vers les escaliers d'une démarche mal assurée en me cognant dans une petite table que je n'avais pas vue.

– Merde, grommelai-je en essayant de faire disparaître la douleur lancinante qui me traversait les orteils. Putain !

Savannah bondit du canapé et se rua sur moi.

– Ça va ?

– Ça va, grognai-je en poursuivant mon chemin vers les escaliers.

– Tu n'arrêtes pas de te cogner partout. Ça n'arriverait pas si tu ouvrais un peu plus les yeux. Mon chien qui est aveugle y voit mieux que toi.

– C'est cette fichue table, je ne l'ai pas vue.

– Tu vas où ?

– Je rentre chez moi.

– Tu as bu et tu as fumé.

– Merci de me l'apprendre, capitaine.

J'étais mauvais quand j'avais bu. Et comme je le disais, j'étais merdique comme pote. Je continuai vers la porte d'entrée et elle me bloqua le chemin.

– Pousse-toi, Savannah.

– Ce n'est pas prudent, Milo.

– Je ne suis pas prudent.

Elle posa la main sur mon bras, jeta un coup d'œil autour d'elle et vint plus près pour me parler tout bas.

– Milo, je sais que c'est dur pour toi depuis la mort de ta mère et que c'est bientôt le premier anniv...

– Arrête. Tais-toi.

Ses yeux bleus s'assombrirent, mais je m'en fichais. Comment osait-elle prendre cet air triste alors qu'elle n'avait aucune raison de l'être. Elle avait toujours ses parents, elle. Ils continuaient à fêter des anniversaires avec elle. Ils étaient toujours là pour lui reprocher ses mauvaises décisions. Ils pouvaient encore lui dire « je t'aime ». Elle ne savait rien de la tristesse ni de sa façon d'infecter la moindre parcelle de votre âme. Elle ne savait rien des cauchemars aussi bien diurnes que nocturnes. Elle ne savait rien de ce que voulait dire un chagrin véritable. Bon sang, elle avait même encore ses quatre grands-parents. Sa seule perception de la mort, elle l'avait eue en regardant des films. Moi, j'en avais fait personnellement l'expérience et je l'avais vue de près avec la seule personne qui comptait vraiment pour moi. Cela ne semblait pas juste. En même temps, qui disait que la vie était juste ?

– Milo...

– Dégage, Savannah, beuglai-je, ivre, grossier et insensible.

Je vis dans ses yeux que je l'avais blessée. Mais comme elle refusait toujours de bouger, je fis la seule chose à faire, je la pris par les bras, la soulevai et l'écartai de la porte.

Je regagnai tant bien que mal ma voiture et me glissai au volant. Ma vision s'estompait de façon intermittente. Je n'étais plus capable de penser ni de voir clairement, donc je ne pouvais pas conduire. J'aurais bien voulu pourtant. Tout ce que je voulais, c'était rentrer chez moi.

Je sortis de la voiture et regardai le ciel. Il faisait nuit et il neigeait. Je ne voyais aucune étoile, mais je sentais la neige tomber sur moi. Maman adorait la neige. L'hiver était sa saison préférée. Tout ce qui se rapportait à l'hiver me faisait penser à elle.

Je retournai dans le jardin de Savannah et me laissai tomber dans l'épaisse couche de neige qui s'était accumulée depuis plusieurs jours. J'écartai les bras et me mis à faire un ange de Noël. Quand j'étais petit, on faisait ça avec maman. Et après, elle nous préparait du chocolat chaud. Elle ajoutait toujours des marshmallows dans le mien.

J'adorais les marshmallows en plus.

J'aurais dû avoir froid. J'aurais dû grelotter.

Je grelottais peut-être. Je me transformais peut-être en glaçon.

J'étais peut-être en train de mourir.

Ça, ce serait un rebondissement inattendu pour le coup.

Je faisais glisser bras et jambes de haut en bas, dessinant des anges dans la neige jusqu'au moment où j'ai perdu connaissance.

Je me réveillai le lendemain matin dans un lit inconnu. La chambre était plongée dans un noir profond et il me fallut un instant pour habituer mon regard à l'obscurité. Dehors, c'était encore la nuit. Je regardais les vêtements que je portais, ce n'était pas les miens.

– C'est quoi ce bordel ? murmurai-je en regardant autour de moi.

– Salut beauté fatale, dit une voix. Tu émerges, finalement.

Je levai les yeux. Tom était assis au bureau en face de moi.

– Je suis où, là ?

– Dans mon humble demeure. Je t'ai trouvé dans la neige cette nuit. Tu étais dans les vapes. Je t'ai chargé dans ma voiture et je t'ai amené ici. Ne me demande pas comment je t'ai changé. (Il frissonna.) Je resterai marqué à jamais par ce que j'ai vu, dit-il pour rigoler.

J'étais chez Tom, avec une migraine effroyable, et je portais ses vêtements.

En tout cas, je n'étais pas mourant.

Bon sang.

– Tu veux déjeuner ?

Je haussai les sourcils, essayant de déterminer le nombre de conneries que j'avais pu faire la veille.

– Nan. J'rentre chez moi.

Je me levai péniblement, pris de nausées, mais je ne voulais pas m'attarder trop longtemps.

Je jetai un coup d'œil par la fenêtre et je vis le soleil.

Punaise.

J'avais manqué le lever du soleil.

Désolé, maman.

C'est le problème quand on fait n'importe quoi, on passe à côté des choses importantes.

Tom me reconduisit chez Savannah pour que je récupère ma voiture. Je le remerciai de m'avoir aidé, et il m'assura que je pouvais toujours compter sur lui. En plus, il avait l'air de le penser, ce qui était étrange. Ce type ne me connaissait pas, mais il me traitait comme si nous étions potes depuis toujours.

En garant ma voiture dans l'allée, je poussai un soupir. Celle de mon père était dans le garage, de travers et la portière grande ouverte. Il n'avait pas fait un coma éthylique dans la neige la veille au soir. Il avait dû penser que le faire derrière le volant était une meilleure idée.

Moi, au moins, je n'avais pas conduit bourré, me dis-je comme pour me persuader que j'étais différent de lui. Encore que si j'avais pu, je l'aurais fait, tout comme mon crétin de paternel. Je n'étais pas mieux que lui. Je lui ressemblais par tellement d'aspects que cela me mettait mal à l'aise. Maman disait toujours que j'étais la copie conforme de mon père. Je l'avais toujours pris comme une sorte d'insulte même si, dans sa bouche, c'était un compliment.

Je détestais ce qui chez moi me faisait penser à lui, mais dernièrement nous semblions évoluer au même rythme. Ivres, planants et déconnectés du monde.

Tel père, tel fils.

En entrant dans la maison, je fus aussitôt saisi par une forte odeur de brûlé. J'allai dans la cuisine et poussai un gémissement.

– C'est quoi ce bordel, papa ?

Je me ruai sur le four d'où je sortis une pizza noire comme du charbon. Carbonisée. Un délice.

Une fumée épaisse sortait du four et j'ouvris précipitamment les fenêtres pour aérer la pièce. Mais je ne fus pas assez rapide et le détecteur de fumée se déclencha et résonna dans toute la maison.

J'attrapai un journal et l'agitai devant le détecteur pour l'arrêter tandis que la fumée se dispersait.

– Qu'est-ce que tu fous, bon sang ?

Mon père entra dans la cuisine, encore soûl et endormi, en se frottant les yeux. Il était en costume, probablement le même avec lequel il était allé travailler deux jours plus tôt. J'étais étonné qu'il ne se soit pas encore fait virer, mais à en juger par son allure, cela lui pendait probablement au nez.

– Ta pizza est prête, maugréai-je, agacé, en colère et triste.

– Ah merde. Complètement oublié. J'ai à peine fermé l'œil une minute.

– Tu aurais pu mettre le feu à la maison. Faut que t'arrêtes tes conneries.

– À qui tu parles, là ? aboya-t-il en grattant ses cheveux emmêlés. N'oublie pas qui paie les factures. Surveille ton langage. Tu m'as compris ?

Je ne répondis pas parce que je m'en fichais.

– À propos de conneries, ton oncle m'a appelé. Il m'a dit que tes résultats scolaires étaient en baisse. C'est quoi cette histoire ?

– C'est pas grave.

– Mais si, c'est grave. Si ta mère...

Il se tut, figé sur place. Les mots qui sortaient de sa bouche parurent agir comme un rappel que sa femme, sa meilleure amie, n'était plus là. Il se secoua pour écarter ce chagrin qui parfois l'étranglait au milieu d'une phrase.

– Ce qu'il te faut, c'est de la discipline. Le mieux, ce serait que tu t'engages dès que tu auras ton diplôme. C'est évident.

C'est reparti.

L'idée que mon père se faisait de son rôle en tant que père, c'était de me dire de devenir ce qu'il avait été, en commençant par m'engager dans l'armée – exactement le contraire de ce que je ferais. J'essayais de m'éloigner le plus possible du chemin que mon père avait choisi, pas de suivre son exemple

– Pas question que je fasse ça, dis-je en passant devant lui.

Je me cognai contre son épaule et il me fit pivoter pour que je me trouve face à lui.

– Ne fais pas ça. Ne me repousse pas. Il faut que tu t'engages.

– Pas question, je ne le ferai pas, répétai-je. Tu es ivre.

– Ne me parle pas sur ce ton, m'ordonna-t-il.

– Ne me parle pas du tout, répliquai-je sèchement.

– Écoute-moi bien, aboya-t-il en me saisissant par le bras.

Il me regarda droit dans les yeux, et cela se produisit de nouveau – la suffocation du chagrin. Je savais pourquoi cela lui arrivait. J'avais les yeux de ma mère. J'imagine que c'était pour cela que depuis un an il ne me regardait pratiquement plus. J'avais peut-être hérité des tendances de connard de mon père, mais j'avais les yeux de ma mère.

Il me lâcha le bras et détourna le regard. Puis il se dirigea vers le frigo, l'ouvrit et en sortit un pack de bières.

– Ressaisis-toi à l'école et reprends ta vie en main, ordonna-t-il.

Toi d'abord, mon très cher père. Toi d'abord.

Je savais que la tension entre nous n'allait faire qu'empirer au cours des jours à venir. Nous allions nous marcher sur les pieds en essayant d'éviter de regarder la réalité en face, dans quelques jours cela ferait un an que maman nous avait quittés. Il allait boire plus, j'allais fumer plus et nous ferions comme si nous ne nous effondrions pas jusqu'au moment où nous finirions par craquer.

Une bombe à retardement.

5

MILO

LE LUNDI ÉTAIT LE PIRE JOUR de la semaine pour moi. Surtout lorsque je m'étais disputé avec mon père la veille. Ces lundis-là étaient pires que tout.

La veille au soir, mon père m'avait traité d'adolescent déprimé. Moi, je l'avais traité d'enfoiré ivrogne qui m'avait abandonné. Ces deux remarques étaient vraies, mais lui se concentrait sur mes échecs, jamais sur les siens. Je reconnaissais que j'étais déprimé. C'était un fait. Cela faisait plus de trois ans que je traînais ma dépression, depuis que le cancer de maman avait été diagnostiqué. Cela avait commencé lorsque, à quatorze ans, je m'enfermais dans l'obscurité de mon placard pour pleurer parce que je ne voulais pas qu'elle entende mes larmes. Je savais qu'elle se sentirait encore plus mal, alors je cachais mon chagrin du mieux que je pouvais. Je faisais tout mon possible pour donner le change quand j'étais avec elle et avec les autres. Tout le monde n'y voyait que du feu, sauf elle. Elle remarquait toujours mes fêlures qui échappaient apparemment aux autres. Elle me regardait de la même façon que la fille de l'anniversaire l'avait fait – comme si elle voyait dans les profondeurs de mon âme.

Pour la majeure partie des gens, la dépression se manifestait en restant couché ou assis dans le noir pendant des semaines, mais cela ne s'était pas passé de cette façon pour moi. Au début, je riais, et une fois que j'étais devenu sexuellement actif, je luttais contre mon chagrin en baisant. Je m'étais forgé une fausse assurance qui m'aidait à trouver des partenaires qui me faisaient oublier pendant un bref moment. J'évoluais dans ma vie comme une personne normale, mais c'était dans mes silences que la dépression prospérait. Je ne ressentais qu'une tristesse paralysante ou une complète indifférence envers tous et tout ce qui m'entourait.

Avant sa mort, maman m'avait fait suivre par un psy qui m'avait prescrit des médicaments pour combattre ma dépression. J'avais tout arrêté après son décès. Le traitement m'avait aidé à me sentir mieux, psychologiquement. Il faisait des merveilles, mais même si cela peut paraître tordu, je ne pensais pas avoir le droit de me sentir mieux. Je ne voulais pas me sentir mieux. Je ne voulais plus rien ressentir du tout. En gros, j'aurais voulu être six pieds sous terre. Parce que, à quoi cela rime-t-il de vivre si votre meilleure amie a disparu ?

Mon père et moi partagions cette opinion. Nous n'en parlions pas, mais le fait qu'il boive trop suffisait à m'en convaincre. Il essayait de s'abrutir pour ne plus rien ressentir, lui aussi.

Je pensais à la mort plus qu'à la vie. Mon esprit était une décharge toxique de négativité et mon âme s'immergeait dans ces pensées empoisonnées à longueur de journée.

Je me tassai sur mon siège dans le bureau du proviseur, Monsieur Gallo, soûlé par le sempiternel sermon qu'il me débitait.

Dans son bureau planait une odeur d'ailes de poulet frit et de poudre de protéine. Ce n'était pas l'odeur la plus agréable qui soit, mais on aurait dit que c'était le cas chaque fois que je venais pour nos entrevues hebdomadaires, consacrées au risque qui me pendait au nez de redoubler mon année de terminale étant donné mes résultats en baisse constante.

L'échec était apparemment l'un de mes plus grands talents. Il suffisait de demander à mon père qui ne manquait jamais une occasion de pointer mes insuffisances. C'était son premier choix en guise d'histoire à me raconter le soir avant de dormir. Si seulement il avait su que ma capacité à fermer les écoutilles n'avait jamais été aussi aiguisée. De plus, dernièrement, le whisky était bien plus au centre de ses préoccupations que moi. Il n'avait jamais vraiment assumé son rôle de parent – c'était maman qui se chargeait de cette mission. Et maintenant qu'elle n'était plus là...

– Tu as entendu ce que je t'ai dit, Milo ? demanda Monsieur Gallo en claquant des doigts.

Je détachai mon regard de la tache de café sur sa moquette jaune, tache que je n'avais pas quittée des yeux depuis que j'avais été convoqué dans son bureau. Aucun produit de nettoyage ne viendrait à bout de cette merde.

– Il aurait fallu la nettoyer avant qu'elle sèche, marmonnai-je, contrarié par... tout.

Il haussa un sourcil en bataille.

– Pardon ?

Je montrai la tache du doigt.

– Ça ne partira jamais. Cette moquette est foutue.

Il se redressa, tendu. Je m'y entendais pour stresser le proviseur Gallo.

– On va retirer cette moquette dans quinze jours. Milo, est-ce que tu...

– Vous allez mettre du parquet ?

– Milo...

– Du chêne, ce serait bien. Et peut-être aussi une nouvelle peinture sur les murs et...

– Milo ! cria-t-il en tapant du poing sur le bureau. Concentre-toi !

Pourquoi ?

Ma situation était désespérée, de toute façon. Qu'est-ce que ça changerait que je me concentre ou pas ?

– Nous avons demandé à l'une de nos meilleures tutrices de s'occuper de toi. Tu la verras à la bibliothèque tous les soirs après les cours. Elle donne des cours de soutien depuis qu'elle a quitté ce lycée. Tous les élèves qu'elle a aidés ont obtenu leur diplôme. Elle-même est étudiante à la fac, ce qui lui prend beaucoup de temps, mais je lui ai parlé de toi.

Je commençai à me lever de mon siège.

– Merci, mais non merci.

– Milo, aboya-t-il. Rassieds-toi.

J'eus brièvement envie de l'envoyer se faire voir, mais maman m'aurait probablement fait la leçon au sujet de la notion de respect.

Qu'est-ce que j'en avais à faire de ce qu'elle aurait pensé ? Elle était morte. Son opinion ne comptait plus. Pourtant, je la respectais.

Le proviseur croisa les doigts.

– Tu vas suivre ces cours de soutien.

– Sinon quoi ?

– Sinon tu seras viré.

– Je mets deux cents dollars sur viré, dis-je en me moquant comme si la vie n'était qu'une vaste partie de *Jeopardy !*

Jeopardy ! C'était l'émission de télé préférée de ma mère.

Je la regardais avec elle tous les jours en rentrant de l'école.

Et voilà, je recommençais à penser aux morts.

Le proviseur, Monsieur Gallo, soupira et se pinça l'arête du nez.

– Que dirait ta mère, Milo, si...

– Non, le coupai-je avec un petit hochement de tête, on ne parle pas de ma mère.

– Je comprends que perdre Ana a été une épreuve très dure pour toi. Crois-moi, je sais.

– Pas vraiment, non.

– C'était ma sœur, Milo. Moi aussi, je l'ai perdue.

Je regardai mon oncle et mon estomac se serra. Bien sûr que je savais qu'il l'avait perdue, lui aussi. C'est la raison pour laquelle je me retrouvais dans son bureau toutes les semaines pour discuter du fait que j'étais en train de foutre ma vie en l'air. C'était pour cette raison que j'étais assis sur ce siège inconfortable. C'était pour ça que je regardais fixement sa foutue moquette.

Parce qu'il avait les mêmes yeux qu'elle.

Il avait son sourire.

Il éprouvait aussi la même véritable inquiétude.

Je le détestais et je l'aimais pour ces raisons, moi aussi.

Il déchaussa ses lunettes et se frotta le nez. C'était le moment où je savais que je parlais à mon oncle et non plus au proviseur. Sans ses lunettes, Monsieur Gallo le proviseur redevenait Weston.

– Je m'inquiète pour toi, Milo.

– Je vais bien.

– Ce n'est pas vrai. Tes notes chutent, et tu coules dans trois matières, presque quatre. Ana ne voudrait pas ça. Je ne veux pas ça. Tu vas devoir suivre les cours de soutien.

– Et qu'est-ce que ça peut faire si je suis viré ? Ce ne serait pas la fin du monde.

J'en avais assez de me prendre la tête. Je n'avais plus assez d'énergie pour que ça m'affecte.

– Tu ne vas pas te faire renvoyer. Je refuse que cela arrive.

– Malheureusement pour toi – je posai les mains sur les accoudoirs de mon fauteuil et me levai – ce n'est pas toi qui décides.

Je me dirigeai vers la porte pour sortir de son bureau. Il me rappela, mais je n'en tins pas compte.

– Elle a laissé une lettre pour toi, dit Weston.

Mes cheveux se dressèrent sur ma nuque. Je me retournai.

– Pardon ?

– Ta mère... elle t'a laissé une lettre.

– Non, ce n'est pas vrai.

– Si, insista-t-il. Je t'assure. Je suis censé te la remettre quand...

– Donne-la-moi.

Mon cœur froid et fatigué se mit à battre la chamade.

Weston secoua la tête.

– Je ne peux pas. Je dois te la remettre le jour de ton diplôme.

– On s'en fiche. Elle n'est plus là pour vérifier la date. Donne-la-moi.

– Non.

– Weston...

– Elle me l'a fait promettre sur son lit de mort, Milo. Je n'ai pas l'intention de trahir cette promesse.

– Je te déteste.

Weston hocha la tête.

– Je sais.

Il rechaussa ses lunettes et se redressa dans son fauteuil. C'était de nouveau le proviseur, Monsieur Gallo. Génial.

– Si tu veux entrer en possession de la lettre, il va te falloir aussi suivre la totalité de tes cours.

– C'est encore la volonté de maman ou bien tu fais ça seulement pour me faire suer ?

Il ne répondit pas à ma question.

– Le tutorat commence aujourd'hui, Milo. Quinze heures à la bibliothèque. Et s'il te plaît, ne la fais pas enrager. Si tu le fais, elle m'en rendra compte.

Une balance ! J'avais comme l'impression que cette bonne femme allait devenir la plaie de mon existence au cours des semaines à venir. Au moment de sortir, je poussai un grognement.

– Tu sais ce qui se passe dans deux semaines jour pour jour ?

– Oui, dit-il en faisant la grimace. C'est le premier anniversaire du jour où Ana nous a quittés.

Anniversaire.

Quel drôle de mot à utiliser dans des circonstances aussi tragiques.

Il remonta ses lunettes sur le sommet de son, crâne.

– Tu gères ça comment ?

Je ne répondis pas, parce que je ne gérais pas du tout. Je supprimai mentalement chaque seconde qui s'écoulait.

Je sortis dans le couloir et plongeai au cœur d'une tornade d'étudiants qui passaient devant moi. J'avais l'impression de marcher au ralenti dans des sables mouvants dont je me disais par moments que j'allais les laisser m'engloutir intégralement.

Je me demandais si d'autres personnes éprouvaient la même chose – s'ils préféreraient s'enfoncer dans la terre pour ne plus jamais revenir plutôt que de marcher à l'aveuglette dans le brouillard.

Elle avait laissé une lettre pour moi.

Pour me dire quoi ?

Est-ce que Weston la gardait en sa possession ?

Cette idée me donna envie de m'introduire chez mon oncle et de tout mettre sens dessus dessous pour trouver cette fameuse lettre. Connaissant mon oncle, il l'avait probablement mise en sûreté dans un coffre fermé à clé dont lui seul connaissait la combinaison.

Je n'étais pas d'humeur à aller en cours ce jour-là, mais pour être honnête, je n'étais jamais d'humeur à aller en cours. Pourtant, j'étais décidé à obtenir de mon oncle qu'il me donne cette lettre à la fin du semestre, donc je me traînai jusqu'au cours d'anglais.

– C'est tellement aimable de votre part de vous joindre à nous, Monsieur Corti. Je commençais à croire que vous aviez perdu le chemin de cette salle de classe, commenta Monsieur Slade lorsque j'entrai dans la salle avec un quart d'heure de retard.

– Vous me connaissez. Je ne peux pas m'empêcher d'aller faire un petit tour dans le passé, marmonnai-je.

Je lançai mon sac à dos à côté de mon pupitre et m'assis sur ma chaise, regrettant déjà d'avoir choisi de venir en classe. Mon oncle m'avait retourné la tête avec cette histoire de lettre que ma mère m'aurait laissée.

– J'espère que vous êtes à jour dans votre lecture étant donné que nous avons un contrôle surprise aujourd'hui, annonça Monsieur Slade en saisissant une pile de copies.

Toute la classe ronchonna. J'étais pratiquement certain que les profs prenaient leur pied en stressant les élèves avec des contrôles surprises. C'était probablement leur climax de la semaine.

– Savez-vous seulement quel livre nous étudions, Monsieur Corti ? demanda-t-il en se dressant devant mon pupitre.

– Laissez-moi deviner, *See Spot Run*[3] ?

Quelques personnes rigolèrent derrière moi.

– Je parie que votre avenir apprécie ces plaisanteries, dit Monsieur Slade, ou plutôt votre absence d'avenir en l'occurrence.

Je lui fis un doigt d'honneur une fois qu'il eut le dos tourné.

Monsieur Slade était un connard, mais il pensait certainement la même chose de moi. Je n'étais pas un élève facile et il y avait quatre-vingt-dix-neuf chances sur cent que je foire le contrôle qu'il venait de poser sur mon bureau. Il le savait lui aussi. Mais je me fichais complètement de son manque de confiance en moi. Je ne croyais pas en moi non plus. Apparemment, c'était une croyance universellement partagée.

Je me mis à fouiller dans mon sac à dos à la recherche d'un stylo pour massacrer l'examen lorsqu'une personne entra en courant dans la classe.

– Excusez-moi, désolée. Il y avait une déviation et beaucoup de circulation, ce qui n'est pas une excuse parce que j'aurais dû partir plus tôt, alors je suis désolée, mais je suis là. Excusez-moi. Bonjour.

La voix débordait d'énergie contenue. Cela ne m'intéressait pas assez pour que je regarde à qui elle appartenait. Je ne trouvais toujours pas de stylo.

Monsieur Slade s'éclaircit la voix.

– Ce n'est pas grave. Vous êtes juste à l'heure.

Je soufflai en douce, sans lever les yeux. C'est ça, elle, elle pouvait arriver en retard, mais pas moi. Sale hypocrite.

---

3. Comédie américaine sortie en 2001.

Je continuais de fouiller dans mon sac, en vain. C'est là que Savannah me tendit un stylo. La grande sœur à la rescousse. Je me demandais si elle n'en avait pas marre de mes conneries après toutes ces années. Si c'était le cas, elle ne montrait jamais aucun signe d'agacement. Elle continuait d'être présente pour s'assurer que j'aille bien.

Je hochai la tête.

– Merci.

– Pas de quoi.

Monsieur Slade tapa dans ses mains comme un gamin pour attirer notre attention.

– Je voudrais vous présenter Mademoiselle Evans. Notre nouvelle stagiaire pour ce semestre. Elle observera et prendra en charge le déroulement des cours de temps en temps.

Je levai les yeux et je restai interdit en la voyant là, debout devant moi, dans la classe. La fille de l'anniversaire.

– Putain, m'écriai-je sans réfléchir.

Les muscles de mon cou et de mes épaules se raidirent lorsque je sentis tous les yeux se tourner vers moi, y compris les siens. Ses grands yeux bruns qui, seulement quelques jours auparavant, étaient plongés dans les miens. Ses lèvres charnues qui, seulement quelques jours plus tôt, laissaient échapper des gémissements pour moi. Sa stupéfaction refléta exactement la mienne.

Submergé par un accès d'agitation incontrôlable, je me mis à remuer les doigts sans raison. Je détestais tous ses regards posés sur moi. Surtout le sien, parce qu'elle me dévisageait de façon évidente.

Je me tordis les mains plusieurs fois avant de les frotter sur mon pantalon. Elle secoua la tête et détourna rapidement les yeux. Se tournant vers Monsieur Slade, elle réussit à lui adresser un sourire crispé. Ce n'était pas son vrai sourire. J'avais vu son vrai sourire. Il était beau. Innocent. Rare. Ce n'était pas tous les jours que vous avez l'occasion de voir le vrai sourire de quelqu'un. Mais à cet instant précis son sourire dissimulait mal son angoisse et sa nervosité. Elle était mortifiée.

Moi, de mon côté ?

Plutôt mal à l'aise, mais aussi intrigué.

Vraiment intrigué.

– Je suis très contente de travailler avec vous et j'espère pouvoir former avec chacun d'entre vous une super relation de travail, dit-elle en s'adressant à l'ensemble de la classe.

Tout en nous disant de commencer nos contrôles, Monsieur Slade entraîna Mademoiselle Evans vers son bureau où il discuta avec elle de son travail ou je ne sais quoi. Je ne pouvais pas la quitter des yeux et je voyais bien qu'elle faisait tout pour éviter de regarder dans ma direction. Elle était nerveuse, ce qui était plutôt mignon, et il me fallait bien reconnaître qu'elle était belle. Depuis ses longues jambes jusqu'à ses courbes phénoménales. Cet après-midi-là, elle avait les cheveux raides, alors que trois jours plus tôt c'était dans ses boucles que j'avais emmêlé mes doigts. Les cheveux raides lui allaient bien, mais je préférais le naturel de ses boucles. Elle portait un chemisier bleu marine avec une jupe droite et des hauts talons. Elle était vêtue de la tête aux pieds, mais je ne voyais que ce qui était sous le tissu qui recouvrait sa peau.

Je ne pouvais détacher mon regard de ses lèvres écarlates.

Je savais que cette situation lui était intolérable, mais elle se devait de rester professionnelle. J'admirai sa capacité à le faire. La plupart des gens auraient fui en cédant à la panique.

Mademoiselle Evans.

L'idée de l'appeler comme ça au lit m'aurait peut-être traversé l'esprit. Même si après la nuit que nous avions passée ensemble, je m'étais retrouvé en proie à une crise d'angoisse, les moments qui l'avaient précédée comptaient parmi les plus jouissifs que j'aie vécus. La crise d'angoisse était probablement un épisode exceptionnel qui n'avait rien à voir avec elle. Du moins, c'était ce que je me disais tout en rêvassant à la possibilité d'y goûter de nouveau.

Mademoiselle Evans.

Mademoiselle Evans. Bordel.

À ce moment-là, un tas de pensées inconvenantes se formèrent dans mon esprit. Des choses qui l'auraient fait rougir, j'en étais sûr. Sans que je sache pourquoi, cette idée m'excitait. La voir ainsi vêtue, professionnelle dans sa jupe droite moulante, me donnait envie de la lui arracher. J'aurais voulu enfouir mon visage entre ses cuisses, tirer sa culotte avec les dents, la faire descendre le long de ses cuisses lascives. Je l'imaginais penchée sur le bureau du professeur, moi derrière elle, caressant de la main ses fesses dénudées.

Je me trompais peut-être. Peut-être que j'aimais bien l'école finalement. Avec le bon stimulant, je pourrais même trouver un intérêt à la progression pédagogique.

6

STARLET

– MAIS QU'EST-CE QUE TU FAIS LÀ, bon sang ? aboyai-je en direction de l'homme mystère, à la sortie de notre cours d'anglais.

J'avais dit à Monsieur Slade que je profitais de l'interclasse pour courir aux lavabos, mais en réalité, j'étais en quête d'une seconde en tête à tête avec Milo pour essayer de comprendre ce qui se passait.

Milo.

Il s'appelait Milo Corti.

J'avais repéré ça sur la liste des élèves que m'avait donnée Monsieur Slade. Ce nom lui allait à la perfection. Ça faisait prétentieux, comme lui. Je sentais encore son regard sur moi au moment où il avait compris lui aussi. Comme s'il était fier de ce rebondissement inattendu dans le scénario de sa vie et de la mienne.

J'eus la nausée lorsque nos regards se croisèrent. J'éprouvai le besoin de prendre la douche la plus longue et la plus brûlante de ma vie pour faire disparaître tout ce que nous avions fait ensemble.

C'était un élève ! Un élève du lycée !

Debout devant son casier ouvert, il me regardait de haut. Ça aussi, ça m'énervait, il ne pouvait pas faire autrement que me regarder de haut. Or j'avais besoin de me sentir plus grande que lui, ou du moins plus en position de contrôle de la situation, et ce n'était pas facile alors qu'il devait baisser les yeux pour me regarder.

Je n'arrêtai pas de parcourir le couloir des yeux pour m'assurer que personne n'était dans le coin en train d'écouter cette conversation.

– Écoute, je suis aussi étonné que toi, dit-il de sa voix tout aussi puissante et assurée que lorsque je l'avais rencontré.

– Mais quel âge tu as ? dis-je en baissant la voix.

– Dix-neuf ans. J'ai eu des problèmes de santé quand j'étais petit. J'ai commencé l'école à sept ans. Pourquoi, Mademoiselle Evans ? Il y a quelque chose qui vous inquiète ?

Mes joues s'empourprèrent lorsqu'il m'appela Mademoiselle Evans.

Oh, ça m'énervait ! Je détestais entendre mon nom rouler sur sa langue comme ça. Sur la langue même qui avait roulé sur moi. Partout. Sur. Moi. Même aux endroits que j'avais du mal à atteindre moi-même.

– Mais tu es au lycée ! grondai-je. Qu'est-ce que tu foutais dans une soirée étudiante ?

– Ben je m'occupais de toi, je crois bien, donc...

Je lui donnai une tape sur le bras.

– Non. Non. Arrête ça. Ne plaisante pas. Ce n'est pas drôle.

– Un petit peu quand même.

– Non. Pas du tout. Comment c'est possible que tu sois au lycée ? Quand on a fait... enfin... tu sais... tu ne le faisais pas comme une personne de ton âge. J'ai cru que tu étais plus vieux que moi ! Tu étais très (le trouble me fit rougir) expérimenté.

Il eut un sourire narquois plus hautain que jamais.

– Je vais prendre ça comme un compliment.

– Ben, tu ne devrais pas. Tout ce que je dis, c'est que les choses que tu faisais – ces gestes – étaient très *matures*.

Son sourire se fit plus pervers.

– Merci, Mademoiselle Evans. J'aimerais vous dire que vous m'avez appris deux ou trois trucs vous aussi. Comme le fait que vous aimiez être étranglée, par exemple...

– Tais-toi ! dis-je en baissant la voix. *Tais-toi, tais-toi, tais-toi !*

Les larmes me montaient aux yeux, mais je luttais pour les retenir. Mon nez me piquait tellement j'étais submergée par les émotions provoquées par cette situation délicate. Mon estomac était brouillé par la peur que tout ce pour quoi je travaillais si dur depuis des années se trouve aujourd'hui menacé. J'avais les mains moites et les mâchoires crispées en le dévisageant. J'étais à deux doigts de voler en éclats, et le marteau qui pouvait me détruire était dans les mains de Milo.

Il inclina la tête comme s'il s'apprêtait à faire une remarque sarcastique, mais il se mordit la langue à la place. Il se détourna légèrement de moi, puis me regarda de nouveau.

– Je ne dirai rien, d'accord. Ne fais pas ça.

– Quoi ?

– Pleurer.

– Je ne vais pas pleurer.

Oh mon Dieu, j'étais tellement au bord des larmes.

– Ne t'inquiète pas. Je n'en parlerai à personne.

Le nœud dans ma poitrine se relâcha légèrement.

– Tu le jures ?

– Tu veux que je m'agenouille devant toi ?

Ben, à dire vrai...

Je secouai la tête.

– Non ? C'est bon. On ne se touche plus – jamais. Tout ira bien tant qu'on reste professionnels et qu'on garde nos distances.

– Ouais. C'est seulement une heure par jour.

– Seulement quatre-vingt-six heures à passer ensemble jusqu'à ce que tu passes ton diplôme.

– Tu viens de calculer ça ? Quatre-vingt-six, c'est sorti comme ça de ta tête ?

– J'ai calculé pendant que tu passais ton contrôle. J'avais besoin de me calmer.

Il haussa un sourcil.

– Intello.

– Ne me traite pas d'intello, ordonnai-je en croisant les bras.

– D'accord, Mademoiselle Evans.

– Ne m'appelle pas comme ça non plus.

Je frissonnai. J'aurais aimé que ce soit un frisson de dégoût, mais pour être honnête, l'entendre m'appeler comme ça m'envoyait une bouffée de chaleur directement au plus profond de mon intimité. Les mots sortaient de sa bouche comme un péché honteux, et secrètement, j'adorais le son que cela faisait à mon oreille. Sa voix de velours, profonde, exprimait une telle assurance mâle qu'elle était douloureusement séductrice. Mon corps s'embrasait et j'avais l'impression que tout mon système allait se consumer d'un moment à l'autre. Mais il ne fallait pas qu'il le sache. Il ne le saurait jamais.

– Sérieux. Ne le fais pas. C'est trop bizarre.

– Comment suis-je censé t'appeler, alors ?

Bonne question.

– Je ne sais pas. Rien. Ne m'appelle pas. Fais comme avec tes autres professeurs. Fais comme si je n'existais pas.

– Ça, c'est pas difficile.

– Tant mieux.

– Super.

– Parfait.

Il fit une grimace et referma son casier.

– Je peux retourner en cours, à moins que tu n'aies l'intention de m'y escorter ? remarqua-t-il, sarcastique.

Je m'effaçai pour le laisser passer. Mais avant qu'il ne s'éloigne, Monsieur Gallo, le proviseur, nous interpella.

– Milo, Mademoiselle Evans. Je vois que vous avez déjà fait connaissance, commença-t-il en venant à notre rencontre.

La sensation de panique qui avait plus ou moins diminué revint peser sur ma poitrine avec force tandis que le proviseur approchait de moi. Oh mon Dieu, était-il au courant ? Est-ce que Milo avait confié ce qui s'était passé entre nous à un autre élève ? Est-ce qu'ils m'avaient balancée ? Est-ce que j'allais finir en prison ? Oh, mon Dieu, j'étais affreuse en orange. Cela ne mettait pas du tout mes yeux en valeur.

– Ah, bonjour, Monsieur le proviseur, balbutiai-je, ne trouvant rien d'autre à dire.

Milo restait planté là avec son sac à dos accroché à une épaule, calme, tranquille et sûr de lui. Je n'aurais su dire s'il avait le trac ou s'il était toujours aussi détaché de tout dans la vie. Il n'avait pas l'air aussi terrifié que moi.

Monsieur Gallo sourit, ce qui me sidéra. S'il avait été au courant, il n'aurait pas souri comme ça.

– Milo, tu te souviens que je t'ai parlé d'une tutrice que j'avais contactée ? Et bien, c'est elle. Elle va te donner des cours de soutien tous les jours à la bibliothèque. Encore merci, Mademoiselle Evans, d'avoir accepté cette mission.

Oh.

Mon.

Dieu.

Non !

Non, non, non et non !

Je me forçai à sourire et hochai la tête.

– Je vous en prie, c'est tout à fait naturel.

Le proviseur continuait de parler, mais mon esprit fondit dans un vide sidéral tandis qu'une esquisse de sourire effleurait les lèvres de Milo. Lorsque Monsieur Gallo prit congé, Milo reposa les yeux sur moi, en ne manquant pas de les balader de haut en bas de ma silhouette, ce qui me poussa à croiser les bras.

– Je crois que cela fera cent soixante-douze heures à passer ensemble, à présent, non, Mademoiselle Evans ? dit-il avant de s'éloigner, me laissant plantée là, interdite et confuse.

Bon.

Apparemment, il ne devait pas tellement avoir besoin de soutien en maths.

* * *

JE N'ARRÊTAIS PAS D'IMAGINER ce que maman aurait pensé de moi et de mes choix. Le seul fait d'envisager à quel point elle aurait été déçue me donnait la nausée. Lorsque je racontai à Whitney ce qui venait de se produire, ma culpabilité ne fit que s'intensifier.

– *Tu as couché avec un de tes élèves ?* s'écria-t-elle, les yeux agrandis d'effroi.

Je m'effondrai sur mon lit en gémissant.

– Ne le dis pas comme ça, cela paraît encore plus affreux.

– À mon avis, la manière de le dire n'y change rien, c'est affreux.

– Je sais, je sais. Crois-moi. La journée a été rude. Et en plus, je suis censée faire du tutorat avec lui. Une ou deux heures par jour.

Whitney était si interloquée que, pour la première fois, elle restait muette. Je ne savais même pas que ma meilleure amie était capable de garder le silence.

– C'est si terrible que ça ? demandai-je, les dents serrées.

– Je veux dire, c'est pas bon pour toi.

– Tu es censée me remonter le moral, Whit.

– Désolée, mais euh... tu as couché avec un de tes élèves ! Je suis pratiquement sûre d'avoir lu un roman d'amour qui parlait de ça. (Elle se frotta le menton.) Mais t'en fais pas, à la fin ils vécurent heureux et eurent beaucoup d'enfants.

– Ça ne finira pas comme ça.

Elle haussa un sourcil.

– Ça dépend. T'as eu tes règles depuis que tu t'es fait sauter par un élève ?

– Whitney ! Ne dis plus jamais ça. Et pour être exacte, il n'était pas mon élève quand c'est arrivé, et il a plus de dix-huit ans et – oh mon Dieu, je me suis fait sauter par mon élève.

Je gémis en me passant les mains sur le visage. C'est ce que j'avais gagné à écouter le diable perché sur mon épaule au lieu d'écouter l'ange qui me disait de passer la soirée à pleurer en regardant *Ce qu'en pensent les hommes.*

C'était de la faute de John.

Je ne serais jamais allée à cette soirée s'il ne m'avait pas trompée.

– Et puis d'abord, qu'est-ce que des lycéens faisaient dans une soirée d'étudiants ? Il devrait y avoir des contrôles d'identité à l'entrée. C'est un coup à leur faire un procès.

– Tu joues les trouble-fête. Ce n'est pas un club, Starlet. C'est une soirée crado d'étudiants incontrôlables. Les draps du lit dans lequel tu t'es fait sauter n'avaient probablement pas été lavés depuis des mois et tu n'es probablement pas la seule à avoir baisé dedans ce soir-là.

Je frémis en y pensant.

– Ok, ok, il ne faut pas voir tout en noir, poursuivit Whitney qui devait avoir remarqué la panique dans mon regard. Tu ne recoucheras jamais avec lui et personne, à part moi, toi et lui, n'est au courant, d'accord ?

– Oui. Et il a dit qu'il n'en parlerait à personne.

– Parfait. (Elle tapa dans ses mains.) Tu vois, comme on dit, « tout est bien qui finit bien. »

– Shakespeare savait de quoi il parlait.

Elle haussa un sourcil.

– C'est de Shakespeare ? Je croyais que c'était Harry Styles.

– Harry Styles, c'est « comme c'était. »

– C'est pratiquement la même chose.

– Ce n'est pas du tout la même chose.

– Bof, c'est tout comme. Au fait, est-ce que tu sais quel est son vrai nom, c'est pas Ducon.

– Milo Corti.

– Oh, mince. (Elle soupira.) Même son nom est sexy.

Je ne te le fais pas dire.

Je haussai les épaules.

– Bon, d'accord, c'est peut-être pas obligé, les contrôles d'identité dans les soirées d'étudiants, mais pour moi, si. À partir de maintenant, avant de coucher avec quelqu'un je vais devoir lui demander ses papiers.

Whitney rigola.

– *Salut, je m'appelle Starlet, et j'ai envie de coucher avec toi. Mais d'abord, montre-moi ta carte d'identité.*

– C'est pas une si mauvaise idée, je trouve.

– Tu sais à quoi je n'ai pas arrêté de penser pendant que tu me racontais ta vie cauchemardesque ?

– Vas-y.

– À des tacos.

Je souris.

Elle pensait tout le temps à des tacos.

Moi, de mon côté ? Pour le moment je pensais à tout ce qui pourrait se produire qui détruirait ma vie à jamais si, pour une raison ou pour une autre, un jour Milo était en colère contre moi et que pour se venger il racontait à tout le monde que je lui avais laissé souffler les bougies de mon gâteau d'anniversaire.

Mais les tacos arrivaient en deuxième position dans mon esprit.

Je soupirai en laissant tomber mes mains sur mes genoux.

– Mardi, Tacos ?

– Mardi, Tacos !

Elle applaudit, puis leva les mains en signe de victoire.

* * *

LE LENDEMAIN, je me présentai au lycée, prête à affronter mes peurs. J'avais un quart d'heure d'avance, donc je restai assise dans ma voiture avant d'entrer. Dans mon ventre, les papillons semblaient mener une guerre sans merci à des dragons. Mon estomac était noué. Je me sentais nauséeuse à l'idée de revoir Milo et le pire, c'est que je ne pouvais pas tout simplement éviter de regarder dans sa direction puisque c'était justement moi qui étais chargée de son tutorat.

J'envisageai la possibilité de demander à Monsieur Slade si je pouvais échanger avec une autre de ses classes pour éviter de voir Milo deux fois par jour, mais cela ne marchait pas avec mon emploi du temps à la fac. Que cela me plaise ou non, j'allais devoir côtoyer Milo Corti pendant deux heures tous les jours de la semaine jusqu'à la fin du semestre.

Je parcourus les couloirs du lycée en tenant ma mallette bien serrée à bout de bras. Le jour où j'avais acheté cette mallette, je m'étais sentie puissante et totalement sûre de moi parce que cela me donnait l'air professionnelle. Mon père m'avait emmenée faire les magasins pour acheter les tenues appropriées de la parfaite enseignante, et j'avais l'impression d'être une tueuse. Je les appelais mes tailleurs Michelle Obama. En les essayant, j'étais pratiquement certaine que je pourrais remporter l'adhésion de n'importe quelle assistance dès mon entrée dans la pièce.

Les couloirs du lycée étaient bondés d'élèves les yeux rivés sur leur téléphone, soit pour prendre des selfies soit pour regarder une vidéo à la mode. Ils se déplaçaient rapidement, le sac à dos jeté sur l'épaule, les livres coincés sous le bras sans jamais lâcher leur écran des yeux. Les murs étaient recouverts de banderoles festives et de ballons qui annonçaient la représentation prochaine du club de théâtre du lycée et le bal des terminales. Les odeurs de lycée étaient reconnaissables. Un mélange de parfums capiteux et de déodorant Axe avec des effluves de chaussettes de gym.

Des casiers rouge foncé étaient alignés par groupes de dix, séparés par les portes des classes. Certains casiers étaient décorés d'autocollants et de décorations reflétant la personnalité et les centres d'intérêt des élèves. Je n'aurais pu dire le nombre de Harry Styles, Taylor Swift et Beyoncé que j'avais vus. Mais rien n'était aussi revendiqué et visible que l'amour du groupe BTS. Je pouvais les comprendre. J'étais moi-même un membre fièrement assumé de THE ARMY, leur fan-club.

Je parcourais les couloirs du lycée comme une petite souris essayant d'éviter les lions. Le lycée, c'est effrayant lorsque vous êtes élève. Je n'ai jamais été sereine pendant mes années de lycée. En fait, j'étais la bonne élève, gauche, qui avait toujours le nez plongé dans ses bouquins et pratiquement pas de vie sociale. Mais aujourd'hui, le lycée était vingt fois plus terrifiant en tant qu'enseignante. Enseignante stagiaire, mais quand même. D'autant plus quand vous aviez accidentellement couché avec un élève.

– Bonjour, Mademoiselle Evans, dit une voix grave alors que j'approchais de la porte de la salle de classe.

Ce son enivrant provoqua de nouveau les mêmes frissons qui traversèrent tout mon corps et descendirent le long de ma colonne vertébrale.

– Arrête de m'appeler comme ça, murmurai-je en levant les yeux sur Milo.

Il sentait encore le cèdre et le citron et cela m'énerva.

Ce qui m'énervait aussi, c'est qu'il était encore plus beau que la veille.

Je me demandai s'il le faisait exprès pour me mettre en colère ou s'il était tout simplement plus beau de jour en jour. Je pariais qu'il ferait un vieux beau aux tempes argentées.

J'entrai dans la salle juste en même temps que Milo. Nos épaules se heurtèrent.

– Pousse-toi, ordonnai-je.

Il inclina la tête vers moi, visiblement amusé, puis il recula d'un pas, désigna la porte d'un geste et exécuta un petit salut.

– Après vous, Mademoiselle Evans.

Je fis une grimace. En passant la porte, je sentis son souffle chaud derrière moi. Milo était vraiment très près, son torse appuyé contre mon dos. Sa chaleur qui traversait ma veste de tailleur m'empêchait de marcher normalement. Je pressai le pas, filai vers mon bureau, m'efforçant d'échapper à son intensité. Comment allais-je survivre dans l'entourage de Milo alors qu'un si bref instant en sa présence me faisait un effet pareil.

Heureusement pour moi, ma première semaine en tant que stagiaire de Monsieur Slade se bornait à une période d'observation. Je n'eus pas à prendre la parole devant la classe, devant Milo. Je restai assise au bureau que Monsieur Slade avait installé pour moi et j'observai pendant qu'il leur faisait cours.

N'empêche, je le sentais – le regard de Milo qui traînait sur moi.

7

MILO

– VOUS, PRÉSENT EN CLASSE DEUX JOURS DE SUITE, Monsieur Corti. J'ai du mal à en croire mes yeux, dit Monsieur Slade lorsque j'entrai dans la salle.

– Moi aussi. Moi aussi, marmonnai-je.

Je ne parvenais pas à détacher mon esprit des fesses de la stagiaire qui me précédait. C'était une gentille fille. Cela s'était vu à la façon dont elle avait failli fondre en larmes la veille. Mais le problème, c'était que moi j'étais un bad boy qui voulait qu'elle soit gentille avec moi. J'avais toujours envie de la culbuter contre ce bureau sous les néons du plafond, alors qu'elle me gronderait parce que je n'aurais pas suivi le plan du cours.

Une fois assis, je la regardai en faisant de mon mieux pour le faire discrètement. Elle était jolie ce matin. Encore plus que la veille. Elle avait toujours son allure de prof, avec les cheveux défrisés attachés en une queue-de-cheval serrée. Je ne pus m'empêcher de penser à l'effet que ça me ferait de tirer un peu sur cette queue-de-cheval alors qu'elle serait à quatre pattes, sa croupe me faisant face.

Des pensées que tu ne devrais pas avoir, Milo.

Elle s'appelait Starlet, pas Scarlett comme dans *Autant en emporte le vent,* mais comme les étoiles dans le ciel.

J'avais fait une petite recherche rapide sur Internet parce qu'il fallait que je connaisse son prénom, pas seulement son nom de famille. Mademoiselle Starlet Evans.

Elle n'était pas très présente sur les réseaux sociaux, et les comptes qu'elle possédait étaient privés, ce qui était dommage. J'aurais bien aimé la veille au soir pénétrer plus profondément dans sa personnalité. Je ne savais pas pourquoi. D'une façon générale, je détestais les gens. Non... détester était un mot trop fort. J'étais indifférent aux autres êtres humains. Même si j'avais essayé, je ne leur aurais trouvé aucun intérêt. Cependant, le rebondissement de l'histoire dans laquelle Starlet se trouvait être à la fois mon enseignante et ma tutrice, c'était un truc que je n'avais pas vu venir.

J'avais du mal à me concentrer sur ce que disait Monsieur Slade parce que je ne parvenais pas à détacher mon regard d'elle, assise à ce bureau, faisant tout ce qu'elle pouvait pour ne pas me regarder. Il était évident qu'elle m'évitait. Je ne lui en voulais pas. Avec son sens de l'éthique, elle culpabilisait certainement pour les malheureux événements qui s'étaient passés entre nous. Mais, en toute franchise, je ne voyais pas ce qu'ils avaient de malheureux. Après avoir couché ensemble, c'est l'expérience à laquelle j'avais rêvassé le plus longtemps. Et je n'avais été avec aucune autre femme depuis. J'étais encore intoxiqué par elle. Je n'avais jamais vécu une expérience comme celle-là auparavant. Starlet avait la saveur du paradis mariné dans le péché, et après l'avoir laissée dans cette chambre, ce goût demeurait sur ma langue.

Avec mon sens de la morale, j'avais d'autant plus envie de la goûter encore. C'était probablement pour ça que j'étais destiné à l'enfer quand elle était faite pour le paradis. Nous étions diamétralement opposés. Bon sang, je n'avais jamais rencontré une femme comme elle. Une personne si effacée, mais si sexy à la fois. Intelligente, mais fantasque. Grosse, mais... Bon, d'accord, il n'y avait pas de mais dans ce cas.

Simplement, j'adorais qu'elle soit comme ça. La soulever et la sentir au-dessus de moi avait été le clou de ma soirée.

Quand je pense que je n'avais même pas envie d'aller à cette soirée, mais c'était ça ou rester à la maison, tout seul avec mes pensées.

Elle gardait les yeux inexorablement rivés sur Monsieur Slade. Je ne pus me retenir de sourire parce que je savais qu'elle faisait beaucoup d'efforts pour ne pas tourner les yeux vers moi. J'avais hâte d'avoir l'occasion de m'asseoir à côté d'elle. De sentir son odeur. D'être assez près pour la toucher tout en sachant que ce serait interdit. C'était le genre de torture exquise, que j'étais pressé de subir pendant notre heure de tutorat après les cours.

Monsieur Slade entreprit de distribuer les contrôles de la veille, corrigés. En posant ma copie sur mon bureau, il secoua légèrement la tête.

– Un résultat prévisible, Monsieur Corti.

Je jetai un coup d'œil sur la copie et vis l'énorme F rouge en haut de la page. J'aurais juré que Monsieur Slade s'appliquait à faire mes F gros et provoquants. C'était presque comme s'il hurlait : « Je t'emmerde, Milo, toi et ta stupidité. »

Mais c'était lui le dindon de la farce en fait. Je n'étais pas stupide. Simplement je ne faisais rien. C'était très différent.

Je levai les yeux de mon échec et saisis le regard de Starlet posé sur moi. Cette fois, elle ne le détourna pas, à l'inverse de ce qu'elle avait fait pendant trois quarts d'heure. Au contraire, elle inclina la tête et me fixa avec curiosité. Elle devait avoir entendu le commentaire de Monsieur Slade.

Pour la première fois, je me sentis mal à l'aise devant Starlet. Ses yeux marron ocre étaient si doux, si bienveillants, que cela me mettait en colère. Elle me dévisageait comme si elle ressentait de la pitié pour moi. Je n'avais pas besoin qu'on ait pitié de moi. En général, tout ce dont j'avais besoin, c'était qu'on me laisse tranquille.

En détournant les yeux le premier, c'est moi qui perdis la joute de regards. Je n'appréciais pas particulièrement de me sentir mal à l'aise par son empathie malvenue.

Après le dernier cours, je rassemblai mes affaires et me dirigeai vers la bibliothèque afin d'y retrouver Starlet pour notre séance de tutorat. Je choisis une salle du fond et m'écroulai dans un fauteuil. J'attendis un moment, ce qui ne fit qu'accroître mon irritation. On venait du même endroit. Comment pouvait-elle être en retard ?

– Désolée, désolée, marmonna-t-elle en entrant dans la salle.

En la voyant, je me redressai sur mon siège. Une sensation étrange et inconnue me submergea. Était-ce de... l'enthousiasme ? Était-ce le plaisir de la voir arriver ? C'était peut-être juste des troubles intestinaux ? Difficile à dire étant donné que je n'entendais rien aux sentiments. Tout ce que je savais, c'était que mon malaise était gravement agaçant.

Elle tira une chaise en face de moi.

– J'ai dû passer par le bureau du proviseur pour lui parler du tutorat et...

– Déjà à la recherche d'un prétexte pour laisser tomber ?

Je pouvais comprendre.

J'étais capable de reconnaître une cause perdue moi aussi.

Elle plissa les yeux, déconcertée.

– Quoi ? Non ? Il fallait que j'aille chercher les manuels pour tes cours afin de me mettre à jour et m'assurer que nous étions raccord sur tous les points.

Ah.

D'accord.

– Et c'est le cas, non ? dit-elle en haussant un sourcil. On est sur la même longueur d'onde, oui ou non ?

– Tu parles des études ou du fait qu'on a baisé ?

Ses lèvres pulpeuses s'entrouvrirent et elle resta interdite. Elle secoua la tête.

– Les deux, je parle des deux, Milo. Et j'aimerais que tu ne parles pas comme ça. Je me sens sale.

– Mais tu es une vraie cochonne.

– Milo, glapit-elle.

Je m'agitai sur mon siège.

– Tu es très mal à l'aise avec moi.

– Oui. Surtout quand tu dis des choses comme ça et que tu me dévisages pendant les cours.

– Je n'y peux rien, t'es en face de moi.

– Oui, mais...

Elle jeta un coup d'œil circulaire dans la bibliothèque et soupira.

– Tu étais sincère quand tu as dit que tu ne parlerais à personne de ce qui s'est passé entre nous ?

– Pourquoi je ne l'aurais pas été ?

– Parce que... je sais pas... tu as l'air... je sais pas... (elle tira sur sa queue-de-cheval pour la resserrer) je ne sais pas de quoi tu as l'air. Je ne te connais pas. Je ne sais pas à quoi m'attendre, ni quel genre de mec tu es, ni si tu pourrais t'en servir contre moi si je te mettais en colère ou...

– Tu penses que je suis malveillant et manipulateur ?

Ses yeux de biche s'arrondirent et elle secoua la tête.

– Ce n'est pas ce que j'ai dit.

– Mais c'est ce que tu penses.

– Je...

Elle ne sut que répondre. Cela me déplaisait qu'elle pense ça de moi. Elle ne me connaissait même pas. Elle me jugeait sur les apparences, mais si elle avait eu un soupçon de jugeote, elle aurait regardé plus attentivement et se serait rendu compte que j'en avais suffisamment rien à foutre de rien pour ne pas être manipulateur ni vouloir nuire à quelqu'un. N'empêche, sa méfiance vis-à-vis de moi ne me laissait pas si indifférent que ça.

Et ça aussi, ça m'énervait. En général, très peu de gens me faisaient réagir, mais Starlet, elle, n'avait pas besoin de se forcer, et je ne savais pas pourquoi.

Qu'est-ce qui se passe avec toi, meuf ?

Pourquoi tu me prends la tête comme ça ?

Je m'agitai sur ma chaise et me passai le pouce le long de la mâchoire.

– Je suppose que tu vas devoir être irréprochable, donc ?

Un éclair de panique traversa son regard.

Je fus presque culpabilisé.

– C'est pas juste, murmura-t-elle.

– Qui a dit que la vie était juste. Bienvenue au club. Bon, tu es là pour m'enseigner quelque chose, ou tu vas juste rester assise à repenser à la soirée où ma langue est entrée si profondément en toi que tu as joui à répétition ?

Elle ouvrit la bouche et ses yeux s'inondèrent de larmes.

– Tu ne vas pas recommencer à pleurer. C'était une blague, bon sang. Ne me dis pas que tu es sensible à ce point.

Je ronchonnais, mais en fait je culpabilisais. Ses émotions me mettaient aussi mal à l'aise qu'elle. Quelque part, j'avais envie de la réconforter et de lever toutes ses inquiétudes, parce que je voulais qu'elle soit détendue. Mais qu'est-ce que j'en avais à faire ? Elle était censée n'être qu'un dérivatif, un truc pour m'empêcher de trop penser à mon état dépressif. Et pourtant, chaque fois qu'elle était au bord des larmes, ma poitrine se serrait. Je ne supportais pas d'être la cause de son expression malheureuse. D'accord, j'étais un enfoiré, mais je n'étais pas con à ce point. Du moins je ne voulais pas l'être.

– Je suis aussi sensible que ça. Et ce n'est pas drôle. C'est ma vie, Milo. Tu me pourris la vie.

– Faux. C'est ta sensibilité qui te pourrit la vie. Et pardonne-moi d'être vexé que tu penses que je pourrais me servir de ça pour obtenir ce que je veux. Je t'ai dit que j'étais un connard, mais pas au point de faire ça. Ne t'inquiète pas, Starlet. Je n'ai pas l'intention de détruire ta vie. Je veux juste faire ce qu'il faut pour obtenir mon diplôme.

Et c'était vrai parce que ce diplôme voulait dire que j'aurais une lettre de ma mère. C'était le seul dénouement que j'envisageais.

– Bon. Très bien.

Elle fouilla dans sa sacoche et en sortit plusieurs cahiers.

– Allons-y. On m'a dit que tu avais besoin de soutien en anglais, histoire, espagnol et maths, c'est ça ?

– Et photo, aussi. C'est basé sur un grand projet.

– Ah, super. Tu as de la chance, *hablo español.*

– Je ne comprends pas un mot de ce que tu dis, je ne parle pas espagnol.

Elle me dévisagea et soupira.

– D'accord. Ça commence mal, mais je ne suis pas du genre à renoncer. Tout va bien se passer.

– On dirait une citation écrite sur un mug par un millénial alors qu'il boit devant un panneau marqué « Vivre, rire et aimer ».

Elle sourit.

Elle et ses foutus sourires. Ils faisaient surgir une impression de chaleur dans mon monde frigorifié.

Ma poitrine se serra. Eh merde. Ça recommençait... cette étrange sensation de panique qui montait en moi. Je fis tout mon possible pour la repousser.

Contente-toi de t'imaginer en train de la baiser. Oublie son sourire.

– Mon père dit ça tout le temps, dit-elle. Après le décès de ma mère quand j'étais petite, il me le disait tous les soirs avant d'aller me coucher. « Ça va aller. » Au début, je pensais qu'il disait ça pour que me consoler, mais très vite j'ai compris que c'était pour aller mieux, lui aussi. Depuis ce moment-là, c'est notre truc. C'est comme si c'était tatoué dans mon cerveau pour les moments difficiles.

L'étau sur ma poitrine se resserra alors que ses paroles se répétaient dans ma tête. Mes mains devinrent moites et je serrai les poings sous la table. Les premiers signes de la crise d'angoisse se succédaient et s'amplifiaient à chaque seconde alors que je la regardais. Je haussai les sourcils.

– Tu as perdu ta mère ?

– Oui, quand j'avais treize ans.

– Qu'est-ce qui s'est passé ?

– Un accident de la circulation. Elle a été renversée par un chauffard en état d'ivresse alors qu'elle était à vélo.

Bon Dieu.

Au moins avec la maladie, j'étais préparé à l'idée de la mort de ma mère. Dans le cas d'un accident de voiture, on n'est pas prévenu. Et pourtant, parfois je me demandais ce qui était pire, savoir que la mort est là au coin de la rue et se traîner vers elle un peu plus chaque jour ou bien être complètement pris au dépourvu.

Certains jours, le fait de savoir est comme une pendule qui vous torture en marquant de plus en plus fort les secondes qui passent.

Je levai les yeux, pris d'une pulsion soudaine de divulguer une partie de mon chagrin. Je n'avais jamais rencontré une personne de mon âge ayant perdu sa mère comme moi. J'avais envie de parler, mais les mots ne voulaient pas sortir de ma bouche.

Ma mère aussi est morte. Elle nous a quittés. Un cancer. Cela fera un an dans quelques semaines. Elle me manque tellement que j'ai du mal à respirer. Tout autour de moi me paraît sombre, à part quand je te regarde parfois.

Mais au lieu de dire ces mots, je marmonnai un pauvre

– Désolé.

Personne ne devrait perdre sa mère. Surtout à treize ans.

Comment faisait-elle pour aller bien ? Pour être la fille bien qu'elle était ? Une partie de moi aurait voulu qu'elle me dessine une feuille de route pour la vie après avoir perdu un parent afin que je sache combien d'arrêts il y aurait encore avant que j'aille aussi bien qu'elle. En général, j'avais le sentiment que plus jamais je n'irais bien. C'était pareil pour mon père. Nous n'étions plus que des coquilles vides, l'ombre des personnes que nous avions été – un écho de nos vies passées.

Elle repoussa une mèche de cheveux rebelles derrière son oreille.

– C'est bon. Mon père et moi... on va bien.

– Ouais. Ça va aller, marmonnai-je en reprenant plus ou moins ironiquement sa formule tout en espérant quelque part qu'elle contenait une part de vérité.

Elle sourit de nouveau.

Ma poitrine serrée...

Mes mains moites...

Mon esprit confus...

Je m'agitai à nouveau sur mon siège et tapotai mon cahier.

– Par où on commence, Mademoiselle Evans ?

Elle marqua un moment d'hésitation comme si elle allait me reprendre pour l'avoir appelée comme ça, mais finalement elle dit :

– L'anglais. On commence par l'anglais.

Je hochai la tête et sortis les devoirs que j'avais à faire dans cette matière.

– Comment ça a marché le contrôle d'hier ?

Je sortis la copie et la posai devant elle.

– Comme sur des roulettes, ironisai-je.

Elle fronça les sourcils.

Comment faisait-elle ? Comment pouvait-elle être belle aussi quand elle fronçait les sourcils ?

– Il t'a dit qu'il n'était pas étonné par ton résultat, non ?

– Quelque chose comme ça.

– Ça ne va pas, ça, Milo.

– C'est pourtant la réalité.

Elle plissa le front en secouant la tête, l'air déçue. Mais cette fois, la déception ne m'était pas adressée.

– C'est la première fois qu'il fait ce genre de commentaire ?

– Non. Et je doute que ce soit la dernière.

– Milo.

– Ne recommence pas à pleurer, Miss Sensible. Ce n'est pas grave.

– Si, c'est grave.

– Je lui ai donné suffisamment de raisons de ne pas croire en moi.

– Ce n'est pas son travail, dit-elle avec une pointe d'irritation.

Bon Dieu. Il n'y avait rien à jeter chez cette fille. Tout était remarquable. C'était agaçant.

– Son travail, c'est de t'instruire, en toutes circonstances. Pas de te ridiculiser et de te rabaisser pour des erreurs et des fautes que tu as faites.

– Si tu veux lui remonter les bretelles pour moi, je t'en prie, ne te gêne pas, dis-je en plaisantant à moitié.

J'avais l'habitude que mes amis se soucient de moi, mais de la part de Starlet, c'était encore plus personnel. Qu'elle prenne ma défense alors qu'elle n'y était pas obligée me faisait réfléchir. Je ne savais pas comment interpréter mes sentiments, mais la voir s'énerver à mon avantage, c'était... plaisant.

Ouais.

Elle me plaisait.

Elle rigola.

– Je vais y penser. Ou alors on pourrait faire en sorte que tu obtiennes de bonnes notes et lui prouver qu'il a tort d'ici à la fin du semestre. Au moins, ça l'énerverait.

Je dois dire que l'idée d'énerver mes profs n'était pas pour me déplaire.

– Tu es censé avoir lu *L'odyssée* pour demain, non ?

– Je ne lis pas beaucoup, avouai-je.

Les mots apparaissaient et disparaissaient devant mes yeux. Je n'avais pas une très bonne vue, de loin comme de près. La moitié du temps, je n'arrivais pas à voir ce qui était écrit au tableau et je redoutais les moments où il fallait lire à voix haute. Les professeurs qui faisaient lire les élèves à voix haute devant les autres auraient mérité une place réservée en enfer.

Voilà ce qui vous attend, Monsieur Slade.

J'avais probablement besoin de lunettes, mais je m'en fichais trop pour faire contrôler ma vue. Ma mère était une lectrice, elle. Elle adorait cette connerie. Je n'avais pas hérité d'elle sur ce point.

– C'est pas grave, répliqua Starlet. Passe-moi ton téléphone.

– Tu vas me filer ton numéro ? plaisantai-je.

– Oui, dit-elle sans rire.

– Pardon ?

– Je ne peux pas t'aider dans toutes ces matières à raison d'une heure par jour. Alors nous allons devoir être en contact en dehors des cours aussi. Certaines fois, on pourra se retrouver à la bibliothèque pendant le week-end pour te tenir au courant de l'avancée de ton travail. Au début ça va être l'enfer, mais on va y arriver.

J'aimais bien l'entendre dire l'enfer. Ça sonnait bien dans sa bouche.

– Ah, très bien.

Elle me lança un regard sévère.

– N'abuse pas de ce numéro, Milo.

– Je n'oserais jamais faire une chose pareille.

Je mentais. Je pensais déjà aux messages que je pourrais lui envoyer tandis qu'elle entrait les chiffres dans mon téléphone.

– Est-ce que tu écoutes des podcasts ? Tu as l'air d'être du genre à en écouter.

– Ça m'arrive de temps en temps. Pourquoi ?

– Quelquefois, lorsque les gens n'aiment pas lire, ils préfèrent écouter ou regarder. On ne peut pas regarder les livres que tu dois lire, mais on peut les écouter. Je t'installe une appli pour des audiolivres. Puisque tu n'aimes pas lire, tu pourras écouter les livres. Ça revient au même, mais c'est plus adapté à la façon dont ton esprit fonctionne.

C'était... attentionné.

Lorsqu'il m'était arrivé une fois de dire à Monsieur Slade que je n'étais pas un lecteur, il m'avait dit que ce n'était pas son problème.

– Merci, répondis-je, un peu déconcerté par sa compassion.

En même temps, j'imagine que ça faisait partie de son boulot. Je ne bénéficiais pas d'un traitement spécial.

– De rien. Tout le monde n'apprend pas de la même façon. C'est mieux de trouver ce qui marche pour chacun et de déterminer les différentes étapes qui permettront d'amener tout le monde sur la même ligne d'arrivée. Je vais écouter le livre moi-même et, chaque soir, tu pourras m'appeler pour qu'on ait une discussion d'un quart d'heure sur ce qui s'est passé dans ces chapitres afin que tu sois préparé à tout ce que Monsieur Slade pourrait te demander.

– D'accord. Ça me paraît bien.

Franchement, cela avait l'air génial. L'idée d'entendre sa voix tous les soirs avant d'aller me coucher, c'était comme une sorte de cadeau. Il y avait quelque chose de très séduisant dans le son de sa voix. Elle avait un côté haletant et suave, avec un tempo lent. Lorsqu'on travaillait ensemble, sa voix se dotait d'un trait supplémentaire d'assertivité que je trouvais follement attirant.

Enseigne-moi, Mademoiselle Evans. J'aime quand tu fais ça.

Elle continua d'écrire un programme pour aborder toutes les matières sans que je sois débordé. C'était mon problème. Parfois – tout le temps –, je laissais tout s'accumuler à tel point que lorsque je regardais ce que j'avais à faire, je ne faisais rien parce que c'était impossible de décider par quoi commencer.

Non seulement Starlet présentait les choses comme faisables mais elle les rendait faisables sans effort. Elle trouva même le moyen de me prévoir du temps pour me détendre et pour avoir une vie en dehors du travail scolaire.

– C'est nécessaire de faire des pauses. C'est là que ton cerveau peut se reposer et récupérer pour mieux aborder ton travail. Donc, dimanche c'est jour de congé pour toi. Pas de travail.

– Tu rigoles ?

– Pas du tout. C'est important. Bon, notre heure est passée, mais je te demande d'écouter les deux premiers chapitres du livre ce soir. Tu peux m'envoyer un texto pour en discuter ou m'appeler n'importe quand à partir de dix-neuf heures. Je serai rentrée dans ma chambre et j'aurai terminé mon propre travail.

– Tu dois être bien payée pour faire ça pour moi. Cela va prendre beaucoup de temps sur ta vie personnelle.

Elle sourit et rangea ses affaires dans sa sacoche avant de se lever.

– On ne me paye pas du tout. Cela me fait plaisir de le faire gratuitement. On se voit demain, mais tu m'appelles ce soir.

Je voyais pourquoi elle voulait devenir professeur – elle était douée pour ça. Géniale, même.

Je la suivis du regard alors qu'elle s'en allait.

Je pris mon téléphone pour regarder le numéro et le nom qu'elle avait enregistrés.

Prof. Tu n'as qu'à m'appeler Prof.

Putain.

Elle avait de l'esprit et ça me plaisait.

Cela risquait de devenir un problème pour moi.

8

STARLET

MILO : CE MEC, il a vraiment couché avec sa mère ?

Je rigolai, assise sur mon lit, en lisant le SMS de Milo.

Starlet : Tu en es déjà là dans l'histoire ? Comment t'as fait ?

Milo : Rien ne vaut les audiolivres. Non, sérieusement. Il couche avec sa mère ?

Starlet : Il le fait à son insu.

Milo : C'est pas possible de se remettre de ça. J'espère qu'il saute d'une falaise à la fin. C'est le seul moyen pour lui de réparer. La mort.

Je pouvais presque voir l'expression de son visage pendant qu'il écoutait l'audiolivre. Je riais d'imaginer son choc en entendant ce qui se passait.

Starlet : Donc, tu as déjà réussi à t'avancer dans ta lecture pour ce week-end. Tu vois ? Ça ne va pas être difficile de rattraper ton retard. N'oublie pas d'écrire un essai sur une personne qui t'inspire. C'est pour lundi. Tu peux me l'envoyer pour que je le relise. Fais-le ce soir ou demain. N'oublie pas, le dimanche c'est repos.

Milo : Il n'y a aucune personne qui m'inspire.

Starlet : Ne t'inquiète pas. Je peux t'aider à choisir un sujet. Ça peut être n'importe qui. Un professeur, un ami, tes parents. Même une vedette.

Je vis les ellipses apparaître sur l'écran, puis disparaître. Puis réapparaître pour disparaître de nouveau. Milo essayait de rassembler ses idées, mais il les effaçait au fur et à mesure avant de me les envoyer.

Je reposai mon téléphone et repris la lecture de mon roman, mais j'avais du mal à me concentrer. Je n'arrivais pas à me sortir Milo de la tête. Était-il encore chez lui pour faire ses devoirs ou avait-il trouvé une autre soirée ? Était-ce pour cela qu'il ne répondait plus ? Était-il sorti pour se chercher une autre fille avec qui oublier pendant un moment ?

J'éprouvais de la jalousie tout en essayant de ne rien changer à mes activités habituelles du vendredi soir, c'est-à-dire, un masque de beauté, mes livres et de la cuisine chinoise. J'essayai de repousser ce sentiment étranger. Pour quelle raison devrais-je être jalouse ? Et pourquoi avais-je envie de lui envoyer un message pour l'interroger sur ses projets pour la soirée ? Est-ce qu'il restait chez lui ? Est-ce qu'il sortait ? Était-il avec une autre fille ? Est-ce qu'elle lui faisait penser à moi ?

Arrête ça, Star.

Pas de bêtises.

Le professionnalisme était la ligne de conduite à suivre avec Milo et elle ne serait pas remise en question.

Quand même, je me demandais où il avait passé la soirée et avec qui. Est-ce que ses baisers avaient le même goût que les miens, ou la douceur de mes lèvres lui avait-elle manqué ?

Des heures plus tard, mon téléphone fit entendre un signal d'alerte.

Milo : Tu y penses encore, toi aussi ?

Mon estomac se noua. Il ne savait pas à quel point il me rendait nerveuse. Une multitude de sentiments se mélangeaient en moi chaque fois qu'il disait une chose qui pouvait être interprétée de différentes façons. De façon inappropriée. J'avais l'impression que mes désirs étaient des péchés, mais je ne pouvais pas les empêcher de s'échauffer en moi. Des désirs et des manques qui étaient strictement interdits.

Sa question pouvait faire référence à n'importe quoi, mais mon esprit alla directement à cette fameuse soirée que nous avions passée ensemble.

Milo : Au fait qu'il ait couché avec sa mère ?

Le souffle qui s'était coincé dans ma gorge s'évapora lentement. C'est alors qu'il m'envoya un autre message.

Milo : C'est bien ce que tu avais compris, hein ? Rien d'autre ne t'est venu à l'esprit ?

Il semait la confusion dans mon esprit et il le savait parfaitement. Il essayait de me faire réagir, et ça marchait. Et pourquoi est-ce que ça me plaisait ? Pourquoi aimais-je qu'il me taquine comme ça ? Pourquoi est-ce que cela me donnait chaud et me tracassait ?

Starlet : Milo, on est d'accord, les messages sont réservés à ton travail scolaire.

Milo : Oui, Prof.

Starlet : Merci. En même temps que ton essai d'anglais, j'aimerais que tu m'envoies le devoir de maths qui t'a été donné il y a deux semaines et que je t'ai demandé de finir pour demain.

Milo : D'accord, Prof.

Starlet : C'est quoi ce ton ironique ? T'es vraiment un petit con, tu sais ?

Milo : C'est quoi ce langage, Prof ?

Ce mec allait me filer la migraine, ou un orgasme. Soit l'un soit l'autre.

Je ne répondis pas et il garda le silence lui aussi, donc je me dis que c'était la fin de la conversation. Je retournai à ma lecture, mais Milo ne cessa pas d'occuper mes pensées, sans que je le veuille. Un peu plus tard, mon téléphone émit une sonnerie d'alerte juste quand j'allais m'endormir.

Milo : Je vais écrire un essai sur mon grand-père.

Starlet : Parfait. C'est une bonne idée.

Milo : Bonne nuit, Prof.

Starlet : Bonne nuit, Milo.

Milo : Moi aussi j'y repense, tu sais. À cette soirée où tu m'as laissé te prendre. J'y pense souvent, et je me dis que j'aimerais bien que ça arrive de nouveau.

J'éteignis rapidement mon téléphone, en faisant tout mon possible pour ne pas m'attarder trop longuement sur ce qu'il venait de m'écrire.

Pour l'amour du ciel...

J'aurais dû me douter qu'il n'allait pas lâcher si facilement. Le pire dans tout ça, c'est que j'y pensais effectivement. Au moins une fois par jour. Parfois deux. J'étais fichue, ça ne faisait plus aucun doute, et c'était Milo Corti qui menait le jeu.

* * *

LES TOILETTES DU LYCÉE constituaient un sujet d'étude édifiant. La quantité de graffitis sur les murs des cabines disait explicitement ce que beaucoup de filles avaient en tête. Dans la troisième cabine, il y avait une liste des gars les plus sexy du lycée, et situé confortablement en tête de la liste apparaissait le nom de Milo.

Cela ne m'étonna pas le moins du monde. Milo était incroyablement beau. C'était agaçant qu'il soit si beau. J'avais dû reconditionner mon cerveau pour me déconnecter de cet état de fait après avoir compris que j'étais enseignante stagiaire dans sa classe.

Je veux pécho Milo Corti était écrit sur le mur.

Je pouvais comprendre la fille qui avait écrit ça.

C'était un bon coup.

Parfois, en parcourant les couloirs, je remarquais que les filles se retournaient sur lui, mais lui ne les regardait jamais. Personne ne semblait l'intéresser... à part moi.

Lorsque nous nous croisions, il me regardait droit dans les yeux. Il refusait de céder et soutenait mon regard jusqu'à ce que je craque. Je baissais les yeux, mais d'une certaine façon je continuais de sentir le poids des siens posés sur moi. C'était un problème pour moi, mais je n'abordais jamais le sujet avec lui. Je me disais que moins j'en parlais, mieux c'était. Parce qu'il était clair qu'il adorait me faire réagir. Et quand il s'agissait de lui et de ses yeux noisette, je réagissais facilement.

Pourtant, depuis quelques jours, il semblait plus distant que d'habitude. Pendant nos sessions de travail, il faisait moins de remarques sarcastiques. Une partie de moi-même avait envie de lui demander s'il allait bien. Une autre comprenait que ce n'était pas mes affaires.

9

MILO

TOUS LES JOURS SANS EXCEPTION, je me réveillais dans un monde de ténèbres. Au propre comme au figuré. Chaque réveil me demandait quelques secondes pour accommoder mon regard à l'espace qui m'environnait. Je devais cligner des yeux plusieurs fois avant de pouvoir sortir du lit. Aussi loin que je me souvenais, ça avait toujours été le cas. D'autant plus depuis que je me réveillais à l'aube. Cela faisait un an maintenant. Avant le lever du jour, je sortais de la maison et je descendais vers le parc qui se situait non loin de chez nous. Estes Park était le parc préféré de mon père depuis sa jeunesse. C'est là que ma mère et lui s'étaient rencontrés. À l'intérieur du parc, il y avait une zone boisée qui menait au bord du lac si vous empruntiez un petit chemin dérobé dont mes parents et moi étions pratiquement les seuls à connaître l'existence. Il y avait un petit banc de bois que mon père avait acheté pour ma mère et sur lequel ils avaient gravé leurs initiales. C'était l'endroit que ma mère chérissait le plus au monde. Nous avions coutume d'y aller tous les trois pour pêcher pendant des heures.

Aujourd'hui, j'étais désormais seul à y aller. Cet hiver-là, le lac était complètement gelé. Je n'aurais probablement pas dû me trouver là, debout dans le vent glacial, mais je m'étais juré de ne jamais manquer un seul matin pour venir regarder le ciel au-dessus du lac.

Maman m'avait dit que je la retrouverais dans les levers de soleil, donc je me faisais un devoir d'essayer de ne pas en manquer un seul depuis qu'elle avait quitté ce monde, quel que soit le temps. Certains jours, les nuages masquaient le soleil, mais je me disais qu'il était quand même présent. Elle me manquait encore plus ce matin-là et voir le soleil levant ne semblait pas suffire à me réconforter.

Starlet avait réussi à me distraire pendant un temps très bref. Elle me permettait de ne pas trop penser au jour qui approchait, mais une fois le jour venu, mon esprit était incapable de gérer le chagrin.

Cela faisait un an qu'elle était partie.

Un an jour pour jour.

Bon anniversaire du jour de ta mort, maman. Va te faire voir pour m'avoir laissé ici sur cette planète. En plus, tu me manques tellement que j'ai du mal à respirer.

Je contemplai le lever de soleil, en proie à un grand vide intérieur, puis je rentrai à la maison et je me préparai pour le lycée.

Ce matin-là, le bureau de Weston était bien le dernier endroit où j'avais envie d'être pour notre entrevue hebdomadaire. La moquette avait été enlevée, faisant apparaître un plancher horrible. Weston me dit que la rénovation de son bureau était en cours et que le nouveau revêtement de sol ne serait pas installé avant la semaine prochaine.

Pour l'instant, il était tout à fait assorti à mon humeur – exécrable.

Weston sirotait son café en me regardant de la tête aux pieds. Franchement, je ne savais même pas comment j'avais fait pour me traîner jusqu'à son bureau. Je n'avais pas dormi de la nuit. Principalement parce que chaque fois que je fermais les yeux, j'étais assailli par des images de mon passé. Et quand ce n'était pas ça, c'était ma situation présente qui m'obsédait.

– Tu as fumé ? demanda Weston.

Je levai les yeux et haussai un sourcil.

– Qui pose la question ? Weston ou le proviseur ?

– Les deux, dit Weston en reposant sa tasse de café sur la table.

– Ben, je pense que tu connais la réponse vu la façon dont tu le demandes.

– Il est sept heures du matin, Milo.

– On appelle ça « le wake and bake[4] », répliquai-je.

Weston n'aurait pas dû être surpris. J'avais passé un week-end de merde. Papa n'avait pas dessoûlé et il avait décidé de s'en prendre à moi en rentrant à la maison, puant comme un marin couvert de pisse. Devoir me confronter à un homme terrassé par le chagrin et l'alcool et que j'avais dû forcer à se doucher et à manger n'était pas vraiment ma conception de la fête. Et en plus d'avoir à jouer les nounous, il avait fallu que je me coltine ses reproches concernant combien je l'avais déçu. Ensuite, ce jour marquait la date anniversaire du décès de maman. Alors excuse-moi d'être stone en arrivant à l'école, mais je devais bien essayer de gérer la merde que j'ai dans la tête.

Weston fronça les sourcils. Je n'aurais su dire si je le décevais ou s'il était triste pour moi.

Peut-être un mélange des deux.

– Tu aurais mieux fait de rester chez toi aujourd'hui, me dit-il.

– Tu m'as dit que je n'aurais la lettre que si j'assistais à tous les cours. Alors je suis là.

– Tu es là sans y être.

Je suis là sans y être.

Il s'agita sur son siège.

– Tu veux qu'on parle d'elle aujourd'hui. Ça te fera peut-être...

– Non, l'interrompis-je.

Il y avait un million de choses que je voulais faire ce jour-là. J'avais envie de planer. J'avais envie de me soûler.

4. Expression qui signifie « fumer du cannabis dès le réveil ».

J'avais envie de faire n'importe quoi qui aurait pu me faire oublier qu'aujourd'hui était l'anniversaire du pire jour de ma vie. Je voulais disparaître et ne plus rien ressentir. Je voulais arrêter de souffrir et avoir le sentiment qu'il y avait peut-être une chance qu'un jour j'irais bien. Je voulais recommencer à respirer. Je voulais tellement parvenir à respirer. Mais je n'y arrivais pas. Ou du moins je choisissais de ne pas le faire. Cela semblait égoïste de ma part de respirer alors que maman ne pouvait plus le faire.

Le chagrin est une créature complexe. Un jour, on est triste et le lendemain empli de rage. Parfois, rarement, on est les deux en même temps. Tellement en colère et agressif, tellement triste et déprimé.

– Tu aurais dû penser que je comprendrais que tu t'absentes aujourd'hui. Aujourd'hui, plus que n'importe quel autre jour. Ça aurait été normal.

– Ouais, ben, tu aurais peut-être dû dire ça avant d'agiter cette lettre comme une menace au-dessus de ma tête.

– Milo.

– Quoi ?

Il allait répondre quand la sonnerie retentit pour le premier cours de la journée. Il referma la bouche et donc je me baissai pour récupérer mon sac à dos derrière mon fauteuil.

– Je ne peux pas arriver en retard en cours, Monsieur le proviseur, marmonnai-je en me relevant.

Il me rappela, mais je ne me retournai pas. Je n'avais pas envie de parler. Je n'avais pas envie de le regarder dans les yeux, ils ressemblaient trop à ceux de ma mère.

Je franchis la foule des élèves qui encombraient le couloir, traversant mes sables mouvants intérieurs, et j'avançai tout droit vers le casier de Tom.

Il me regarda.

– Tu t'es fait percuter par un bus ?

– Il me faut des cachetons, dis-je, allant droit au but.

Je n'étais pas du genre à faire la conversation et je me sentais encore trop mal pour affronter la journée qui s'annonçait. Je savais que j'irais de plus en plus mal au fil des heures qui me conduiraient vers trois heures de l'après-midi, heure à laquelle maman avait poussé son dernier soupir. Je ne voulais pas être opérationnel à ce moment-là. Il fallait que je sois stone le plus longtemps possible.

– Eh bien, moi aussi je te salue, beau gosse, dit-il ironiquement.

– Sérieux, Tom. Qu'est-ce que t'as à me filer ?

– Quelle humeur ! T'as tes règles ou quoi ?

Je gardai le silence.

Il haussa un sourcil et devint plus grave.

– Mauvaise journée ?

– On peut dire ça.

Pendant une fraction de seconde, ses yeux exprimèrent un éclair de pitié pour moi. Il le repoussa très vite parce qu'il savait que je n'aurais pas aimé ça. Il chercha dans son sac à dos, en tira une boîte de pastilles de menthe, l'ouvrit et en sortit un cachet.

– Avec ça tu devrais te sentir... bien. Tu vas te sentir bien.

Parfait.

– Donne-m'en plus.

– Mec, je ne sais pas si...

– Je te paierai.

– Tu sais bien que ce n'est pas une question d'argent.

– Tom. S'il te plaît.

Je n'étais pas du genre à supplier pour quoi que ce soit, mais à ce moment-là, j'en avais besoin. C'est sans doute ce qui l'a fait fléchir. Sans poser de questions, il me donna encore quelques cachets puis posa une main sur mon épaule.

– Hé, mec. Je sais qu'on n'est pas vraiment intimes, mais si jamais tu as besoin de parler...

– Non.

Je gobai un cacheton et glissai les autres dans ma poche pour les prendre au fil de la journée.

– C'est noté. (Il retira sa main et referma son casier.) Cela dit, bon voyage.

À la prochaine.

* * *

BIEN.

Je me sentais bien.

Super bien, même. Putain, je me sentais hyper bien.

Les sables mouvants sous mes pieds s'étaient modifiés au fil des heures et, à présent, je flottais dans les couloirs. Tous mes sens étaient exacerbés. Mes doigts s'écartaient et je fixais l'espace qui les séparait. Je le sentais. Je sentais l'air entre mes doigts.

Putain, j'étais stone.

– Tu vas bien ?

Je détachai mon regard de mes doigts et me retournai. Starlet se tenait devant moi, l'air inquiète.

Waouh.

Elle avait de beaux yeux.

– Tu as de beaux yeux.

Elle jeta un regard autour d'elle et recula d'un pas.

– Ne redis jamais ça, Milo, dit-elle à voix basse, sur un ton menaçant. La cloche a sonné, tu devrais être en cours.

Je ris.

Parce que c'était drôle. Tout était drôle – Starlet, le lycée, la vie, la mort.

Elle n'était pas sensible à l'humour de la situation, en fait. Peut-être que c'était mon rôle de lui montrer – la comédie de la vie.

Je mis la main dans ma poche et en sortis un cacheton. Je le lui tendis.

– Tiens, prends ça. Ça va te faire rire, Prof.

– Oh mon Dieu, dit-elle à mi-voix en avançant vers moi. C'est de la drogue ?

– Bah, c'est pas une pastille de menthe.

– Range ça et va en cours, ordonna-t-elle.

Les couloirs étaient pratiquement vides, sans doute dû au fait qu'elle avait raison. J'aurais dû être en cours comme tous les autres élèves. Quel cours, au fait ? Quelle heure était-il ? Merde. La lettre. Il fallait que j'aie cette lettre.

– Il faut que j'aille en classe pour la lettre, marmonnai-je.

J'étais un peu dans le brouillard et mon estomac faisait des flips. J'allais me mettre le cacheton dans la bouche quand Starlet me le fit tomber de la main.

– Milo, mais qu'est-ce que tu fabriques ? Tu ne peux pas prendre ces trucs au lycée, gronda Starlet.

Elle commençait à parler de plus en plus comme un professeur. Dommage.

– Tu n'en as pas voulu.

– Tout simplement parce que je ne me drogue pas.

– Mais la vie serait tellement plus belle si tu le faisais, Prof.

Je trébuchai et elle me rattrapa. Nous échangeâmes un regard et je poussai un soupir.

– Tu as de beaux yeux, tu sais.

– Milo. Arrête avec ça.

– Je ne me sens pas très bien, Prof.

– Ouais, je vois ça.

– Il ne faut pas que j'échoue. Je ne peux pas. Il me faut cette lettre. Il me la faut.

Elle me regarda en plissant les yeux, perplexe. Elle ne comprendrait pas. Personne ne comprendrait. Elle jeta un coup d'œil dans le couloir autour de nous, puis soupira.

– Viens. Il faut que tu redescendes.

Elle m'entraîna dans le couloir, puis me fit descendre un escalier avant d'ouvrir la porte d'un local d'entretien. Elle m'entraîna à l'intérieur et referma la porte derrière nous.

– Assieds-toi, ordonna-t-elle en me poussant vers le sol.

Ensuite elle bloqua la porte avec un balai pour que personne ne puisse entrer.

– On se déshabille maintenant ? murmurai-je.

Putain, j'étais défoncé.

– Quoi ? Mais non. Tu es complètement déchiré, ronchonna-t-elle en fouillant dans sa mallette.

Elle en sortit une bouteille d'eau qu'elle me tendit. Je la repoussai.

– Non.

– Il faut que tu dessoûles, Milo.

– Non. C'est mon père qui doit dessoûler, pas moi. Moi, je vais bien. En pleine forme. Je suis heureux, bredouillai-je en agitant la main vers elle. Tout va bien.

Je levai les yeux vers elle et lus de la tristesse dans son regard.

– Tu as de beaux yeux, répétai-je.

Elle plissa le front.

– Ça va aller, Milo.

– Puisque je te dis que je vais bien, murmurai-je en m'écroulant contre un seau.

Elle avança vers moi, posa la main sous mon menton et porta la bouteille d'eau à mes lèvres. J'avais du mal à garder les yeux ouverts. Tout me semblait pesant et léger à la fois. Le moindre mouvement m'était pénible. Entre mes paupières à peine entrouvertes, je voyais toujours ses yeux. Ces putains d'yeux.

– Bois.

– Non.

Je repoussai la bouteille.

– Bois, répéta-t-elle.

– Je te déteste, grognai-je.

Je ne voulais pas boire.

– Tant mieux. Cela veut dire que tu ressens encore quelque chose. Maintenant, bois.

Je bus.

– Ça va aller, Milo, dit-elle encore une fois et, je ne sais pas pourquoi, cela ne fit qu'augmenter la pression sur ma poitrine.

– Elle n'est plus là, murmurai-je, sentant que j'allais partir en vrille. Elle est partie pour de bon, bredouillai-je avant de me rouler en boule et de m'effondrer.

Starlet ne dit plus rien. Elle posa une main consolatrice sur mon dos et le frotta en faisant des cercles. De temps en temps, elle me faisait boire une gorgée d'eau. À un moment, je m'endormis. Ou je perdis connaissance. C'était difficile à dire. Tout ce que je savais, c'est que quand je revins à moi, sa main était toujours posée sur mon dos.

Ses mots résonnaient comme un mensonge dans ma tête.

Ça va aller, Milo.

Ça va aller, Milo...

Comment ?

Comment est-ce que ça... comment est-ce que *je* pourrais aller bien de nouveau ?

10

STARLET

JE RISQUAIS GROS en restant assise comme ça dans ce réduit avec Milo. Je ne savais même pas pourquoi j'avais fait ça. À tout le moins, j'aurais dû signaler sa conduite inappropriée au bureau des surveillants afin qu'ils le sanctionnent. Pourtant, quelque part au fond de moi, je n'avais pas envie qu'on le voie dans cet état. Je ne le connaissais pas, mais j'avais l'impression que c'était ma mission de le protéger. De l'aider à surmonter les épreuves qu'il traversait.

Et puis, la douleur dans son regard...

Tu fais quoi là, Star ?

Je mettais en danger mon avenir tout entier, tout ce pour quoi j'avais travaillé dur, tout ça pour un simple inconnu. Si on me découvrait dans ce placard à balais avec ce gars, ce serait la fin de tout ce qui chez moi voulait devenir professeur. Mes rêves seraient ternis à jamais en un claquement de doigts à cause d'une décision précipitée de pousser Milo dans ce local.

Que lui était-il arrivé ? Je savais qu'il n'était pas facile, et je savais qu'il était malheureux si j'en croyais ses yeux noisette, mais ce jour-là c'était différent. Surtout avec les quelques indices qu'il avait laissés échapper en parlant de l'alcoolisme de son père. Était-il en sécurité ? Quels conflits avait-il à affronter seul, et pourquoi prenait-il de la drogue pour les oublier ?

J'avais envoyé un texto à Monsieur Slade pour lui dire que j'avais eu un problème personnel qui m'empêchait de venir en cours cet après-midi. Une mauvaise décision de plus. Qu'est-ce qui me poussait à faire des mauvais choix lorsqu'il était question de Milo Corti ?

Quelle idiote, mais quelle idiote !

Les heures passèrent pendant lesquelles je fis boire de l'eau à Milo, et lorsqu'il fut assez bien pour se tenir assis, je lui fis un petit sourire.

– Je te jure que ça va aller.

J'espérais que ce serment ne faisait pas de moi une menteuse.

Il se passa la main sur le front, puis dans les cheveux.

– Ouais, c'est ça.

– Il faudrait que j'y aille avant que quelqu'un arrive. Tu pourras attendre un peu avant de sortir à ton tour, ça marche ?

Il fit oui de la tête.

Avant de me lever, je posai une main sur son genou.

– Milo, je sais que tu ne tiens pas à parler et ce n'est pas un problème. Je ne te demande rien et je ne vais pas te forcer. Mais il faut que tu parles à quelqu'un, et vite. Que tu te confies, parce que quelles que soient tes blessures, elles ne guériront pas sinon. Elles sont à vif et douloureuses et tu as le droit de les soigner.

– Qu'est-ce que tu en sais ? Je ne mérite peut-être pas d'aller mieux.

– Tout le monde a ce droit. Toi en particulier.

Je pressai doucement son genou avant de me mettre debout et de passer les mains sur mon pantalon de tailleur.

– Encore un truc, Prof ?

– Oui ?

– Ne parle de ça à personne, d'accord ?

– Bien sûr.

– Je suis sérieux. Je ne veux pas que le proviseur soit mis au courant de ce qui s'est passé. Cela serait la fin de tout pour moi.

Je souris.

– Quoi ? Tu veux que je crache ou quoi ?

Je me moquai de ce qu'il avait dit exactement dans les mêmes termes quelque temps auparavant.

Les commissures des lèvres de Milo frémirent.

Il sourit presque.

Je respirai plus librement, je me dis que ça allait aller.

En sortant du local du concierge, je tournai l'angle du couloir et tombai pile sur le proviseur. Une sensation de panique me parcourut. Je fis de mon mieux pour n'en rien laisser paraître.

– Mademoiselle Evans, vous voilà. Je vous cherchais. Je voulais vous parler de Milo. Pouvons-nous aller dans mon bureau un instant ?

Je déglutis avec difficulté, prête à m'enfuir pour éviter la confrontation qui m'attendait. Je commençai à réfléchir à la façon d'exprimer mes excuses les plus sincères pour ce qui s'était produit. C'était bien la raison de cette convocation dans son bureau, non ? Parce qu'il savait ce qui s'était passé cet après-midi. Je ne voyais pas d'autre raison. D'autant qu'il avait l'air grave.

Nous pénétrâmes dans son bureau et il referma la porte derrière lui. Il désigna d'un geste le fauteuil vide devant moi, m'invitant à m'asseoir. Je fis ce qu'il me demandait.

Le proviseur Gallo s'assit dans son fauteuil qu'il fit pivoter un instant avant de s'immobiliser.

– Comment allez-vous, Starlet ? Comment est-ce que ça se passe avec Milo ?

Je me demandai si c'était un piège qu'il me tendait.

– Bien, bien. Il s'est mis au travail, et nos sessions marchent bien, je crois.

– Tant mieux. Oui. Merveilleux. J'ai échangé avec plusieurs de ses professeurs qui m'ont dit qu'il avait rendu les devoirs en retard, et qu'il assistait aux cours.

Sauf aujourd'hui.

Mais en même temps, je n'y étais pas allée non plus.

Je gardai le silence, ne sachant pas ce qu'il attendait que je dise.

Il sourit avant de pousser un profond sourire. Il déchaussa ses lunettes et se pinça l'arête du nez.

– Excusez-moi, Starlet, pouvons-nous simplement nous parler franchement un instant ?

– Oui bien sûr.

– Milo est mon neveu, donc cette situation me touche personnellement.

Oh.

D'accord.

Cela ajoutait quelques pièces manquantes dans le puzzle de Monsieur Gallo et de Milo.

– Ne vous méprenez pas, je m'intéresse à tous mes élèves, mais Milo a traversé des épreuves difficiles au cours de l'année écoulée et je me fais du souci pour lui. Par conséquent, si à un moment ou à un autre il vous donne du fil à retordre, je vous serais reconnaissant de m'en parler. Je ne voudrais pas ajouter du stress dans votre vie. J'aurais dû vous écrire pour vous signaler qu'il manquerait son rendez-vous de ce jour. Voyez-vous, c'est la date anniversaire du décès de sa mère. Cela fait un an aujourd'hui que ma sœur Ana nous a quittés.

C'était donc ça.

Voilà la raison pour laquelle Milo avait vrillé.

Mon estomac se noua tandis que mon cœur compatissait pour lui. J'étais bien placée pour savoir combien cela devait être difficile pour Milo. J'aurais préféré que ce ne soit pas le cas, mais c'était comme ça.

– Toutes mes condoléances, Monsieur.

J'entrevis dans ses yeux la même émotion que dans ceux de son neveu dans le local du gardien. J'étais impressionnée de voir que lorsque des personnes souffrent, aussi différentes soient-elles, la tristesse apparaît de la même façon dans leurs yeux.

– Merci, murmura-t-il.

Il s'éclaircit la gorge, croisa les doigts et refoula son émotion. Il se redressa dans son fauteuil.

– Je sais que Milo n'est pas une personne facile à comprendre, mais il n'a pas toujours été comme ça. Si dur et froid. Je crois vraiment que sous des abords coriaces se trouve toujours ce garçon gentil et tendre qui souffre de l'absence de sa mère.

– Je ne vais pas mettre un terme à mon tutorat, Monsieur le proviseur. À présent que je connais la situation, je peux l'aborder sous un angle différent et faire en sorte de ne pas lui rendre la vie plus pénible, bien au contraire. J'ai perdu ma mère, moi aussi, donc je sais à quel point cela peut être difficile à surmonter.

– Mes condoléances à vous aussi, Starlet.

Je hochai la tête.

– Cela fait plusieurs années, maintenant. Je vais bien.

– Je me rends compte que le temps qui passe ne rend pas les choses plus faciles. Par moments, la douleur se fait plus silencieuse, mais c'est tout.

C'était la chose la plus vraie que j'aie jamais entendue.

– Je vous tiendrai au courant de la façon dont ça se passe.

– S'il vous plaît. À n'importe quelle heure. N'hésitez pas.

Le proviseur Gallo se souciait sincèrement de Milo. Son regard le montrait bien. Voir son neveu souffrir l'attristait.

J'acquiesçai d'un hochement de tête et me levai.

– Je vous remercie de m'avoir reçue.

Il se leva lui aussi.

– Je vous en prie. Merci à vous, Starlet. Bon après-midi.

Je me dirigeai vers la sortie, mais je m'arrêtai pour me retourner vers Monsieur Gallo.

– J'ai effectivement une question. Milo a mentionné une lettre… s'agit-il d'une chose que je devrais connaître ?

Le proviseur Gallo émit un bref soupir.

– Sa mère a laissé une lettre à son intention que je suis censé lui remettre le jour de la remise des diplômes.

Je l'ai prévenu que s'il voulait que je lui remette cette lettre, il devrait assister à chaque séance de tutorat et obtenir ce diplôme.

– Merci pour cette précision.

– De rien. Bon après-midi.

Après cet entretien avec le proviseur, je retournai au local d'entretien pour m'assurer que Milo allait bien. En ouvrant la porte, je fus saisie d'un léger pincement à l'estomac.

Il n'était plus là.

* * *

STARLET : ÇA VA ?

Je n'aurais pas dû lui envoyer ce message, mais au cours des dernières heures j'avais été incapable d'évacuer Milo de mes pensées. Il me revenait sans cesse à l'esprit, ce qui m'empêchait de me concentrer sur mon travail personnel. Whitney assistait à son cours du soir, ce qui m'arrangeait parce que si elle avait été là, elle aurait immédiatement deviné que quelque chose ne tournait pas rond.

J'étais incapable de dissimuler mes émotions. Bonnes ou mauvaises, elles se lisaient sur mon visage. Je tenais cela de ma mère.

Il suffisait d'un seul regard pour savoir ce qu'elle éprouvait.

Papa disait qu'il n'y avait pas de meilleur moyen pour lui de savoir quand il avait déconné.

Je fixai mon téléphone pendant des heures, en vain.

Je commençai à me faire des films.

Et s'il lui était arrivé quelque chose ?

Et s'il avait continué à consommer de la drogue une fois sorti du local ?

Et s'il avait vraiment besoin d'aide et que j'avais pris la mauvaise décision en ne le signalant pas à la direction du lycée ?

Je nageais dans un océan de culpabilité lorsque je reçus un message aux alentours de vingt-trois heures.

Milo : Ça va.

Pour la première fois de la soirée, je réussis à respirer librement.

Ça va.

11

MILO

IL ÉTAIT TARD lorsque je rentrai chez moi après avoir passé la plus grande partie de la journée dans un état second. J'avais la nausée. Ce n'était pas étonnant. Ce qui monte doit redescendre. Le retour sur terre était toujours difficile. Tom eut la bonté de me trouver errant dans les couloirs. Il me poussa dans sa voiture, me conduisit chez lui et me cacha dans sa salle de bains jusqu'à ce que je sois redevenu suffisamment lucide pour rentrer chez moi. Lorsqu'il me déposa, je bredouillai un merci.

– Milo, tu sais bien qu'on est potes, non ? dit Tom avant que je ne parvienne à sortir de la voiture.

– Ouais, bien sûr.

– Non, je suis sincère. Je sais qu'il n'y a pas longtemps que je suis arrivé dans cette ville, et que nous sommes aussi différents l'un de l'autre qu'il est possible, mais je te considère vraiment comme un bon pote. Donc si jamais tu avais besoin de quelqu'un à qui te confier ou simplement avec qui passer du temps sans rien dire, je suis là. Je ne suis peut-être pas aussi silencieux que Chris, mais je peux apprendre à la fermer.

Je me tournai vers lui et acquiesçai.

– Merci, T.

– T ?

Il resta bouche bée et se frappa la poitrine à deux mains.

– Tu viens de me donner un surnom ? On est arrivés à ce stade ?

– N'en fais pas toute une histoire, grommelai-je en ouvrant la portière.

– Mais c'est toute une histoire.

Je descendis de voiture et il baissa sa vitre pour crier :

– À plus, Mi-Mi !

Mi-Mi.

Il n'imaginait pas à quel point je trouvais ça ridicule, mais j'étais pratiquement sûr qu'il m'appellerait comme ça jusqu'à la fin de mes jours.

La voiture de mon père était garée dans l'allée, ce qui était bon signe. Je m'étais dit qu'il échouerait ivre mort dans un bar quelque part, ou en garde à vue pour exhibitionnisme pour avoir pissé sur le mur d'un immeuble ou un truc du genre. Au lieu de cela, lorsque j'entrai dans la maison, j'entendis qu'il était dans sa chambre, bien que la porte soit fermée.

Il sanglotait.

S'étouffant en inspirant. Sifflant en expirant.

Je n'aurais pas cru que son chagrin pouvait encore accroître le mien.

Nous nous étions éloignés, mais c'est très douloureux d'entendre pleurer votre père. Pendant toute mon existence, j'avais connu un homme dur et costaud, ne montrant jamais aucun signe de faiblesse. Alors, cela me faisait un drôle d'effet de l'entendre s'écrouler comme ça.

Instinctivement, j'essayai de tourner la poignée de la porte pour voir si ça allait, mais c'était fermé à clé.

Je m'assis par terre en m'appuyant contre le mur de sa chambre. Les bras croisés sur les genoux, j'écoutai gémir mon père.

Je m'effondrai avec lui, assis dos au mur, le visage entre les mains.

Notre chagrin était différent. Il avait perdu sa femme. J'avais perdu ma mère.

Néanmoins, nous étions, l'un comme l'autre, brisés en mille morceaux.

Le chagrin est comme ça – il ne fait pas de différence. Il submerge tout un chacun, sans discrimination.

12

MILO

JE PASSAI LA PLUS GRANDE PARTIE du week-end à m'efforcer de m'en remettre. Je n'avais pas souvent honte de moi-même, mais pourtant ce fut le cas lorsque lundi arriva et que je retrouvai Starlet pour mon heure de tutorat après qu'elle avait été témoin de mon craquage pathétique.

– Je suis désolé pour vendredi. Je n'étais pas moi-même, lui dis-je, confus, en m'asseyant dans la salle d'étude de la bibliothèque.

Je lançai mon sac à dos sur la table en grognant, en proie à une douloureuse migraine. Aucune dose d'Ibuprofène n'avait réussi à en venir à bout. J'aurais probablement dû boire plus d'eau pendant le week-end, mais je n'avais pas eu l'énergie de le faire.

Starlet me sourit. Son regard ne contenait ni agacement, ni jugement, ni reproche.

– Tu n'es pas fâchée ?

– Non.

– Pourquoi ? J'aurais pu te créer des tas d'ennuis.

– C'est bon.

Elle s'agita sur son siège, puis avança la main et la posa sur mon bras. Je baissai les yeux sur sa main. J'aurais dû retirer mon bras, mais la chaleur de ce contact était trop agréable.

– Pourquoi tu fais ça ?

– J'ai parlé avec le proviseur. Il m'a dit ce que ce vendredi signifiait pour toi.

Oh.

Cela expliquait tout.

Elle avait pitié de moi.

Je retirai ma main et la posai sur mes genoux.

– C'était juste un jour comme un autre.

– Non, fit-elle en secouant la tête. Ce n'est pas vrai.

Non, acquiesçai-je silencieusement. En effet.

Je fouillai dans mon sac pour en sortir mon livre de maths.

– J'ai pensé que nous devrions commencer par le devoir de maths et...

– Comment elle s'appelle ?

Je haussai les sourcils.

– Ta mère. C'est quoi son nom ?

Ma gorge se noua et je me figeai sur place.

– Pourquoi tu me demandes ça ?

– Parce que je vois bien qu'elle compte beaucoup pour toi. Je veux connaître les choses qui comptent pour toi.

Elle compte beaucoup pour toi.

Comme si ma mère était toujours là.

Je détestais la façon dont elle avait dit ça.

J'adorais la façon dont elle l'avait dit, aussi.

Je fis une grimace.

– Non, je ne crois pas. Tu me plains.

– Je te plains, c'est vrai, avoua-t-elle. Mais je veux aussi connaître les choses importantes pour toi. L'un n'empêche pas l'autre.

– Tu es là pour me faire travailler. Pas pour me poser des questions sur ma vie personnelle. Alors, tu ferais mieux de faire ton boulot, ronchonnai-je.

Elle me regarda droit dans les yeux et sourit, totalement imperméable à mon agressivité. Elle croisa les jambes, se renfonça dans son fauteuil et, sans me quitter des yeux, se mit à parler.

– Ma mère s'appelle Rosa. C'est ma meilleure amie. Ce qu'elle préférait dans la vie, c'était fabriquer des choses de ses mains. Des savons, des lotions, de la compote avec les pommes du jardin. Elle était allergique aux poils de chien, mais chaque fois qu'un chien s'approchait d'elle, elle lui faisait des câlins malgré tout. Elle détestait les légumes, mais faisait comme si elle aimait ça pour me pousser à en manger. Et elle nous aimait du fond du cœur, mon père et moi. Nous l'adorions, nous aussi. La perdre a été comme nous perdre nous-mêmes, pendant très longtemps. Il m'a fallu des années pour ne plus pleurer chaque fois que je voyais une photo d'elle. Cela m'arrive encore, mais moins souvent. Elle m'a même fabriqué une bicyclette un jour. Elle en a fabriqué une aussi pour elle, et nous descendions à vélo les pentes les plus raides, elle et moi. J'étendais les bras et elle faisait la même chose et m'attrapait la main et nous descendions la colline ensemble.

– Tu fais quoi, là, Star ?

– Je partage avec toi quelques-unes de mes cicatrices pour que tu te sentes suffisamment en confiance pour me confier les tiennes. Si tu ne veux pas le faire, ce n'est pas grave. Je ne te presserai pas, mais cela me fait du bien quand on m'interroge sur ma mère. J'adore parler d'elle parce que c'est comme si elle était toujours là quand je le fais. La plupart des gens disent qu'ils sont désolés et retournent à leur vie. Je ne veux pas faire ça avec toi, Milo. Je veux en savoir plus.

Je me renfonçai dans mon fauteuil, incertain quant à la façon de me comporter à partir de là. Une grande partie de moi voulait se lever et partir pour ne plus jamais remettre les pieds à l'école. En même temps, une autre partie savait que Starlet avait raison. La plupart des gens présentaient leurs condoléances et s'en tenaient à ça.

Comment s'appelle-t-elle ?

Pourquoi ces mots prononcés dans la bouche de Starlet me bouleversaient-ils à ce point ?

– Ana, admis-je. Elle s'appelait Ana.

– C'est un beau nom.
– Oui, c'est vrai.
– Quelle était sa passion ?
– La cuisine. Elle était cheffe. Elle était italienne et avait vécu en Italie jusqu'à l'âge de treize ans. Elle a continué à étudier la cuisine toute sa vie et elle avait un restaurant ici qui s'appelait Con Amore.
– Avec amour, souffla-t-elle en traduisant le nom.
Elle porta la main à sa poitrine.
– C'était le restaurant préféré de ma mère. Elle était italienne, elle aussi. Elle disait que c'était la cuisine italienne la plus authentique qu'on pouvait trouver par ici. On y allait tous les dimanches pour chercher des croissants au jambon. Ta mère était très douée, Milo. Je suis heureuse d'avoir pu connaître cette facette d'elle.
Ce n'était pas mon genre de pleurer, mais cette remarque faillit me tirer une larme.
– Qu'est-ce qu'elle aimait faire pendant le week-end ? demanda-t-elle ensuite.
Je tournai ma langue dans ma bouche pour essayer de refouler les émotions que les questions de Starlet remuaient en moi. Personne ne m'avait jamais demandé cela. Jamais personne ne m'avait donné l'occasion même de lui confier le nom de ma mère.
Je regardai fixement mes mains et me raclai la gorge.
– Aller au bord de l'eau. Elle adorait aller à la pêche. Lorsqu'elle était enfant, mon grand-père l'emmenait pêcher en bateau, et c'est devenu son passe-temps préféré. En été, nous allions pêcher tous les week-ends à Estes Park avec mon père. Il aimait beaucoup ce parc et ma mère adorait cette partie du lac. Nous avions trouvé un endroit caché que les gens ne connaissaient pas et nous y pêchions pendant des heures. On allait même dans le Nord en hiver pour pêcher dans la glace. C'était la période que mes parents préféraient. Moi, je détestais ça. Il faisait froid et on restait assis pendant des heures. Mais je demandais toujours à les accompagner. C'était genre notre truc. Maintenant, ça me

manque, ces jours où on se gelait sur la glace. C'était un truc qu'on faisait ensemble. Je regrette de ne plus faire ça avec eux.

– Tu ne continues pas à le faire avec ton père ?

Ma mâchoire se crispa.

– Mon père est mort le jour où ma mère nous a quittés.

Elle ouvrit la bouche, interloquée.

– Oh mon Dieu, je ne savais pas...

Je secouai la tête.

– Non. Physiquement, il est toujours là, mais ce que je veux dire, c'est que le jour où ma mère s'en est allée, mon père a largué les amarres. C'est comme un zombie.

– Milo... je suis sincèrement désolée. Je n'imagine même pas à quel point cela doit être dur pour toi.

Je haussai les épaules.

– Parle-moi de tes parents, dis-je pour changer de sujet.

Starlet eut un sourire triste. Mais elle se plia à ma demande.

– Je ne suis jamais allée à la pêche, mais mes parents adorent la nature. Quand j'étais petite, toutes les semaines nous allions randonner et faire du vélo. Il y a des années que je ne l'ai plus fait, mais cela me rappelle ma mère. Je suis contente pour toi que tu aies la pêche pour te rappeler la tienne.

– Je ne vais plus à la pêche parce que cela me fait penser à elle.

– Je ne fais plus de vélo ni de randonnée parce que cela me fait penser à elle.

Je restai silencieux. Je ne savais plus que penser ni que faire de ce que je ressentais. Ma mère, elle, savait mieux que moi analyser et me faire comprendre mes propres sentiments.

– C'était quoi ses friandises préférées ?

Je sentis frémir la commissure de mes lèvres.

– Les biscuits Reese's cups. Elle mangeait toujours l'enrobage en premier pour finir par l'intérieur.

– C'est normal. Le beurre de cacahuète, c'est ce qu'il y a de meilleur dedans.

J'eus un faible sourire.

Faible, mais qu'elle remarqua et alors son sourire s'élargit. Elle savait bien faire ça, sourire. Le sourire a sans doute été inventé pour des gens comme Starlet. Elle était faite pour ça. Moi, j'avais plutôt tendance à grimacer.

– Et la tienne, qu'est-ce qu'elle préférait comme sucrerie ?

Elle frissonna d'un air dégoûté.

– La réglisse.

– Je suis désolé d'apprendre que ta mère était une psychopathe.

Elle se mit à rire et j'aurais aimé pouvoir enregistrer ce son sur un disque vinyle pour pouvoir le réécouter en boucle.

– Oui, elle avait ses défauts comme tout le monde et son goût pour la réglisse était le pire.

Je me détendis un peu et me laissai aller sur mon fauteuil.

– Et toi, c'est quoi ce que tu préfères ?

– La réglisse, mais la rouge, en fils que tu peux détacher. Tout le reste est ennuyeux.

– Donc tu viens d'une famille d'amateurs de réglisse.

Elle se pencha vers moi et murmura :

– Oui, mais il faut qu'elle soit de bonne qualité.

Mon sourire s'accentua.

Elle avait ce pouvoir sans le faire exprès.

– Mon truc, c'est les Sour Patch Kids, dis-je sans qu'elle me l'ait demandé.

Elle me lança un regard espiègle.

– Est-ce que tu corresponds à ton bonbon préféré ?

– Comment ça ?

– Est-ce que tu es d'abord acide avant de devenir étonnamment doux.

Je soufflai.

– Non, je suis acide du début à la fin.

Elle rit encore une fois.

Putain, quel rire !

– J'aime bien les Sour Patch Kids. Je commence par lécher la partie acide au lieu de les faire fondre dans ma bouche, expliqua-t-elle.

L'imaginer en train de lécher un bonbon me plaisait plus que je ne voulais l'admettre.

– C'est bizarre.

– Je suis bizarre.

– T'as raison. (Je m'agitai et tortillai les doigts.) Tu veux bien me rendre un service ?

– Lequel ?

– Pose-moi encore des questions sur ma mère.

Et elle le fit. Elle me posa au moins un million de questions et pourtant j'avais l'impression que ce n'était pas assez. On est restés dans la bibliothèque plus longtemps que prévu. À parler de nos mères comme si elles étaient encore vivantes. Je lui dis des choses concernant ma mère que je n'avais jamais confiées à personne. Starlet pleura, mais cela ne m'étonna pas. Elle semblait être du genre à ressentir les choses plus profondément que d'autres. Je me demandai ce que ça faisait, d'être hypersensible tout le temps, quoi qu'il arrive.

Ce n'est que lorsque la bibliothécaire vint frapper à la porte que nous sommes sortis brusquement de cet univers étrange que nous avions créé entre nous deux.

– Désolée, mais la bibliothèque ferme.

– Oh mon Dieu. Excusez-nous. Nous avons oublié l'heure. Merci, dit Starlet en ramassant ses affaires pour partir.

J'en fis autant.

En sortant de la bibliothèque, elle me remercia de m'être confié à elle de façon si intime.

– Oh, ce n'est rien. Mais merci pour aujourd'hui, même si on n'a pas travaillé.

– Oui, c'est vrai, on n'a pas travaillé, mais on a appris beaucoup de choses et je trouve que c'est important.

– Merci.

– De quoi ?

– De m'avoir posé des questions à propos d'elle.

Je ne m'étais pas rendu compte à quel point mon âme avait besoin que quelqu'un m'interroge au sujet de ma mère.

Son sourire réapparut.

– Merci à toi de m'avoir interrogée sur la mienne. Allez, à demain, en classe.

– Oui, à demain.

Je la regardai tourner l'angle du couloir, planté là, quelque peu interloqué par ce qui s'était produit au cours de ces dernières heures.

Je gardai son sourire à l'esprit toute la soirée. Allongé dans mon lit, je me repassai notre conversation en boucle dans ma tête. Je n'avais pas de souvenir de la dernière fois où j'étais resté éveillé en pensant à une fille, mais il me semblait impossible d'effacer Starlet de mon esprit. Je ne comprenais même pas comment elle m'avait donné la sensation d'être vivant. Elle avait cet effet sur moi – elle me faisait me sentir un peu plus vivant que les jours précédents.

Bon Dieu...

Grâce à elle, je recommençais à éprouver quelque chose.

J'avais presque oublié ce que ça faisait.

Après qu'elle avait dû s'occuper de moi et de mon ivresse l'autre jour, ce serait bien que je fasse en sorte de ne pas lui compliquer la vie. Donc ce soir-là, je fis mes devoirs. Je me dis que cela la rendrait fière de moi, au moins.

13

STARLET

AU COURS DES DERNIÈRES SEMAINES, Milo avait rendu environ soixante-dix pour cent de ses devoirs non rendus. Il avait aussi assisté régulièrement à nos séances de tutorat sans se plaindre. J'avais bien sûr eu droit à son insolence et ses sarcasmes, mais je commençais à comprendre que c'était juste sa façon d'être. J'aimais la personnalité derrière les remarques dont je savais qu'elles ne contenaient pas de réelle méchanceté.

Certains jours, il me confiait de nouveaux détails sur sa mère, et d'autres fois c'était moi qui lui faisais des confidences sur la mienne. Nous nous sentions en terrain sûr lorsque nous abordions des sujets qui ne concernaient pas la plupart des jeunes de notre âge.

À l'issue d'une de ces soirées où je m'étais confiée à lui, il fronça les sourcils, secoua la tête et dit :

– Personne ne devrait perdre sa mère à treize ans. Ce n'est pas juste.

– Toi aussi tu as perdu la tienne. Ce n'est pas juste non plus.

– Garce de vie.

Une autre fois, il me dit que pendant les semaines qui avaient suivi le décès de sa mère, il entrait dans la cuisine, fermait les yeux et priait pour qu'une fois qu'il les rouvrirait, elle soit de nouveau là en train de préparer son petit déjeuner.

Il ne le sut pas, mais après qu'il m'avait fait cette confidence, j'ai pleuré dans ma voiture. J'avais de la peine pour lui en pensant à tout ce qu'il avait perdu lorsque sa mère était décédée. Il n'était plus que l'ombre de lui-même et cela me rendait triste. Je me demandais comment il était avant. Je me demandais comment était sa vie avant qu'il ne perde ses repères.

Starlet : J'ai une idée pour ton projet final pour le cours de photographie.

Milo : Je sens que je vais détester.

Starlet : Oui, il y a de fortes chances. Mais de toute façon tu détestes tout, semble-t-il.

Milo : Ce n'est pas faux.

Je souris en regardant mon téléphone, assise sur mon lit dans ma chambre. Parfois, je me demandais si c'était normal que je sourie comme ça en voyant apparaître le nom de Milo sur mon écran. N'étais-je pas en train de jouer à un jeu dangereux qui allait se terminer comme une tragédie shakespearienne.

Milo : C'est quoi cette idée, prof ?

Starlet : La consigne est d'illustrer une émotion ou un sentiment. Je voudrais que cela soit aussi authentique que tu l'es et je voudrais que cela illustre ta vérité du moment. Je pense que ce serait mieux.

Milo : Et ce serait...

Starlet : Vide. Froid. Détaché.

Milo : Je suis heureux de voir que tu découvres qui je suis.

Starlet : J'apprends vite. Donc le thème serait l'hiver. Ce n'est pas la neige qui manque par ici, et même si tu voulais monter dans le Nord pour prendre des photos, il y en aurait sans doute davantage. Je peux t'accompagner pour tes prises de vues et pour t'aider à les mettre en scène par exemple.

Pourquoi ? Pourquoi est-ce que j'avais proposé ça ? Pourquoi en avais-je envie ? Pourquoi fallait-il que je me trouve des excuses pour passer du temps avec lui quand je n'étais pas censée le faire ? Pourquoi est-ce que je souhaitais passer davantage de jours, d'heures et de minutes avec Milo ?

J'attendis patiemment qu'il me sorte un de ses commentaires sarcastiques ou qu'il me dise que c'était une idée à la con. Mais tout ce qu'il dit fut...

Milo : Cool. Je suis partant.

Cool, je suis partant.

Rien de plus, rien de moins, mais quelque part, c'était beaucoup plus que ce à quoi je m'attendais. Puis il m'envoya une photo de son devoir de maths fini que je vérifiai. Toutes les réponses étaient justes. Je m'étais vite rendu compte que Milo était loin d'être bête. Il était même une des personnes les plus intelligentes du lot. Simplement, il ne s'investissait pas dans son travail. Maintenant que je savais pour sa mère, je le comprenais mieux. Après la mort de ma mère, moi non plus je n'avais plus envie d'étudier. Je n'avais plus envie de rien. Si mon père ne m'avait pas poussée, je ne m'en serais pas sortie, pour être honnête.

J'aimais bien jouer ce rôle auprès de Milo – être la personne qui le soutient. Il était naturellement doué. Il lui fallait seulement retrouver ses repères, c'est tout.

Mais je ne m'attendais pas à devenir aussi protectrice avec lui. Un après-midi, alors que Monsieur Slade rendait les devoirs corrigés, il posa celui de Milo devant lui en disant :

– Un jour, je trouverai sur qui vous copiez pour faire vos devoirs, Monsieur Corti. Vous pouvez me faire confiance.

Sans réfléchir je m'écriai :

– Il l'a fait tout seul et sa note est méritée.

Monsieur Slade se retourna et me regarda en haussant un sourcil.

– Pardon, Mademoiselle Evans ?

Je déglutis péniblement, sentant tous les regards converger vers moi.

– Je pense simplement que ce genre de remarque est déplacé.

Monsieur Slade plissa le front et poussa un petit soupir indigné. Il regarda tous les élèves.

– Ouvrez vos livres au chapitre vingt-deux et commencez à lire en silence.

Puis il se tourna vers moi.

– Mademoiselle Evans, puis-je vous entretenir un instant dans le couloir ?

Il m'entraîna hors de la classe et referma la porte derrière lui. En croisant les bras, il me regarda avec sévérité comme si j'étais une élève à qui il pouvait faire la morale.

– Mademoiselle Evans, je vous saurais gré de ne pas discuter mon enseignement devant mes élèves. Cela remet mon autorité en question et c'est totalement inacceptable. Est-ce que vous comprenez ?

– Oui, bien sûr. Excusez-moi.

Ses sourcils broussailleux se baissèrent et il esquissa un mouvement vers la porte de la classe.

– Seulement...

– Seulement quoi ?

– Je fais du tutorat avec Milo et je le suis dans son travail et j'ai constaté qu'il faisait des efforts et y consacrait du temps. Donc, que son professeur le rabaisse lorsqu'il réussit peut être préjudiciable pour sa confiance en soi. Votre rôle consiste à les aider à gagner de l'assurance. Pas à les critiquer lorsqu'ils sont en difficulté.

Il grommela dans sa barbe.

– Vous êtes jeune et naïve. Revenez m'en parler quand vous aurez fait ça depuis plus de trente ans. Jusque-là, Mademoiselle Evans, restez à votre place. C'est bien compris ?

– Oui.

Mais en réalité je pensais non.

La colère qui s'emparait de moi devant sa façon de me rabaisser en ignorant mon commentaire suffisait à me faire monter au créneau. C'était précisément pour ça que je voulais devenir enseignante. Pour aider les élèves qui auraient pu subir un professeur comme Monsieur Slade et avoir perdu toute confiance en leurs capacités.

Juste au moment où nous rentrions dans la classe, la sonnerie marquant la fin du cours retentit. Je restai debout à la porte en souriant aux élèves qui sortaient. Lorsque Milo passa devant moi, il me regarda droit dans les yeux. Son bras frôla mon épaule et il murmura :

– Merci, Prof.

J'aurais aimé lui dire « avec plaisir », mais je gardai le silence.

L'après-midi, j'arrivai avant Milo à la bibliothèque. Parfois je me demandais avec inquiétude s'il n'allait pas venir. Au bout d'un quart d'heure, mon estomac se noua. Heureusement, cinq minutes plus tard, Milo m'envoya un texto disant qu'il arrivait.

Lorsqu'il entra enfin, je poussai un soupir de soulagement.

– Désolé pour le retard, dit-il en posant son sac à dos sur la table avant de s'asseoir. J'ai dû m'arrêter pour prendre de l'essence.

– Pas de souci. Tu n'es pas tellement en retard.

– Ne fais pas ça.

– Je fais quoi ?

– Tu mens pour ne pas me faire de peine.

J'entrouvris les lèvres pour répondre, mais sans m'en laisser le temps, il sortit certaines choses de son sac – un paquet de bonbons à la réglisse rouge et un Coca zéro.

Je haussai les sourcils. Il haussa les épaules.

– J'ai vu que tu mangeais ça pour le goûter.

Mon cœur manqua quelques battements, ce qu'il n'aurait pas dû faire en rapport avec Milo Corti. En même temps, les cœurs n'en ont pas grand-chose à faire de ce que la raison leur reproche.

– Pourquoi tu m'as apporté ça ?

– Parce que tu m'as défendu. C'était gentil. Je voulais t'acheter des fleurs, mais je ne savais pas si tu aimais les fleurs ni lesquelles tu aimais.

– C'est gentil. Ça, c'est parfait, mais ce n'était pas la peine.

– Ma mère aurait voulu que je le fasse.

– J'ai l'impression que ta mère est une femme formidable.

– Pourquoi tu fais ça ?

– Quoi ?

– Tu parles des morts au présent comme s'ils étaient toujours là.

Je fis la moue.

– Ah oui, c'est bizarre, en effet. Mais c'est parce que quand ma mère est décédée je parlais d'elle comme si elle était toujours vivante, en utilisant le temps présent, et j'ai gardé cette habitude. Je ne m'étais pas rendu compte que je le faisais pour d'autres personnes.

– Je trouve ça bien.

Je haussai les sourcils, étonnée.

– Quoi, Milo Corti trouve quelque chose bien ?

– Un bug dans la matrice.

– J'adore les bugs de Milo. Ils me divertissent.

– Faut pas t'y habituer. Je vais redevenir sarcastique et grossier en un rien de temps.

– Rien ne presse. J'aime assez cette version de toi.

Il croisa mon regard et j'aurais pu jurer avoir vu une ébauche de sourire sur ses lèvres. Était-ce possible ? De plus, ce n'était pas un de ces rictus insolents qu'il m'adressait lorsqu'il s'apercevait qu'il touchait un point sensible chez moi. Non, c'était un sourire sincère. Chez Milo, ils étaient plutôt rares, alors quand il lui en échappait un, j'avais le sentiment d'être gâtée. Ses esquisses de sourire suffisaient à me faire sourire moi-même.

Il baissa la tête, rompant notre connexion.

– J'aimerais mieux que tu ne fasses pas ça, Prof.

– Quoi ?

– Arrête de me sourire. Ça me perturbe.

– Comment ça ?

Il releva légèrement la tête. Son regard habituellement intense et froid était à présent doux, gentil, voire timide.

– Parce que, en te voyant sourire comme ça, je repense à ton sourire le soir où on s'est rencontrés. Et quand je pense au sourire de ce soir-là, je pense à...

– Milo, le coupai-je.

Il leva les mains en signe de reddition.

– Je sais, je sais, on ne parle pas de ça. Mais...

Il se pencha vers moi par-dessus la table en croisant les mains.

– On en rêve, non, Prof ?

Oui, on en rêve...

D'une main qui tremblait, je repoussai mes cheveux derrière mon oreille. Je passai la langue sur mes lèvres soudain desséchées et détournai les yeux. J'étais aux prises avec une bataille interne. Je savais que mes pensées concernant Milo étaient inappropriées. Je savais que mon esprit avait secrètement franchi la ligne du professionnalisme, mais je ne pouvais pas l'en empêcher. Parfois, en fermant les yeux, je me rappelais ses mains sur mon corps... ses lèvres sur mes seins... mes jambes pendant sur ses épaules... je devais littéralement me secouer pour échapper au sortilège qu'il avait jeté sur moi. Normalement, je me conduisais de façon responsable. Je marchais toujours droit... du moins jusqu'à le connaître. Quel genre de sorcier était Milo Corti, et pourquoi sa magie opérait-elle si bien sur moi ?

Je m'éclaircis la gorge.

– Prends ton livre de maths, s'il te plaît. Nous allons vérifier le devoir que tu dois rendre demain.

Son sourire narquois refit son apparition. Cela faisait quelque temps que je ne l'avais pas vu et, curieusement, j'étais plutôt contente de le revoir. Je préférais le Milo sarcastique et grossier au Milo déprimé et qui souffrait.

Après avoir terminé nos tâches de l'après-midi, Milo sortit un prospectus de son sac à dos. Il le posa devant moi et je le regardai.

– Il semblerait qu'il y ait des super grottes de glace dans les îles des Apôtres. Je me suis dit que je pourrais y aller faire des photos pour mon projet de photographie.

– Ah oui, c'est dans le nord de l'État, c'est ça ?

– Ouais. Je me suis dit que ça valait peut-être le coup d'aller y faire un tour. C'est à environ six heures d'ici.

– C'est super, Milo.

– Et si tu venais avec moi ? Je me souviens que tu as dit que tu faisais beaucoup de randonnées avec ta mère, et il y a environ trois kilomètres de marche pour aller aux grottes. Et puis, ce serait sympa d'avoir de l'aide pour le matériel et la composition des prises de vues. On pourrait faire l'aller et retour. Il y a un petit hôtel pas cher où on pourrait passer la nuit. Je peux même conduire si tu n'en as pas envie.

– Tu veux qu'on aille à l'hôtel ? Ensemble ?

J'étais un peu ébranlée par cette perspective.

Il sourit.

– Si tu veux qu'on dorme dans le même lit, il suffit de le dire, Prof.

– Arrête, Milo, dis-je sur un ton sévère

Je dis ça à voix haute, mais au fond mon esprit se mit à battre la campagne. La chaleur me monta au visage quand j'imaginai la situation. Moi dans son lit faisant semblant de ne rien ressentir. Faisant tout mon possible pour empêcher nos bras de se frôler lorsque nous nous tournerions dans tous les sens au cours de la nuit. C'était vraiment chercher les ennuis.

– Des chambres séparées, proposa-t-il.

Pourquoi un soupçon de déception me traversa-t-il l'esprit ?

– Évidemment des chambres séparées, répétai-je en espérant qu'il ne déchiffre pas mon langage corporel. Et tu voudrais qu'on y aille avec une seule voiture ?

– Je me dis qu'on fera des économies d'essence.

Il haussa un sourcil ?

– Pourquoi ? C'est un problème ?

Mais oui, Milo. Évidemment. C'est totalement inacceptable.

Mais au lieu de dire cela, je bredouillai.

– Je veux dire, bon, c'est vrai que ça fait partie de ton sujet... et c'est moi qui t'ai proposé de t'aider, donc j'imagine que ça se défend.

Non ! Non, Starlet ! C'est absolument indéfendable.

– Comme un genre de voyage d'étude, proposai-je, essayant de trouver une justification pour résoudre mon problème de culpabilité.

J'étais en proie à un conflit interne depuis qu'il avait posé la question. En fait, j'avais très envie d'y aller. J'avais envie de voir les grottes de glace. J'avais envie de faire de la randonnée. J'avais envie de passer un week-end avec Milo.

C'était bien ce qui me perturbait le plus.

– Génial. Dans quinze jours ?

– D'accord.

Je dis ça d'un air désinvolte comme si je n'étais pas en train de prendre une décision effroyable. Qu'y avait-il chez cet homme qui me poussait à faire les choix les plus mauvais pour ma vie ?

En le regardant, je sentis ma poitrine se serrer. L'expression de son visage avait changé pour quelque chose que je n'avais pas souvent vu chez lui. N'était-il pas en train de... sourire ? Et un vrai sourire, en plus, même légèrement intimidé. La perspective faisait apparaître un enthousiasme sous son expression habituellement sarcastique et blasée qui me fit sourire moi-même. Milo était tellement doué pour masquer ses véritables sentiments derrière son habituelle insolence que, pour moi, être témoin de ce sourire qui lui avait échappé était tout sauf anodin. Est-ce que l'idée de ce voyage le rendait nerveux, lui aussi ? Est-ce qu'il était impatient ? Ressentait-il les mêmes papillons dans le ventre ? À quel point le fait de nous retrouver tous les deux risquait-il de déraper ?

– Je vais réserver les deux chambres d'hôtel.

– Tu es sûre que tu ne voudras pas qu'on fasse des câlins ? dit-il pour me provoquer.

– Tais-toi.

Il sourit. Ce sourire sarcastique, narquois, agaçant, qui provoquait une frénésie de papillons dans mon ventre, était revenu, remplaçant le sourire plutôt timide qui lui avait involontairement échappé. Et que je détestais.

Soupir.

Je l'adorais. Je détestais l'adorer.

La vérité, c'était que j'adorais toutes les sortes de sourire et de grimace qu'il partageait avec moi.

– Tu n'arrêteras jamais de remettre sur le tapis la soirée où nous avons couché ensemble, c'est ça ?

– Non, probablement pas. J'aime la façon dont ça te met mal à l'aise.

– Je te déteste.

– Tant mieux, dit-il en rangeant ses affaires dans son sac à dos. Ça prouve que tu es encore capable d'avoir des sentiments.

Je levai les yeux au ciel en l'entendant répéter mot pour mot ce que je lui avais dit. Et d'ailleurs, comment pouvait-il s'en souvenir alors qu'il était complètement défoncé à ce moment-là ?

– Qu'est-ce que tu vas dire à ton père pour expliquer ton absence pendant le week-end ? demandai-je en me levant et en rassemblant mes affaires.

– Tu parles, il ne s'en apercevra même pas.

Cela me fit de la peine pour lui.

Moi je savais déjà que mon père allait me poser un milliard de questions au sujet de ce déplacement alors que je ne vivais même pas avec lui.

– Bonne nuit, Milo, lui dis-je en passant devant lui pour sortir de la pièce.

– C'est quoi la réponse ?

– La réponse à quoi ?

– Ta fleur préférée ?

– Ce n'est pas important.

– Mais si, ça l'était ?

– Milo...

Il vint plus près de moi, le bout de ses chaussures frôlant les miennes. Il baissa la tête et sa bouche s'approcha sournoisement de mon oreille. Il se déplaçait lentement, ou bien sa simple existence semblait-elle faire ralentir le temps ? Son souffle me chatouilla le cou lorsqu'il murmura :

– Et si c'était important, Prof ?

Ses paroles, la cadence et le timbre de sa voix me firent courir des frissons le long de la colonne vertébrale. Sa proximité, sa chaleur et ses intentions se combinaient pour faire accélérer les battements de mon cœur. Ma respiration se fit plus haletante tandis qu'il maintenait sa proximité.

Je me redressai, alors même que je mourais d'envie de fondre dans une flaque de néant. J'avais envie de me conduire mal avec le mauvais garçon qui bouleversait mon univers par sa simple présence. Je passai ma langue sur mes lèvres assoiffées avant de murmurer.

– Les pivoines. J'adore les pivoines.

14

MILO

LES DEUX DERNIÈRES SEMAINES s'écoulèrent à une lenteur de tortue. J'avais l'impression d'être un gamin à l'approche de Noël alors que j'attendais le déplacement avec Starlet. J'étais impatient d'échapper à ma réalité quotidienne et d'être ailleurs, enfermé avec Starlet pour le week-end.

Lorsque le samedi arriva, j'étais fin prêt à me retrouver seul avec elle. Je n'étais pas accoutumé à ces sentiments – à cette impatience. J'avais passé trop de temps à ne rien ressentir, et aujourd'hui avec Starlet, c'était comme si la moindre émotion revenait s'insinuer dans mon esprit. La peur. La joie. Le bonheur. L'angoisse. Je les ressentais toutes, et je ne savais pas trop comment les gérer. Elles s'attardaient en moi. Et puis une part de moi ne pouvait s'empêcher de penser à toutes les possibilités cochonnes que supposait ce voyage. Et si on se retrouvait je ne sais comment perdus dans les bois et que la seule façon d'avoir chaud serait de se presser l'un contre l'autre ? Et si elle venait déposer quelque chose dans ma chambre d'hôtel et que je l'invitais à entrer pour tester le lit ?

Je m'évertuai à ne rien laisser paraître de mes pensées dans mon attitude bien que ce soit difficile de ne pas réagir lorsqu'elle gara sa jeep devant chez moi, plus belle que jamais.

– Tu es sûre d'avoir pris assez de bagages ? plaisantai-je.

Il faisait nuit noire puisque nous avions décidé de partir très tôt le samedi matin. Le soleil ne se lèverait pas avant une heure ou deux. Le coffre de sa voiture débordait de valises, de vêtements d'hiver et d'équipement de randonnée. On aurait pu croire que nous partions pour un mois et non deux jours.

– Il vaut mieux prévoir, affirma-t-elle.

Puis, pendant une fraction de seconde, elle marqua une pause et me regarda. Elle avait ce genre de regard plus profond que celui de la plupart des gens lorsqu'ils m'observaient. Elle faisait ça souvent comme si elle voulait trouver dans mon âme des secrets que je n'avais jamais partagés avec d'autres.

Les commissures de ses lèvres se relevèrent en un sourire.

– Tu es du matin, dit-elle comme si elle découvrait cette donnée dans mes yeux.

– Je le suis avec toi.

Une vague de timidité submergea son regard, mais son doux sourire ne s'effaça pas.

– Eh bien, bonjour, beau gosse.

Ses mots gentils traversèrent ma carapace pour aller tout droit se poser sur mon âme.

– Bonjour, beauté.

Elle frémit légèrement en recevant ces mots.

Est-ce que je te rends nerveuse, Starlet ?

Elle entrouvrit les lèvres en repoussant ses cheveux derrière ses oreilles.

– On y va ?

– Tu es sûre que tu ne veux pas que je conduise ? proposai-je, même si je détestais conduire de nuit.

Tout se brouillait devant mes yeux quand je devais le faire.

– Il y a environ six heures de route. Donc je ferai les trois premières heures et tu prendras le relais pour les trois suivantes.

– La personne qui ne conduit pas se charge de la musique, dis-je en me glissant sur le siège passager.

– D'accord. Mais j'espère que tu n'as pas un goût de chiotte en matière de musique.

– Cela pourrait mettre notre relation en danger maintenant que j'y pense, Prof.

– Nous n'avons pas de relation, rétorqua-t-elle.

Je souris.

Nous avions un lien. Même si nous refusions de le reconnaître, l'un et l'autre.

Il y avait quelque chose qui nous attirait l'un vers l'autre. Et je ne pensais même pas que c'était le fait d'avoir tous les deux perdu notre mère. Je l'avais senti à la soirée. Il y avait quelque chose chez elle qui me semblait si familier – une inconnue avec qui je me sentais chez moi, en quelque sorte. Je ne savais pas que ça existait avant de rencontrer Starlet.

Après elle, je n'avais couché avec personne d'autre. Je n'en avais pas envie. Je n'avais contacté aucune des personnes que je connaissais dans le but de se rouler dans les draps pour m'aider à oublier ma vie. Au lieu de ça, j'étais vivant et non plus ce mort vivant que j'avais été depuis plusieurs années. Je me donnais à fond dans mes devoirs, j'écoutais des livres audio – *ce qui m'amusait* – et je trouvais des raisons de parler avec Starlet dès que j'en avais l'occasion. Je ne voyais plus d'intérêt à pratiquer le sexe pour le sexe ou à m'abrutir. Je ne voulais plus me cacher. Je voulais de nouveau ressentir les choses. Et Starlet Evans ? Elle était particulièrement douée pour m'y aider.

Je connectai mon smartphone sur le Bluetooth et mis ma playlist préférée.

Starlet haussa immédiatement un sourcil en démarrant la voiture.

– Tu déconnes. Ce n'est pas ta musique.

– Pourquoi pas ?

– C'est du jazz.

– Ben oui, et alors ?

– Tu aimes le jazz ? demanda-t-elle, stupéfaite.

– Ben oui. J'aime tout ce genre de musique. Et aussi le folk, et la musique acoustique.

– Waouh. Ça m'étonne.

Je haussai les sourcils.

– Tu pensais que j'écoutais quel genre de musique ?

– Je ne sais pas... du heavy metal ?

Je rigolai.

– Le mec totalement torturé, c'est ça ?

Elle rigola et haussa les épaules.

– Ça m'arrive parfois de me tromper en jugeant un livre par sa couverture. Au temps pour moi.

Je me déchaussai parce que je détestais garder mes chaussures pendant les longs trajets en voiture, et puis je m'installai confortablement, ce qui n'était pas difficile dans sa voiture avec ses sièges chauffants et un max de place pour les jambes.

– Et je joue du saxophone, aussi.

Elle écarquilla les yeux sans cesser de regarder la route.

– Tu déconnes !

– Pas du tout. J'en joue depuis que je suis gamin.

– Oh la vache ! Eh bien, il faudra que tu m'en joues un de ces jours.

– Je ne pratique plus vraiment. Plus depuis...

Je laissai ma phrase en suspens. *Plus depuis maman.*

Elle eut un hochement de tête compréhensif.

– Je comprends.

– Ça me plairait de jouer pour toi, dis-je soudain.

Je ne savais même pas d'où ça sortait. C'est quoi, ça, Milo ? Je ne jouais jamais pour personne en fait. Pourtant je ressentais le désir de jouer pour elle. Je me demandais ce qu'elle en penserait. Si elle serait impressionnée. Si ça lui plairait. Si je lui plairais.

Pourquoi est-ce que je voulais autant plaire à cette femme, bon sang ? Pourquoi occupait-elle mes pensées plus que la plupart des choses ne l'avaient jamais fait ?

Starlet était comme une drogue pour mon esprit, mais au lieu de m'abrutir et de me brouiller les idées, elle les éclaircissait au contraire. Elle rendait les zones de tristesse en moi plus faciles à supporter. Elles n'avaient pas complètement disparu. Je savais que ce n'était pas si facile avec la dépression. Mais avec elle je me sentais moins seul lorsque je les traversais. Elle voyait le poids de ma souffrance et proposait de le porter avec moi, de la façon la plus subtile qui soit. Et puis, il y avait des choses qu'elle faisait qui m'apaisaient temporairement, comme ses sourires par exemple.

Starlet et ses putains de sourires.

J'avais été très surpris qu'elle accepte de faire le voyage en voiture dans le Nord et de passer le week-end avec moi pour ce reportage photographique. Je pensais qu'elle allait immédiatement rejeter cette idée et suggérer de choisir plutôt un lieu de randonnée local.

Ne vous méprenez pas. Je n'allais pas me plaindre. Je ne voyais pas comme une torture le fait d'être coincé dans une voiture pendant six heures avec Starlet Evans.

En outre, la conversation entre nous venait facilement. Les deux premières heures passèrent très vite. J'en appris plus sur son état d'esprit et son caractère pendant ce laps de temps que pendant les heures passées ensemble à la bibliothèque.

À un moment donné, je lui demandai si nous pouvions nous arrêter pour contempler le lever du jour. Elle le fit sans poser de questions... Elle sortit de l'autoroute et se gara sur le bord de la route qui surplombait les bois en contrebas. Les arbres avaient perdu toutes leurs feuilles et étaient recouverts des vestiges de la dernière chute de neige. Le vent qui soufflait secouait les branches, éparpillant la neige doucement sur le sol.

Nous grimpâmes sur le toit de la jeep et nous assîmes, les genoux repliés contre la poitrine. Sa jambe frôlait la mienne et j'hésitai à me rapprocher pour la sentir mieux. Il me suffisait d'un léger contact avec elle pour être revitalisé par la chaleur de son énergie.

L'obscurité s'estompait peu à peu tandis que le ciel qui s'éclaircissait se parait de nuances de mauve et de bleu. Peu de temps après, des tonalités de rose et d'orange se répandirent sur le paysage, filtrant à travers les nuages et trouvant leur emplacement dans le monde. La lueur chaude s'étalait dans le ciel en devenant plus intense à chaque seconde qui passait. Plus le soleil montait, plus les tonalités devenaient vives avant de se muer en nuances pastel plus douces, plus estompées. Chaque étape de la course du soleil était comme un chef-d'œuvre en soi.

Je n'avais jamais partagé un lever de soleil avec personne depuis la disparition de ma mère. C'était mon truc à moi, mon moment secret de solitude, mais quelque part cela semblait encore plus beau avec Starlet à mes côtés. Alors que celle-ci observait le ciel, je l'observai, elle. Ses grands yeux bruns s'embuèrent tandis qu'elle contemplait ce spectacle avec un émerveillement mêlé de stupeur.

– Waouh, murmura-t-elle pour elle-même dans un état de totale félicité.

– Ouais, chuchotai-je sans la quitter des yeux. Waouh.

C'était à cela que Starlet m'avait fait penser depuis le jour où je l'avais rencontrée et que je n'avais pas réussi à définir depuis.

Elle me faisait penser au soleil levant.

Brillante, vivante, et magnifique avec cette chaleur tellement incroyablement bienfaisante.

Starlet ne retint pas les larmes qui roulaient sur ses joues. Elle ne semblait pas en avoir honte. Impulsivement, je les essuyai doucement du pouce. Elle inclina la tête vers moi, prise au dépourvu par mon geste.

– Excuse-moi, marmonnai-je, me sentant idiot d'avoir pensé que j'avais le droit de la toucher à ma guise.

Je n'avais aucun droit de poser la main sur elle, pourtant cela m'aurait bien plu.

– Non, c'est rien, dit-elle en essuyant ses larmes elle-même. C'est moi qui m'excuse d'être sensible au point de pleurer devant un fichu lever de soleil.

– Je t'en prie. C'est un truc qui me plaît chez toi.

Elle rigola doucement.

– Que je pleure devant un lever de soleil ?

Je secouai la tête.

– Non, que tu sois sensible. Ça me plaît que tu ressentes les choses si intensément.

Cela me donnait envie d'être comme ça, moi aussi.

Je pris une profonde inspiration en regardant le soleil qui terminait sa course.

Bonjour, maman.

Nous reprîmes la route sans tarder. Une heure plus tard, le soleil brillait de tous ses feux, dardant ses rayons à travers le pare-brise, si bien que Starlet chaussa ses lunettes de soleil avant de m'interroger sur mes projets après l'obtention de mon diplôme.

Pour être honnête, je n'y avais pas vraiment pensé.

Je n'étais pas du genre à avoir des rêves ou des objectifs, ce qui me laissait indécis.

– Pas la moindre idée.

– Tu as envisagé d'aller à la fac ?

– C'est trop tard, les inscriptions sont closes. En plus, je ne sais même pas ce que j'étudierais.

– C'est pas grave. Tu peux toujours prendre une année sabbatique, le temps de réfléchir. Rien ne t'y oblige, la fac, ce n'est pas pour tout le monde.

– Dans l'esprit de mon père, il n'y a que deux voies possibles – la fac ou l'armée.

– Tu voudrais entrer dans l'armée ?

– Jamais de la vie.

Elle me jeta un coup d'œil avant de regarder la route à nouveau.

– Si tu pouvais choisir un truc qui te plaît, n'importe quoi, qu'est-ce que ce serait ?

– N'importe quoi ?

– N'importe quoi.

Je plissai les yeux.

– Il n'y a pas de mauvaise réponse ?

Elle rigola.

– Ce n'est pas un test, Milo. Il n'y a pas de mauvaise réponse.

J'adorais quand elle rigolait. Cela me faisait planer plus que n'importe quel cacheton.

– Je serais nomade. Je m'achèterais un camping-car et je parcourrais l'Amérique, j'assisterais à autant de levers et de couchers de soleil que possible. Je tiendrais un vlog sur YouTube ou une autre chaîne et je montrerais aux gens le monde et ses merveilles.

– Oh, mon Dieu, dit-elle.

Je retins ma respiration, pensant qu'elle allait me dire à quel point cette idée était ridicule. Au lieu de cela, elle ouvrit de grands yeux.

– C'est un de mes rêves ! Depuis que je suis gamine, j'ai toujours eu envie de faire ça.

– Tu te fous de moi.

– Je ne me moque pas de toi.

Je souris.

J'aimais bien qu'elle remplace les mots grossiers par des termes plus polis. Je trouvais ça mignon.

Elle avait le même rêve que moi. Cela provoquait une étrange impression de choc dans mes idées. Je ne pouvais m'empêcher de me demander si ma mère y était pour quelque chose. Était-ce elle qui avait créé Starlet pour moi ? Est-ce qu'elle avait fait en sorte que nos chemins se croisent ? Y avait-il quelque chose dans les étoiles qui nous avait rapprochés ? Je ne croyais pas au destin, mais pourtant j'espérais que ce soit le cas. Espérer, ça aussi, c'était nouveau pour moi.

– Mon but dans la vie, c'était de prendre un bus scolaire, ou un vieux combi, et de le transformer en mobile home. J'ai passé un nombre incroyable d'heures à regarder des vidéos sur le sujet.

Dans mon monde idéal, j'aurais un camping-car et j'irais partout avec. Ou une tiny house. Je trouve que les tiny house sont les maisons les plus chouettes. Ou alors une maison dans les arbres ! remarqua-t-elle, tout excitée.

– Star ?

– Oui ?

– Je pense que je viens de tomber amoureux de toi, dis-je en plaisantant à moitié.

Mais cela ne la fit pas rire. Au contraire même, elle devint un peu trop grave.

– Je rigole, dis-je me sentant comme un idiot d'avoir fait cette remarque.

– Je sais, dit-elle. Ce n'est pas ça. C'est juste que... j'aime bien quand tu fais ça. Vraiment j'aime bien.

– Quand je fais quoi ?

– Quand tu m'appelles Star. Seuls les gens qui me sont très proches m'appellent Star.

Ce fichu muscle dans ma poitrine se mit à battre plus vite.

– Et tu aimes bien quand je le fais ?

Elle hocha la tête.

– Oui, j'aime bien.

– Est-ce que ça veut dire que nous sommes proches ?

Elle tourna la tête vers moi et me regarda droit dans les yeux. Cela ne dura qu'une fraction de seconde avant qu'elle reporte son attention sur la route, mais c'était comme si l'éternité était contenue dans ce regard.

J'espérais qu'elle me regarderait comme ça plus souvent. Comme si lorsqu'elle me regardait dans les yeux, elle voyait l'éternité.

– Il faut qu'on s'arrête pour prendre de l'essence, dit-elle en changeant de conversation.

J'avais clairement franchi une ligne en posant cette question, mais il faut dire qu'elle m'avait poussé vers cette ligne en me faisant remarquer que je l'avais appelée Star. Et puis, chaque jour, il me semblait que la ligne qui séparait ce qui était convenable entre nous de ce qui ne l'était pas était dessinée dans le sable et que le moindre souffle pouvait l'effacer.

Mouvante, la ligne, Starlet. Nous marchions sur une ligne mouvante.

Elle sortit de l'autoroute et s'arrêta dans une station-service. Je bondis aussitôt pour faire le plein.

– Oh, non, je peux le faire, commença-t-elle, mais je l'arrêtai.

– Il fait froid, et tu n'as pas besoin de te geler dehors. Je m'en occupe.

Une chose que j'avais apprise de mon père, c'était qu'on ne laisse jamais une femme faire le plein de la voiture. Franchement, il y avait une foule de bonnes leçons de vie que mon père m'avait imposées avant de se noyer dans son chagrin. Il traitait toujours ma mère comme si elle était une reine et lui un paysan lourdaud qui devait s'estimer heureux d'évoluer dans son orbite. S'il y avait une chose dans laquelle mon père excellait, c'était sa manière d'aimer ma mère.

Je fis le plein et dis à Starlet que je pouvais la remplacer au volant puisqu'il nous restait trois heures de route. Elle accepta. Je lui ouvris la portière du côté passager et elle se glissa sur le siège. Une fois qu'elle fut installée, je me penchai sur elle pour attraper sa ceinture et la fis glisser lentement sur son corps. Mes jointures frôlèrent sa poitrine quand je tirai la boucle pour l'attacher. Je lui fis un clin d'œil.

– La sécurité d'abord.

Puis je refermai la portière.

J'étais content d'avoir ces deux secondes de marche dans l'air frais, le temps de faire le tour de la voiture. J'avais besoin de me calmer après le léger contact de sa poitrine contre ma main.

– Ça m'étonne que tu me laisses conduire ta voiture, dis-je en m'installant et en tournant la clé de contact.

– Que veux-tu ? Je ne suis pas très douée pour juger les gens. Ne me le fais pas regretter, plaisanta-t-elle en mettant de la musique.

La voix de Kendrick Lamar sortit à fond des haut-parleurs, et elle se mit à rapper à toute vitesse les paroles de ce chanteur génial.

À ce moment-là, j'ai eu plus que jamais auparavant envie de Starlet Evans.

* * *

EN ARRIVANT À L'HÔTEL, j'avais décidé de dormir quelques heures avant de me préparer pour notre randonnée photographique. Elle alla à la réception pour récupérer les clés des chambres pendant que je sortais nos valises du coffre. Lorsque j'entrai dans l'hôtel, je la vis en grande discussion avec la réceptionniste, le visage empourpré de fureur.

– Non, non. Vous ne comprenez pas. Il nous faut absolument deux chambres séparées. Comment est-il possible que vous les ayez toutes louées. J'ai réservé deux chambres !

– Oui, Madame, mais malheureusement vous êtes passée par un site partenaire, et un autre voyageur a réservé directement sur notre site. Donc il est prioritaire. Mais votre chambre est l'une des meilleures. C'est notre suite spéciale Lune de Miel.

– La suite Lune de Miel ? Ça, c'est un nom qui me plaît.

Je souris d'un air moqueur en m'approchant de Starlet, mais elle avait l'air si contrariée que je compris que ce n'était pas le moment de plaisanter.

– Il y a un autre hôtel dans le coin ? demanda Starlet à l'employée.

– Oui, plusieurs, mais ils sont tous complets. C'est la fête de l'hiver ce week-end.

Starlet posa brutalement la tête sur le comptoir en gémissant.

L'employée me regarda en battant des cils.

– Je dois dire qu'il y a plus moche comme homme avec qui partager une chambre, dit-elle, moqueuse.

Starlet leva la tête puis leva les yeux au ciel de façon théâtrale.

– Je vous en prie, ne flattez pas son ego.

– Si, si, au contraire, allez-y. J'adore qu'on me flatte. Dis-lui, Star. Dis-lui combien j'aime qu'on me caresse dans le sens du poil.

Starlet me donna une tape sur le torse, l'air gênée. Je saisis sa main pour la maintenir en place. Je baissai les yeux sur nos mains qui se touchaient, elle fit de même et je gardai sa main dans la mienne un peu plus longtemps qu'il n'aurait fallu.

Elle se dégagea brusquement et repoussa ses cheveux derrière ses oreilles. Elle faisait toujours ça quand elle était nerveuse ou embarrassée par mes remarques idiotes. C'était mignon. Il y avait tellement de choses mignonnes chez elle. Je dressai dans ma tête la liste de tout ce que je trouvais adorable chez cette femme.

Je mis les mains dans mes poches en souriant de la voir si agacée.

– On prend la chambre, dis-je à la réceptionniste.

Il était évident que Starlet était au bord de la crise de nerfs et donc, plus vite nous serions dans une chambre pour qu'elle explose, mieux ce serait.

Un employé transporta nos bagages dans la chambre et je le remerciai. Un peu plus tard, on nous apporta une bouteille de champagne. Ils ne savaient probablement pas que j'étais mineur, mais Starlet avait produit sa carte d'identité qui disait qu'elle avait plus de vingt et un ans. J'appelai ça un coup de chance. Aux yeux de Starlet en revanche, c'était une catastrophe.

– C'est mal. Ce n'est pas bien. C'est vraiment très mal, marmonnait-elle en allant et venant dans la chambre, qui était d'une taille impressionnante.

Spacieuse avec un lit king-size, un canapé convertible et une salle de bains avec une baignoire.

– T'inquiète, je vais dormir dans le canapé.

– Milo, soupira-t-elle.

Elle entra dans la salle de bains et se planta devant la douche séparée du reste de la pièce par une paroi transparente.

– Tu vas me voir quand je prendrai ma douche ! ronchonna-t-elle. Quel intérêt de mettre une cloison si on voit au travers ?

– Si ça peut te rassurer, je t'ai déjà vue nue.

– Milo !

– D'accord, d'accord, tu stresses un peu.

Elle revint vers moi et se laissa tomber sur le lit immense.

– C'est le pire jour de ma vie.

– C'est marrant, justement moi, je trouve que c'est le plus beau de ma vie.

Elle tourna ostensiblement la tête dans ma direction, toujours allongée sur le lit.

– Pourquoi t'es aussi agaçant ?

– Je suis né comme ça. T'inquiète. Pendant que tu prendras ta douche, j'irai faire un tour, et je te ficherai la paix. Parole de scout.

Je me dirigeai vers la bouteille de champagne.

– T'en veux ?

– Milo Corti ! Ne t'avise pas de l'ouvrir. Pas d'alcool ce week-end !

Je souris.

– J'aime bien quand tu m'appelles par mon nom en entier. Ça m'excite.

– Ben, pense à autre chose. On va se mettre d'accord sur quelques règles de base pour cette nuit.

Elle se redressa pour se mettre en position assise, envoya balader ses chaussures et s'assit en tailleur, jambes croisées comme un bretzel sur le lit.

– Je déteste les règlements.

– Ouais, c'est ce que je vois. C'est bien pour ça qu'on en a besoin.

Je me laissai tomber sur le canapé en face d'elle.

– Allez, vas-y, annonce.

– Interdiction absolue de se toucher.

– Frustrant, mais normal. Continue.

– Aucune allusion sexuelle, quelle qu'elle soit.

– Je ferai de mon mieux. Ensuite ?

– Interdiction de se glisser dans mon lit.

– Et si je le fais quand même ?

Elle me jeta un regard sévère. Je levai les mains au ciel.

– D'accord. Pas de câlins. J'ai compris.

– Et pour finir, on n'aborde que des sujets superficiels.

– Dixit celle qui veut tout approfondir et qui me pose toujours des questions au sujet de ma mère.

Ses yeux se radoucirent et elle secoua la tête.

– Je sais. Je ne fais qu'ajouter à la confusion, mais j'ai l'impression que nous sommes sur une pente glissante, surtout du fait que nous partageons une chambre d'hôtel. Je ne te reproche rien. Je suis venue de mon plein gré. Mais maintenant, je me rends compte que nous avons franchi pas mal de lignes rouges. (Elle déglutit avec difficulté.) Je ne peux pas me permettre de perdre mon boulot, Milo. C'est trop important pour moi.

Je me redressai, plus sérieux.

– Star, je sais que j'ai tendance à faire des blagues de mauvais goût, mais je ne ferais jamais rien qui mettrait ta carrière en danger. Je suis con, mais pas à ce point-là.

– Merci, Milo.

J'attrapai un oreiller sur le lit et le lançai sur le canapé.

– Fais un petit somme, dis-je en m'allongeant sur le canapé sans même le déplier. On a une longue randonnée dans le froid qui nous attend.

Elle sourit.

J'adorais.

Mais j'allais garder cette réflexion pour moi. Je ne voulais pas la provoquer sauf si je voyais qu'elle était prête à me renvoyer la balle.

Je me tournais dans tous les sens sur le canapé pour essayer de trouver une position confortable. Malheureusement, mes jambes dépassaient du bord, ce qui rendait la chose pratiquement impossible.

– Bon, allez, ça va, dit Starlet en soupirant.

J'ouvris un œil et la regardai.

– Ça va, quoi ?

– On peut partager le lit. C'est évident que ce n'est pas confortable pour toi.

Elle prit tous les oreillers qu'elle disposa en une barrière de séparation juste au milieu du lit

– Tu restes de ton côté et moi du mien.

Je souris, narquois.

– C'est très généreux de ta part, Prof.

– Que veux-tu, je suis une bonne personne.

Je grimpai sur le lit et elle pointa un index accusateur dans ma direction.

– T'as pas intérêt à me toucher.

– Je laisserai mes mains tranquilles. Sauf si tu changes d'avis, dis-je pour la faire marcher. Parce que si tu changes d'avis, mes mains iront droit à ta cha...

Elle me frappa avec son oreiller.

– Dors !

Je fis ce qu'elle m'ordonnait en espérant que mes rêves allaient me conduire entre ses cuisses.

* * *

AU BOUT DE QUELQUES HEURES, je fus réveillé par le frôlement d'un bras contre le mien. En ouvrant les yeux, je vis que la barrière d'oreillers s'était volatilisée. Sans que je m'en aperçoive, Starlet s'était rapprochée de mon côté du lit et sa tête reposait paisiblement contre mon omoplate.

Je fus tenté de l'attirer encore plus près et de la prendre dans mes bras pour additionner nos chaleurs. Mais je n'en fis rien de peur, si je la déplaçais, de la réveiller et qu'elle se détourne complètement de moi. La sentir endormie contre mon épaule était un moment de bonheur que je ne voulais pas laisser s'enfuir.

Donc je refermai les yeux et me rendormis en espérant qu'elle se rapprocherait d'elle-même.

15

STARLET

LORSQUE J'OUVRIS LES YEUX, ma tête était posée sur le torse de Milo. Je me redressai d'un bond, prête à lui hurler dessus pour avoir franchi la frontière d'oreillers. C'est alors que je remarquai sa position. Il était exactement là où il était censé être. C'est moi qui avais changé de position et m'étais rapprochée de lui.

Je me rallongeai en posant les mains contre sa poitrine tout en écoutant les battements de son cœur. La chaleur de son corps envoyait des frissons réconfortants le long de ma colonne vertébrale. Je restai contre lui plus longtemps que je n'aurais dû, mais je ne parvenais pas à m'éloigner. Je respirais son parfum de cèdre et de citron, j'aurais voulu pouvoir rester comme cela toute la journée.

Je restai là encore cinq minutes.

Puis dix.

Peut-être vingt.

J'aurais voulu que ce ne soit pas si bon de le sentir contre moi. Son bras passait légèrement autour de moi et je me laissai aller contre lui comme si c'était ma place depuis toujours.

Déplace-toi, Starlet.

Je soupirai légèrement avant de retourner lentement de mon côté du lit. Je remis la frontière d'oreillers en place.

J'essayai de me rendormir, mais son contact me manquait trop. Je gardais cependant ce fait pour moi.

* * *

– DES GANTS ET DES CHAUSSETTES chauffants ? demanda Milo lorsque je lui tendis un sac à dos bourré de choses essentielles.

Cela faisait longtemps que je n'avais pas randonné en hiver, alors j'en avais peut-être un peu rajouté question précautions, mais comme je dis toujours, deux précautions valent mieux qu'une.

– On ne sait jamais ce qui peut se passer, dis-je en remontant la fermeture de mon blouson quand nous garions la voiture dans un endroit protégé au départ de la randonnée.

Il y avait déjà quelques marcheurs sur le sentier menant aux grottes de glace et j'éprouvais un sentiment de profonde anxiété mêlé à une grande excitation. C'était la première fois que je retournais marcher depuis le décès de ma mère. Pour être honnête, quelque part, j'avais pensé que je ne reprendrais jamais cette activité. Je n'avais pas l'habitude de le faire sans elle.

– Et des barres de céréales ?

– Ma mère emportait toujours des barres de céréales. Et si tu regardes dans la poche du dessus du sac, tu trouveras aussi des sachets de fruits secs et un mélange spécial rando.

Il fit ce que je lui disais et haussa un sourcil amusé.

– Je suis impressionné, Prof.

Je souris.

– Qu'est-ce que tu veux, c'est comme ça, je suis impressionnante.

– Oui, c'est vrai.

Sa remarque me fit monter le rouge aux joues. Même si, à mon avis, il ne l'avait pas dit dans le but de me draguer, cet homme avait le don de faire voleter des papillons dans mon ventre sans le faire exprès. Parfois, il lui suffisait de se tenir devant moi pour que mon corps réagisse. Ce corps qui prenait le dessus sur ma raison. Je détestais ça. Si ça avait été le contraire, toute l'attraction que je ressentais pour Milo se serait dissipée.

Nous rassemblâmes toutes nos affaires plus le matériel photo avant de nous diriger vers le départ du sentier. En y arrivant, Milo m'arrêta en plaçant la main sur mon épaule.

– Star, attends.

– Qu'est-ce qu'il y a ?

– Ça va ?

Je haussai les sourcils.

– Pourquoi tu me demandes ça ?

– Je sais que tu n'as plus randonné depuis le décès de ta mère, et je voulais juste m'assurer que tu étais vraiment d'accord pour le faire.

Et voilà.

Le gentil Milo.

Le Milo délicat qui ne se montrait pas si souvent que ça.

Et mon idiot de cœur qui ne trouvait rien de mieux que de battre pour lui.

– Ça va, dis-je en souriant.

Il inclina la tête et m'observa comme pour essayer de déterminer si je lui disais la vérité.

– Je vais bien.

Il hocha la tête.

– Si à un moment ou à un autre ça ne va pas, tu me le dis, d'accord ?

– Oui, t'inquiète.

Nous nous mîmes à marcher et je sentis le froid du vent hivernal passer sur mon visage pourtant emmitouflé. C'était sans doute l'un des hivers les plus froids que j'avais connus. Mais autour de nous la nature était belle. La neige recouvrait l'herbe et les branches des arbres dépouillés de leur feuillage. Le soleil qui était de la partie passait entre les arbres, apportant sa touche de chaleur de façon intermittente. En approchant d'un petit lac, nous fîmes une pause pour permettre à Milo de prendre des photos. Je respirai profondément en admirant le lac recouvert de glace. C'était tellement beau de penser qu'une chose ainsi figée dans le temps reprendrait vie lorsque le printemps reviendrait.

J'observai Milo qui prenait des photos. À la façon dont il tenait son appareil et repérait ses cadrages je voyais bien qu'il n'était pas seulement un bon photographe. Il était plus que cela, c'était un grand photographe. C'était une chose que j'avais apprise à son sujet au cours de ces dernières semaines – Milo était génial.

Il était doué pour tout à partir du moment où il décidait de s'appliquer. Je savais que ses problèmes étaient en fait totalement dus à son deuil, ce qui était compréhensible. Le chagrin a cet effet sur les individus. Il peut faire passer des gens exceptionnels pour des êtres totalement dépourvus d'intérêt, faibles et figés dans leur tristesse.

Mais la chose la plus surprenante à mes yeux, c'est l'impact laissé par le chagrin une fois que ces cœurs pétrifiés par le froid commencent à fondre.

– Regarde celle-là, dit Milo en se précipitant avec son appareil à la main.

Un sourire minuscule apparut sur ses lèvres, il était visiblement fier de son cliché et je compris pourquoi dès que je le vis.

– Waouh ! dis-je, épatée par son sens artistique du détail.

– Ça te plaît ?

– J'adore.

Son sourire s'élargit.

Il s'éclaircit la gorge.

Il détourna les yeux.

Il sembla intimidé, lui aussi.

Qu'est-ce que ça disait de nous ? Nous ? Comme si ce concept pouvait un jour avoir une existence.

Je me frottai la poitrine en secouant la tête.

– On continue ? On devrait déjà être arrivés aux grottes.

– Oui, bien sûr. Allons-y.

Nous reprîmes notre marche, et une fois aux grottes, j'eus le souffle coupé d'émerveillement.

– Oh, mon Dieu, dis-je dans un souffle, les yeux embués d'émotion.

– Waouh, murmura Milo, aussi ébloui que moi.

Des stalactites de glace pendaient au-dessus de nos têtes. Les murs et les plafonds de la grotte, dotés d'une tonalité opaque, étaient lisses et polis. Il y avait une variété de nuances de bleu, de vert et de blanc dans toutes les grottes immenses. C'était extraordinaire. Sans que je m'en rende compte, des larmes roulaient sur mes joues alors que j'observais les formations uniques des tunnels glacés. Là où les cascades avaient gelé se créaient des compositions intrigantes qui s'apparentaient à de l'art pur.

En me tournant vers Milo, je vis qu'il avait sorti son appareil photo et je fus prise de court lorsqu'il le dirigea vers moi.

Je m'apprêtais à protester, mais finalement je souris et le laissai faire. Quelque part, je voulais immortaliser ce moment. Je voulais me rappeler cette journée pour le restant de mes jours.

Puis il vint vers moi et prit quelques photos de nous deux, ensemble. Souriants, grimaçants, hilares. Cet après-midi-là, nous nous délestâmes de tous les soucis qui nous alourdissaient. Nous nous autorisâmes à nous amuser ensemble. Je dansai dans les grottes et me sentis plus libre que je ne l'avais été depuis fort longtemps. Milo sourit plus que je ne l'avais jamais vu faire auparavant.

Je sentais que ça, c'était lui. Vraiment lui. Une version de lui qui était endormie depuis trop longtemps.

C'était magique de la voir se réveiller. Je priai silencieusement qu'elle ne se rendorme plus jamais.

Quand vint le moment de repartir, je pris une profonde inspiration et embrassai du regard la beauté surnaturelle du paysage figé dans la glace qui nous entourait.

– Ça t'arrive de souhaiter pouvoir arrêter le temps ? demandai-je à Milo.

– C'est le cas aujourd'hui.

Je me retournai et vis son regard posé sur moi. Il était si sincère que je faillis en pleurer.

– Es-tu heureux, aujourd'hui ?

Son sourire s'élargit encore.

– Je suis heureux aujourd'hui. Et toi, es-tu heureuse aujourd'hui ?

– Je suis heureuse aujourd'hui.

– Tant mieux. Allez, on rentre et on va aller se prendre un chocolat chaud, j'ai peur que ton nez gèle et tombe.

Nous fîmes en sens inverse les quelque trois kilomètres nous séparant de notre voiture en nous arrêtant de temps en temps pour respirer l'air pur. Lorsque je dis à Milo que ma mère aurait adoré la vue, il me dit qu'il était fier de moi d'avoir été assez courageuse pour reprendre la marche.

L'entendre dire qu'il était fier de moi eut un effet sur mon âme. C'était comme si sa fierté comptait plus que tout à mes yeux.

J'étais fière de moi, aussi.

Et j'espère que tu l'es aussi, maman.

J'espérais que, où qu'elle soit, elle pouvait voir les grottes de glace et toute leur beauté. J'espérais que là où elle était, il y avait des tas de chemins de randonnée et qu'elle avait la possibilité de tous les explorer. J'espérais qu'elle pouvait rire, sauter, bondir et courir dans la nature comme moi j'avais pu le faire cet après-midi.

– Je sens sa présence dans le vent, avouai-je à Milo alors que nous achevions notre randonnée. Je sais que ça paraît idiot, mais je sens sa présence dans le vent.

– Cela n'a rien d'idiot. Moi je sens la présence de la mienne dans le soleil.

Qui aurait cru que deux personnes si opposées pouvaient avoir tant de choses en commun ?

En arrivant à la voiture, nous entreprîmes de décharger tout notre équipement dans le coffre de la voiture. Nous étions garés entre les arbres dans une zone plutôt isolée.

Apparemment, la plupart des marcheurs étaient déjà repartis car le soleil commençait à décliner.

Une fois que tout fut dans le coffre, Milo le referma et je fis le tour de la voiture pour aller m'installer au volant.

– J'ai eu envie de t'embrasser, m'avoua Milo alors que je m'apprêtais à ouvrir la portière.

Je marquai une pause avant de lever les yeux vers lui en me disant que peut-être j'avais imaginé les mots qui venaient de passer ses lèvres. Il fit quelques pas vers moi.

– Je sais que nous sommes censés faire comme si ce qui s'est passé entre nous n'avait jamais existé, mais après la journée que nous venons de vivre, après t'avoir observée dans ta version la plus authentique, je ne peux pas continuer ces conneries.

– Mi...

– J'avais tellement envie de t'embrasser que je n'ai pas réussi à penser à autre chose depuis le moment où nous sommes arrivés dans les grottes.

Je soupirai parce que j'y avais pensé moi aussi. J'y avais tellement pensé depuis ces dernières semaines que lui, sa bouche, ses lèvres, sa langue avaient hanté mes rêves. Certaines nuits, j'avais fermé les yeux et essayé de me rappeler comment c'était cette nuit-là, où nous étions encore des inconnus l'un pour l'autre et où cependant il n'existait plus que ça au monde, pendant un bref moment. Certaines nuits, j'imaginais qu'il était couché dans mon lit avec moi.

Je m'en voulais de désirer ses caresses à ce point. Pourquoi avais-je tellement envie d'une chose aussi immorale pour moi ? J'avais toujours fait ce qu'il fallait. Je m'étais toujours conduite de façon irréprochable. J'étais une personne droite qui suivait toujours le droit chemin. Je ne faisais aucun écart. Et pourtant, avec Milo Corti, j'en voulais toujours davantage. Davantage de regards, davantage de sourires, encore, encore, encore...

– Tu n'as pas besoin de m'expliquer pourquoi je ne peux pas t'embrasser, Star. Je comprends. Je ne suis pas idiot, et je ne voudrais jamais te faire courir le risque de perdre ton boulot. Mais après t'avoir vue aujourd'hui, t'avoir vue totalement libre, je voudrais juste que tu saches que tu es tout ce que je recherche chez une personne, et si je le pouvais, je t'embrasserais pendant tout le reste de ma vie sans une seconde d'hésitation, ni de doute.

Il s'avança plus près de moi. À chacun de ses pas, mon cœur s'arrêtait de battre. On dit n'importe quoi. Un cœur qui bat régulièrement n'est pas une condition nécessaire pour vivre.

Il me regarda droit dans les yeux, et je ne pus détourner mon regard, même si je l'avais voulu. Il avait cet effet sur moi. Il m'accrochait et m'immobilisait sur place.

– Je me disais... peut-être qu'il m'est impossible de t'embrasser... mais peut-être, seulement peut-être...

Il déglutit avec difficulté, il avait l'air tellement nerveux, tellement timide.

– Peut-être qu'on pourrait être amis ?

– Amis ? m'étranglai-je, incapable d'empêcher mon esprit de se concentrer sur ses lèvres et rien d'autre.

– Oui, amis.

J'étais adossée à ma voiture, mais il continuait d'approcher. Si près qu'il me surplombait de sa carrure imposante. Je me sentais toute petite mais pourtant en sécurité. J'étais prise au piège par le garçon qui n'aurait jamais dû s'approcher si près. Cela ne ressemblait pas à de l'amitié. C'était tout le contraire de l'amitié. C'était... sauvage. Excitant. Jubilatoire.

Je fermai les yeux.

– Milo, je ne suis pas censée être amie avec mes élèves.

– Mais cela te plairait.

Ça me plairait.

– Nous... je, on ne peut pas...

Je bégayais et, en ouvrant les yeux, je plongeai dans les siens rivés sur les miens. Pourquoi ses yeux avaient-ils cet effet sur moi ? Celui de décupler toutes mes sensations d'un seul coup ?

– Des amis secrets ? suggéra-t-il.

Je me mis à rire, mais je sentais les larmes me monter aux yeux.

En aucune façon je ne voulais être son amie.

Tout mon être voulait bien davantage.

– D'accord. Amis secrets.

Il s'approcha encore plus près. Sa bouche s'attarda près de mon oreille, la chaleur de son souffle me faisant fondre à l'intérieur.

– J'ai toujours voulu avoir une amie comme toi.

Je relevai légèrement la tête et un petit sourire effleura mes lèvres.

– Est-ce que les amis se tiennent toujours aussi près l'un de l'autre ?

– Les amis clandestins, oui. C'est ce qu'ils font le mieux.

– Et qu'est-ce qu'ils font d'autres, les amis clandestins ?

Il baissa les yeux et, soudain, ses mains se retrouvèrent mêlées aux miennes.

– Ils se tiennent la main.

– Milo.

– Ce n'est pas moi qui fais les règles, Star.

– Moi j'ai bien l'impression que si.

Je le fixai alors qu'il passait légèrement la langue sur sa lèvre inférieure tout en fixant ma bouche. J'aurais dû le repousser. J'aurais dû lui dire à quel point nous nous montrions irresponsables. J'aurais dû écouter ma raison. Et pourtant, c'est mon cœur qui prenait le contrôle, faisant totalement taire mon cerveau.

Je l'attirai vers moi.

Plus près.

Encore plus près...

Ma poitrine frôlait la sienne, nos corps si proches que j'avais du mal à déterminer où se situait la frontière entre nous. Si proches que son contact et le mien se confondaient.

– Et quoi encore ? murmurai-je. Qu'est-ce que les amis clandestins font d'autre ?

Il posa une main sur le toit de ma voiture et rapprocha son visage du mien. Ses lèvres frôlèrent les miennes et mon cœur se mit à battre la chamade. Ses pupilles étaient dilatées et j'étais convaincue que ses pensées étaient aussi irrationnelles que les miennes. Submergées par l'envie, le besoin, le désir. Et le péché...

Tant de péchés contenus qui imploraient d'être délivrés.

– Les amis clandestins font tout ce qui leur plaît, et personne n'en sait rien.

– Comme ça, par exemple ? demandai-je en passant la langue sur sa lèvre inférieure.

Non, Star...

Sa langue s'inséra entre mes lèvres, puis il mordilla ma lèvre inférieure.

– Ou ça...

C'est mal...

Il ferma les yeux et appuya son front contre le mien.

– Star, si tu ne veux pas, j'arrête. Si tu ne veux pas de moi, je te laisse. Mais s'il y a, ne serait-ce qu'une part de toi qui en a envie, alors dis oui, et immédiatement je te prends tout entière à l'arrière de ta Jeep.

Je savais ce que j'aurais dû dire.

Je savais quels mots auraient dû franchir mes lèvres, mais ils ne vinrent pas. La sainte en moi garda le silence alors que mon penchant immoral se déchaînait.

– Prends-moi, dis-je dans un gémissement.

En quelques secondes, la bouche de Milo vint s'écraser sur la mienne. Il m'embrassa comme s'il attendait ça depuis des années. Ses lèvres sur les miennes étaient tout ce que je désirais, tout ce que je convoitais depuis un temps fou. Il ouvrit la portière arrière de ma voiture et m'entraîna à l'intérieur de l'habitacle. Nous nous débarrassâmes maladroitement de toutes nos couches de vêtements pour ne garder que nos tee-shirts.

Il me posa sur ses genoux, et je sentis son érection contre ma cuisse. Il gelait dehors et pourtant je n'étais sensible qu'à sa chaleur contre moi, réchauffant le moindre centimètre de mon être. Il fouilla à la recherche de son portefeuille dont il sortit un préservatif. Je le lui pris des mains, déchirai son enveloppe et le fis glisser lentement sur son membre, sans le quitter des yeux. Je caressai son sexe plusieurs fois avant de le placer à l'entrée de mon intimité. Je bougeai au-dessus de lui, sans lui donner tout de suite ce qu'il voulait. Je voulais voir combien de temps il allait résister alors que ses lèvres s'entrouvraient. Le désir désespéré que je voyais dans ses pupilles dilatées m'excitait encore davantage.

Il posa sa grande main sur ma nuque et attira mon visage plus près du sien. Il passa ses lèvres sur ma bouche avant de l'effleurer de sa langue.

– Ne m'allume pas, Star, marmonna-t-il avec un sourire espiègle, ou je vais t'en faire autant.

De sa main libre, il se mit à pétrir doucement mon clito. Immédiatement, je poussai un gémissement de désir, alors qu'il saisissait ma lèvre dans sa bouche et la mordillait.

– Et je suis particulièrement doué pour ça.

Il commença à glisser un doigt en moi et mes hanches se balancèrent d'elles-mêmes pour essayer de le faire entrer plus profondément. Il arrêta son geste, serra ma nuque plus fort et me tira encore plus près de lui.

– Tu aimes ça ?

– Oui, répondis-je, le souffle court.

– Tu veux plus de ça ou tu me veux en totalité, siffla-t-il sur un ton enivrant qui me faisait planer.

– Tout.

Je sortis son doigt et le portai à mes lèvres pour le sucer lentement, tout en plongeant mon regard dans le sien, et je vis que mon geste faisait croître son excitation.

– Je veux tout.

La passion du moment s'embrasa à partir de là. Nous étions sevrés l'un de l'autre et l'alchimie de nos corps embuait les vitres. Je me baissai complètement sur lui et il commença à donner des coups de boutoir de plus en plus forts et profonds et je m'accrochai à la plage arrière de la voiture. Je me sentais sale dans son acception la plus excitante alors que mes boucles pendouillaient au-dessus de son visage. Il les écarta de mes yeux et agrippa ma nuque, nous obligeant à garder le contact visuel. Sa chaleur et son intensité me donnaient l'impression de m'élancer à travers l'univers sans la moindre crainte de retomber. Les semaines d'abstinence entre nous, les semaines à rêver et à étouffer nos désirs secrets, tout ce bouillonnement débordait et jetait nos corps l'un contre l'autre. Prêts à s'entre-dévorer. Nos langues s'entremêlaient, nos mains exploraient, nos hanches balançaient au même rythme comme si nous ne faisions qu'un. Le rythme des coups de boutoir s'accélérait, et je plantai les ongles dans son dos alors qu'il m'intimait l'ordre de le baiser plus fort, plus profondément, plus sauvagement. Encore, encore, encore... c'était tout ce que je voulais. Encore.

Ma bouche se posa sur son cou alors que je criais de plaisir en le sentant me combler pleinement. J'adorais le sentir en moi. J'adorais le sentir me presser contre son corps, pour s'assurer que je savais qu'il était intoxiqué par la totalité de mon être.

– J'adore te sentir, murmura-t-il dans mon cou, léchant ma peau avant de déplacer sa bouche jusqu'au lobe de mon oreille.

Je poussai un gémissement et écrasai mes hanches contre les siennes. Je posai la main sur la vitre, laissant mon empreinte sur le verre glacé alors que je m'arc-boutais pour profiter de la balade intense dans laquelle Milo m'embarquait.

– C'est bien, dit-il, la voix voilée de désir. J'aime quand tu gémis de plaisir pour moi, dit-il en me mordillant la peau du cou.

Je jouis contre lui au moment même où il émettait un grognement torturé, le visage déformé par l'extase. Je notai une certaine forme de surprise dans ses yeux alors que nous atteignions notre jouissance en même temps, ce qui me confirma ce que j'avais présumé depuis le début. C'était différent de la première fois. Nous étions différents. La façon dont nous nous étions désintégrés, la façon dont nous nous étions perdus nous-mêmes tout en se trouvant l'un l'autre, était un territoire neuf, inexploré que nous parcourions.

À ce moment-là, entourés par les arbres alors que le soir tombait sur nous, Milo et moi devenions quelque chose de spécial. Quelque chose de plus.

Plus, plus, plus...

– Putain, souffla-t-il au moment où il glissait hors de moi.

J'étais hors d'haleine et mon corps restait accroché au sien. Il déposa une ligne de baisers de haut en bas de mon cou avant de trouver mes lèvres et de m'embrasser lentement. Délicatement. Il y avait tellement d'attention dans ses baisers. Il y avait tellement de protection dans ses yeux.

Encore, encore, encore...

– C'est ça que je veux, dit-il entre deux baisers. C'est toi que je veux, Star, jura-t-il en m'embrassant de nouveau.

Pendant une fraction de seconde, l'inquiétude me saisit alors qu'il m'embrassait. Milo avait le goût des promesses qu'il ne pouvait pas tenir. Comme de promettre un lendemain alors que nous n'avions qu'aujourd'hui.

Pourtant, je n'arrivais pas à me résoudre à retourner à la réalité parce que moi aussi, c'était lui que je voulais. Je voulais qu'il soit à moi plus que je n'avais jamais voulu quoi que ce soit. Il était comme la pièce manquante du puzzle de mon âme et je ne voulais pas que cette pièce m'échappe. Sa présence était enivrante, mais je ne voyais aucun intérêt à devenir sobre, du moins pas pendant les vingt-quatre heures à venir.

C'était comme si nous étions dans notre propre conte de fées tortueux. À six heures de la réalité et de toutes les personnes qui savaient qui nous étions. Nous faisions semblant de croire à un lieu et à un moment qui n'existeraient que pour nous. Moi, en tout cas, je n'étais pas prête à me réveiller de cet enchantement. La seule chose que je désirais ardemment à ce moment-là, c'était… encore, encore, encore, encore.

16

STARLET

J'AI COUCHÉ AVEC MILO à l'arrière de ma Jeep.

Oh, mon Dieu, j'ai couché avec Milo à l'arrière de ma voiture !

Et je ne le regrettais pas. Un pincement dans mon ventre me disait que j'aurais dû regretter ce qui s'était passé entre nous, mais je ne parvenais pas à m'y résoudre. C'était si bon, je m'étais sentie si bien, sur ses genoux, alors qu'il était en moi.

Je savais qu'une fois que nous serions rentrés chez nous, j'allais me prendre la tête avec tout ce qui se serait passé entre nous au cours de ce week-end, mais pour l'instant, j'allais m'autoriser à me laisser aller à ma folie. À être indomptée.

Une fois rentrés à l'hôtel, Milo porta nos sacs dans la chambre. Avant que j'aie le temps de dire que j'étais affamée, on frappa à la porte.

J'allai ouvrir à une belle femme d'un certain âge à la magnifique chevelure argentée qui me souriait largement.

– Bonsoir, Miss Evans. Nous avons remarqué que vous étiez de retour et je tenais à venir vous saluer. Je suis Emily Turner, la propriétaire de l'hôtel.

– Oh, je suis enchantée de vous rencontrer.

– Moi aussi. On m'a informée du cafouillage au sujet de votre réservation et je voulais vous présenter toutes mes excuses. Nous serions ravis de vous inviter dans un de nos igloos qui font face au Lac Supérieur pour un dîner romantique avec votre compagnon. Aux frais de la maison, bien sûr.

– Oh, ce n'est pas mon...

Je laissai la phrase en suspens et je haussai les sourcils.

– Aux frais de la maison ?

– Intégralement. Nous pouvons faire la réservation pour vous tout de suite, et vous pourrez descendre admirer la vue. L'igloo est chauffé, bien sûr, donc vous n'avez pas à craindre d'avoir froid.

– Ce serait formidable, en fait. Disons vingt heures ?

– On peut vous arranger ça. Merci, Miss Evans. Nous espérons que vous apprécierez votre séjour.

Emily tourna les talons et je refermai la porte derrière elle.

Lorsque je me retournai, Milo se tenait derrière moi avec un petit sourire narquois.

– Quoi ?

– Ton compagnon ? Je ne t'ai pas beaucoup entendue protester.

Je haussai les épaules.

– Tu serais étonné de savoir de quoi je suis capable pour un repas gratuit.

– Oserais-je demander à qui tu te vendrais pour un Kinder Bueno ?

– À vous, Monsieur Corti. Je me vendrais à vous pour un Kinder Bueno.

Il me regarda des pieds à la tête avec un sourire malicieux.

– Il me semble que tu le ferais même pour moins que ça.

Je sentis le rouge me monter aux joues parce qu'il y avait du vrai dans sa remarque.

– Je vais prendre une douche avant d'aller dîner, me dit-il en se débarrassant prestement de son tee-shirt.

Il déboutonna son jean et passa devant moi pour aller directement dans la salle de bains. Je l'entendis ouvrir le robinet et regardai sa silhouette passer sous la douche. Mon corps ne resta pas indifférent lorsque je l'observais en train de se laver.

Sans trop me poser de questions, je me dévêtis et allai le rejoindre.

* * *

– TU AS FAIM ? demanda Milo en tirant la chaise pour moi à la table dressée dans notre petit igloo.

– Je suis affamée, dis-je en m'asseyant.

Ce n'était pas étonnant, étant donné le nombre de fois où nous nous étions envoyés en l'air ce soir. On aurait pu penser que nous serions beaucoup trop épuisés après notre journée de marche, mais quelque part nous avions trouvé le moyen d'enchaîner les sessions, lui et moi. Peut-être était-ce simplement parce que nous savions lui comme moi que ce que nous faisions ici dans le Nord ne serait plus possible une fois rentrés chez nous.

Peut-être, je dis bien peut-être, essayions-nous de prendre le maximum avant que notre fantasme d'histoire à deux ne prenne fin.

Milo s'assit et me sourit.

– Tu es ravissante ce soir.

Un frisson me parcourut.

– Je n'ai pas l'habitude que tu me fasses des compliments comme ça.

– Si cela peut te rassurer, je l'ai pensé chaque fois que je t'ai vue. J'ai pensé que tu étais magnifique. Je ne l'ai pas dit.

– C'est agréable de l'entendre.

– L'amitié clandestine, c'est un truc qui marche bien pour nous.

Je me mis à rire.

– Je ne crois pas que les amitiés secrètes ressemblent à ça. Ça, c'est plutôt une...

Je laissai ma phrase en suspens, mais Milo était là pour la terminer.

– Relation cachée, dit-il. Comme un couple illégitime.

Je me mordis la lèvre inférieure.

– C'est mal, non ?

– Affreux.

– On va le regretter.

– Tout à fait.

– Donc on devrait arrêter tout de suite.

– Absolument d'accord, mais...

– Mais ?

– On ne le fera pas.

– On ne le fera pas ?

Il secoua la tête et tendit la main par-dessus la table.

– Tu sais pourquoi ?

– Dis-moi.

– Parce que c'est trop bon de faire des choses interdites avec toi.

Je n'aurais pas dû sourire, mais je devais admettre qu'il avait raison.

On commettait la plus grosse erreur qui soit, mais elle était si bonne.

– On va se ramasser.

Je ris en secouant la tête. Nous nous comportions de façon de plus en plus irresponsable. Whitney aurait été étonnée de voir la fille que j'étais aujourd'hui.

– Et brûler en enfer, peut-être, renchérit Milo. Mais aucun regret.

Je mordis ma lèvre inférieure.

– Tu me le promets ?

– Oui.

Il me tendit la main, je la serrai dans la mienne.

– Promis, dit-il.

– Maintenant, mangeons pour que je puisse réclamer mon dessert après.

– J'aime bien quand tu fais ça, avouai-je.

– Quand je fais quoi ?

– Quand tu dis des choses salaces pendant le sexe...

Je me sentis rougir et continuai sur un ton embarrassé.

– J'aimerais bien être capable de le faire, moi aussi.

Il haussa un sourcil.

– Rien ne t'empêche de faire comme moi, bien au contraire.

– Je sais, mais je ne suis pas à l'aise. Je suis incapable de sortir ce genre de choses, comme ça. Je me sens idiote.

– Et si je ferme les yeux ?

Je me mis à rire.

– C'est pareil.

– On pourrait commencer par le sexe au téléphone. Comme ça, tu ne me verras pas et je ne te verrai pas.

– Je doute que nous trouvions du temps pour le sexe par téléphone.

Milo se pencha vers moi.

– Fais-moi confiance. Je prendrai le temps qu'il faudra pour que tu me murmures des cochonneries au téléphone, Star.

Je n'en doutais pas une seconde.

Nous avons tellement ri ce soir-là que mes joues me faisaient mal. À un moment donné, après tous ces rires, Milo se renfonça dans son siège et secoua la tête, l'air incrédule.

– Qu'est-ce qu'il y a ? demandai-je.

– Rien. Simplement, je croyais que je ne serais plus jamais capable d'être heureux de nouveau.

Et juste comme ça, mon cœur se mit lentement à lui appartenir.

Nous échangeâmes de nouveau au sujet de nos parents. Je lui racontai le vélo rose avec des pâquerettes jaunes que ma mère avait personnalisé pour moi, avec un panier en osier blanc et des poignées violettes.

– Il était fantastique. Il est tombé en ruine il y a quelques années, mais je te jure, j'allais partout avec ça.

– J'imagine bien la petite Starlet sur son vélo dans toute la ville.

– J'avais un casque assorti, en plus. Je rayonnais de joie.

Nous abordâmes des sujets plus graves, aussi.

– C'était quoi, les jours les plus durs pour toi ? me demanda Milo.

– Il n'y en a qu'un en réalité. L'anniversaire de ma mère, c'était dur au début, mais maintenant c'est devenu une fête. Mon père et moi, nous nous retrouvons toujours et nous faisons son gâteau préféré. Le plus dur pour moi, c'est le jour de la fête des mères. C'est comme un rappel constant de ce manque physique.

– Oui, c'est dur pour moi, aussi, ce jour-là. Cela continue.

– Certains jours deviendront plus faciles, et c'est normal. D'autres le seront moins, et c'est normal aussi.

Après un repas excellent, nous sortîmes pour admirer le ciel étoilé. Milo me passa un bras autour de la taille et je levai les yeux, émerveillée.

– Regarde les constellations, fis-je remarquer en pointant le doigt vers le ciel.

– Je ne les vois pas.

Je rigolai.

– C'est une blague ?

Il secoua la tête.

– Je ne les vois pas.

Pendant un moment, je crus qu'il me faisait marcher. Pourtant, lorsque je le regardai, le sérieux de son visage me laissa perplexe. Je pointai le doigt de nouveau.

– Là, regarde. Il y a des dizaines d'étoiles.

Toujours aucune réaction de la part de Milo.

Je me retournai pour le regarder, posai les mains sur son torse et me hissai sur la pointe des pieds pour l'embrasser.

– J'ai l'impression que vous avez besoin de lunettes, Monsieur Corti.

Un sourire apparut sur ses lèvres.

– Moi, j'ai l'impression que c'est de toi dont j'ai besoin, pour l'instant.

Il traça le contour de mes lèvres du bout du doigt.

– Et tu peux me croire quand je dis que je n'ai pas besoin de lunettes pour explorer ta plastique.

– Dans ce cas, je vous en prie...

Le rouge aux joues, je pris ses mains dans les miennes.

– Explorez.

* * *

CETTE NUIT-LÀ TOUT SE PASSA de façon légèrement différente des autres fois où nous avions couché ensemble. La première fois, à la soirée, c'était purement sexuel et dépourvu de connexions émotionnelles. La deuxième fois, à l'arrière de ma voiture, avait été rapide, sauvage et chargée d'adrénaline.

Ce soir-là, en revanche, nous avons pris notre temps. Quelque part, nous savions que nous nous approchions de plus en plus de la fin de ce qui se passait entre nous, loin des réalités de la vraie vie. En rentrant chez nous, nous n'aurions plus la possibilité de nous retrouver aussi proches et aussi libres que pendant ces vingt-quatre dernières heures.

Je savais que je devrais m'inquiéter de ce qui se passerait entre nous une fois rentrés, mais je ne pouvais pas m'y résoudre. Je m'autorisais à vivre le moment présent. À être là avec Milo et à ne pas me préoccuper des lendemains qui allaient bientôt détruire nos rêves éveillés.

Milo me déshabilla lentement, effeuillant mes vêtements un à un pour ne laisser que mon soutien-gorge et ma culotte noirs. Sa bouche se posa sur la mienne tandis que ses mains passaient dans mon dos pour dégrafer mon soutien-gorge d'un claquement de doigts. Il le laissa tomber sur le sol. Je voulus moi aussi lui enlever ses vêtements, mais il arrêta mon geste.

– Moi d'abord, murmura-t-il dans mon cou en y déposant un collier de baisers.

Des frissons de désir me parcoururent alors que j'observais ses pupilles se dilater lorsque ses lèvres entreprirent de déguster chaque partie infime de mon corps. Je ne savais pas qu'on pouvait être excitée par la simple façon qu'avait l'autre de vous scruter, de vous toucher, de vous explorer. Milo m'allongea sur le lit et m'adora comme si j'étais une déesse. Ses mains se promenaient sur mon corps et il prenait son temps pour embrasser chaque centimètre de moi-même. Quand je dis chaque centimètre, je veux dire qu'il n'en laissa aucun de côté. Sa bouche se repaissait de ma peau comme s'il avait été affamé, que mon existence lui était nécessaire, indispensable à sa survie. Il m'attira vers le bord du lit et s'agenouilla devant moi.

Ses lèvres osèrent un baiser sur la soie de ma petite culotte tandis que, du pouce, il malaxait mon clito à travers l'étoffe.

La délicatesse de cette caresse transmit une onde d'excitation dans tout mon organisme, me tirant un gémissement de plaisir.

Du bout des doigts, il accrocha les deux côtés de ma culotte et la baissa très lentement. Une fois qu'il l'eut enlevée, il embrassa l'intérieur de mes cuisses et je me cambrai en soulevant les hanches sous l'effet du désir.

– Écarte les jambes, Star, ordonna-t-il. Je veux voir tout de toi.

Mes jambes s'ouvrirent largement et il plongea sur moi immédiatement. Sa bouche trouva mon clitoris et il le suça lentement avant de le lécher plusieurs fois. Je poussai un cri, réclamant davantage d'exploration de sa part. Il posa les mains sur mes cuisses pour m'écarter plus largement.

– J'aimerais que tu voies comme tu es belle, murmura-t-il en enfonçant un doigt en moi.

Les étapes de la soirée se succédèrent comme au ralenti tout en allant trop vite. J'en savourai chaque instant alors que Milo s'emparait de moi.

C'était quoi, ce que nous faisions cette nuit-là ?

Ce n'était pas seulement du sexe comme la première fois où nous nous étions rencontrés. J'en étais convaincue.

Pourtant je n'étais pas sûre que ce soit de l'amour non plus. Qu'est-ce qui existait dans cette zone intermédiaire ?

La chute.

Et c'était ce qui nous arrivait ce soir-là.

Nous étions en train de tomber amoureux.

De tomber, tomber, tomber...

17

MILO

LORSQUE JE ME RÉVEILLAI, le lit était vide à côté de moi. Starlet était introuvable. Instantanément, une boule d'angoisse vint se loger dans mon ventre. Je craignais qu'elle ne regrette la nuit précédente. Jamais jusqu'à cet instant précis, je ne m'étais soucié d'être rejeté.

La nuit que nous venions de passer avait été pour moi l'une des meilleures depuis longtemps. Depuis notre première rencontre, je n'avais cessé de rêver à une nouvelle occasion de savourer la moindre parcelle du corps de Starlet. La seule différence avec la première fois où nous avions couché ensemble, c'était que cette fois, eh bien... tout était différent. Je ressentais pour Starlet Evans plus que ce qu'un cœur de pierre comme le mien pouvait ressentir pour une autre personne.

Je me frottai les yeux. Chaque fois que je me réveillais, j'étais plongé dans l'obscurité pendant quelques secondes, même lorsque j'avais les yeux grands ouverts. Il fallait quelques instants à ma vision pour revenir et quand je vis que Starlet n'était pas là, je craignis qu'elle ne soit retournée à la réalité en se rendant compte que ce qui s'était passé entre nous la veille était une erreur.

C'était ma plus grande peur – qu'elle prenne conscience que je n'étais rien de plus qu'une bêtise.

Avant que mon esprit n'ait le temps de déballer ses pensées toxiques concernant mon absence de mérites, la porte de la chambre s'ouvrit et Starlet entra avec un plateau sur lequel étaient disposés des muffins et du café.

– Debout là-dedans.

Emmitouflée dans ses vêtements d'hiver, elle arborait un large sourire.

Tout mon organisme soupira de soulagement. Elle était revenue.

– B'jour, marmonnai-je en me frottant les yeux une fois de plus.

Je me redressai dans le lit.

– Quelle heure est-il ?

– Un peu plus de neuf heures. Tu as bien dormi.

– Il y a longtemps que tu es levée ?

– Vers six heures. Je me suis dit que j'allais aller marcher et regarder le soleil se lever.

– Tu es allée marcher ? Déjà ? Ce matin ?

Elle posa le plateau en souriant. Puis elle retira son anorak et ses chaussures.

– Que veux-tu, tu as déverrouillé mon goût de la marche. J'avais juste envie de voir à quoi ressemblait le lever du soleil ce matin avant de rentrer en ville.

– Tu aurais dû me réveiller. Je serais venu avec toi.

Elle prit un muffin et un café et vint vers moi. Elle posa le tout sur la table de nuit et se pencha sur moi. Elle m'embrassa. C'était bon de savoir que nous nous embrassions encore. J'avais eu un peu peur qu'une fois le soleil levé, nous cessions de le faire.

– Tu es trop mignon quand tu dors. Je n'ai pas voulu te réveiller. Et puis, je devais m'assurer que tout était en place pour notre dernière activité de la journée avant de rentrer.

Je haussai un sourcil.

– Une dernière activité ?

Elle eut un large sourire et ses yeux de biche pétillèrent.

– Tu aimes les surprises ?

– J'ai horreur de ça.

Elle fronça légèrement les sourcils.

– Ah ? Bon, mais que penses-tu des surprises si elles viennent de moi ?

Je souris et l'attirai contre ma poitrine pour l'embrasser sur le front.

– Je devrais pouvoir devenir fan de ce genre de surprises.

* * *

LA PÊCHE SOUS LA GLACE.

Elle m'entraîna dans une partie de pêche sous la glace.

Non seulement elle avait réussi à trouver un spot de pêche sous glace, loué un 4x4 pour nous y emmener et dégoté tout l'équipement nécessaire à l'aventure, mais en plus elle avait même préparé les appâts qu'on allait utiliser.

– Je n'en reviens pas que tu aies fait tout ça, dis-je, quelque peu interloqué à l'idée que Starlet avait pensé à tout pour rendre les choses possibles.

– Il y avait cinquante pour cent de risques que tu détestes cette idée, que tout ça me pète à la figure et que notre trajet de retour se fasse dans un silence gêné. Mais je voulais que tu aies un moment où te sentir proche de ta mère comme tu l'as fait pour moi au cours de notre randonnée.

Je pouvais admettre qu'aucune femme ne soit en mesure de guérir un individu de sa dépression. Mais, bon sang, Starlet s'y entendait pour m'aider à respirer plus librement.

Je dus faire un gros effort pour ne pas me laisser étrangler par l'émotion au cours de ces quelques heures que nous avons passées assis sur la glace.

Nous n'avons pas attrapé le moindre poisson, mais j'ai emmagasiné une tonne de sentiments pour une femme qui était entrée dans ma vie au moment où j'en avais le plus besoin.

Si cela avait été possible, je serais resté avec elle sur la glace encore une éternité. Je lui aurais posé plein d'autres questions sur sa vie, ses rêves et ses projets. J'aurais ri en la voyant essayer de démêler son fil de pêche et lui aurais souri à son insu. J'aurais caressé ses joues du bout des doigts et embrassé ses fossettes. Je lui aurais dit qu'elle me flanquait une trouille bleue parce qu'elle m'avait reconnecté à mes sentiments. Cette femme avait fait que moi, l'âme gelée par l'hiver, je redevienne capable d'éprouver des sentiments.

Tu l'aurais adorée, maman.

Tu l'aurais aimée plus que tu ne m'aimais, moi.

Comme cette pensée traversait mon esprit, une brise légère me passa sur le visage. C'était comme si maman me répondait.

« Jamais de la vie, je n'aimerais quelqu'un plus que toi. »

Elle me le disait tout le temps quand j'étais gamin. Lorsqu'elle me mettait au lit, le soir, elle me bordait et appuyait son front contre le mien. Elle me disait :

– Je t'aime, mon Milo Antonio. Jamais de la vie, je n'aimerai quelqu'un plus que toi.

– Tu fais souvent ça, dit Starlet alors que nous étions assis sur nos pliants sur la glace.

– Hmm ?

– Tu te parles à toi-même.

Je ne savais pas qu'elle l'avait remarqué. Je plissai le front en secouant la tête.

– Pas à moi. À ma mère. Je continue de lui parler.

– Tant mieux, dit-elle en tournant son moulinet. Tu as raison.

Tu as raison.

Quelle drôle de façon de réagir lorsque quelqu'un vous dit qu'il continue de parler à sa mère morte.

– Star ?

– Oui ?

– Tu es vraiment bizarre.

Elle se mit à rire, et j'aurais voulu être englouti dans ce son.

– Tu l'as dit, je suis vraiment bizarre.

– Tant mieux, dis-je en lui donnant un coup de coude. C'est bien.

Je l'observai de plus près en plissant les yeux

Elle tremblait.

– On dirait que tu te gèles les fesses, non ?

– Ah là là, oui. Ça doit bien faire une demi-heure que je ne sens plus ma fesse gauche.

– Seigneur, Star, tu aurais dû le dire. Allez, on s'en va.

– Non, non, ça va, c'est bon, dit-elle en claquant des dents. On est bien là.

Je souris en voyant qu'elle faisait tout son possible pour résister, mais il était clair qu'il était temps de partir. Je remballai toutes nos affaires et nous retournâmes à la voiture. Après avoir tout mis dans le coffre, j'allai vers Star et la serrai dans mes bras. Je la retins un peu plus longtemps qu'il n'était nécessaire parce que cela faisait longtemps que je n'avais pas enlacé quelqu'un de cette façon. La dernière fois, c'était ma mère pour nos derniers adieux. Cela faisait plus d'un an. Un an que je n'avais pas échangé une accolade avec quelqu'un. Un an depuis que j'avais été vraiment, authentiquement réconforté par quelqu'un. Je ne m'étais pas rendu compte à quel point cela me manquait jusqu'à aujourd'hui.

Mon corps absorbait le sien pendant que sa chaleur se répandait en moi. L'odeur de ses cheveux emplissait mes narines alors que mes bras se serraient autour d'elle. Je la serrais assez fort pour que cela compte, mais sans l'immobiliser ou restreindre sa liberté d'action. J'avais l'impression que sa bonté était transférée dans mon âme et que je lui donnais le meilleur de moi-même à mesure égale. Je ne savais pas que j'en étais encore capable. Je ne savais pas qu'il y avait encore en moi de bons aspects à partager.

– Merci pour cette journée. J'en avais besoin.

– Je crois que moi aussi j'avais besoin de ce week-end. J'avais besoin de toi.

J'appuyai mon front contre le sien et fermai les yeux.

– S'il y a une vie après la mort, crois-tu que nos mères sont amies ?

– Oui, répondit-elle sans hésiter. Et je crois qu'elles nous ont envoyés l'un vers l'autre.

Je l'embrassai et sentis s'installer en moi la réalité que je n'aurais plus la liberté de le faire une fois que nous serions rentrés en ville.

– Je peux te confier un secret ?

– Oui, dit-elle doucement, son souffle chaud frôlant ma peau.

– Tu me manques déjà, alors que tu es encore là.

Elle se serra un peu plus contre moi et posa la tête sur ma poitrine.

– Je peux te dire un secret ?

– Oui.

– Tu me manquais avant même d'avoir connaissance de ton existence.

* * *

JE CONDUISIS pour les quelques heures précédant la tombée de la nuit, et Starlet prit le volant pour le reste du trajet. Elle se gara dans mon allée un peu après vingt-trois heures. La seule lumière autour de la maison était celle qui provenait de la lampe du porche qui restait toujours allumée. C'était maman qui l'éteignait le soir, mais depuis son décès, ni mon père ni moi ne nous étions chargés de cette responsabilité.

Starlet coupa le moteur de sa voiture et nous restâmes un moment assis en silence.

Ni l'un ni l'autre n'avait abordé le sujet de notre retour en ville. Nous n'avions pas discuté des limites imposées par notre amitié clandestine toute neuve.

La seule chose que nous savions, c'était que ce que nous avions fait pendant ces deux jours ne serait plus possible.

– Et maintenant ? demanda-t-elle en se tournant vers moi.

Il y avait de la tristesse dans ses yeux bruns, et je détestai ça. Je ne voulais pas qu'elle me regarde avec cet air triste. Certaines personnes avaient des yeux faits pour la tristesse. Ce n'était pas le cas de Starlet. Les siens étaient faits pour les sourires, les rires, la joie.

– Je ne sais pas. Ce que je sais, c'est qu'à l'instant où je poserai le pied hors de cette voiture, tout devra changer. Et je ne veux pas que ça change.

Elle posa une main sur l'accoudoir entre nous et je posai la main sur la sienne.

– On peut peut-être agir normalement. Comme des amis, proposa-t-elle.

– Normalement, je ne dévore pas mes amis en guise de dessert.

– Milo, me gronda-t-elle, gênée. Non, je suis sérieuse. On ne peut pas continuer. C'est trop dangereux.

– Oui, je sais.

Je portai sa main à mes lèvres et en embrassai la paume.

– Alors, dites-moi ce que je dois faire, Prof.

Ses lèvres tremblèrent un instant et l'émotion fit briller ses yeux, mais elle ne pleura pas.

– Tu viendras au lycée et tu feras comme si je n'existais pas. Je ferai pareil. Puis on se retrouvera à la bibliothèque et tu viendras avec tes remarques sarcastiques comme avant, et nous serons ceux que nous étions avant de devenir... ceux que nous sommes.

– Quand pourrons-nous redevenir ce que nous sommes ?

Elle retint sa respiration.

Elle ne répondit pas.

Mon cœur s'arrêta de battre.

Je restai silencieux.

– Je suis désolée, Milo. Je... nous devons te faire passer les mois qui viennent et obtenir ton diplôme.

– Quatre-vingt-treize jours. Quatre-vingt-treize jours avant que tu sois à moi.

Elle haussa un sourcil.

– Tu as fait le calcul ?

– J'ai fait le calcul.

Elle se mordit la lèvre inférieure, et quelques larmes têtues roulèrent sur ses joues.

– Ma raison me dit que c'est mal. Que je suis censée me montrer plus intelligente et ne pas avoir de sentiments pour toi, ne pas éprouver ce que je ressens. Mais mon cœur... il ressent tout, et je ne sais pas comment le faire taire. En même temps, je ne crois pas que j'en ai envie non plus. Bien sûr, je sais que je ne devrais pas me sentir aussi bien. Mais c'est comme ça. Je suis bien avec toi, Milo. Et cela me fait peur. Et ce n'est pas juste de te demander d'attendre trois mois pour que nous décidions ce que nous pouvons faire. Cela paraît très égoïste de te demander ça.

Je n'avais pas lâché sa main. Je n'étais pas sûr d'en être capable.

– Starlet... il y a une chose que tu dois comprendre. Avant de te connaître, je traversais l'hiver le plus froid de ma vie comme un somnambule. Et tu es arrivée et tu m'as sauvé. Alors, crois-moi lorsque je te dis que je peux attendre jusqu'au printemps pour te retrouver. Je peux attendre jusqu'au printemps pour te faire mienne.

Elle se pencha vers moi et m'embrassa.

Ses lèvres sur les miennes, leur goût répandant en moi les vérités qu'elle gardait muettes.

Nous tentâmes un baiser à ce moment-là, mais il avait le goût d'un adieu.

Je le regrettai.

Je n'étais pas prêt pour un adieu, pas avec elle, jamais avec elle.

Nous sommes restés connectés aussi longtemps que possible avant que j'ouvre la portière et que je lui souhaite une bonne nuit.

Elle ne savait pas en s'éloignant ce soir-là qu'elle emportait une partie de mon cœur avec elle. Cela ne me dérangeait pas. Je savais que s'il y avait une personne avec laquelle il serait en sécurité, c'était elle.

– C'est elle, maman, murmurai-je en empoignant ma valise.

Le vent effleura mon visage comme si ma mère me disait :

– Je sais.

18

STARLET

DANS MA VIE il y avait trois personnes dont l'opinion importait plus que toute autre à mes yeux : ma mère, mon père et Whitney. Je n'avais jamais été capable de mentir à Whitney. Elle lisait en moi comme dans un livre ouvert. Toute mon histoire, de la page au paragraphe, de la phrase au simple mot, pouvait se lire directement sur mon visage. J'étais inquiète à l'idée qu'elle découvre la vérité à propos de ce week-end, mais je savais qu'il serait impossible de la lui cacher très longtemps.

– Alors c'était comment cette randonnée ? me demanda-t-elle après que j'avais finalement réintégré notre chambre d'étudiante.

Je m'écroulai sur mon lit, au bout de ma vie, physiquement et émotionnellement.

Whitney était en train de travailler alors que j'avais espéré qu'elle serait déjà couchée. Je n'étais pas encore prête à déverser sur elle le récit des événements du week-end, mais je savais que tôt ou tard je finirais par tout lui raconter par le menu.

– J'ai accompagné Milo, dis-je brusquement. J'ai passé le week-end avec lui dans le Nord.

Elle se redressa en ouvrant des yeux ronds.

– Pardon ? Tu as passé le week-end avec qui ?

– Tu n'as aucun droit de me juger, dis-je, la culpabilité du week-end finissant par me rattraper.

– Tu as couché avec lui ?

Elle lut la réponse sur mon visage.

– Oh là là. Starlet !

– Je sais, je sais ! Dit comme ça, ça la fiche mal.

– Arrête, ça ne la fiche pas mal, *c'est* mal. Mais où avais-tu la tête ?

– Je ne sais pas. Ailleurs, j'imagine. T'étais pas la première à me dire de me détendre un peu ? D'être un peu moins coincée ?

Ses yeux s'exorbitèrent.

– Si. Je t'ai dit de te détendre un peu. Un peu, Star. Je veux dire genre, fumer un joint ou prendre des cours de pole dance. Je ne voulais pas dire baiser avec un élève.

Ces mots me firent frissonner.

– Je n'ai pas baisé avec un élève. C'est différent avec Milo.

– Excuse-moi, mais tu m'as l'air un peu à côté de la plaque, là tout de suite. Tu ne vas pas sérieusement risquer de bousiller toute ta carrière universitaire pour un homme. Un homme, Star ? ! En plus, on ne les aime pas vraiment, les hommes ! cria-t-elle en levant les mains au ciel, l'air stupéfaite et dégoûtée.

Quelque part, j'étais très déconcertée par la réaction de ma coloc. Elle, toujours si déterminée à me pousser à avoir une vie en dehors de mes études. Maintenant que je le faisais, elle me sermonnait comme si j'étais la pire personne qui soit.

– Whitney, laisse-moi t'expliquer...

– Non, Star, il n'y a rien à expliquer. Tu es plus maligne que ça. Tu as travaillé trop dur pour tout envoyer promener pour un garçon. Tu le connais depuis quoi ? Trois mois ? Ça fait trois ans que tu es à la fac. C'est insensé de risquer tout ça pour une bite.

– Il n'est pas qu'une bite, protestai-je, un peu agacée.

Comment était-il possible qu'elle ne comprenne pas ? Comment pouvait-elle être si raisonnable dans un moment pareil ? Pourtant, au fond de moi, je savais qu'elle avait raison et c'était ça la vraie raison de ma colère. Elle avait entièrement raison, et si la situation avait été inversée, je ne me serais pas gênée pour lui tenir le même discours.

C'était ça qui m'énervait le plus. Ma raison savait que je jouais avec le feu. Mais mon cœur se moquait des brûlures. Je n'étais pas en colère contre Whitney. J'étais furieuse contre moi-même. Je n'étais pas dupe.

Je n'étais pas dupe, et pourtant...

– Il n'est pas comme les autres, Whit. Il est... il est...

– Ton élève, gronda-t-elle.

Mon cœur se brisait parce qu'elle ne voyait pas les choses comme moi. Elle ne ressentait pas ce que je ressentais. Mais comment aurait-elle pu ? Le fait que nous possédons tous un cœur ne voulait pas dire qu'ils battent tous de la même manière.

– Je suis en train de tomber amoureuse de lui, avouai-je à voix basse.

Ma poitrine se serra lorsque les mots passèrent mes lèvres. Je me sentais folle, ridicule et amoureuse, et cela me terrifiait. J'avais l'impression de ne plus contrôler ni mes pensées ni mes sentiments. L'amour était comme une vague qui me submergeait totalement, et j'espérais qu'elle n'allait pas me rejeter sur la grève parce que j'étais tellement bien lorsque j'étais avec Milo. J'avais l'impression de flotter quand il était à côté de moi. Mais lorsqu'il ne l'était pas, lorsque ma raison parlait plus fort et que la réalité devenait palpable, je coulais.

C'était ça l'amour ?

Enivrant et impitoyable ?

L'amour n'était-il pas censé être doux et accompagné d'une multitude d'émotions complexes.

– Alors, arrête-toi dans ta chute, Starlet, aboya Whitney en faisant les gros yeux. Ressaisis-toi !

Les larmes ruisselaient sur mes joues, et je secouai la tête, incrédule, en entendant ce qu'elle me disait.

– Je n'aurais rien dû te dire, murmurai-je en m'enfonçant sous mes couvertures.

Le regret commençait à faire son chemin.

Whitney se leva et vint vers moi. Elle grimpa dans mon lit et me serra contre elle, me montrant que ses paroles n'étaient pas provoquées par la méchanceté mais par son amour pour moi et sa franchise.

– Mais si, tu as bien fait de m'en parler, tu le sais très bien, et c'est pour cela que tu l'as fait. Au fond de toi, tu sais que ce n'est pas bien, et c'est pour cette raison que tu es venue vers moi. Je pourrais être une fausse amie et te dire ce que tu veux entendre, mais ça, ce n'est pas nous, ma puce. Ça ne l'a jamais été. Nous sommes franches l'une envers l'autre, quoi qu'il arrive. Et donc, là, je ne fais qu'être franche avec toi. Le mieux serait que tu étouffes tes sentiments pour ce gars, Starlet. Et tant que tu continueras ton tutorat avec lui, tu entretiendras ces sentiments. Il faut que tu arrêtes. Que tu te concentres uniquement sur ta carrière et ta vie à toi. Sinon, cela va mal finir.

Je restai silencieuse.

Une bonne part de moi aurait voulu protester. Une bonne part de moi voulait lui répondre et me montrer puérile et lui dire qu'elle ne savait pas ce que c'était, qu'elle n'était jamais tombée amoureuse. Et que donc elle ne pouvait pas comprendre. Mais une plus grande part de moi la comprenait et savait qu'elle avait raison. Elle n'était pas méchante, elle était franche. C'était l'avantage d'avoir une véritable amie – quelqu'un qui vous dit la vérité, même lorsqu'elle est dure à entendre.

Pourtant, je ne pouvais pas arrêter le tutorat de Milo.

Je ne voulais pas le lâcher.

Aussi raisonnable que cela puisse être.

– Si c'était moi, Star, qu'est-ce que tu me dirais de faire ? demanda-t-elle.

Je détestais cette question, et je refusais d'y répondre ce soir-là parce que je connaissais la réponse.

Je lui aurais dit d'arrêter d'être amoureuse du garçon et de se concentrer sur elle-même. C'était comme si mon cœur et mon cerveau se désolidarisaient l'un de l'autre. Comme s'ils se faisaient la guerre pour gagner le contrôle de mon âme.

Un peu plus tard, mon père m'appela pour prendre de mes nouvelles. Je sortis de la chambre et allai dans la salle d'étude pour pouvoir lui parler en privé.

– Alors ça s'est bien passé ton week-end à la montagne ? J'étais un peu inquiet de savoir que tu randonnais toute seule.

Je déglutis avec difficulté, je culpabilisais de devoir lui mentir. Mon père croyait que j'étais allée dans le Nord pour marcher toute seule. Il avait même proposé de m'accompagner.

– C'était super. Il faudra qu'on le fasse tous les deux un de ces jours. Tu adorerais les grottes de glace.

– Inscris-moi pour l'hiver prochain. Tu m'as manqué pour le dîner hier soir, mais j'ai préparé des repas d'avance pour toi et Whitney. Quand tu viendras la semaine prochaine, tu auras deux fois plus de provisions à remporter avec toi.

– Merci, papa. C'est toi le meilleur.

– Comment tu te sens ce soir ? Tout va bien ?

J'hésitai et me mordis la lèvre inférieure. Apparemment, l'euphorie du week-end était en train de se dissiper.

– Ça va.

– Okay, et si tu me disais la vérité ?

Je m'assis sur une des tables et regardai la neige tomber dehors.

– Tu crois que maman serait fière de moi ? De la personne que je suis ?

– Bien sûr qu'elle serait fière. Elle serait épatée, mon poussin.

– Même si je faisais des erreurs ?

– Je pense qu'elle t'aimerait d'autant plus. On n'a jamais voulu que tu sois parfaite, Star. On voulait juste que tu sois toi.

Quelques larmes roulèrent sur mes joues. J'aurais aimé être chez moi. J'aurais aimé pouvoir faire un gros câlin avec mon père, de ceux qui me rassuraient.

– Qu'est-ce qui se passe, Star ? Qu'est-ce qui ne va pas ?

– Un tas de trucs. Trop long à expliquer, j'imagine.

– Je peux faire quelque chose ? Tu veux que je vienne te voir ?

Je souris comme s'il pouvait me voir.

– Non, c'est pas la peine. Ça va aller. Je me demande seulement si je fais les bons choix, c'est tout. Je suis juste un peu angoissée.

– Eh bien, demande-toi comment ton corps réagit au choix que tu fais avant de te laisser aller à tout intellectualiser. Est-ce que tu trouves que c'est bien et rassurant ?

Oui, oui...

Il poursuivit.

– Si c'est le cas, alors c'est probablement la bonne décision. Même si cela semble mal aux yeux du monde.

– Merci, papa. J'avais besoin d'entendre ça.

– De rien, ma chérie. Je t'aime.

– Moi aussi, je t'aime.

Nous continuâmes à bavarder encore un peu avant de se dire bonne nuit. En me recouchant, je pensai à ce qu'il m'avait dit. Ce week-end avec Milo, je m'étais sentie bien et en sécurité. C'était tout ce que je savais. Cela me terrifiait.

19

MILO

– SALUT, MON MEILLEUR POTE, dit Tom le lundi matin en approchant jusqu'à mon casier.

Cela faisait quelques semaines qu'il m'appelait son meilleur pote, depuis le jour où je l'avais accidentellement gratifié d'un surnom. Il dégustait ma bévue comme un de ces bonbons acidulés qu'il se fourrait continuellement dans le bec.

– Quoi de neuf ? demandai-je en refermant mon casier et en passant mon sac à dos sur mon épaule droite.

– Je voulais t'inviter à la soirée la plus géniale de toute l'histoire des soirées. C'est samedi prochain. Je vais officiellement avoir dix-huit ans, et je fais une boum.

– Ça se dit encore, une boum ? marmonnai-je en me dirigeant vers notre cours suivant, anglais. Mon heure préférée de toute la journée.

– Oui, on dit toujours ça. Moi, je le dis. On, c'est moi.

Il sortit une carte de son sac à dos et me la tendit.

– Tiens, ton invitation.

– Tu as imprimé des invitations ?

– Oui, je suis comme ça, rien ne m'arrête.

Je jetai un coup d'œil à l'invitation dans ma main et haussai un sourcil : « Choisis ton propre déguisement de Tom. »

– On peut choisir son propre déguisement de Tom ?

– N'importe quel Tom – sauf Tom Cruise dans *Risky Business*. Je l'ai déjà retenu. Laisse libre cours à ton imagination.

– Je ferai de mon mieux.

Il s'arrêta.

– Attends, tu as vraiment l'intention de venir ? Et de te déguiser ?

– Ben, tu ne viens pas de m'inviter ? Et ce n'est pas une soirée déguisée ?

– Si, mais je veux dire, tu n'es pas tellement du genre, tu vois... sociable.

– Je suis toujours là pour traîner avec les potes.

– Oui, mais je veux dire, tu es là sans être vraiment là. Et puis, s'il y a beaucoup de monde, il y a encore moins de chances qu'on t'y voie.

Il avait raison. S'il y avait beaucoup de monde, cela voudrait dire davantage de personnes avec qui je devrais éviter d'engager la conversation. Les gens adoraient bavarder. Je détestais ça.

– Il y a combien de personnes qui vont venir ?

Je me disais que je m'étais peut-être beaucoup avancé en acceptant de venir.

– Ah non ! Tu ne vas pas changer d'avis. Tu as dit que tu viendrais, donc maintenant tu es obligé de venir.

Juste avant que j'aie le temps de répondre, Starlet passa à côté de nous. Tom poussa un sifflement discret.

– Elle est tellement bonne, putain.

– Pardon ? dis-je sur un ton cassant, totalement stupéfait.

– Hé, Miss Evans ! Sympa votre coiffure, aujourd'hui, dit-il d'une voix chantante à Starlet, et elle se retourna pour nous regarder.

Elle me regarda brièvement dans les yeux avant de se tourner vers Tom.

– Merci, Tom, c'est très gentil.

– Ça vous va très bien. En même temps, tout vous va bien, Miss Evans, dit-il sur un ton de séducteur.

Ouaip.

C'était vrai. Il avait raison.

Il flirtait avec mon amie clandestine dont j'aurais voulu qu'elle soit plus que ça et une colère montait en moi sur laquelle je n'avais aucun moyen d'agir. Les secrets, c'était marrant.

Starlet sourit. Bon sang, j'aurais voulu que ce sourire se pose sur ma bouche.

– Ce n'est pas moi qui note votre travail cette semaine, Tom, inutile de me flatter. Je vous retrouve en classe, tous les deux.

J'espérais qu'elle me regarde encore une fois, mais non, elle était trop professionnelle pour ça.

Comme elle s'en allait, Tom suivit des yeux le mouvement de ses hanches.

– Hé, mec, dis-je en lui donnant un coup de coude. C'est la prof, quand même.

– Prof stagiaire. Elle est pas tellement plus vieille que nous. Tu sais, une fois mon anniversaire passé, je te parie que j'aurai mes chances avec elle.

– Te fais pas trop d'illusions, murmurai-je.

Tom haussa les épaules alors que nous poursuivions notre chemin vers la classe.

– Tu as sans doute raison. Si jamais elle devait s'intéresser à un élève, ce serait probablement toi. Je crois qu'elle craque pour toi.

Je sursautai en entendant ça et je faillis me casser la figure tandis que Tom se fourrait un nouveau bonbon dans la bouche.

Je le regardai en plissant les yeux, essayant plus ou moins de me persuader qu'il n'avait pas dit ce que je pensais avoir entendu.

– Quoi ?

– Je pense que Miss Evans en pince pour toi, répéta-t-il.

Ma poitrine se serra.

– Qu'est-ce que tu racontes, putain ?

Il se passa la main dans les cheveux.

– J'ai juste remarqué sa façon de te mater quand elle rend les copies. Elle s'attarde.

– C'est des conneries, marmonnai-je en pressant le pas. Elle regarde tout le monde de la même façon.

– C'est possible, mec. Mais si jamais tu avais la chance d'avoir une ouverture… s'il te plaît, au nom de nous tous qui fantasmons sur elle, profite de l'occasion. Moi, en tout cas, je la baiserais sans hésiter.

– Personne ne fantasme sur Miss Evans, dis-je en essayant de cacher mon agacement, tout en serrant les poings.

– Tu rigoles ? Tout le monde parle d'elle. Même Chris en parle ! Bon, d'accord, il ne parle pas, mais il regarde. Et comment faire autrement ? On dirait un vrai top model. Ses courbes.

Il se mordit le poing et leva les yeux au ciel comme si cette simple évocation le faisait jouir.

– Du calme, mec. C'est notre professeure.

– Je te parie que si j'en avais l'occasion, je lui apprendrais certains trucs moi-même.

La rage.

De la rage pure et simple, c'était tout ce que je ressentais.

Je savais que nous étions potes et tout ça, mais bon sang… j'avais envie de lui flanquer mon poing dans la gueule pour parler comme ça de baiser ma copine.

Enfin, ma copine secrète.

Mon amie clandestine.

Bref, ce qu'elle était pour moi.

J'étais de mauvais poil, maintenant.

Qu'il aille se faire foutre ! Lui et ses fantasmes sur la fille qui n'était pas ouvertement à moi mais qui était… à moi. Et j'étais à elle. Entièrement à elle, putain.

* * *

– IL FAUT QUE TU ARRÊTES de me regarder comme ça, dis-je à Starlet en entrant dans la salle de lecture après les cours.

– Comment, comme ça ?

Son regard était posé sur moi et je vis tout : sa douceur, son intérêt et son amour naissant pour moi.

– Comme ça, dis-je en faisant un geste de la main dans sa direction. Genre, lorsque tu me regardes... c'est vraiment moi que tu vois.

– Je ne vois pas comment m'en empêcher. Et puis, avoua-t-elle en haussant les épaules, tu me regardes de la même façon.

Je ne pouvais pas dire le contraire.

Malgré tout, j'étais encore de mauvais poil. Cela m'énervait que Tom et les autres l'évaluent et parlent entre eux de leur envie de la baiser. Pendant le cours, j'avais observé que tous les regards des mecs semblaient rivés sur elle et cela n'avait fait qu'attiser ma colère. Est-ce que je pouvais leur en vouloir ? Bien sûr que non. Est-ce que ça me mettait en rogne ? Absolument.

Avec n'importe quelle autre fille avec qui j'étais sorti avant, je m'en serais complètement fichu. Mais Starlet, c'était différent. Elle n'était pas comme les autres filles. Elle était mon âme sœur. Précieuse, unique, fantasque et à moi. Uniquement, indéniablement, à moi.

Elle haussa un sourcil.

– Qu'est-ce que t'as ?

– Rien, dis-je d'un ton coupant. Tout va bien.

– T'es grincheux.

– Je ne suis pas grincheux.

– Tu grimaces.

– C'est pas vrai, grognai-je.

Elle se mit à rire. Ouaip, elle riait comme si mon agacement la chatouillait.

– T'es vraiment bizarre. Qu'est-ce qui se passe ?

– Mon pote Tom pense que tu craques pour moi.

Son rire se figea.

– Pou... pourquoi il penserait ça ? Qu'est-ce qui lui fait dire ça ?

– La façon dont tu me regardes. Il dit que s'il y avait un élève pour lequel tu aurais un crush, ce serait moi.

– Oh non. Ça ne va pas, ça.

– T'inquiète. J'ai rapidement désamorcé la discussion. Heureusement pour nous, Tom a autant de jugeote qu'un môme de trois ans et il était déjà passé à autre chose.

– Si c'est le cas, pourquoi es-tu si contrarié ?

Je grognai et croisai les bras en m'asseyant sur ma chaise.

– Parce qu'ils... eh merde...

Je soupirai et levai les mains en signe de reddition.

– Ils trouvent tous que tu es sexy, d'accord ! ?

Elle haussa un sourcil.

– Tu peux répéter ça ?

– Les gars du lycée n'arrêtent pas de parler entre eux pour dire combien ils te trouvent sexy, qu'ils aimeraient coucher avec toi, et toutes ces conneries. C'est comme s'ils n'avaient aucune boussole morale.

– Dixit le gars qui m'a sautée à l'arrière de ma Jeep il y a deux jours.

J'allais riposter, mais quand je vis son sourire moqueur et l'ironie de sa remarque, je ne pus que me détendre.

– Bref.

– Tu es jaloux.

– Non. Pff, c'est pas mon genre.

Si, je l'étais. J'étais vachement jaloux. Cela ne m'était jamais arrivé auparavant, et ça me donnait un sentiment de vulnérabilité et de honte.

– Oh là là, tu es jaloux.

– Mettons-nous au travail, marmonnai-je en ouvrant la fermeture de mon sac à dos.

Starlet se renfonça dans son siège et secoua la tête.

– Non. Je voudrais qu'on s'arrête sur cette jalousie un instant. C'est plutôt sexy.

– Ce serait sexy si c'était vrai, mais ce n'est pas le cas. Je ne suis pas un mec jaloux.

– C'est pas grave. Moi aussi, j'ai des raisons d'être jalouse avec toi.

Je haussai les sourcils.

– C'est quoi ces conneries ?

Elle hocha la tête.

– C'est vrai. Au sous-sol du lycée, dans les toilettes des filles, il y a une liste des gars les plus sexy du lycée. Et les filles ajoutent des points à côté du nom de celui qu'elles trouvent le plus sexy de tous. Devine qui remporte la palme ?

Je souris d'un air fat et me redressai sur mon siège.

– Tu déconnes ? Moi ?

– Toi.

Elle sortit son smartphone et fit dérouler ses photos.

– Dans les toilettes de la cafétéria, il y a une liste d'initiales de filles qui voudraient – elle s'éclaircit la gorge avant de lire la photo – se faire lécher par Milo Corti.

Elle me tendit le téléphone. La liste était démesurée et complètement idiote.

– Un bon nombre d'autres messages racontent que tu as couché avec elles. Tu jouis d'une certaine réputation dans le coin.

– À une époque, j'ai trouvé que jouer les queutards était un bon moyen de fuir mes problèmes personnels.

– C'était avant de me connaître.

Je souris.

– Ouais. C'était avant. Franchement, je ne comprends pas pourquoi les filles écrivent ce genre de conneries dans les toilettes. Ce n'est pas comme si je m'étais impliqué dans mes relations avec elles.

– Que veux-tu ? Nous les filles avons tendance à aimer les mecs qui ne sont pas disponibles.

Je ricanai en regardant la liste de plus près.

– C'est écrit S.E. en bas de la liste ?

Elle m'arracha le téléphone des mains et haussa les épaules.

– Je ne voulais pas me sentir en dehors du coup.

L'image de ma langue sur son clitoris allait rester présente à mon esprit pendant le reste de la soirée.

– Est-ce que je peux sortir des clous pendant un temps très, très court ?

Elle rit.

– Tu ne peux pas sortir des clous pendant un temps très court.

– Mais j'ai envie de sortir des clous pendant un temps très court.

– Bon ? Tu as dix secondes pour sortir des clous pendant un temps très court.

– J'ai besoin de quinze secondes.

– Douze secondes max.

Je plissai les yeux.

– Tu vas me chronométrer ?

Elle mit le minuteur sur son smartphone.

– Trois... partez.

– Être dans cette bibliothèque m'a fait réaliser que j'ai envie de te baiser dans des lieux complètement silencieux et te faire crier de plaisir.

Elle resta bouche bée. Comme elle ne disait rien, je continuai.

– Oh, et j'aime quand tu lisses tes cheveux comme ça. Ça te rend vraiment bandante.

– Milo.

– Oui.

Elle repoussa ses cheveux derrière ses oreilles, l'air gênée.

– Prends ton livre de maths, bon sang.

20

MILO

LE WEEK-END ARRIVA VITE et j'étais un peu stressé en me rendant chez Tom. J'avais évité l'alcool depuis mon dernier coma éthylique au lycée. J'avais aussi un contrôle de maths important le lundi et je savais que j'allais devoir réviser le lendemain pour le préparer.

Si en janvier vous aviez demandé à Milo s'il était prêt à arrêter de boire et de prendre de la drogue pour étudier, il vous aurait éclaté de rire à la figure. Mais voilà, désormais j'essayais d'être un adulte responsable. En même temps, j'essayais d'être un bon pote aussi. Tom avait été sympa avec moi pendant l'année alors que je ne le méritais pas. Pareil pour Savannah. J'avais été mentalement absent pour la plupart des gens qui m'appelaient leur ami, mais c'était comme s'ils savaient que j'en bavais. Ils auraient légitimement pu me tourner le dos, mais en fait ils ne m'avaient jamais lâché. Ça me touchait plus qu'ils ne l'imaginaient.

– On vient de parier que tu ne viendrais pas ce soir, dit Savannah lorsque j'entrai dans la maison.

Il y avait un monde fou. Je connaissais certaines personnes, d'autres non, et une farandole de gobelets rouges circulait.

Je hochai la tête.

– Tu as parié pour ou contre moi ?

– Toujours pour toi, frère.

Elle sourit et me tendit son gobelet.

Je fis non de la tête.

– Je ne bois pas ce soir.

Elle haussa un sourcil incrédule.

– Tu bois toujours.

– J'essaie quelque chose de nouveau.

– Et c'est quoi ?

– La sobriété.

Elle frissonna.

– Quelle horreur !

Ça dépend des jours.

– Tu es quel Tom, toi ? je lui demandai en regardant ses vêtements extra-larges et sa casquette de base-ball portée devant derrière.

– Je suis un tomboy[5], mec. Et toi ?

Je baissai les yeux sur ma tenue – tee-shirt blanc et jeans noir.

– C'est pas évident ? Je suis Tom Anderson, le fondateur de Myspace.

Je jetai un regard circulaire autour du salon puis, de nouveau, je regardai Savannah.

– Où est le roi de la fête ?

– Dans la cuisine, probablement en train de danser sur le plan de travail.

Elle devait avoir raison.

Je me dirigeai vers la cuisine, mais m'arrêtai et me retournai vers Savannah.

– Au fait, désolé de t'avoir traitée comme de la merde depuis un certain temps. Je n'étais pas dans la meilleure disposition d'esprit.

Elle plissa les yeux.

– Et tu vas mieux maintenant ?

– C'est en bonne voie.

– Tant mieux. Tu nous as manqué à tous.

5. Tomboy = garçon manqué.

– Je n'étais pas parti.

– T'étais là, mais pas ici. Mais je la retrouve... la lumière est revenue dans tes yeux. Je ne sais pas qui c'est, mais je suis contente que tu l'aies rencontrée.

– Pardon ?

Elle sourit et but une gorgée de son gobelet rouge.

– Un mec ne se remet pas comme ça sans l'aide d'une nana.

Elle plissa les yeux.

– C'est Miss Evans ? Tom est persuadé que c'est Miss Evans.

Je secouai la tête.

– Ce n'est pas Miss Evans.

– Alors c'est qui ?

– Personne.

– Menteur.

– Peut-être.

– Tu ne vas pas me le dire.

– Nan.

Elle m'observa, hésitant à insister pour obtenir une réponse, mais elle laissa tomber.

– Traite-la bien, tu veux ? C'est tout ce que je te demande. Comme une princesse.

Je lui fis un semblant de sourire avant de me diriger vers la cuisine pour trouver le roi de la fête. Dans toute sa gloire, il dansait sur le plan de travail, vêtu d'une chemise blanche, de socquettes blanches et d'un caleçon blanc. Il prenait son personnage de Tom Cruise dans *Risky Business* très au sérieux.

Dès qu'il me vit, il m'accueillit d'une voix forte.

– Mon meilleur pote !

Il sauta à bas du plan de travail. Je fus étonné qu'il ne se foule pas une cheville en bondissant comme ça.

Il se précipita sur moi et me serra dans ses bras avant de me donner une claque sur la poitrine.

– T'es Tom de Myspace ?

Je hochai la tête.

– Je suis Tom de Myspace.

– Très réussi.

Tom regarda autour de lui en levant les bras.

– Vous avez vu, il y a Tom de Myspace qui est là !

Tout le monde m'applaudit comme si je ne m'étais pas contenté d'enfiler un tee-shirt blanc et basta. C'était le déguisement le moins recherché de toute la pièce, mais ils avaient tous l'air amusés. C'était l'effet de l'alcool. Il fait prendre les individus les plus médiocres pour Superman.

– Je vais te chercher un verre, dit Tom en me donnant une tape dans le dos.

– Euh... je ne bois pas ce soir.

Ses yeux s'arrondirent comme si j'avais avoué que je détestais les bébés chiens.

– Comment ça, tu ne bois pas ce soir ? !

– Tu m'as bien entendu, c'est exactement ce que j'ai dit.

– T'es enceinte ?

Je rigolai et me tapotai le ventre.

– C'est pour dans six mois.

Tom se tourna vers les autres.

– Hé, vous autres ! Tom de Myspace est enceinte !

Tout le monde poussa des cris de joie.

Les idiots.

– Tu es obligé de boire au moins un shot avec moi pour mon anniversaire, insista-t-il en me donnant un coup de coude.

– J'ai un exam de maths lundi. Je ne peux pas me permettre de prendre une cuite ce week-end.

– Hé, c'est pas un scoop, on a tous un exam de maths lundi, mais ton meilleur pote n'aura dix-huit ans qu'une seule fois.

– Je suis étonné que tu ne le fêtes pas avec tes parents.

– Ouais, eh ben, certains parents n'en ont rien à foutre de leurs enfants.

Il dit ça naturellement et avec un sourire, mais je vis la petite crispation derrière le sourire. C'était quoi, ça ? Est-ce que le Tom parfait et expansif n'était pas aussi heureux qu'il voulait le faire croire ? Est-ce que par hasard nous aurions quelque chose en commun ? Des problèmes avec les parents ?

– Mais tu sais qui est très sympa avec moi ?

– Qui ?

– José.

Il tenait une bouteille de tequila José Cuervo à la main et l'agita dans ma direction.

– José ne m'a jamais déçu, contrairement à mes parents. Allez, on se fait un shot pour fêter ça !

J'aurais voulu protester, mais dès que le premier éclair de vérité avait échappé à Tom, j'avais culpabilisé à cause de sa déception causée par ses parents. Je ne voulais pas en rajouter une couche, donc je me laissai convaincre par mon sentiment de camaraderie.

Je lui pris le petit verre des mains et lui donnai une tape dans le dos.

– Cul sec.

Avant que je m'en rende compte, les petits verres se succédèrent et il devint de moins en moins probable que je serais en capacité le lendemain matin de réviser pour mon exam.

* * *

JE PASSAIS UN MOMENT PLUTÔT AGRÉABLE. Je m'amusais avec tout le monde. Je me surpris même à rire davantage qu'à l'accoutumée, et même si j'étais ivre, ce n'était pas du genre ivresse triste. Je me sentais... bien, tout simplement.

Les gens s'adressaient à moi comme si j'étais la même personne que j'avais été avant la mort de ma mère. Je leur répondais, leur demandais comment ils allaient, et leurs réponses m'intéressaient, en plus.

Qu'est-ce qui m'arrivait ?

L'ambiance était bonne et Tom m'avait déjà dit que je pouvais dormir chez lui, ce qui m'arrangeait. Je ne tenais pas à rentrer bourré chez moi pour tomber sur mon père bourré, ce qui me rappellerait que la vie à la maison était toujours aussi merdique.

Je vis Brian qui parlait à Chris de jeux vidéo, et Chris faisait ce qu'il faisait le mieux – écouter. J'allai les rejoindre sur le canapé du salon et ils m'inclurent dans la conversation comme si j'étais là depuis le début. Chris me donna une tape dans le dos avec un petit sourire. Je regardai leurs costumes. Chris avait des oreilles de chat et un col.

– Tom de Tom et Jerry ?

Il fit oui de la tête et bomba le torse avec un grand sourire, tout fier d'avoir été reconnu.

Je tournai les yeux vers Brian qui était déguisé en train.

– Et Tom du dessin animé *Thomas et ses amis* ?

– Tchou tchou, enfoiré !

Nous avons continué à discuter de tas de choses. Cela devait bien faire plus d'un an que nous ne nous étions pas assis pour échanger comme ça. Du moins, pour moi c'était la première fois que je participais. Même s'il parlait peu, Chris avait échangé plus que moi toute cette année.

– C'est bon de te retrouver, dit Brian alors que nous allions remplir nos verres.

– Qu'est-ce que tu dis ? Je suis venu tous les week-ends.

– Ouais. T'étais là, mais pas vraiment là.

Il me donna une tape sur la poitrine.

– C'est bon de te retrouver répéta-t-il.

Je souris, je voyais ce qu'il voulait dire.

Il se passa le pouce le long du nez avant de tapoter sa volumineuse coupe afro.

– Un de ces jours, tu pourrais peut-être passer et jouer aux jeux vidéo avec nous comme on le faisait dans le temps. Tom joue horriblement mal, alors ce serait bien d'avoir un vrai adversaire.

– Oui, c'est une bonne idée, dis-je.

Et je le pensais.

Vers une heure du matin, la fête n'était pas finie, mais moi j'étais prêt à m'éclipser. Je savais que c'était le moment d'aller dans la chambre d'amis qui m'était réservée parce que je n'arrêtais pas de penser à Starlet. Mon esprit embrumé par l'alcool était obsédé par elle, mais ça ne changeait pas beaucoup de mon esprit à jeun.

Après un dernier shot avec le roi de la fête, je me retirai dans la chambre d'amis et refermai la porte derrière moi. Avant de m'allonger sur le lit je retirai mes chaussures, mon tee-shirt et mon jean. Je pris mon téléphone, m'installai confortablement et je l'appelai.

Je n'aurais pas dû, mais je le fis. J'avais besoin d'entendre sa voix. Qui étais-je devenu ces derniers temps ?

– Allô ?

Elle parlait à voix basse, comme si elle se réveillait. Ce qui n'avait rien d'étonnant. Il était minuit passé.

– Salut, Star.

– Salut. Tout va bien ? demanda-t-elle en bâillant.

Étendu sur le lit, je souris parce qu'elle me demandait si j'allais bien.

– Ouais. Très bien. Et toi ?

– Endormie. (Elle bâilla de nouveau.) Tu es soûl ?

– Ça se pourrait bien.

– Joyeux ou triste ?

– Joyeux.

– Mmm. Tant mieux. Joyeux, c'est bien.

Je me tournai sur le dos et regardai le plafond.

– Star ?

– Ouais ?

– Tu me manques.

– Toi aussi tu me manques

Elle marqua une petite pause avant de demander :

– Tu es tout seul, là ?

– Ouais. Je squatte chez Tom. Il fêtait son dix-huitième anniversaire ce soir.

– Joyeux anniversaire à Tom. Mais ne lui dis pas que j'ai dit ça.

Je ris.

– Ça restera entre nous. C'était une soirée déguisée. On était censés être tous déguisés en des Tom différents.

– Et toi, tu étais qui ?

– Tom de Myspace.

– C'est très vintage. Et un peu paresseux comme choix.

– Que veux-tu ? Je suis un mec paresseux.

Je m'éclaircis la gorge.

– Tu sais ?

– Oui ?

– Tu me manques.

Elle eut un petit rire.

– Tu l'as déjà dit.

– Je sais, mais c'est la vérité. Tes yeux me manquent. Et tes lèvres. Et tes courbes et...

– Tu es excité.

– Par toi, seulement. Ta coloc, elle est là ?

– Non. Apparemment, tout le monde fait la fête sauf moi.

– Si tu veux, je peux passer et te faire ta fête.

Je l'entendis se tourner dans son lit et je m'imaginais très bien son sourire gêné.

– Non, pas question. Tu es ivre. Et puis, il t'est totalement interdit de venir dans ma chambre d'étudiante. Cela va à l'encontre de tous les règlements des amis clandestins.

– Je ne savais pas qu'il y avait un règlement.

– Il y en a un maintenant.

– Alors on peut y rajouter des règles quand ça nous chante ?

– Seulement quand c'est pour te rappeler pourquoi tu ne peux pas venir te faufiler dans mon lit au milieu de la nuit.

Je grognai.

– Mais j'ai envie de me faufiler dans ton lit au milieu de la nuit.

– Plus que deux mois et demi.

– Ça paraît une éternité.

– Et des brouettes.

– Star ?

– Oui ?

– Je me suis amusé ce soir.

– Tant mieux. Je suis bien contente.

– Je ne savais pas que je pourrais encore m'amuser jusqu'à ce que je te rencontre.

– Oh, Milo.

J'entendis son souffle dans le téléphone.

– Méfie-toi, je risque de tomber amoureuse de toi.

Si seulement elle savait à quel point c'était ce que je désirais !

– Dis quelque chose pour éloigner les papillons qui volettent dans mon ventre, ordonna-t-elle. Dis quelque chose qui me fera lever les yeux au ciel.

– Comment t'es habillée ?

Elle éclata de rire.

– Ça va le faire pour moi.

Je rigolai parce que je m'imaginais son sourire. Puis ma curiosité fut piquée.

– Non, en vrai. Qu'est-ce que tu portes ?

– Le Milo qui a bu n'est pas très convenable.

– Milo n'est jamais convenable, quel que soit son état. Le moment serait bien choisi pour inaugurer ce sexe par téléphone, non ?

– Pas faux.

D'une voix légèrement plus basse, elle poursuivit.

– Un débardeur et une petite culotte noire.

Le seul mot de culotte sortant de sa belle bouche suffit à faire dresser ma queue.

– C'est vrai ? Et tu as un soutien-gorge ?

– Non. Seulement un débardeur.

Je fermai les yeux, imaginant le bout de ses seins pointant à travers le tissu du débardeur.

– J'aimerais être là-bas, allongé à côté de toi.

– Et qu'est-ce que tu me ferais ?

– Tout, Star.

Je glissai la main sous la ceinture de mon boxer et empoignai ma queue.

– Je te ferais tout ce qu'on peut imaginer.

– Dis-moi exactement ce que tu ferais. Avec des détails, s'il te plaît.

Je me caressai lentement la queue alors que mes pensées devenaient de moins en moins convenables.

– Pour le savoir, il faut d'abord que tu glisses la main dans ta culotte et que tu te caresses, Star.

– Qu'est-ce qui te fait croire que je ne le fais pas déjà ? répliqua-t-elle, le souffle court.

Cette simple image fit palpiter ma queue et j'accélérai le mouvement de ma main. Je me mordis la lèvre inférieure avant de poursuivre.

– Je t'immobilise sur ton lit et je m'incline sur ton cou pour y déposer un collier de baisers, tout en faisant des petits cercles avec ma langue avant de lécher ta peau tendre.

– Mes lèvres s'entrouvrent pour réclamer et te supplier de me laisser te sucer d'abord.

Putain...

– Mais je t'en prie... suce.

– Je m'écarte de toi en roulant sur le côté, puis je t'allonge sur le dos. Je t'enlève ton tee-shirt et passe les mains sur ton torse jusqu'à la ceinture de ton boxer. Je descends en me tortillant pour venir me placer entre tes jambes. Là, je baisse ton boxer sur tes cuisses, révélant ton énorme queue en érection. Je me lèche les lèvres en la contemplant. J'ai envie de la prendre dans ma bouche jusqu'à ce qu'elle m'étrangle. Donc, je la prends dans ma main et je commence à la caresser, de haut en bas... de haut en bas... les yeux rivés sur les tiens pendant tout le temps où je te branle...

Est-ce que la douce Starlet venait bien de murmurer le mot queue au téléphone ?

Avait-elle vraiment dit qu'elle voulait me sucer jusqu'à s'étrangler ?

Bordel. Lequel de nous deux avait trop bu, moi ou elle ? J'allais devoir me maîtriser si je ne voulais pas jouir trop vite, simplement en l'entendant dire des cochonneries de sa voix douce.

Je repoussai la couette sur le côté du lit, j'avais déjà trop chaud en l'écoutant.

– Et après ?

– Après, je m'incline sur toi et je fais glisser ma langue de haut en bas de ta bite tout en continuant à la caresser de la main. Ensuite je prends ton gland entre mes lèvres et je commence à sucer en faisant tourner ma langue tout autour comme si je léchais mon esquimau préféré. Je prends mon temps, ne laissant aucun millimètre inexploré pendant que de la main je masse et je presse tes couilles. J'accélère tout en avalant ta queue jusqu'au fond de ma gorge, de plus en plus profondément, tandis que tu te raccroches à mes cheveux et que tu prends le contrôle pour me guider de haut en bas de ta grosse queue dressée qui m'étouffe et m'étrangle tellement elle est épaisse.

– Putain, Star... tu vas me faire... murmurai-je, incapable de m'exprimer clairement tout en léchant la paume de ma main pour continuer de me caresser. Vas-y, continue...

– Je pose une main sur ton bas-ventre et j'appuie doucement alors que je te prends tout entier dans ma bouche, ce qui laisse peu de place pour me permettre de respirer, mais je m'en fiche parce que je te veux tout entier, Milo. Je veux que tu me remplisses, que tu me baises la bouche délicatement et lentement, puis gentiment et fort. De plus en plus fort alors que tu approches de...

Avant qu'elle n'ait terminé sa phrase, la porte de la chambre s'ouvrit et Tom entra.

– Hé, mec. Les autres sont tous partis. Ça te dirait de jouer à un jeu vidéo ou – oh, putain de merde ! beugla-t-il en me voyant allongé, la queue à la main.

– Eh merde ! criai-je à mon tour avant d'ajouter : Il faut que je te laisse.

Je lâchai ma queue et raccrochai au nez de Starlet.

Tom sortit en courant de la chambre et claqua la porte derrière lui. Le silence plana un petit moment jusqu'à ce qu'il finisse par dire :

– T'inquiète, Mimi. Je n'ai rien vu. À part, euh... tout. Ça va me donner des cauchemars.

– Excuse-moi, je parvins à dire à défaut d'autre chose.

Qu'est-ce qu'on pourrait dire d'autre que « excuse-moi » quand on se fait choper par son pote en train de se branler ?

– Il vaudrait sans doute mieux ne plus en parler, non ? demanda-t-il.

– Ouais, je suis d'accord. On n'en reparle jamais. On oublie.

– Cool. D'accord. Bonne nuit.

Je m'écroulai sur le matelas. Mon corps désorienté par l'imminence de la jouissance provoquée par la voix séductrice de Starlet interrompue brutalement par l'entrée inopinée de Tom, anéantissant tout désir et provoquant une vague de panique. Il fallut une bonne minute à mon cœur pour reprendre un rythme normal alors qu'un océan de déception me submergeait parce que Starlet était sur le point de me faire jouir simplement par la grâce de sa voix.

Starlet : Tout va bien ?

Milo : Ouais. Tom est entré brusquement. Il a tout gâché, non ?

Starlet : Haha. Juste un peu. C'est pas grave. Il faut que je dorme, de toute façon.

Bordel.

Milo : On se parle demain ?

Starlet : Bien sûr. Bonne nuit.

Je soupirai et enfouis mon visage dans un oreiller pour hurler toute ma frustration.

Bonne nuit, Prof.

21

MILO

– C'ÉTAIT QUI QUE TU BAISAIS par téléphone samedi ? me demanda Tom pendant qu'on avançait vers nos casiers.

Je le fusillai du regard.

– Je croyais qu'on ne devait plus jamais en parler ?

– Ouais, mais si jamais on en reparlait… c'était qui au bout du fil ?

– Je ne veux pas en parler, lui dis-je en approchant de mon casier, que j'ouvris pour en sortir mes livres sous le regard de Tom appuyé au casier voisin.

– C'est une des jumelles ? Ou Claire ? J'ai entendu dire qu'elle flashait sur toi. En même temps, qui ne flashe pas sur Milo Corti ? L'homme, le mythe, la légende.

– Ni les jumelles ni Claire, grognai-je.

– Donc, il y avait bien quelqu'un ? Qui ? Une élève de première ? Espèce de bâtard, je parie que c'est une fille de première.

– C'est personne, dis-je en refermant mon casier.

Il s'écarta du casier et se frappa la poitrine.

– C'est pas ma mère, au moins ? Si jamais tu baises ma mère, Mimi, on risque d'avoir des gros problèmes d'amitié toi et moi.

Je laissai échapper un petit rire en secouant la tête.

– T'es bien trop en forme pour un lundi matin.

– Pas autant que toi samedi soir. Au fait... tu prends des protéines ou quoi ? Des épinards ? Tu fais quoi comme muscu ? Parce que c'était quand même très...

Je le fusillai du regard de nouveau.

– T ?

– Oui ?

– On ne parle pas de la taille de ma queue à sept heures du matin le lundi.

Il leva les mains en signe de reddition.

– Okay. C'est bon, c'est bon. Je te reposerai la question jeudi après-midi si tu préfères. J'ai tendance à préférer parler de ma bite juste avant le week-end, moi aussi.

– On pourrait aussi ne jamais en parler. Jamais, comme jamais.

– Ouais, ou jamais. C'est cool. Tout ce que je dis, c'est que je comprends pourquoi les filles parlent tout le temps de toi. Si j'en avais une comme toi, je serais un queutard moi aussi.

– C'est fini, tout ça. Je ne suis plus un queutard.

Tom arbora un sourire idiot.

– À cause d'elle ?

Je levai les yeux au ciel et me dirigeai vers le bureau du proviseur pour notre réunion hebdomadaire.

Je ne répondis pas à Tom, mais je connaissais la réponse.

Oui, Tom.

C'était à cause d'elle.

* * *

J'ÉTAIS ASSIS devant le bureau de Weston, avachi dans un fauteuil bien plus confortable que le précédent. La pièce avait été rénovée, le mobilier changé et la vieille moquette remplacée par un parquet rutilant. Il y avait même un diffuseur de parfum d'ambiance qui se déclenchait toutes les trente secondes, faisant disparaître les odeurs des compléments protéinés de Weston.

Pas mal, Tonton.

– Comment ça va aujourd'hui, Milo ? demanda-t-il en retirant ses lunettes.

Il se renfonça dans son fauteuil et sourit largement.

– Il y a eu des moments où j'allais plus mal.

– En effet. J'ai vérifié avec tous tes professeurs. Apparemment, tu as la moyenne dans toutes les matières, ce qui est remarquable. Le tutorat de Miss Evans semble porter ses fruits.

– Elle fait bien son travail.

Il haussa un sourcil.

– Ah, ben dis donc. Cela fait longtemps que je ne t'avais pas entendu dire du bien de quelqu'un.

– Que veux-tu ? Je suis un bon garçon, répliquai-je sèchement.

J'étais fatigué. J'avais veillé trop tard pour réviser ce fichu contrôle de maths qui aurait lieu dans la journée.

Weston sourit du même sourire que maman qui me toucha en pleine poitrine. Ces derniers temps, j'allais plutôt bien. Je pensais moins à la mort et quelque part je culpabilisais. Je ne dirais pas que je me remettais de la perte tragique de ma mère, mais le chagrin se faisait plus silencieux. Est-ce que c'était une évolution normale du chagrin ? Ou bien aurait-il dû demeurer au premier plan de mes pensées pour me rappeler à quel point j'aimais la personne qui avait disparu ?

Merde.

Voilà que je repensais à la mort.

– Elle serait fière de toi, affirma Weston.

J'imagine que ses pensées suivaient le même cours que les miennes.

Je haussai les épaules, ne sachant quoi répondre.

– Comment va ton père ? L'autre jour, je suis passé chez vous et je suis entré avec ma clé. J'ai rempli le frigo. Il n'était pas là.

Et voilà. Moi qui croyais que mon père avait fini par aller faire les courses. Quelle naïveté de ma part !

– Comment va-t-il ? répéta Weston.

C'était une question piégée. Je savais que si je lui disais la vérité, Weston allait s'inquiéter. Et si je lui mentais, il le saurait, donc je perdais à tous les coups. Donc autant dire la vérité.

– Il va encore plus mal que moi. Et je ne crois pas que ça va s'arranger.

Weston se frotta la nuque.

– Il faut du temps pour guérir.

– Et donc ? Il pourrait rester comme ça pour toujours ?

– J'espère que non. Sincèrement. Mais il a peut-être juste besoin que quelque chose le fasse sortir de sa dépression.

– Le fait qu'il se soit mis à boire, ça n'aide pas.

– Non, ça c'est sûr. Je vais essayer de lui parler cette semaine. Je passerai pour voir ce que je peux faire.

Je hochai la tête au moment où la sonnerie retentit. J'attrapai mon sac à dos et me le balançai sur l'épaule.

– Il est sympa ton bureau comme ça. Il est mieux éclairé, j'aime bien.

– C'est vrai ? Ces dernières semaines, c'était plutôt moche pendant les travaux. C'est peut-être ça le truc avec le progrès. Peut-être qu'il est nécessaire de passer par une phase moche avant que ce soit bien de nouveau.

Je levai les yeux au ciel.

– Okay Monsieur Feel-Good, t'emballe pas. Pas besoin de me servir ton discours lénifiant.

Il se mit à rire et se leva de son bureau.

– Sois un peu indulgent avec ton père, d'accord ? Si je perdais ma moitié, je ne saurais pas comment garder la tête hors de l'eau non plus. Il a peut-être besoin que son fils l'aide à se rappeler qu'il y a encore des raisons de respirer.

– Tu parles, marmonnai-je, agacé. Lui, il n'était pas là pour me tendre la main quand je me noyais.

– Le chagrin se moque de l'âge des gens. Tout le monde ne le subit pas de la même façon. Je ne suis pas là pour prendre la défense de ton père sur la façon dont il a géré les choses. Il aurait dû être plus présent pour toi pendant toute cette année. Mais en même temps je pense aux épreuves qu'il a traversées – et dont nous n'aurons jamais la moindre idée. Il était dans l'armée et il a perdu plusieurs de ses meilleurs amis. Il était à l'étranger quand ses parents sont morts. Il a perdu l'amour de sa vie. Cela fait beaucoup de deuils qui pèsent sur une âme, et ce poids ne s'allège pas. Il devient de plus en plus lourd à porter.

Je détestais que Weston dise ça parce que je savais qu'il avait raison. J'aurais aimé en vouloir à mon père à cause de son chagrin. J'aurais voulu hurler, crier, le traiter d'égoïste. Mais alors, je repensais que je l'avais entendu sangloter le jour anniversaire de la mort de maman. Parfois, je voyais qu'il était malheureux à la façon dont il s'étranglait sur ses mots. Tout son corps était secoué de sanglots comme si le chagrin avait pris le contrôle de ses membres.

Il était évident que nos chagrins n'étaient pas équivalents.

J'avais perdu ma mère.

Il avait perdu sa meilleure amie, la moitié de son âme.

Ce n'est pas le genre de rupture dont on peut se remettre.

Il est possible en effet que j'aurais dû faire preuve d'indulgence avec lui. Mais c'était difficile parce que, moi aussi, j'aurais aimé qu'il soit là pour moi lorsque je sombrais. C'est ça, le problème dans la vie. Elle ne suit pas des scénarios parfaits. Si ça avait été le cas, maman serait toujours vivante.

Je me passai la main sur la nuque et fis un signe de la tête à Weston.

– Je vais être en retard en cours. Il me faut un billet d'entrée.

Il acquiesça et griffonna un mot pour moi.

– Voilà. Euh... Milo ?

– Ouais ?

– Je suis fier de toi.

J'esquissai un sourire.

Cela me rappelait ce que ma mère me disait.

* * *

MA VIE TOURNAIT principalement autour du cours d'anglais et le moment où je verrais Starlet. Elle éclairait toutes mes journées. Quelques mois plus tôt, j'ignorais tout de son existence. Désormais, je ne pouvais plus imaginer un monde sans elle.

Assis en classe à écouter l'ennuyeux Monsieur Slade tout en dévisageant la belle Miss Evans, j'éprouvais un étrange sentiment de bien-être. Starlet et moi partagions un secret que personne dans la classe ne pouvait connaître et cela me faisait du bien. Le seul problème, c'était que je n'arrêtais pas de me demander quand ma bouche serait autorisée à reprendre le chemin de la sienne.

– Sortez vos stylos. Contrôle surprise, annonça Monsieur Slade.

Toute la classe grogna. Moi je n'étais pas inquiet. J'étais officiellement à jour en ce qui concernait les leçons.

– Tu veux un stylo ? demanda Savannah.

Je secouai la tête en lui montrant le mien. C'est à ce moment précis que l'angoisse me saisit et que tout devint noir autour de moi. Je m'accrochai des deux mains à mon bureau alors que l'adrénaline se répandait dans mon organisme. Quand je dis que tout devint noir, je veux dire tout.

– Eh merde ! criai-je en essayant de me lever mais en m'emmêlant les pieds.

Je me frottai les yeux, mais je ne voyais toujours rien. J'entendais les réactions paniquées autour de moi. La voix de Savannah résonnait dans mes oreilles, ainsi que celles de Monsieur Slade et de Starlet.

Starlet.

Je ne la voyais pas.

Je ne voyais personne.

Je ne voyais plus.

Je n'y vois plus, je n'y vois plus, je n'y vois plus...

– Monsieur Corti, levez-vous immédiatement, ordonna Monsieur Slade.

Je clignai des yeux à plusieurs reprises tandis que ma poitrine se serrait. Puis ma vision revint. Faiblement au début, mais plus je clignais des yeux, plus elle se précisait. Ces grands yeux marron étaient là, au-dessus de moi, n'exprimant rien d'autre que de la pure angoisse. Starlet tendit la main pour m'aider à me relever.

– Une façon peu banale de tenter d'échapper à un contrôle surprise, Monsieur Corti, dit Monsieur Slade sans aménité.

Il recommença à distribuer les sujets du contrôle alors que Starlet gardait les yeux fixés sur moi.

– Tout va bien ? demanda-t-elle, l'air absolument dévorée par l'inquiétude.

Je fus incapable de répondre.

* * *

– C'ÉTAIT QUOI, ÇA ? demanda Starlet en bondissant de sa chaise dès que je mis un pied dans la bibliothèque un plus tard dans l'après-midi.

Elle se précipita pour venir me réconforter, mais s'arrêta net lorsque quelqu'un passa devant les cloisons vitrées de notre salle de travail. C'était chiant qu'elle doive avoir cette hésitation. C'était chiant de ne pas pouvoir la prendre dans mes bras pour la serrer contre moi.

– Rien. Tout est devenu noir pendant un court moment, expliquai-je en m'asseyant. J'ai fait développer les photos prises à la montagne et...

– Comment ça, tout est devenu noir ? interrogea-t-elle, visiblement inquiète.

Elle s'assit en face de moi sans me quitter des yeux. C'était normal qu'elle réagisse comme ça. Après tout, j'étais quand même tombé de mon putain de bureau et j'avais fait une véritable crise d'angoisse devant toute la classe.

– Je ne sais pas. Je ne peux pas le dire autrement. Tout est devenu noir. Pendant un moment je n'y voyais plus. Mais ça va maintenant. Tout va bien.

– Je ne suis pas d'accord, tout ne va pas bien, protesta-t-elle. Déjà quand on était dans le Nord, tu as eu des problèmes de vue. Et j'ai remarqué que tu louchais souvent. Il faut que t'ailles voir un ophtalmo.

Je me mis à rire.

– T'inquiète pas pour moi, Prof. Je vais bien.

Elle tendit le bras par-dessus la table et posa la main sur mon avant-bras.

– Je te le demande, Milo.

L'inquiétude dans sa voix me serra légèrement la poitrine.

– T'as vraiment envie que je porte des lunettes, c'est ça ?

– Cela pourrait être un truc grave.

– Cela n'a rien de grave.

– Mais ça pourrait...

– D'accord, dis-je en levant les mains. J'irai voir un ophtalmo si ça peut te rassurer.

Elle fit oui de la tête.

– Merci.

– Bon, est-ce qu'on peut arrêter de parler de trucs chiants pour que je te montre les photos ?

Elle se renfonça dans son siège en retirant la main de mon avant-bras. Son contact me manqua avant de disparaître complètement de ma peau.

– Oui, j'aimerais les voir, dit-elle en repoussant ses cheveux derrière ses oreilles.

Elle faisait ça quand elle était stressée. Elle avait probablement du mal à dépasser son inquiétude pour moi, mais j'allais bien.

J'allais toujours bien, même quand j'allais mal.

– Star.

– Oui ?

– Je vais bien.

– Tu me promets que tu vas le faire ?

Ses doux yeux marron plongèrent dans les miens, dans mon âme, et c'est là que ça se produisit. On dit qu'on ne peut pas identifier le moment exact où on commence à tomber amoureux, mais moi si. C'était dans la salle de travail de la bibliothèque municipale par un froid après-midi d'hiver.

J'étais en train de tomber amoureux de Starlet Evans et je savais que je ne pouvais pas aller contre.

Non, ce n'était pas parce qu'elle s'inquiétait pour moi que je tombai amoureux d'elle. C'était parce qu'elle éprouvait de l'empathie pour... tout et tout le monde. Je savais que je n'étais pas unique quand il s'agissait de la sollicitude de Starlet.

À plusieurs reprises, je l'avais observée interagir avec d'autres élèves. Je l'avais vue donner de son temps et de son énergie pour aider ceux qui la sollicitaient. Starlet était l'amour personnifié, et je tombais sous son influence à chaque seconde qui passait.

Chaque fois que je la regardais, j'étais baigné de lumière. C'était l'effet qu'elle produisait sur les autres. Elle mettait de la lumière dans les coins les plus sombres de leur esprit.

J'aurais aimé le lui dire, mais je savais que c'était prématuré.

Mais c'était là.

L'amour était né, et je savais qu'il ne ferait que grandir avec le temps.

Starlet était le genre de fille pour qui l'amour ne pouvait que grandir avec le temps.

– Promis. Je le promets sur le cœur de ma mère.

Les commissures de ses lèvres se relevèrent et ses yeux de biche clignèrent deux ou trois fois avant qu'elle hoche la tête. Ses épaules se relâchèrent et un sourire minuscule apparut sur ses lèvres.

– Fais-moi voir ces photos.

22

MILO

CELA FAISAIT PLUSIEURS SEMAINES que mon père ne dessoûlait pas. Rien de nouveau sous le soleil. Il ne s'était même pas interrogé sur mon absence lors de mon escapade avec Starlet. La plupart du temps, c'était un vrai zombie, encore plus que ma mère à la fin. Parfois je le voyais passer devant moi comme un fantôme pour aller se chercher une bière dans la cuisine.

Les factures s'empilaient sur le plan de travail. J'imagine que pendant un moment il avait continué à se rendre à son travail où il ne devait pas briller par ses exploits, mais plus le temps passait, plus il devenait évident qu'il n'était même pas en capacité de se présenter pour un boulot de neuf à cinq.

Il était définitivement en train de s'enfoncer dans la dépression et l'alcoolisme et je me demandais comment tout ça allait finir. Certains soirs, en rentrant à la maison, j'avais peur de le trouver mort dans une mare de pisse et de bière. Ces pensées étaient horribles parce que je n'étais pas sûr que mon cœur supporterait un autre deuil. Cela paraissait égoïste de penser ce genre de chose, mais même si nous nous étions éloignés dernièrement, j'avais plus de bons que de mauvais souvenirs avec mon père.

C'est lui qui m'avait appris à faire du vélo.

Lui qui m'avait montré comment conduire une voiture à boîte de vitesses manuelle.

Qui m'avait appris à jouer du saxophone et m'avait initié au jazz.

Qui me disait qu'il était fier de moi tous les soirs depuis la mort de maman.

Avant la tragédie, mon père était mon héros. L'homme que j'admirais sans réserves. Il était le protecteur de ma famille, et je n'avais aucun doute qu'il pourrait nous sortir d'affaire si quelque chose tournait mal. Et si je le perdais... s'il perdait la bataille contre la dépression et perdait la vie... je n'avais aucun doute que je perdrais les derniers morceaux épars de mon être aussi.

Lorsque je rentrai à la maison ce soir-là, je le trouvai éveillé sur le canapé en train de manger une pizza brûlée en regardant les infos à la télé.

Je laissai tomber mon sac à dos sur le fauteuil dans le salon et lui fis un signe de tête.

– Salut.

Il grommela une réponse et me fit un petit signe de tête.

– J'ai besoin de ma carte de Sécurité sociale. Il faut que je prenne rendez-vous chez l'ophtalmo.

– Ouais, d'accord.

Il gratta ses cheveux en bataille avant de gratter son ventre de buveur de bière.

– Je te la chercherai.

– Tu as la liste des opticiens pris en charge par la mutuelle ? Je vais appeler pour prendre rendez-vous.

Il plissa les yeux, pensif puis secoua la tête.

– Non. C'était ta mère qui...

Cela se produisit de nouveau – ses mots qui se dissolvaient dans le chagrin.

– Je vais trouver ta carte et je m'en occupe, dit-il.

– Merci.

Je restai planté là encore une minute, fixant cet homme qui ressemblait vaguement à mon père et pour la première fois depuis très longtemps, je n'éprouvai pas de haine pour lui... mais plutôt de la peine. C'était vrai que la vie ne l'avait pas épargné, et il n'était plus que l'ombre de lui-même.

Peut-être que j'attendais trop de lui.

Peut-être l'avais-je cru plus fort qu'il ne l'était en réalité parce que je l'admirais depuis toujours.

Mais au bout du compte, nos parents étaient des êtres humains, eux aussi. Leurs cœurs avaient probablement subi plus de traumatismes que les nôtres.

Je ne savais pas comment je réagirais à la perte de l'amour de ma vie.

Je ne voyais pas comment je pourrais m'en remettre.

Donc, ce soir-là, je lui ai fichu la paix. Je ne l'ai pas poussé à redevenir le père qu'il était autrefois. Je ne lui ai pas dit quel père merdique il était devenu. Au lieu de ça je suis allé sur Internet et j'ai entrepris de faire des recherches pour des petits boulots après les cours en me disant que je pourrais peut-être l'aider à payer les factures.

– Ça va aller, marmonnai-je dans ma chambre après avoir déposé ma candidature sur quinze sites différents. Je t'en supplie, maman, fais en sorte qu'il aille mieux.

Je ne savais pas si je croyais en Dieu, mais je savais que je croyais en ma mère. Donc si je priais, mes prières iraient droit à elle. S'il y avait quelqu'un qui pouvait exaucer mes prières frelatées, je savais que ce serait elle.

* * *

UN INSTANT.

Un contexte.

Une phrase.

Il n'en faut pas plus pour faire basculer l'univers d'une personne.

Quelque temps après, je pus enfin obtenir un rendez-vous pour faire contrôler ma vue. J'avais espéré que les choses rentreraient dans l'ordre d'elles-mêmes pendant cette période, mais cela ne s'était pas amélioré le moins du monde. Au moins je n'avais plus de moment de cécité totale pendant les cours de Monsieur Slade. Cela m'épargnait ses commentaires fielleux comme quoi je jouais la comédie.

– Donc vous avez eu quelques problèmes de vue ? me demanda l'ophtalmologue alors que je m'asseyais devant une table sur laquelle était posé un appareil qui allait m'envoyer une bouffée d'air dans les globes oculaires.

– Ouais. Je crois que j'ai besoin de lunettes.

– Formidable. Vous êtes au bon endroit. On va juste faire quelques tests, et ensuite vous pourrez partir.

C'était la première fois que j'allais chez le médecin tout seul. C'était ma mère qui m'y emmenait toujours de force, et mon père n'était pas suffisamment en forme pour m'y accompagner. N'empêche, j'étais encore très étonné qu'il ait réussi à trouver ma carte de mutuelle.

Les tests étaient indolores. Je savais déjà que je préférais les lentilles de contact aux lunettes, mais ils me montrèrent quand même différentes montures. Pendant que je les regardais, je ne pus m'empêcher de me demander lesquelles plairaient le plus à Starlet. Depuis quand étais-je devenu ce crétin qui se soucie de ce qu'une autre personne pense de son apparence ? Mes sentiments pour Starlet produisaient des effets de plus en plus étranges ces derniers temps.

Même si on n'avait pas eu la possibilité de se toucher, de s'embrasser ni de mettre en œuvre tout ce qui alimentait mes fantasmes quand je pensais à elle, j'avais quand même l'impression que notre lien devenait de plus en plus tangible. Jamais auparavant je n'avais éprouvé l'envie d'être avec une autre personne. Nous n'avions pas besoin de faire quoi que ce soit. Ma présence dans le même espace qu'elle semblait suffire à calmer les parties les plus exigeantes de mon esprit.

Après avoir analysé les résultats des tests, l'ophtalmologue me rappela.

– Milo ? Pouvez-vous me suivre pour que je vous communique les résultats ?

Je la suivis dans l'une des salles d'examen. Elle me souriait, mais son sourire me parut triste. C'était le genre de sourire que les gens font en présentant leurs condoléances.

– Il me reste combien de temps avant d'être aveugle ? plaisantai-je en m'asseyant en face d'elle.

Un froncement de sourcils vint remplacer son sourire.

Mes tripes se nouèrent.

Elle s'éclaircit la voix et tourna son ordi de façon à me montrer l'écran.

– Vous voyez ce cliché ? Il montre les choses telles qu'elles devaient être, versus cette autre image (elle changea de cliché) qui est la vôtre.

La différence entre les deux images était impressionnante. Je ne savais pas ce que cela signifiait, mais d'après la réaction de l'ophtalmologue, je compris que ce n'était pas bon.

– Et donc, quel genre de verres va-t-il me falloir ?

Son front se plissa encore davantage et elle croisa les mains.

– Milo je crois que vous souffrez d'une affection qu'on appelle rétinite pigmentaire. C'est une maladie rare de l'œil qui...

– Comment ça une maladie de l'œil ?

Elle prit un stylo et écrivit quelque chose.

– Il va falloir faire des tests complémentaires pour éliminer cette possibilité ou pas, mais nous ne pouvons pas les faire ici. Je vous ai noté les coordonnées d'un cabinet d'ophtalmologie réputé. Ils pourront vous faire des examens plus approfondis comme un électrorétinogramme, une autofluorescence du fond d'œil et différents autres tests.

Elle continuait de parler, mais mon cerveau avait déconnecté. Ses lèvres bougeaient, des mots en sortaient, mais je n'étais pas en mesure de comprendre ce qu'elle me disait. Les mots maladie de l'œil étaient les seuls qui tournaient en boucle dans ma tête. J'étais incapable d'en saisir le sens ou de gérer la situation moi-même.

J'aurais dû poser des questions supplémentaires, mais c'était maman qui faisait toujours ça. J'aurais dû appeler mon père, mais il n'aurait pas répondu au téléphone.

– Je suis en train de devenir aveugle ? bredouillai-je d'une voix étranglée.

Son sourire triste revint, mais elle ne répondit pas à ma question.

– Prenez rendez-vous avec cette ophtalmologiste qui pourra vous donner plus de réponses. Lorsque vous irez, il faudra demander à quelqu'un de vous accompagner parce que vous ne pourrez pas conduire après l'examen pour lequel vos pupilles auront été dilatées.

Elle continua avec ses conneries, mais j'avais définitivement raccroché.

Il n'était que midi et j'aurais pu retourner au lycée pour le reste des cours, mais mon père avait téléphoné pour dire que je serais absent toute la journée. J'envoyai quand même un texto à Starlet pour lui dire que je serais à la bibliothèque à l'heure habituelle pour notre session de tutorat.

J'arrivai dans la salle de travail trois heures avant elle. Je m'assis et consultai Internet sur mon téléphone, faisant des recherches sur la rétinite pigmentaire. Plus je cherchais, plus cela devenait effrayant. Les premiers symptômes correspondaient exactement à ce que j'avais connu depuis quelques années. Des problèmes de vision nocturne. Des problèmes de vision périphérique. Des épisodes de cécité temporaire.

Les symptômes du stade plus avancé de la maladie étaient ce qui me terrifiait le plus. Perte de la vue. Cécité totale.

J'avais la nausée. J'aurais voulu crier, hurler, maudire le Dieu dans lequel je ne croyais pas. Au lieu de cela, je restai assis dans la salle de travail silencieuse de la bibliothèque en fixant l'écran de mon téléphone. Plus les minutes passaient et plus j'étais incapable d'absorber la réalité qui se présentait à moi.

Aveugle...

Je devenais aveugle.
Un instant.
Un contexte.
Une phrase.
Il n'en faut pas plus pour faire basculer tout l'univers d'une personne.

23

STARLET

– C'EST LA PREMIÈRE FOIS que tu arrives avant moi. Tu devrais t'absenter plus souvent si ça te permet d'arriver à l'heure, non ? plaisantai-je en entrant dans la salle de travail où Milo se trouvait déjà.

Il me sourit, mais le cœur n'y était pas apparemment. Son sourire n'effaçait pas la morosité de son regard. Quelque chose le tracassait.

C'est ça quand on s'éprend d'une personne, on est attentif au moindre détail. Et donc on voit tout de suite que quelque chose ne va pas.

– Qu'est-ce qui ne va pas ? demandai-je en posant mon sac.

– Rien. Je suis fatigué, c'est tout.

– Comment ça s'est passé ton rendez-vous chez l'ophtalmo ?

– Bien, dit-il avec un soupçon de sourire. Comment tu vas ?

Je plissai les yeux.

– Comment *tu* vas ?

Il rit, mais ce n'était pas son rire habituel. Celui-ci me mettait mal à l'aise.

– Tu ne peux pas répondre à une question par une autre question.

– Moi, si. Tu es content aujourd'hui ?

Sa voix dit oui. Son sourire dit non. Cependant, s'il y avait une chose que j'avais apprise concernant Milo, c'était qu'il était inutile d'insister quand il n'était pas prêt à se confier.

– J'ai déjà fait tout mon travail pour la semaine. J'aurais pu te le dire par texto, mais j'avais, genre, envie de te voir.

Les papillons.

Un vol entier de ces fichus papillons.

– Ah. D'accord. Bon, qu'est-ce qu'on va faire pendant une heure ?

– Tu vas trouver ça idiot, mais...

Il se pencha en avant et croisa les mains.

– Est-ce qu'on pourrait simplement se regarder pendant un petit moment.

– Milo. Qu'est-ce qui ne va pas ?

– Rien. Tout va bien.

– Tu mens.

– Je mens.

– Dis-moi ce qu'il y a.

Sa voix se fêla et il se racla la gorge. Ses yeux s'embuèrent et il sembla près de craquer.

– Star, murmura-t-il.

– Oui ?

Ses lèvres s'entrouvrirent, mais il hésita. Il fronça les sourcils et je crus voir un éclair de tristesse traverser son regard avant de disparaître si vite que je n'étais même pas certaine qu'il ait été là.

– Qu'est-ce qu'il y a ? insistai-je.

– Je crois que je suis en train de devenir aveugle.

Je me figeai sur place avant de répondre.

– Qu'est-ce que tu racontes ?

– Je crois que je suis en train de devenir aveugle.

Il répétait la même phrase qui pourtant ne s'imprimait toujours pas.

– Pardon, mais quoi ?

– Je suis en train...

– Non, mais ça va pas !

Ma voix se fêla.

Mon cœur aussi.

Milo fit une grimace, les yeux rivés sur ses doigts avant de me regarder.

– On appelle ça une rétinite pigmentaire. J'en avais jamais entendu parler avant ce rendez-vous. Je dois aller voir un spécialiste pour avoir un diagnostic définitif, mais je suis sûr que c'est ça. Et avec le temps, ma vue ne va faire qu'empirer.

– Mais tu n'en es pas sûr ? L'ophtalmo n'était pas formelle ?

Il sourit, mais c'était un sourire sans joie. C'était le sourire le plus triste que j'aie jamais vu.

– Ça va bien, Star.

– Mais non, dis-je sévèrement.

– Mais si, répliqua-t-il calmement.

J'étouffai un rire empreint de tristesse.

– Arrête, Milo.

– Star...

– Non ! Tu vas bien. Tu as dit que le rendez-vous avec l'ophtalmo s'était bien passé. Tu l'as dit ! C'est ce que tu as dit.

– Ne pleure pas.

– Je ne pleure pas.

– Si, tu pleures.

Oh.

Mais comment ne pas pleurer ? Comment rester forte alors qu'il m'annonçait la plus terrible nouvelle que j'aie jamais entendue ? Comment faire comme si tout allait bien ?

– Amis secrets, nouvelle règle. Interdit de pleurer quand on apprend que Milo va devenir aveugle.

– Tu n'as pas le droit de me sortir la carte des amis secrets.

– Si, j'ai le droit parce que je ne supporte pas de te voir pleurer. Je risque de m'effondrer et je ne peux pas m'effondrer. Pas aujourd'hui, en tout cas. S'il te plaît.

Je m'essuyai les yeux et fis de mon mieux pour me ressaisir. Parce qu'une fois qu'une règle des amis secrets était promulguée, on était obligé de la respecter – même si c'était dur.

Je soupirai.

– Combien de médecins dois-tu consulter pour avoir un avis ?

– Un seulement.

– Tu devrais en voir davantage. Tu devrais demander plusieurs avis.

Son sourire n'était pas plus joyeux.

– Un seul, ça sera bien suffisant.

– Mais...

– Cela suffira, Star.

J'avançai vers lui en secouant la tête, incrédule.

– Et ton père, qu'est-ce qu'il a dit ?

– Il ne le sait pas. Personne ne le sait. Sauf toi.

– Milo... il faut lui dire. Tu ne peux pas affronter ça tout seul.

– Je ne suis plus tout seul. Toi, tu es au courant.

J'avais envie de protester. De lui dire que c'était égoïste de garder ça pour lui, que nous soyons seuls à savoir. Mais je ne voulais pas me bagarrer avec lui, tout ce que je voulais, c'était être là pour lui.

Je reniflai.

– Qu'est-ce que je peux faire ?

L'émotion était visible dans ses yeux et il se racla la gorge plusieurs fois tout en clignant des yeux de façon répétée. Lorsque son regard croisa le mien, le sourire sur son visage ne semblait plus aussi brisé. Il était doux et plus assuré.

– Tu veux bien t'asseoir avec moi encore un moment et me laisser te regarder ? Je veux contempler les choses les plus importantes de ma vie plus souvent à présent. Seulement une dizaine de minutes.

Mon Milo... mon ami secret préféré.

Je tirai mon fauteuil de son côté de la table, le plaçant juste en face de lui, et je m'assis. Les mains tremblantes, je lissai mes vêtements, m'éclaircis la gorge et le regardai droit dans les yeux. Ses profonds yeux marron-vert, si beaux.

Nous nous regardâmes sans dire un mot.

Les mots étaient inutiles, parce que tout ce qu'il souhaitait, c'était me voir pendant dix minutes.

Dix minutes plus tard, nous étions toujours assis, immobiles.

J'avais envie de pleurer.

Je ne pleurai pas.

J'avais envie de hurler.

Je ne chuchotai même pas.

Je lui tendis la main et il la prit. Nous restâmes ainsi, main dans la main pendant encore une dizaine de minutes. Je perçus un tremblement furtif à la commissure de ses lèvres, mais il se racla la gorge et refréna sa nervosité. J'aurais voulu pouvoir me glisser dans sa tête pour lire ses pensées. J'aurais voulu perdre la vue à sa place.

C'était tellement injuste. C'était tellement anormal.

Il commençait à aller mieux.

Il recommençait à respirer librement.

Comment l'Univers osait-il tenter de le faire sombrer de nouveau ?

À la fin de notre heure à la bibliothèque, je lui proposai de le reconduire chez lui puisqu'il ne pouvait pas conduire à la nuit tombée. Il déclina mon offre en disant que l'air frais lui ferait du bien.

– Et puis, qu'est-ce qu'on pourrait penser, Prof ? murmura-t-il en glissant les mains dans ses poches. Si quelqu'un nous voyait en voiture tous les deux ?

Il avait raison.

Et ça m'énervait.

Il esquissa un sourire.

– Ne sois pas triste, Star.

Je me mis à rire en secouant la tête.

– C'est toi qui me consoles alors que cela devrait être le contraire.

– Mais tu me consoles.

– Comment ?

– Par le simple fait que tu existes.

Il s'avança vers moi. Probablement trop près, pourtant je ne reculai pas. Les sentiments que j'éprouvais pour cet homme gagnaient en intensité à mesure qu'il approchait et j'avais envie de les sentir pleinement. C'était comme une vague qui déferlait au milieu du désert. Rafraîchissant et interdit.

Il ouvrit la bouche alors que sa main frôlait la mienne. Sa voix baissa d'une octave lorsqu'il dit :

– Un jour je t'aimerai au grand jour et ce sera le plus beau jour de ma vie.

– Milo…

– Je te le promets, Starlet. Je te le promets.

Et c'est à ce moment-là que naquit mon amour pour Milo Corti.

Après son départ, je montai dans ma voiture et restai assise au volant un moment sans mettre le contact. Je m'effondrai pour lui et fondis en larmes dans mes mains, incapable de comprendre pourquoi la vie était si dure.

Je rentrai chez moi et passai la soirée à faire des recherches sur Internet concernant la rétinite pigmentaire.

Impossible de dormir. Mon esprit carburait à cent à l'heure. Je ne pouvais même pas imaginer l'état d'esprit de Milo en ce moment.

Vers deux heures du matin, je lui envoyai un texto.

Starlet : Ça va ?

J'espérais qu'il dormait, mais à peine quelques secondes plus tard je reçus une réponse.

Milo : Ça va.

Milo : Va te coucher, Prof.

Je soupirai.

D'accord.

24

MILO

JE ME DEMANDAIS COMMENT il était perçu par les autres, le monde. Qu'est-ce qu'ils voyaient que mes yeux ne discernaient pas ? Je me demandais si j'avais déjà vu le monde tel qu'il était effectivement. Je n'avais jamais su que j'avais un problème, ce qui était probablement une partie dudit problème. Je présumais simplement que tout un chacun voyait tout de la même façon que moi.

À quoi ressemblait leur bleu ? Et leur vert ? À combien de distance d'eux-mêmes portait leur vision ? Quelles étaient leurs perspectives sur la vie et comment avais-je pu ne pas savoir plus tôt que j'étais différent ?

Ces jours-ci, j'avais l'impression que je regardais tout différemment. J'observais les choses plus longuement, les animaux, les gens, les plantes. Je concentrais mon regard sur les objets plus que je ne l'avais jamais fait jusque-là. Lorsqu'on apprend qu'on risque de perdre la vue définitivement, on regarde la vie autrement – aussi cliché que cela puisse paraître.

Le problème, c'est que je n'étais jamais assuré que ce que je voyais était effectivement ce que j'étais censé voir.

Je parcourus aussi le contenu d'une boîte de photos qui était au fond de mon placard. C'était un ensemble de photos de mes parents et moi. Je les avais regardées de temps à autre au cours de l'année, chaque fois que l'absence de maman me faisait trop souffrir. Quelque chose dans le fait de pouvoir la voir en photo, de retrouver son sourire, m'avait permis de traverser les moments les plus durs.

L'idée qu'un jour je n'aurais plus cette source de connexion avec elle me terrifiait. Je ne voulais pas oublier son sourire. Ses yeux. Elle. J'étais terrorisé à l'idée de l'oublier.

Lorsqu'arriva le jour de mon rendez-vous chez le médecin je m'étais arrangé pour obtenir de mon père qu'il m'y emmène en voiture et il m'attendait dans le couloir pendant la consultation. Lorsque j'entrai dans le cabinet, je me sentais nauséeux. C'était comme si je savais déjà ce qui m'attendait, et j'étais terrifié à la perspective d'entendre ce que le médecin allait m'annoncer.

J'avais l'impression que tout autour de moi tournait à la fois au ralenti et à une vitesse accélérée. Je ne parvenais pas à maîtriser la situation et mes yeux étaient fatigués à force d'être dilatés et examinés de façon répétée.

Je clignais des paupières sans arrêt pour essayer de dissiper la sensation étrange qui s'installait.

Puis on me laissa seul un moment dans la salle d'examen.

Je restai assis là, en proie à une douloureuse sensation de solitude. Je savais qu'à son retour le médecin me ferait part des résultats des examens. Je n'étais pas certain d'être prêt à entendre ce qu'il allait me dire.

Lorsqu'il revint, son sourire me dit tout ce que je devais savoir.

– Bien. Nous avons reçu les résultats... mais tout d'abord, y a-t-il une personne de votre famille qui vous aurait accompagné dont vous aimeriez qu'elle entende avec vous ce que nous avons à vous dire.

C'était une façon délicate de dire : « Vous êtes en train de devenir aveugle, donc ce serait peut-être bien qu'il y ait quelqu'un pour vous soutenir. »

– Mon père est dans le couloir.

Il hocha la tête.

– Vous pouvez lui dire de venir si vous voulez.

Je me sentais débile de vouloir que mon père vienne dans la salle d'examen avec moi. J'étais assez grand pour pouvoir gérer ça tout seul, mais en même temps j'avais besoin de son soutien.

J'aurais préféré que ce soit maman. Je me demandais si j'arrêterais un jour de vouloir que ce soit maman.

Sans trop réfléchir, je me levai de mon fauteuil et me rendis dans le couloir pour aller chercher mon père. Je jetai un coup d'œil circulaire, mais je vis qu'il n'était plus là.

J'allai vérifier dans les toilettes, mais il n'y avait personne. Je lui envoyai un texto qui resta sans réponse. Je sortis du bâtiment pour voir si par hasard il serait allé fumer une cigarette, mais mon estomac se noua lorsqu'en regardant dans le parking je vis que sa voiture avait disparu.

Avant de retourner dans le cabinet du médecin, je sortis mon smartphone et fis dérouler ma liste de contacts. Pendant un moment, je laissai planer un doigt hésitant au-dessus du nom de Starlet. C'était de sa présence que j'avais besoin. Mais c'était absolument inenvisageable. Pour son propre bien. Si je l'appelais, elle viendrait. Je n'avais aucun doute là-dessus. Mais je ne pouvais pas chambouler toute sa vie simplement parce que c'était la pagaille dans la mienne. Je ne lui créerais jamais aucun problème si je pouvais l'éviter. Pourtant j'aurais aimé qu'elle soit là avec moi. Elle était douée pour rendre les choses un peu moins difficiles à supporter.

Je rangeai mon téléphone et regagnai le cabinet du médecin, me sentant complètement idiot et je me rassis. Je me raclai la gorge.

– Désolé. Il a eu un problème, il a dû partir.

La gêne était un mot trop faible pour décrire ce que je ressentais.

Je me sentais seul.

J'étais seul.

Et j'étais en passe de perdre la vue.

* * *

MON PÈRE NE REVINT PAS me chercher. Il me fallut utiliser une appli sur mon téléphone pour appeler un taxi et quand j'arrivai à la maison, mon père était introuvable, une fois de plus. Je ne décolérai pas pendant des heures parce que ce connard n'avait même pas été fichu de jouer son rôle de père plus d'un quart d'heure. Au moment où j'avais le plus besoin de lui, il n'avait même pas su prendre sur lui pour rester.

Ma colère s'amplifiait à mesure que l'heure tournait parce que, quelque part, c'était plus facile de m'en prendre à mon père que d'affronter la réalité de ma situation.

Je le détestais.

Je savais que j'aurais dû lui accorder le bénéfice du doute comme Weston me l'avait dit, mais je n'arrivais pas à me raisonner.

Il pouvait aller se faire voir, il n'avait qu'à être là pour moi.

C'est lui qui aurait dû mourir.

C'était une des pensées les plus noires qui aient traversé mon esprit, et je me sentis le pire des enfoirés pour l'avoir eue. Mais c'était un fait. Et je me sentais d'autant plus mal que je le pensais vraiment. Quel genre de monstre est-ce que ça faisait de moi ? Qu'est-ce que ça disait de moi ?

Lorsque mon père entra d'une démarche vacillante vers dix-neuf heures ce jour-là, il était ivre mort. Ma colère redoubla en le voyant dans cet état. Il fallait vraiment être égoïste pour prendre le volant dans ces conditions. C'était comme s'il se fichait complètement des autres personnes sur la route alors qu'il aurait pu provoquer un accident mortel.

C'est dans ces conditions que Starlet avait perdu sa mère. Une personne avait pris le volant en estimant être dans un état normal alors que clairement ce n'était pas le cas. C'était à cause de gens comme mon père que des gens comme Starlet perdaient des êtres qui leur étaient chers.

Il laissa tomber ses clés et gratta sa barbe broussailleuse. Lorsqu'il leva les yeux, je vis qu'ils étaient injectés de sang. On aurait dit un zombie.

– Tu m'as laissé tomber, marmonnai-je.

Je ne savais pas pourquoi je prenais la peine de lui parler alors que, visiblement, il n'était pas dans son état normal.

– Désolé. Je suis sorti boire un verre et quand je suis revenu, j'imagine que tu étais parti.

– Tu aurais pu m'appeler.

– Mon téléphone était mort. J'avais oublié de le recharger.

– Et t'étais où pendant tout ce temps ? Mon rendez-vous, c'était il y a des heures.

– Tu te crois où, là ? À *Questions pour un champion* ? Je te rappelle que je suis ton père, gamin.

Il me frôla en passant pour aller prendre une bière dans le frigo de la cuisine. Il n'avait pas besoin de ça – encore du poison pour son âme.

C'était peut-être hypocrite de ma part, sachant tout ce que j'avais bu moi-même, mais pas comme lui.

Jamais comme lui.

– Et au fait, comment ça s'est passé ce rendez-vous chez l'ophtalmo ? demanda-t-il en se laissant tomber dans le fauteuil relax du salon.

Il rota en décapsulant sa cannette avant d'en boire une longue goulée.

Je le regardai fixement un petit moment, réfléchissant à la façon de lui présenter les choses.

Je deviens aveugle, papa et j'ai la trouille. Je deviens aveugle, papa, et j'ai besoin de toi. Je deviens aveugle, papa, et je ne sais pas comment affronter ça si tu n'es pas là pour me soutenir. Je deviens aveugle, papa, et maman me manque. Elle me manque tellement que j'ai mal quand je respire. Et tu me manques encore plus, bien que tu sois là, dans la même pièce que moi.

C'était ça que j'aurais voulu lui dire.

C'étaient les pensées que j'aurais voulu exprimer.

Au lieu de cela, je dis :

– Bien. Je vais faire mes devoirs.

– Très bien. Et continue avec les bonnes notes, hein ? Fais pas l'idiot.

Je ne répondis pas parce que je savais que ce n'était pas mon père qui parlait. C'était un homme qui avait abdiqué devant ses démons. Je le voyais se désagréger de jour en jour, et il n'y avait rien que je puisse faire pour lui.

Cette nuit-là, je dormis avec la lumière allumée. Mais cela ne changea rien, lorsque mon éveil se déclencha au matin, j'étais quand même plongé dans le noir.

En me dirigeant vers le lac ce matin pour aller assister au lever du soleil, j'eus la surprise de voir qu'une personne était assise sur mon banc. Lorsque j'approchai, elle se retourna et je ressentis un coup dans la poitrine. Elle était là, assise dans mon espace le plus secret, attendant ma venue.

Le soulagement qui m'envahit me fit l'effet d'un baume apaisant sur mon âme abattue. Comment Starlet l'avait-elle su ? Comment avait-elle su que j'aurais besoin d'elle ce matin ? Les larmes aux yeux, les genoux flageolants, j'allai le rejoindre.

J'esquissai un sourire, presque gêné de laisser voir à quel point sa présence était importante pour moi.

– Salut, Prof.

Starlet, tout emmitouflée, se frottait les mains pour les réchauffer.

– Bonjour.

– Qu'est-ce que tu fais là ?

– On m'a dit que c'était ici qu'il y avait les plus beaux levers de soleil.

– Je confirme. C'est tout à fait exact.

Je m'assis à côté d'elle, si près que nos corps se frôlaient. Le lac était à moitié gelé. Par endroits, l'eau coulait librement, mais ailleurs elle était transformée en épais morceaux de glace. Bientôt, le printemps passerait par là et tout fondrait.

– Comment as-tu trouvé cet endroit ? demandai-je, intrigué.

– Tu m'avais dit que c'était à l'abri des regards et je me suis baladée par là un petit moment. Puis j'ai trouvé ce banc où sont gravées les initiales de tes parents. J'ai su que j'étais au bon endroit.

Je suivis lentement du bout des doigts les initiales. Je m'étais souvent demandé quelles émotions agitaient le cœur de mes parents lorsqu'ils les avaient gravées dans le bois.

– T'es restée debout toute la nuit à faire des recherches sur Internet ?

– Non, répliqua-t-elle avec vivacité. Ce serait idiot.

Je haussai un sourcil. Elle soupira.

– Bon, d'accord. Oui.

– J'en étais sûr.

Elle se tourna vers moi et posa une main sur mon genou.

– Ça va aller, Milo. Quoi qu'il arrive, nous trouverons le moyen d'aménager ton cadre de vie au mieux.

Nous.

Elle avait dit ça tout naturellement, comme si elle n'envisageait pas de partir. S'il y avait un moment dans ma vie où j'avais besoin d'entendre le mot nous, c'était bien celui-ci. Ici et maintenant.

Je ricanai en hochant la tête.

– Tout va s'arranger, dis-je en utilisant la formule dont elle m'avait dit que son père usait toujours avec elle.

– Oui, exactement. Tout va s'arranger.

– J'ai peur, avouai-je.

– C'est normal. Moi aussi, j'ai peur.

Je baissai la tête et observai mes mains.

– Je ne veux pas être une charge dans ta vie, Starlet. Je ne veux pas que tu te sentes obligée de faire des recherches ou je ne sais quoi. Je peux me débrouiller tout seul.

– Je sais que tu en es capable, mais ça ne veut pas dire que tu doives le faire.

– Tu es la plus belle chose qui me soit jamais arrivée.

Les mots me vinrent naturellement comme s'ils étaient faits uniquement pour elle.

Ses yeux s'embuèrent et elle se pencha vers moi et posa la tête sur mon épaule. Nous restâmes ainsi dans l'obscurité à attendre le lever du soleil, sans rien dire pendant un petit moment.

Je rompis le silence.

– Le médecin m'a conseillé de me servir d'une canne pour éviter de me cogner partout.

– C'est une bonne idée.

– Je ne suis pas encore aveugle. Les gens vont me regarder comme si j'étais fou.

– Depuis quand Milo Corti se soucie-t-il de ce que les gens pensent ?

Je souris d'un air narquois.

– Depuis qu'il a découvert qu'il devenait aveugle. Je ne pense pas en avoir besoin. Pas encore. En fait, cela peut prendre des années avant que ma vue disparaisse totalement.

Elle se redressa et inclina la tête.

– Qu'est-ce qui te fait le plus peur ?

– Pour le moment, deux choses en réalité. Ne plus voir le soleil se lever et ne plus te voir, toi.

Elle prit mon visage dans ses mains et l'attira vers elle. Elle posa ses lèvres sur les miennes et m'embrassa lentement. Son front appuyé contre le mien, elle ferma les yeux et murmura :

– Je te vois Milo, même avec les yeux fermés.

Je fermai les yeux et soupirai.

– Je te vois aussi.

Nous contemplâmes le lever du soleil et il parut encore plus intense ce matin-là.

– Tu sais ce que je préfère dans le lever du jour ? me demanda-t-elle.

– Non, quoi ?

– Même quand on ne voit pas le soleil, on le sent. Il est toujours là. Il y a un quelque chose dans l'air, comme une ondulation magique autour de toi. La chaleur du soleil se répand sur ta peau après avoir été enfermée dans la nuit pendant si longtemps. Ta peau peut presque ressentir chaque couleur individuellement.

Elle ferma les yeux et leva le visage vers le ciel.

– Les jaunes, les orange, les bleus et les mauves. C'est comme si le soleil explosait pour se répandre sur toi.

Elle rouvrit les yeux. Et en se tournant vers moi, elle sourit et dit :

– On n'a pas besoin de voir le soleil se lever pour connaître sa beauté. On la sent sur son âme.

J'appuyai mon front contre le sien et l'embrassai doucement.

– C'est toi mon soleil, murmurai-je.

C'était elle qui me communiquait sa chaleur.

Ses lèvres s'entrouvrirent contre les miennes.

– Je peux revenir ici demain matin avec toi ?

– Et le jour suivant, et le suivant...

Et le suivant.

25

STARLET

J'AI EU C À MON DEVOIR D'ANGLAIS l'autre jour.

Maman aurait été déçue. La Starlet que j'étais il y a quelques semaines serait déçue elle aussi par celle que je suis devenue. Mais, dernièrement, je me suis sentie déconnectée de mes études et de mon ancien moi. J'ai tourné et retourné la question dans ma tête, mes choix étaient-ils réellement les miens ? Ou bien est-ce que je n'essayais pas de me comporter aussi fidèlement que possible à l'héritage de ma mère ? Est-ce que je n'essayais pas d'être la copie conforme de la femme que j'avais aimée plus que tout parce qu'elle me manquait tellement ? Est-ce que je ne me disqualifiais pas moi-même en essayant si fort de lui rendre hommage ? Est-ce que c'était ce qu'elle aurait voulu pour moi ? Aurait-elle voulu que je me perde moi-même en m'efforçant de la retrouver ?

C'était une conversation complexe avec moi-même parce que si je n'étais pas la personne que j'avais pensé être, alors qui étais-je ? Quelles étaient mes envies ? Quels étaient mes besoins ? Qu'est-ce qui me rendait heureuse ? Je croyais que j'avais encore quelques années devant moi avant d'affronter une crise existentielle. Pour être franche, je m'étais dit que j'éviterais toute forme de crise existentielle parce que j'avais tout planifié. Ça, c'était avant de rencontrer Milo Corti qui avait chamboulé tout mon univers. À moins que mon univers n'ait été chamboulé depuis le début et qu'il ne soit celui qui m'avait remise d'aplomb pour la première fois depuis des années ?

Whitney ne m'interrogeait plus au sujet de Milo. C'était parce que je lui laissais croire que lui et moi avions mis un terme à la relation que nous avions eue, quelle qu'elle soit. Je ne lui mentais pas au sujet de ce qu'il y avait entre Milo et moi, mais je ne lui racontais pas toute la vérité.

Un mensonge par omission, ça reste un mensonge, Starlet.

J'avais l'impression que mon esprit allait et venait dans une lutte entre le bien et le mal. J'essayais de ne pas trop y penser parce que la culpabilité allait me ronger. Certains jours en regardant mon reflet dans le miroir, je me demandais qui était cette personne. J'avais l'impression d'être en pleine crise de dissociation de la personnalité. Je passais de la fille bien que j'avais toujours été à quelque chose d'autre, et cela me faisait peur.

Je me demandais si ma mère aurait été fière de mes changements ou si elle aurait été déçue que je me sois tant écartée du chemin initial. Je me demandais si elle avait honte de la façon dont je me comportais. Elle ne se serait jamais comportée comme ça, ce qui me culpabilisait au-delà de ce que je pensais pouvoir supporter. Lorsque je redescendais après avoir plané très haut avec Milo et que je me dégrisais émotionnellement, je me retrouvais avec énormément de remords et de honte de moi-même.

Maman ne se serait jamais éprise du garçon défendu.

Elle n'aurait jamais eu de coup d'un soir.

Elle ne serait jamais allée à une fête étudiante.

Elle aurait été mieux que moi, et elle aurait voulu mieux pour moi.

Si je raisonnais, je savais ce que j'étais censée faire. J'étais censée repousser Milo. Je n'étais pas censée le laisser entrer dans mon intimité comme je l'avais fait. Je valais mieux que ça. J'étais cette fille responsable qui avait toujours fait ce qu'il fallait. Mais, apparemment, ma raison se mettait en veille dès que j'étais près de lui. Or tout ce que je voulais, c'était être près de lui. Le toucher. Le serrer dans mes bras. L'aider à surmonter les épreuves qu'il traversait. J'étais effrayée de voir à quel point je tenais à lui, alors qu'on se connaissait depuis si peu de temps. Cela me faisait peur de ne pas réussir à me concentrer sur ma propre vie parce que je réfléchissais trop à la possibilité d'une vie avec Milo quand il aurait passé son bac.

Quand je parvenais à rassembler un peu de courage pour le repousser, j'entrais dans la bibliothèque et je voyais ses yeux posés sur moi. Un sourire aux lèvres il disait « Salut, Prof ». Et tout mon courage s'envolait. Je savais que je jouais avec le feu, mais je ne sais pas pourquoi je n'avais pas peur de me brûler.

Et puis, avec lui je me sentais vivante. Je ne me rendais pas compte que, depuis la mort de maman, je ne me sentais plus vivante. J'avais passé des années à marcher dans le brouillard, me déplacer en pilotage automatique, essayant de masquer mon chagrin en devenant perfectionniste. Dans mon esprit, si je n'étais pas capable de contrôler la mort, je pouvais au moins contrôler ma vie en suivant des lignes de conduites strictes. Mais, d'une certaine façon, ce cadre avait volé en éclats à l'instant où j'avais rencontré Milo.

J'ignorais que je pouvais éprouver des sentiments aussi forts pour une autre personne. En y réfléchissant, même John, je ne l'avais pas vraiment laissé m'approcher. C'était juste un pion dans le jeu d'échecs que je jouais avec ma vie. J'avais contrôlé le moindre déplacement pour me protéger – pour protéger la reine contre un nouveau chagrin.

C'est peut-être pour cela que je m'attachais tant à devenir ma mère – parce que si j'étais elle, je ne pourrais pas souffrir. Si j'étais moi, mon vrai moi authentique, je risquais de voler en éclats. Je risquais de me briser. Je risquais de ressentir les choses le plus dures trop intensément, et cette idée me terrifiait.

M'éprendre de Milo était terrifiant parce que la vie ne promettait pas que tout allait s'arranger. Elle ne faisait aucune promesse. Si la vie faisait des promesses, alors Milo irait bien. Il n'en baverait pas comme c'était le cas actuellement, ce qui semblait terriblement injuste.

Il est en train de devenir aveugle.

Ma poitrine se serrait quand je pensais au diagnostic du spécialiste.

Ce que je voulais par-dessus tout, c'était faire en sorte qu'il aille bien, ce qui signifiait que la plupart de mes pensées tournaient autour de lui. Il n'en parlait pas souvent, mais je savais que la possibilité qu'il perde la vue le rongeait. Elle me rongeait moi aussi. Plus nous passions de temps ensemble, plus notre lien se solidifiait. Plus il souffrait, plus mon cœur se brisait.

J'avais passé un temps considérable sur Internet à consulter différents sites spécialisés. À lire les tests cliniques qui étaient menés aux États-Unis et tous les articles à propos de la rétinite pigmentaire. Beaucoup de personnes souffrant de cette affection disaient que c'était comme s'ils regardaient par le trou d'une paille. Ils décrivaient une vision partielle et du noir tout autour. Cela expliquait beaucoup de choses, comme le fait que Milo ne voyait pas les étoiles quand nous étions à la montagne, qu'il se cognait très souvent dans les meubles et qu'il avait du mal à lire.

Ce n'était pas juste.

Cela me révoltait que la vie ne soit pas juste.

Un mercredi en fin de matinée, Whitney entra dans notre chambre et haussa un sourcil en me voyant enfiler mon anorak.

– Salut. Qu'est-ce que tu fais là ? Tu ne devrais pas être en cours ?

– Je sèche aujourd'hui, dis-je en remontant la fermeture de mon blouson.

Elle plissa les yeux.

– Toi, tu sèches ? Tu n'as jamais séché un cours. Tu es même allée à ton cours de psycho alors que tu avais une intoxication alimentaire le semestre dernier.

J'encaissai le coup et ma culpabilité monta en flèche. Elle avait raison. J'aurais dû être en cours.

Je jetai un coup d'œil à mon planning prévisionnel à côté du miroir en pied. Je secouai la tête, le décrochai du mur et le lançai en le retournant sur mon bureau.

– Ouais, ben, je ne suis plus exactement la Starlet que j'étais au semestre dernier.

– Star...

Elle vint vers moi et posa une main consolatrice sur mon bras.

– Qu'est-ce qui se passe ?

Je me retournai pour la regarder, et mes yeux s'emplirent de larmes. Je secouai la tête.

– J'ai simplement besoin de partir. J'ai besoin de...

Ma *maman.* J'avais besoin de ma mère. Je me sentais si vulnérable et si perdue. Je ne savais pas quoi faire, et ma mère n'était pas là pour me guider. Cela faisait des années qu'elle n'était plus là. Comment était-ce possible que je continue d'avoir besoin d'elle tous les jours ?

Je pris une profonde inspiration.

– Je crois que je vais aller à Pewaukee pour marcher.

Whitney ouvrit la bouche, l'air légèrement sonnée.

– Je peux faire quelque chose ? Ça va aller pour conduire jusque là-bas ? Tu n'as pas l'air bien.

– Ça va aller. Merci.

– Tu veux que je vienne avec toi ?

– Tu as cours aujourd'hui.

Elle me fit un petit sourire.

– Contrairement à la personne que tu étais, je n'ai pas de problème à sécher un ou deux cours.

Je rigolai, puis je me raclai la gorge.

– Whitney ?

– Oui ?

– Si je te disais que je continue à voir Milo, qu'est-ce que tu me conseillerais de faire ? Et si je te disais qu'il est en train de devenir aveugle et qu'il en bave, qu'est-ce que tu me dirais de faire ?

Sa main ne quitta pas mon bras, elle ne me priva pas de son réconfort.

– Ça dépend. Est-ce que tu veux la réponse de ta meilleure amie brutale et franche ou de ta meilleure amie douce et franche ?

Je ricanai doucement alors que mes larmes se mettaient à couler.

– Je croyais qu'il n'existait que la version brutale et franche.

– Ça, c'était avant que je voie comment a tourné notre dernière conversation. Parfois, les gens n'ont pas besoin d'être brutalement confrontés à la réalité. Parfois, ils ont besoin que quelqu'un qui est de leur côté soit délicat avec eux. Et je serai toujours de ton côté, Star.

– Coûte que coûte ?

– Coûte que coûte.

Elle baissa la tête et mordilla l'ongle de son pouce.

– Il devient aveugle ?

– Oui. Il vient de l'apprendre.

– Purée. C'est dur. Et tu continues à tomber amoureuse de lui ?

– Je crois que c'est déjà fait.

– Genre amourette ou véritable amour ?

– Véritable de chez véritable.

Elle sourit. C'était un petit sourire timide, mais il était là.

– Dans ce cas, revenons à ta question. Si tu me disais que tu continues à voir Milo, qu'est-ce que je te conseillerais de faire...

Elle soupira et se passa la main sur le front.

– Je te dirais de ménager ton cœur, mais malgré tout de le suivre là où il te mène.

Je souris.

– Merci, Whit.

– De rien. D'ailleurs – elle essuya mes larmes –, il était plus que temps que se produise un rebondissement sympa dans l'histoire de ta vie. Je crois qu'en fait j'étais simplement sidérée quand tu m'en as parlé la première fois. Et puis, toi, mon amie, plus que quiconque, tu mérites de tomber amoureuse. Surtout d'un mec super sexy.

26

MILO

LORSQUE MA MÈRE ÉTAIT TOMBÉE MALADE, le temps avait perdu de sa régularité. Certains jours passaient lentement et d'autres à toute vitesse. En général, les bons jours étaient ceux qui passaient en un clin d'œil. Les mauvais semblaient s'éterniser. Voir son état empirer jour après jour était ce qu'il y avait de plus dur pour moi. Il n'y a rien de plus poignant que d'assister à la disparition progressive d'une personne qu'on aime.

Le plus dur, c'était l'inconnu, parce que certains jours elle était de nouveau elle-même. Comme si elle allait gagner la bataille contre la maladie.

Découvrir que je perdais la vue me rappela un peu cette sensation. Une chronologie irrégulière d'événements. Le problème avec le diagnostic de la rétinite pigmentaire, c'est que cela pouvait prendre des années avant que ça empire, comme cela pouvait être une question de jours. Il n'y avait aucun moyen de savoir quand la progression de la perte de la vision se développerait. Je ne savais pas si c'était prématuré de penser à utiliser une canne pour marcher. Je ne savais pas jusqu'à quel point cela pouvait empirer. Je ne savais pas quelles limites je devrais m'imposer. Je me sentais perdu dans un brouillard de perplexité et j'étais mort de trouille à l'idée de me réveiller un matin plongé dans une obscurité permanente. Ou qu'un jour je cligne les yeux et que plus rien ne réapparaisse.

Tout me semblait insurmontable, mais il y avait une chose dont j'étais certain. Je ne pouvais plus conduire. Et si, tout à coup, tout devenait noir comme ça s'était passé en classe ? Et si je mettais la vie des autres en danger en continuant à prendre ma voiture ? Je perdais mon indépendance et cela m'affectait plus que je l'aurais cru. Je n'étais pas doué pour demander de l'aide. Ça n'avait jamais été facile pour moi.

– Il va falloir que tu me conduises au lycée tous les jours.

Ça avait l'air idiot, dit comme ça. Mon père était assis sur le canapé ce qui était semble-t-il devenu une habitude chaque fois qu'il était à la maison. Il n'avait plus jamais dormi dans sa chambre depuis la mort de maman. Je le retrouvais toujours dans les vapes sur ce canapé. Lui demander de l'aide paraissait complètement dingue vu qu'il avait déjà du mal à s'aider lui-même.

– T'as un problème avec ta voiture ?

– Non. C'est juste que je ne peux pas conduire.

– Pourquoi ça, bon Dieu ? Tu t'es fait retirer le permis, ou quoi ? Qu'est-ce que t'as fait ?

Une bouffée de colère me monta aux joues, mais je fis de mon mieux pour rester calme.

– Je n'ai rien fait.

– Faut croire que si, si tu n'as plus le droit de conduire.

– Je te dis que non. Tu saurais pourquoi je ne peux pas conduire si tu ne m'avais pas planté le jour du rendez-vous chez le spécialiste.

Il fit une grimace et secoua la tête.

– Je suis revenu te chercher. T'as pas eu la patience d'attendre, c'est tout.

– Laisse tomber. En tout cas, j'ai besoin que tu m'emmènes au lycée.

Il se gratta la nuque.

– J'ai pas le temps. Je vais te donner du fric pour que tu trouves quelqu'un pour venir te chercher. Peut-être qu'un de tes copains pourrait t'emmener.

– Papa...

– Je me sens vraiment pas de faire l'aller et retour ce matin, Milo. Il est sept heures, putain et...

– Je perds la vue, bredouillai-je, agacé et en colère contre lui.

Il ne m'avait même pas demandé ce que le médecin m'avait dit au cours de ce fameux rendez-vous. Il n'avait même pas essayé d'en savoir plus sur la raison pour laquelle je ne pouvais pas conduire. Il s'en fichait. Ce mec se foutait totalement de moi.

– Dis pas de conneries, répliqua-t-il.

– Non, c'est vrai. C'était la raison de mon rendez-vous chez le spécialiste. J'ai un problème de vue, et ça ne se guérit pas.

– Et si tu portais des lunettes ?

– Non. C'est plus grave que ça.

Il se redressa sur le canapé.

– Tu veux dire que tu deviens aveugle ?

J'acquiesçai d'un signe de tête.

Il se racla la gorge, baissa brusquement la tête et marmonna quelque chose dans sa barbe. J'attendis pour voir ce qu'il disait exactement. Mais il se leva du canapé et passa devant moi.

– Je vais me laver. Je t'emmène dans une minute.

Il disparut dans la salle de bains et ferma la porte derrière lui. Je l'entendis frapper de la main sur le meuble du lavabo.

– Putain, répéta-t-il plusieurs fois.

Quelques minutes plus tard, il ressortit de la salle de bains, attrapa ses clés et se dirigea vers sa voiture.

– Allons-y.

Je fis semblant de ne pas voir ses yeux rougis lorsqu'il sortit de la salle de bains.

En arrivant devant l'école, il arrêta la voiture et se tourna vers moi.

– Tu as d'autres rendez-vous ?

– Quelques-uns, oui.

– C'est aussi grave que ça ?

– Ouais. C'est aussi grave que ça.

Il baissa la tête et la secoua.

– Qu'est-ce que je peux faire ? Comment est-ce que je suis censé – c'était ta mère qui s'occupait de ça. Elle était mieux équipée que moi pour...

– Elle n'est plus là, je l'interrompis. Elle n'est plus là, papa. Tu dois regarder la réalité en face.

– Je sais. Je sais, d'accord ? T'es pas obligé de me le rappeler toutes les cinq minutes. Je sais qu'elle est...

Sa phrase resta en suspens.

– Morte. Elle est morte, papa. Que tu le veuilles ou non, tu es tout ce qui me reste, et j'ai besoin de toi, là. J'ai besoin de toi, papa, d'accord ? J'ai besoin de toi.

Ses larmes se mirent à couler et il renifla. Il s'essuya les joues.

– Très bien. D'accord. J'ai compris, okay ? Je serai là. Pour toi.

En le voyant s'écrouler comme ça, je sentis ma poitrine se serrer. En général, il me cachait ce côté de sa personnalité. J'aurais voulu trouver les mots pour le consoler, mais je ne pensais pas que des paroles suffiraient. Au lieu de cela, je lui dis à quelle heure revenir me chercher et il m'assura qu'il serait là. Il y avait toujours le risque qu'il me pose un lapin de nouveau. Mais j'espérais qu'il viendrait.

Je priai pour qu'il soit là pour moi.

* * *

TOUS LES SOIRS AVANT DE DORMIR Starlet m'envoyait des messages me disant qu'elle était avec moi. C'était ma plus grande supportrice et elle m'apportait tout le soutien qu'elle pouvait. Lorsque je me sentais trop dépassé, elle venait me retrouver au lac. On regardait le soleil se lever ensemble, avant que je la raccompagne à sa voiture, que je boucle sa ceinture et que je lui vole un baiser. Ce baiser m'aidait à passer la journée la plupart du temps. Avant, j'avais besoin de sexe et d'alcool pour me distraire de mon chagrin. Maintenant, tout ce dont j'avais besoin, c'était Starlet et ses baisers. Starlet et son réconfort. Tout ce dont j'avais besoin, c'était elle.

Notre calendrier de tutorat avait changé en raison de tous les rendez-vous qui se succédaient et les soirs où je ne la voyais pas me rendaient encore plus impatient de voir arriver le matin.

À ma grande surprise, mon père se mit à être présent pour moi. Non seulement il vint me chercher au lycée mais, en plus, les deux semaines qui suivirent, il m'accompagna à mes rendez-vous. Il s'asseyait dans le cabinet avec moi et posait aux médecins des questions auxquelles je n'avais pas pensé.

Pour la première fois depuis longtemps, j'eus la sensation d'avoir de nouveau un père. J'eus même une lueur d'espoir qu'un avenir soit possible entre nous. Bien sûr, ce ne serait jamais plus comme avant, mais nous pourrions avoir des relations normales. Comme Starlet avec son père.

Du moins, c'était ce que je pensais avant la réunion de mon groupe de thérapie.

Mon médecin m'avait recommandé de voir un psy et d'envisager une thérapie de groupe avec d'autres personnes atteintes de cécité ou en passe de le devenir. Cette idée me semblait horrible, mais j'acceptai de le faire. Je savais que sinon j'allais m'enfoncer dans la dépression et cela ne me semblait pas la meilleure chose à faire. Et puis, cela éveillait ma curiosité. Je n'avais jamais rencontré de personnes malvoyantes et, égoïstement, j'avais envie de voir à quoi leur vie ressemblait.

Les réunions du groupe se passaient dans la salle de conférences d'un entrepôt qui servait à différentes activités commerciales. L'espace était éclairé par des lumières artificielles, ce qui faisait une grande différence pour moi. Je remarquai que plus l'éclairage était vif, mieux je voyais la plupart du temps.

Onze chaises étaient disposées en un grand cercle et j'arrivai dans les premiers. Je pris un siège et il ne fallut pas longtemps avant que les autres arrivent et occupent les sièges à côté de moi. Il y avait à ma gauche un type d'un certain âge, probablement la soixantaine. Il s'appelait Henry et il avait perdu la vue à la suite de problèmes de santé. À droite, il y avait un gamin d'une dizaine d'années appelé Bobby. Bobby était aveugle de naissance. En voyant une personne aussi jeune privée de la vue, je me sentis coupable de me plaindre de mes problèmes.

– C'est qui à ma gauche ? demanda Bobby en me donnant un coup d'épaule.

Je m'éclaircis la voix et me tournai vers lui.

– Je m'appelle Milo, dis-je d'une voix forte.

Bobby rigola.

– Pas si fort. Je suis aveugle, pas sourd, plaisanta-t-il.

Je me sentis complètement idiot, mais Bobby engagea la conversation.

– T'es nouveau ?

– Oui, c'est la première fois que je viens.

– C'est quoi, le truc avec tes yeux ?

Je haussai un sourcil.

– Pardon ?

– Qu'est-ce qu'ils ont de spécial, tes yeux ?

Spécial ?

J'hésitai avant de répondre à ce que je croyais être sa question.

– Heu, j'ai une rétinite pigmentaire.

– Oh génial ! Mon amie Cate a ça aussi.

– Je ne vois pas ce qu'il y a de génial là-dedans, dis-je en faisant une grimace.

– Ouais, ben, si tu ne le vois pas, c'est parce que t'es aveugle, mec, répliqua-t-il avec un sourire narquois.

Qu'est-ce qui ne tournait pas rond chez ce gamin ?

Il secoua la tête.

– Ne sois pas aussi sombre. Le monde qui t'entoure ne va pas s'éclaircir pour toi. Tout peut être sombre autour de toi, mais ta personnalité n'est pas obligée de l'être.

– D'accord, maître Yoda, marmonnai-je, peu soucieux d'échanger davantage avec cette bombe d'optimisme assise à côté de moi.

J'avais envie de m'apitoyer sur mon sort encore un peu – pas de faire des plaisanteries de mauvais goût avec un gamin aveugle à propos de la perte de ma vision.

Bobby s'en fichait pas mal. Il continuait son bavardage.

– Je suis non-voyant de naissance. Certaines personnes appellent ça une infirmité congénitale, mais ma mère, elle, elle dit que c'est mon super-pouvoir. Je suis un peu comme Matt Murdock.

Je haussai un sourcil.

– C'est qui Matt Murdock ?

– Oh, tu te fous de moi ? Matt Murdock, alias Daredevil. Et surtout, également connu comme le plus fort des super-héros de tous les Marvel. C'est un super-héros aveugle. Il est formidable.

– N'écoute pas ce môme, grommela le type à ma gauche. Il n'arrête pas de raconter des histoires. J'ai horreur de cette manie des gens qui font référence aux super-héros quand ils parlent de nous, les malvoyants. C'est comme s'ils voulaient nous donner un cadeau de consolation ou je ne sais quoi.

Son attitude me plaisait. Elle était bien plus raccord avec la mienne.

Bobby soupira.

– N'écoute pas Henry, c'est un vieux grincheux qui n'a pas été heureux depuis 1845.

J'esquissai un sourire.

Ce gamin était agaçant, mais il était drôle.

– Tu vas vite te rendre compte que notre petit groupe est composé de personnalités très différentes, dit une femme en venant vers moi. Tu dois être Milo. Moi, c'est Tracy. Je suis l'animatrice du groupe.

Je serrai la main qu'elle me tendait.

– Enchanté.

– Bienvenue, Milo. Je suis contente que tu te joignes à nous. Je pense que tu vas découvrir à quel point ce groupe est unique et merveilleux. Je trouve ça drôle que tu te sois retrouvé assis entre les deux individus les plus dynamiques de notre groupe. On aime bien les appeler *Laurel et Hardy.*

Henry ronchonna.

– C'est un surnom idiot.

Tracy sourit et chuchota :

– Je te laisse deviner qui est Laurel et qui est Hardy.

Elle se déplaça ensuite jusqu'à sa chaise.

– Bonjour tout le monde. C'est bon de vous retrouver tous pour cette nouvelle session hebdomadaire. Aujourd'hui, nous accueillons un nouveau participant, alors on va faire de notre mieux pour ne pas le faire fuir. Souhaitons la bienvenue à Milo.

Tout le monde me salua. J'avais horreur d'être au centre de l'attention, donc je fus reconnaissant à Tracy lorsqu'elle passa à un autre sujet de discussion. Chacun semblait avoir une forte personnalité et ils riaient aussi beaucoup ensemble. J'appris depuis combien de temps ils étaient atteints de leurs problèmes de vue et toutes les réussites qu'ils avaient accomplies au cours de leur vie.

Pour la première fois depuis que j'avais été diagnostiqué, je me sentis un peu moins seul et un peu moins terrifié. Certaines choses que ces personnes avaient accomplies dans leur vie étaient franchement remarquables. Tracy, par exemple, avait couru des semi-marathons et faisait de l'escalade. Bobby était convaincu qu'il serait la prochaine vedette des productions Marvel dans quelques années. À en juger par sa détermination et son dynamisme, j'avais tendance à le croire.

Lorsque la réunion toucha à sa fin, Tracy demanda à chacun d'entre nous de choisir un mot ou deux pour décrire son état d'esprit concernant sa situation actuelle. Toutes sortes de mots furent prononcés. Content. Déçu. Coincé. Fâché. Fier.

Lorsque ce fut mon tour de proposer des mots, je déglutis avec difficulté.

– Dégoûté.

– Ça se comprend, Milo. Souhaites-tu expliquer pourquoi tu as choisi ce mot ? demanda Tracy.

Je secouai la tête.

– Non.

– Très bien, c'est normal aussi. Merci d'avoir partagé.

C'était la fin de la réunion et j'étais content de n'avoir pas été obligé de disserter sur ce que j'éprouvais. Mais j'étais aussi fier de moi d'avoir été sincère. J'étais dégoûté par ma situation actuelle. Bien sûr, c'était horrible de ma part de penser ça parce que le sort de certaines des personnes qui étaient dans la pièce était bien pire que le mien, mais j'avais le sentiment qu'on me privait d'une partie de ma vie sans que je sache pourquoi ça me tombait dessus. Je ne savais pas pourquoi la vie m'en voulait comme ça. Je ne comprenais pas pourquoi elle s'acharnait contre moi et essayait de me mettre à terre, mais j'étais dégoûté de ce qui m'arrivait. J'étais dégoûté que ma vue soit déjà merdique et qu'en plus cela allait empirer. J'étais dégoûté qu'il n'y ait pas de traitement. J'étais dégoûté qu'il suffise à certains d'acheter une paire de lunettes pour continuer leur vie normalement. J'étais dégoûté parce que la vie était injuste, et j'étais dégoûté que maman ne soit pas là pour me remonter le moral.

Et c'était peut-être ce qui faisait le plus chier.

– Tu as trouvé le bon mot, dit Henry en se penchant vers moi tout en se levant de son siège. Dégoûté. J'ai l'impression que c'est ce que je ressens tous les jours – dégoûté.

– Ouais. Pareil pour moi.

– Écoute, mon petit. Je sais que tu ne m'as pas demandé mon avis, mais je suis vieux et c'est ce que les vieux font parce qu'ils ont connu suffisamment de trucs merdiques pour savoir de quoi ils parlent. Alors écoute-moi bien. Je sais qu'aujourd'hui tu as entendu parler de tous ces trucs extraordinaires que font les gens. Courir des marathons, ouvrir des commerces, vouloir devenir des super-héros et tout ce merdier, mais laisse-moi te dire un truc. Rien ne t'oblige à faire tout ça, d'accord ? Tu as le droit d'être simplement toi-même Et si toi-même, c'est une espèce de connard qui préfère rester assis sur son porche en envoyant promener les gens, eh bien, c'est ton droit, aussi. On n'est pas obligé d'être une success-story pour montrer aux autres ce qu'on sait faire. « Vous voyez ? Je ne suis pas moins bien que vous ! Je peux faire ces choses moi aussi ! » Parce que tu n'es pas moins bien que les autres. Tu es humain, tu es entier, et tu n'as rien à prouver à personne. Si tu as envie d'être dégoûté, alors sois dégoûté aussi longtemps que ça te plaira, d'accord ?

Comme si maman savait que j'avais besoin d'un discours d'encouragement pour me remonter le moral, elle m'avait envoyé Henry.

– Merci Henry. C'est gentil.

– Henry a raison, dit Bobby en nous rejoignant. Mais tu peux quand même être Daredevil, si tu veux. Toutes les options nous sont ouvertes.

Henry fit une grimace :

– Tu ne vas pas la fermer, gamin ?

– Moi aussi je t'aime, Henry, répliqua Bobby.

Je rigolai en les regardant. C'était vraiment le couple mal assorti.

En sortant de l'immeuble, je trouvai mon père toujours garé au même endroit. Je poussai un soupir de soulagement en me dirigeant vers la voiture et je montai dedans ;

Il me fit un sourire paresseux.

– Ça va ?

Je fis oui de la tête.

– Merci de m'avoir attendu.

– Non, de rien, de rien.

Il se passa le pouce sur l'arête du nez.

– Mais tu es sûr que ça va, hein ?

J'eus un petit pincement dans la poitrine.

– Oui papa, ça va.

– Bon, tant mieux. Très bien. On rentre à la maison. Je peux nous commander des pizzas si tu veux.

Il alluma la radio et nous fîmes le trajet en silence, mais je ne me sentais plus aussi dégoûté qu'avant de monter dans la voiture avec mon père.

Il m'avait demandé si ça allait.

C'était plus que ce qu'il avait fait depuis très longtemps. Pendant une fraction de seconde, j'eus l'impression d'avoir retrouvé mon père. Bien sûr, vu de l'extérieur, cela pouvait passer pour le strict minimum de ce qu'il devrait faire, mais pour moi, c'était une grande victoire. S'apercevoir que son père se soucie encore de vous après en avoir douté pendant plus d'un an, ça méritait d'être remarqué.

Nous mangeâmes nos pizzas assis sur le canapé en regardant un match de basket ensemble. On ne parla pas beaucoup pendant le match, mais parfois les mots ne sont pas nécessaires. Nous avions exprimé beaucoup de choses simplement en restant assis tout près l'un de l'autre et en dînant ensemble pour la première fois depuis des mois.

27

MILO

CES DERNIERS TEMPS, j'avais l'impression que toutes mes journées se confondaient en une seule. J'avais la sensation de traverser la vie à la vitesse grand V. Entre le lycée, le tutorat, la thérapie et l'entraînement à l'utilisation de ma canne, je me sentais submergé. Je ne savais même pas si j'avais effectivement besoin d'apprendre à utiliser une canne, mais je me disais que cela ne pouvait pas faire de mal. Je perdais suffisamment souvent l'équilibre pour que ce soit préoccupant.

Je passais des heures avec des lunettes noires à aller et venir dans mon allée avec ma canne, m'employant à distinguer les différentes textures du ciment et de l'herbe de l'allée. Je m'étais rendu compte que si je balançais la canne d'avant en arrière et que je tapais le sol de temps en temps, cela m'aidait. Il y avait une lanière sur la poignée, je supposai qu'elle était destinée à passer autour de mon poignet. Mais rapidement je m'aperçus qu'il valait mieux ne pas le faire parce que si la canne était heurtée par une voiture, je serais entraîné avec elle si elle était attachée à mon poignet.

Au début, j'avais mal au bras parce que je la tenais trop serrée. C'était plus difficile qu'il n'y paraissait et cela me fatiguait. J'avais averti mes amis et Weston de ce qui m'arrivait et, certains jours, ils venaient marcher avec moi pour m'aider à m'habituer à m'en servir.

Weston m'avait dit de commencer à venir au lycée avec, mais je ne me sentais pas prêt. Je savais qu'à partir du moment où je le ferais, cette situation deviendrait encore plus réelle et je n'étais pas préparé à ça. Je n'étais pas prêt à entendre les commentaires de gens extérieurs sur ma cécité, et je n'en avais pas envie. Et puis, j'en avais honte. Je savais que c'était stupide, mais je ne voulais pas que les gens sachent que j'étais différent. Je n'avais jamais aimé me faire remarquer, mais maintenant je savais que ce serait comme ça partout où j'irais. Je n'avais plus que quelques mois à passer avant la fin de l'année scolaire. Je préférais continuer de me prendre les pieds dans des obstacles et me faire mal aux orteils encore quelque temps, mais que les autres ne sachent rien de mes problèmes.

Apparemment, mon père avait l'air de plutôt bien gérer tout ça jusqu'à un certain jeudi soir, après ma séance de thérapie de groupe. Alors que je sortais pour aller le rejoindre, je vis que sa voiture n'était plus garée à l'endroit où il m'avait laissé en arrivant. Je sortis mon téléphone pour l'appeler, mais je tombai directement sur sa boîte vocale. Il faisait plutôt froid ce soir-là, donc je retournai à l'intérieur du bâtiment pour l'attendre.

Des heures passèrent et je l'attendais toujours lorsque le vigile de l'immeuble vint vers moi en souriant.

– Désolé, mais nous allons devoir fermer le bâtiment pour la nuit.

– Oui, bien sûr. Pas de souci. Je m'en vais, murmurai-je en me passant la main sur le front.

En sortant, je ressentis aussitôt la morsure du froid sur mon visage. Je pris mon téléphone et essayai de joindre mon père encore une fois. Toujours pas de réponse.

– Salut, qu'est-ce qui se passe ? demanda Starlet en décrochant. Ça s'est bien passé ta séance ? Comment tu te sens ?

Appuyé contre le bâtiment, je triturai les boutons de mon manteau.

– Ça va. Écoute, j'ai un petit problème. Mon père n'est pas venu me chercher et...

– Tu es toujours là-bas ? C'est quoi l'adresse ?

Sans hésiter, elle proposa de venir me chercher. Je me sentais humilié quand elle arriva un quart d'heure plus tard. J'étais frigorifié en montant dans sa voiture.

– Merci.

Je frissonnai et agitai les mains devant la ventilation de son tableau de bord. Il fallait absolument que je me réchauffe.

– Oh là là, tu as attendu dehors pendant tout ce temps ? Tu es tout rouge.

– Ça va.

En réalité, j'avais l'impression que la peau de mon visage était sur le point de partir en lambeaux.

– Viens là, dit-elle, donne-moi tes mains. Les miennes sont chaudes.

– Ça va.

– Milo. Tes mains, tout de suite.

En ronchonnant, je me tournai vers elle et lui tendis les mains. À son simple contact, une vague de réconfort instantané se répandit en moi. J'étais toujours de mauvaise humeur mais, grâce à elle, je me sentais un peu mieux.

– Je suis désolé de t'avoir appelée, murmurai-je, honteux. Personne d'autre ne répondait, je ne savais plus quoi faire.

– Tu n'as pas à t'excuser. Cela ne me dérange pas du tout.

Elle fronça les sourcils en frottant mes mains entre les siennes.

– C'est vraiment pénible que tu ne puisses pas m'appeler en premier.

– Bientôt, je te le promets. On y arrivera.

– Sauf que j'ai l'impression que c'est maintenant que tu as besoin de moi, et c'est terrible de ne rien pouvoir faire. Je voudrais tellement être là pour toi, Milo.

– Tu es là maintenant, c'est ça qui compte. Allons-y. Je suis épuisé.

Elle acquiesça et démarra la voiture. En arrivant chez moi, je vis la voiture de mon père dans l'allée, ce qui me rassura. Au moins il était à la maison et il ne lui était rien arrivé. Quelques secondes plus tard, ce soulagement fut remplacé par un sentiment d'humiliation.

Starlet s'éclaircit la voix et dit :

– Euh... il y a un type en train de pisser dans la haie devant chez toi.

Je tournai la tête vers la maison et je le vis, mon père chéri, le cul à l'air, en train de pisser dans la haie.

– Eh merde, soufflai-je en sortant d'un bond de la voiture.

Je me précipitai vers lui, mais j'arrivai trop tard pour l'empêcher de tomber à la renverse et de se retrouver par terre, la queue à la main.

– Qu'est-ce que tu fabriques, bon Dieu, papa ?

– Fous le camp, marmonna-t-il en agitant la main dans ma direction.

Puis il se mit à chanter « Can't Take My Eyes Off You » de Frankie Valli et mon cœur se serra parce que c'était leur chanson de mariage à maman et lui. Dans le temps, ils dansaient toujours sur cette chanson dans le salon.

– Papa, lève-toi, insistai-je en remontant son boxer et son pantalon.

Je les reboutonnai tandis qu'il roulait sur lui-même sans cesser de chanter, ivre comme un cochon.

J'essayai de le relever, mais il était trop lourd pour moi. Il me regarda et s'arrêta brusquement de chanter. Les yeux encore plus vitreux, il dit :

– Tu as hérité de ses yeux. C'est impossible pour moi de te regarder parce que tu as ses yeux.

Nouveau coup au cœur.

– Allez papa. On rentre dans la maison, murmurai-je d'une voix qui se fêla.

– C'est notre anniversaire de mariage aujourd'hui, me dit-il avant de recommencer à chanter.

Et voilà – les fêlures de mon père. Je n'avais même pas réalisé quel jour on était. Je ne m'étais même pas posé de questions ce matin en me levant, j'avais commencé ma journée comme un jour ordinaire. Mais, pour lui, c'était un jour de chagrin. Un jour difficile, de souffrance. Encore un jour où revenait le souvenir de la femme qu'il avait aimée plus que sa vie.

– Je suis désolé, dis-je, les larmes aux yeux, en essayant de le relever.

– Attends, je vais t'aider, dit Starlet en se précipitant vers nous.

Je la regardai, tout honteux, mais elle ne fit pas de commentaire. Elle se baissa tout simplement et saisit l'autre bras de mon père.

– C'est leur anniversaire de mariage, je lui murmurai, honteux d'avoir oublié.

Elle hocha la tête d'un air entendu et aida à le mettre debout.

– Ne vous en faites pas, on vous tient, Monsieur Corti. On vous tient.

– Jacob, dis-je à voix basse. Il s'appelle Jacob.

Elle esquissa un sourire.

– On vous tient, Jacob.

Lorsque nous parvînmes à le mettre debout, mon père posa un regard vitreux sur Starlet.

– On danse ? demanda-t-il avant de la prendre dans ses bras et de la faire tourner.

– Papa...

– Avec plaisir, répliqua Starlet en le soutenant du mieux qu'elle pouvait.

Je m'écartai pour les regarder se balancer. Mon père se mit à chanter en serrant Starlet comme s'il refusait de la lâcher. La situation était baroque, poignante et absurde, mais réelle.

Mon père, complètement ivre, dansait avec ma petite amie secrète tout en chantant sa chanson de mariage le jour anniversaire de son mariage avec ma mère. Il s'appuyait contre elle comme si elle représentait le dernier espoir encore vivant en lui. Starlet le laissa faire pour lui permettre de ressentir ce dont il avait besoin à ce moment-là.

Et puis, elle se mit à chanter avec lui.

* * *

AU BOUT D'UN MOMENT, Starlet et moi réussîmes à faire rentrer mon père dans la maison. Je l'aidai à se mettre au lit pendant que Starlet déposait un verre d'eau et un cachet d'aspirine sur sa table de nuit. En sortant de la chambre, une fois la porte refermée, je ressentis un besoin irrépressible de la serrer dans mes bras. Je l'attirai vers moi et elle se laissa aller contre moi.

– Excuse-moi pour tout ça, murmurai-je.

– Non, je suis contente d'avoir été là pour t'aider.

Je la lâchai et me frottai la nuque

– Je me sens tellement con. Je n'avais même pas réalisé quel jour on était. Tout ce temps où j'ai attendu qu'il vienne me chercher, je l'ai traité de tous les noms intérieurement. Je me disais qu'il était vraiment nul comme père de me laisser en plan. Alors qu'en fait il a passé la journée à s'enfoncer. Il a fait de son mieux. Je suis un enfoiré.

– Mais non, tu ne savais pas.

– C'est justement le problème. Je ne savais pas. J'aurais dû savoir. J'aurais dû être là pour lui. Mais j'étais tellement obsédé par mes propres problèmes que je ne me suis même pas demandé comment il allait. Ni combien il y avait de jours comme celui-ci, importants à ses yeux, et auxquels je n'ai même pas pensé.

– Je pense que l'un comme l'autre vous faites tout ce que vous pouvez pour vous en sortir. La vie est difficile, compliquée et fatigante. Vous êtes fatigués, tout simplement. C'est normal de se reposer. Je t'en prie, ne sois pas trop sévère avec toi-même ni avec lui. Aujourd'hui est un jour difficile, et c'est comme ça. On est assez forts pour surmonter les journées difficiles. Tout va s'arranger.

– Comment fais-tu pour toujours trouver les bons mots ?

Elle rit.

– Pas toujours. Récemment, mon père m'a remonté le moral avec ses paroles d'encouragement et cela a bien marché. Je ne fais que transmettre ce savoir. Si jamais tu as l'occasion de bénéficier d'un discours d'encouragement d'Éric Evans, tu pourras t'estimer heureux.

– Il y a une liste d'attente sur laquelle je pourrais m'inscrire ? dis-je en plaisantant à moitié.

Je lui tendis la main. Elle la prit et je l'attirai contre moi. Nous nous mîmes à nous balancer sur une musique qui n'existait pas. J'enfouis mon visage dans son cou et respirai son odeur. Jamais je n'aurais cru qu'un jour j'aurais besoin d'une personne autant que j'avais besoin d'elle.

– Reste avec moi cette nuit, murmurai-je à son oreille en l'embrassant délicatement.

– Mi... c'est impossible. Qu'est-ce que ton père va dire s'il se réveille ?

– Il ne sera pas levé avant le soleil. Il ne s'en apercevra même pas. Reste avec moi cette nuit, murmurai-je de nouveau.

– Mi...

– S'il te plaît, Star, plaidai-je à voix basse, mes lèvres contre les siennes. Reste avec moi. Tu repartiras demain matin. Je te promets. Mais s'il te plaît... reste.

Elle s'écarta légèrement de moi et m'observa attentivement. Puis elle inclina la tête.

– Viens. Allons dormir.

28

STARLET

LE LENDEMAIN, je fus réveillée par une série de baisers que Milo déposa le long de mon cou. Je souris en sentant sa peau sur la mienne. Il roula sur le côté de façon à venir s'allonger sur moi, me clouant au matelas. Ses lèvres s'attardèrent sur les miennes.

– Hé, Prof ? murmura-t-il en diffusant sa chaleur dans tout mon corps.

– Oui ?

– On pourrait faire l'école buissonnière aujourd'hui, non ?

Je le regardai en rigolant.

– Non, on ne peut pas faire l'école buissonnière, Milo.

En grognant, il se laissa retomber sur moi et passa les lèvres sur ma clavicule.

– S'il te plaît, juste une fois. Une journée que nous passerions toi et moi à être... toi et moi ?

Je fermai les yeux et gémis doucement sous ses baisers.

– On pourrait appeler pour dire qu'on est malades.

– Mais on n'est pas malades.

Il fit mine de tousser derrière sa main.

Je ris.

– Pourquoi est-ce que j'ai l'impression que tu fais semblant ?

– Oh non. Il n'y avait aucune simulation là-dedans. Je couve quelque chose de très grave, gémit-il d'une voix sépulcrale en se laissant retomber de son côté du lit.

Il posa la main sur son front.

– Je suis sûr que j'ai de la fièvre.

– Vraiment ?

– Ouais, viens voir toi-même, dit-il en me soulevant par les hanches pour me poser sur ses genoux sans aucun effort.

Je n'en revenais toujours pas de la facilité avec laquelle il me déplaçait.

Je m'assis à califourchon sur lui et posai la main sur son front.

– Pour moi, tu vas très bien.

Il fronça les sourcils.

– C'est parce que tu as attrapé le même virus que moi.

Je posai les mains sur son torse nu, me penchai et l'embrassai sur les lèvres.

– Pas question de sécher les cours aujourd'hui, Milo.

– J'ai envie de passer la journée avec toi, chuchota-t-il d'une petite voix timide.

Mon cœur manqua quelques battements en voyant la tendresse qui brillait dans ses yeux.

– Ne me regarde pas comme ça.

– Comment ?

– Comme pour me convaincre de faire des choses vilaines.

Il m'attira et m'allongea contre lui. Ses lèvres effleurèrent le lobe de mon oreille.

– Oh oui, s'il te plaît, fais des choses très vilaines avec moi, Star.

Il sortit la pointe de sa langue et la promena sur mon oreille.

– S'il te plaît.

Je fermai les yeux et posai la tête sur sa poitrine pour écouter les battements de son cœur.

– Et qu'est-ce qu'on ferait si on séchait ?

– Je ne sais pas... l'amour ?

Je ris en sentant son érection contre ma jambe. Visiblement Milo n'était pas totalement malade. Certaines parties de son corps étaient bien réveillées et prêtes à jouer.

– On ne va pas sécher les cours pour faire l'amour, Milo.

Il fit une grimace.

– T'es pas marrante.

– C'était l'histoire de ma vie avant que je te connaisse.

– On pourrait prendre le train pour aller à Chicago. C'est une heure et demie de trajet. On pourrait éteindre nos portables et faire comme si on était seuls au monde et jouer les touristes et rigoler et s'amuser et être nous-mêmes. Tu ne trouves pas que ce serait sympa ? Être simplement nous-mêmes pendant un petit moment ?

Je me redressai, légèrement et le regardai dans les yeux. Ce faisant, je vis clairement son besoin de s'évader un petit moment. Même s'il avait l'air de plaisanter, je voyais bien qu'il avait réellement besoin de faire une pause. J'aurais dû me montrer plus raisonnable. J'aurais dû lui dire que nous devrions attendre l'été pour faire ce petit tour à Chicago. Lorsque nous aurions le droit de vivre notre relation au grand jour. J'aurais dû lui dire à quel point il était primordial que nous soyons présents en classe. J'aurais dû lui dire non.

À l'inverse, je me laissai retomber sur sa poitrine pour écouter son cœur encore une fois, et je dis :

– Maintenant que tu le dis, il me semble que j'ai des picotements dans la gorge.

Même avec les yeux fermés, je perçus son sourire.

– On ne peut pas aller au lycée. Ce serait irresponsable de disséminer nos microbes.

– T'as raison. J'imagine que nous ferions mieux d'aller les disséminer dans Chicago.

– C'est la seule chose responsable à faire.

De nouveau, je me redressai pour le regarder en face.

– Et ton père, ça va aller ? Tu es sûr que tu ne préfères pas passer la journée avec lui ?

Milo haussa les épaules.

– C'est pas trop notre truc.

– Mais peut-être...

– C'est pas notre truc, Star, m'interrompit-il pour me faire comprendre que je franchissais une ligne.

Je n'insistai pas. Il était évident que leur relation était compliquée, et ce n'était pas à moi d'intervenir. Mon boulot, c'était de faire en sorte que Milo aille bien et si cela impliquait de sécher les cours, alors d'accord pour sécher les cours.

* * *

À PEINE DESCENDUS du train, nous éteignîmes nos portables. C'était la première fois que j'étais totalement déconnectée du monde et, à ma grande surprise, cela me ravissait.

Les rues de Chicago débordaient d'activité entre la circulation des voitures et les piétons qui couraient dans tous les sens. Les touristes s'attroupaient autour de l'attraction incontournable – la sculpture familièrement appelée « Le Haricot », mais de son vrai nom *La porte des nuages*.

– Je l'avais notée sur la liste des choses à voir au cours de mon voyage imaginaire, dit Milo en me prenant en photo devant la sculpture.

Je lui adressai un large sourire en posant sur une jambe pour ma photo.

– Tu as dressé la liste des choses que tu désires vraiment faire ?

– Pas encore. Mais il y a quand même un certain nombre d'endroits que j'aimerais visiter à travers les États-Unis. Je n'en reviens pas de n'être jamais venu ici alors que c'est tout à côté.

– Tu sais ce qu'on devrait faire ? Une carte du road trip que nous allons faire tous les deux en marquant tous les sites que nous voulons voir. Il y a plein de pistes de randonnées que j'adorerais faire.

– Et moi, je veux voir la famille burger !

Je plissai les yeux.

– La famille burger ?

– Tu ne connais pas la famille burger ?

– Je devrais ?

– Ce sont des statues qu'on trouve dans les restaurants A&W[6] un peu partout aux États-Unis, mais moi, celles que je veux voir sont à Hillsboro dans l'Oregon.

Je me mis à rire.

– Tu veux voyager pour voir des statues de hamburgers ?

– C'est toute une famille de personnages burger, Star. Une famille ! s'exclama-t-il avec un large sourire.

J'adorais le voir devenir cette autre version de lui-même – débordant de joie et de lumière. Cela lui allait tellement bien.

– On va aller quelque part pour déjeuner et discuter de tous les endroits où on veut aller au cours de ce périple, dit-il.

– C'est vrai que j'ai faim.

– Une vraie Deep Dish Pizza de Chicago ?

– Tu sais que la plupart des habitants de Chicago ne mangent jamais cette fameuse pizza de Chicago ? En fait, ici ils préfèrent la pizza à pâte fine.

– Heureusement pour moi, je suis un touriste. Alors la vraie pizza de Chicago ?

Allons-y pour une Deep Dish Pizza.

On passa le reste de la journée en toute liberté. On rit plus que nous ne l'avions jamais fait et on s'embrassa dans les lieux publics sans se préoccuper de qui pourrait nous voir. En retournant à la gare, je redoutais déjà le moment où je ne pourrais plus être dans ses bras comme nous l'avions fait toute la journée. J'appréhendais de ne pas pouvoir le toucher dans les couloirs du lycée. Bien sûr, il n'y avait plus que quelques mois à attendre avant l'été, mais cela semble une éternité quand on commence une histoire d'amour.

6. Burger Family Statues.

Dès notre retour dans le centre de Milwaukee, nous finîmes par sortir nos téléphones pour les rallumer.

– C'était plutôt agréable d'être déconnectés du reste du monde, dis-je en sortant de la gare alors que nous traversions la rue pour retourner à ma voiture.

Milo s'immobilisa au beau milieu de la rue en regardant son téléphone, sans se soucier des voitures qui arrivaient sur lui. Je l'attrapai par le bras et le tirai vers le trottoir pour éviter qu'il se fasse écraser.

– Qu'est-ce que tu fais ? Tu as failli te faire tuer, dis-je, surprise par sa soudaine étourderie.

Il gardait les yeux rivés sur son téléphone, les sourcils froncés.

– Milo ? Qu'est-ce qu'il y a ?

Ses épaules s'affaissèrent et il fut pris de tremblements.

– Milo ?

Il ne me regarda pas.

Ses tremblements s'intensifièrent.

– Milo. Qu'est-ce que tu as ? Quelque chose ne va pas ?

– C'est mon père.

Lorsqu'il releva la tête, il avait les yeux noyés de larmes.

Une sourde inquiétude me serra le cœur.

– Il lui est arrivé quelque chose ?

– Il a eu un accident de voiture. Weston a essayé de me joindre. Il dit que c'est grave et que... ben... il...

Sa voix se brisa et il secoua la tête.

– Il faut que j'aille à l'hôpital. Il faut que j'aille à l'hôpital. Il faut que... il faut que... euh...

Il s'effondra, incapable d'aller au bout de sa phrase.

– Quel hôpital ? Je vais t'emmener. Allons-y.

Il bredouilla le nom de l'hôpital et je trouvai rapidement l'itinéraire sur mon téléphone. En arrivant, comme je m'apprêtai à descendre de voiture, il m'arrêta.

– Tu ne peux pas m'accompagner. Weston est là.

– Je m'en fiche. Je veux être là pour toi.

– Star. Ce n'est pas possible. Ça va aller.

Ma poitrine se serra lorsque la réalité de notre situation réapparut dans toute sa violence. Son père était entre la vie et la mort à l'intérieur de cet hôpital et je ne pouvais même pas être aux côtés de Milo à cause de mon statut au lycée. Cela semblait absurde et injuste.

– Je vais t'attendre.

– Cela peut durer des heures, murmura-t-il d'une voix faible et hésitante.

– Je t'attends ici, répétai-je.

Il hocha la tête et sortit de la voiture. Lorsqu'il s'éloigna, je dus me retenir de me précipiter derrière lui pour qu'il n'y aille pas seul. Trente minutes s'écoulèrent. Puis une heure. Finalement, Milo sortit du bâtiment et revint vers ma voiture. Il ouvrit la portière et monta.

Je me redressai me préparant à entendre les nouvelles.

– Il est drôlement amoché. Il est dans le coma et ils ne savent pas... Ils n'ont pas pu me dire grand-chose. On m'a dit que je pourrais appeler pour prendre des nouvelles ou revenir pendant les heures de visite. Ce que je vais faire.

– D'accord. C'est bien. Et Weston ?

– Il est parti un peu avant moi. Je lui ai dit que je prendrais un Uber pour rentrer.

– Tu ne dors pas chez lui cette nuit ?

– Non, je rentre chez moi.

– Tout seul ?

– Oui.

Je secouai la tête.

– Non. Je vais rester avec toi.

– Tu n'es pas obligée. Je t'ai déjà volé une journée de ton temps. Ça va aller et...

– Je reste avec toi.

Il me regarda et ouvrit la bouche comme pour protester, mais aucun son ne passa ses lèvres. Il hocha la tête, l'air complètement défait.

Je l'emmenai jusqu'à ma chambre à la résidence universitaire où je rassemblai quelques affaires dans un sac de voyage pour emporter chez lui. Il restait assis sur mon lit sans dire un mot. J'étais certaine que son cerveau était en ébullition, envahi par des pensées mauvaises qui le minaient.

Au moment où je débranchai mon chargeur de téléphone de la prise murale, la porte s'ouvrit pour laisser entrer Whitney, le casque sur les oreilles. En voyant Milo, elle ouvrit de grands yeux, mais fit de son mieux pour ne rien laisser paraître.

– Tout va bien ? demanda-t-elle, comme je bouclais mon sac de voyage.

– Ouais. Tout va bien. Je vais m'absenter quelques jours.

– Mais t'avais pas un examen important, demain ?

– Tant pis.

Cela m'ennuyait qu'elle en parle devant Milo. Je n'avais rien à lui reprocher, mais ma meilleure amie était la dernière personne à qui je voulais donner des explications pour le moment. Mon esprit était tout entier centré sur Milo, uniquement Milo.

Je me tournai vers lui en esquissant un sourire.

– On y va ?

Il hocha la tête et se leva.

– Starlet... commença Whitney.

Je me tournai vers elle et posai la main sur son bras.

– Je t'expliquerai à mon retour, dans quelques jours.

Elle acquiesça, sans doute plus par solidarité que parce qu'elle me comprenait.

– Sois prudente, murmura-t-elle pour éviter que Milo l'entende.

Puis elle me serra contre elle et répéta :

– Sois prudente, Star.

J'accompagnai Milo chez lui en voiture et, en arrivant, il attrapa mon sac qu'il emporta à l'intérieur. Il se déplaçait comme s'il marchait sur des sables mouvants, risquant de retomber dans les profondeurs de sa dépression.

En le voyant brisé comme cela, je me dis que ce n'était pas juste. Lui qui commençait tout juste à sortir la tête de l'eau, je trouvai qu'il ne méritait pas que l'Univers s'acharne à le faire plonger de nouveau encore plus profondément dans les ténèbres, alors qu'il venait à peine de retrouver la chaleur du soleil.

J'eus le loisir d'observer sa maison plus en détail que lors de ma première visite, lorsque j'étais restée dormir. Son intérieur était comme une sorte de capsule temporelle. On devinait la présence de sa mère dans la décoration. Il y avait des petites touches féminines disséminées un peu partout. Des photos accrochées aux murs, même si un grand nombre d'entre elles étaient gondolées et couvertes de poussière. Quelques ampoules grillées n'avaient pas été remplacées et l'espace était pauvrement éclairé.

Il y régnait une atmosphère nostalgique. Comme si elle avait été vivante autrefois mais s'était figée dans le passé au moment de la mort de sa mère. Ce qui avait été naguère un foyer chaleureux et accueillant s'était transformé en un lieu lugubre envahi de tristesse.

Je m'approchai de la cheminée pour étudier les photos posées sur le manteau. Des clichés de Milo avec ses deux parents. Il ressemblait tellement à sa mère que j'en eus presque le souffle coupé. La même étincelle dans les yeux et le même sourire. Je comprenais mieux pourquoi il pouvait être difficile pour son père de le regarder. C'était comme regarder son rêve préféré et ne plus avoir la possibilité de le tenir. La table basse du salon était couverte de cannettes de bière vides et il y avait un carton de pizza contenant une pizza à moitié mangée. Le sol aurait eu besoin d'un bon coup d'aspirateur, mais en regardant autour de moi, tout ce que je remarquai vraiment, c'était que les deux personnes qui vivaient là faisaient de leur mieux pour vivre au jour le jour. Je ne savais pas qu'un foyer pouvait donner l'impression d'être figé dans le temps jusqu'à ce que je pénètre entre ces quatre murs.

Dès que Milo saisit mon regard posé sur la table, il grommela et se précipita pour la débarrasser.

– Désolé, c'est mon père, dit-il en guise d'explication, visiblement gêné.

Je m'approchai pour l'aider à débarrasser.

– Ne t'inquiète pas. Je vais t'aider.

– Tu n'es pas obligée. Je m'en occupe.

En se déplaçant, il se cogna dans le coin de la table à côté du fauteuil relax.

– Eh merde, glapit-il en manquant lâcher les cannettes. Putain !

– Ça va ?

Je me précipitai vers lui.

– Ça va, répondit-il d'une voix coupante, visiblement contrarié.

En se rendant compte du ton de sa voix, il me regarda et soupira.

– Excuse-moi. Mais ça fait beaucoup, là.

– Donne-moi ça.

Je lui pris les cannettes des mains et allai les jeter dans la poubelle. En revenant, je vis qu'il se frottait la jambe, l'air déprimé.

– Tu veux que je prépare quelque chose à manger ? Ou du thé ? Du café ?

Il secoua la tête en me tournant le dos. Il regardait par la fenêtre la neige qui tombait. Avril pointait son nez, mais une neige légère continuait de recouvrir notre ville comme si elle n'avait aucune intention de disparaître.

Je m'inquiétais pour lui, mais je ne savais pas quoi faire.

– Milo… qu'est-ce que je peux faire pour t'aider ?

Il se retourna pour me regarder, puis vint vers moi. Il m'attira contre lui et me serra fort. Nous restâmes comme ça pendant un instant avant qu'il m'embrasse le front, puis les joues, puis le menton, puis le cou, puis…

– Milo, attends, murmurai-je alors que ses lèvres se promenaient sur ma nuque.

Des frissons se propagèrent dans tout mon corps alors que je luttais contre mes désirs contradictoires avec ses besoins réels. Pourtant, c'était agréable, ses lèvres sur ma peau, la chaleur de ses caresses. J'avais envie de lui, je ne pouvais pas le nier. J'avais toujours envie de lui. Ma raison savait que ce n'était pas bien, mais mon cœur se moquait apparemment du bien et du mal. Tout ce qui l'intéressait, c'était de s'éprendre de ce garçon cabossé qui, de temps en temps, me laissait approcher de ses morceaux épars. Mais ce n'était pas ce dont il avait besoin. Il n'avait pas besoin d'une intimité physique. À ce moment précis, ce n'était pas d'une amante dont il avait besoin.

Il avait besoin d'une amie.

Il avait besoin que je sois son amie.

– J'ai envie de toi, murmura-t-il contre ma peau.

Sa langue se promena sur ma clavicule.

– J'ai envie de goûter ton corps tout entier, dit-il en baladant ses mains sur ma taille.

– Milo, non, dis-je en m'écartant de lui.

Un froid s'abattit sur la pièce et il me regarda l'air complètement abasourdi.

– Qu'est-ce qu'il te prend, Star ? J'ai envie de toi, là tout de suite. C'est tout.

– Non, Mi. Tu es triste et inquiet.

– Pas du tout. Je vais bien.

J'avais mal au cœur pour lui parce que je sentais sa frustration. Je comprenais son désir de se déconnecter de la réalité. De débrancher et de se laisser aller contre moi de façon à ne pas avoir à affronter les événements de sa vie. Son cœur volait en éclats et il était prêt à faire n'importe quoi pour éviter d'affronter la vérité qui le faisait souffrir.

– Tu n'as pas dit un mot concernant ton père depuis que nous avons quitté l'hôpital, dis-je calmement. Je trouve cela inquiétant. Nous devrions en parler et...

– Arrête, murmura-t-il, les mâchoires serrées.

Il me tourna le dos et ses épaules s'affaissèrent alors qu'il secouait la tête.

– Si tu ne veux pas faire l'amour, tu peux t'en aller, affirma-t-il froidement.

– Mi...

– Je suis sérieux, Starlet. Je n'ai pas envie d'avoir une discussion cœur à cœur avec toi, d'accord ? me dit-il sur un ton cinglant.

Il se tourna vers moi et son regard me bouleversa totalement. Ses yeux exprimaient le contraire de ce qu'il affirmait. Ce que j'y voyais, c'était son besoin de consolation. Sa peur de l'abandon. Sa douleur à la perspective d'une nouvelle perte irrémédiable.

Combien de fois un cœur peut-il se briser avant de renoncer à battre ?

Je m'approchai et posai une main sur son épaule.

– Parle-moi.

– Non.

– S'il te plaît.

– Non.

– Tu as besoin de te libérer.

– Il n'y a rien à dire, d'accord ? Mon père est un ivrogne qui s'est mis lui-même dans cette situation. Point final.

– Mi...

– Quoi ? ! s'écria-t-il, et sa voix se brisa alors qu'il s'éloignait de moi. Que veux-tu que je te dise, Star ? Tu veux que je te raconte à quel point je lui en veux ? Tu veux que j'exprime à quel point cela me traumatise de ne pas savoir s'il va s'en sortir ? Tu veux que je décortique la confusion qui règne dans mon esprit tout en sachant que je pourrais recevoir un appel d'un moment à l'autre pour me dire qu'il est mort ? C'est ça que tu veux ?

Il hurlait, mais je savais que ce n'était pas dirigé contre moi. Il n'était pas en colère contre moi. Il en voulait au monde entier. À toute cette injustice. Cet arbitraire. Et il avait raison.

– À moins que, attends, laisse-moi deviner, tu veux que je dise que c'est à moi-même que j'en veux, c'est ça ?

Il s'immobilisa et ferma les yeux une fraction de seconde. Il pencha légèrement la tête sur le côté comme s'il essayait de rassembler ses idées. Comme s'il essayait de contrôler ses émotions.

Mais j'aurais préféré qu'il ne le fasse pas.

J'aurais préféré qu'il les laisse s'exprimer. Qu'il s'autorise à tout ressentir, ses blessures, ses souffrances, sa douleur tout entière.

Lorsqu'il rouvrit les yeux, je vis que les vannes étaient sur le point de céder.

– Parce que j'aurais dû rester avec lui aujourd'hui comme tu l'avais dit. Il irait bien si je l'avais aidé au lieu de m'enfuir à Chicago pour essayer d'échapper à ça.

Il jeta un coup d'œil à la photo de ses parents posée sur le manteau de la cheminée et il se mit à parler à voix basse.

– Je n'aurai peut-être pas la possibilité de lui dire que je suis désolé, Star. Je n'aurai peut-être pas la possibilité de me réconcilier avec lui ni de boire une bière avec lui, ou dans dix ans de lui dire qu'il avait raison et que j'étais un petit merdeux. Il se pourrait que je n'aie plus jamais l'occasion d'évoquer maman ou de reconstruire une relation avec lui. Il est dans le coma et il ne sait pas que je suis désolé. Il ne sait pas que je m'en veux d'avoir été un gamin perturbé par des problèmes de relation avec son père. Il ne sait pas que je lui pardonne de n'avoir pas su être un bon père après la mort de maman. Il ne sait pas que je l'aime.

J'aurais pu le rassurer en lui disant que son père savait qu'il l'aimait.

J'aurais pu être la personne qui prodigue des paroles de réconfort en disant que son père allait peut-être s'en sortir. Mais ce n'était pas cela dont il avait besoin à ce moment-là. Il avait besoin de craquer.

Parfois, on a besoin de craquer et de voler en éclats pour que la guérison puisse s'amorcer. Tout ce dont Milo avait besoin à ce moment-là, c'était que je le prenne dans mes bras et que je le serre fort pour lui rappeler que même s'il se sentait seul, il ne l'était pas. J'étais là et je resterais là aussi longtemps qu'il aurait besoin de moi. Aussi longtemps qu'il le faudrait.

29

MILO

NOUS PASSÂMES LA NUIT dans ma chambre aux rideaux tirés. Starlet tenta de me persuader de manger quelque chose, mais je ne pouvais pas m'y résoudre. Je n'arrivais pas à penser normalement. J'étais incapable de me concentrer sur autre chose que l'idée que mon père était en train de se battre contre la mort.

Mon esprit était malade. Jusqu'ici je ne savais pas que cela pouvait arriver.

Je ne pouvais pas supporter l'idée de le perdre, lui aussi.

Est-ce que je n'avais pas déjà assez perdu ?

Le monde ne m'avait-il pas déjà suffisamment dépossédé ?

Au matin, Starlet commença à s'agiter dans mon lit en s'éveillant. Avant même d'ouvrir les yeux, elle tendit la main et la posa sur mon bras.

Je n'ai pas disparu, Prof.

Elle ouvrit les yeux et, l'espace d'un instant, je n'éprouvai pas ce sentiment de solitude qui m'était si familier. Je me sentais triste, mais pas triste et seul, contrairement à mon habitude.

– Salut, dit-elle en roulant sur le côté pour être face à moi.

– Salut.

Je repoussai du doigt la mèche de cheveux qui tombait devant ses yeux.

– Tu n'as pas dormi.

– Non.

– Tu aurais dû me réveiller.

– On n'est pas obligés d'être deux à être malheureux.

Comme je disais ça, son regard exprima une profonde tristesse. C'était comme si lui revenait à l'esprit, une fois sortie de ses rêves, l'affreuse réalité qui était la mienne. Pour être honnête, je ne l'avais pas réalisée moi-même. J'étais dans un état de déni. Une partie de moi pensait que mon père était échoué quelque part, ivre et se conduisant comme un imbécile, et que d'un moment à l'autre j'allais entendre sa voiture se garer dans l'allée. Certainement pas qu'il était dans un lit d'hôpital, hésitant entre la vie et la mort, hésitant entre aller retrouver ma mère ou revenir vers moi.

– Je suis tellement désolée, Milo, dit-elle.

Ces mots me firent tiquer. J'appuyai mon front contre le sien.

– S'il te plaît, arrête de dire ça. Cela ne fait qu'amplifier l'idée qu'il existe des raisons d'être désolés.

– Okay, déso...

Elle s'interrompit et se força à sourire.

– Qu'est-ce que je peux faire pour t'aider aujourd'hui ?

Je posai un baiser sur le bout de son nez avant de m'asseoir dans le lit.

– Ça te dirait que je fasse la cuisine ?

Elle haussa un sourcil.

– Pardon ?

– J'ai envie de cuisiner pour toi. Petit déjeuner, déjeuner et dîner. Ça te plairait ?

– Quoi ? Non. T'en fais pas pour moi. Je peux faire à manger...

Je déglutis avec difficulté et secouai la tête.

– Non, tu ne comprends pas. C'est seulement que... j'ai besoin de faire la cuisine aujourd'hui, et j'ai envie de le faire pour toi.

Elle me regarda fixement, visiblement perplexe, mais fit oui de la tête.

– D'accord, oui. J'adorerais ça.

Je me levai et me dirigeai vers ma commode sur laquelle trônait la boîte de recettes de ma mère. Je ne l'avais pas ouverte depuis sa mort. J'avais trop peur de regarder les recettes qu'elle m'avait léguées.

Je retournai m'asseoir sur le lit, ouvris la boîte et la posai devant nous.

– Ce sont les fiches de cuisine de ma mère. Elle me les a léguées à sa mort. Elle m'avait dit que s'il m'arrivait de me sentir extrêmement paumé, je devrais réaliser un de ses repas. Je n'ai jamais eu le courage de l'ouvrir jusqu'ici, mais aujourd'hui cela me ferait plaisir.

Elle s'assit, les jambes repliées sous son menton.

– Je trouve que c'est une merveilleuse idée.

J'ébauchai un sourire triste en ouvrant la boîte de recettes. Elle contenait des dizaines de souvenirs élaborés par ma mère. Je feuilletai les fiches dont certaines étaient maculées de farine, d'autres de taches d'huile. Spaghetti Cacio e Pepe, Gnudi à la ricotta, Frittata aux champignons, Carbonara. Ma poitrine se serra en voyant son écriture. La première chose qui me vint à l'esprit fut que j'étais vraiment un imbécile de n'avoir pas regardé plus tôt dans cette boîte. La seconde fut de me demander combien de temps encore ma vue me permettrait de lire ces fiches écrites de la main de ma mère. Étrangement, mon regard sur la vie avait changé depuis que ma maladie avait été diagnostiquée. Jusque-là, je ne m'étais jamais soucié de la façon dont les gens couchaient les mots sur le papier. Comment ils faisaient les points sur leurs I ou les barres de leurs T. Mais aujourd'hui, sachant que peut-être un jour je perdrais toute connexion avec ces détails infimes, j'y prêtais plus d'attention, surtout lorsqu'il s'agissait des fiches de cuisine de ma mère.

En sortant une des fiches, celle du pain cuit à la cocotte au four, mon cœur se serra un peu plus. Sur la partie gauche de la fiche étaient notés les ingrédients et les instructions de la recette. Puis, sur la partie droite, il y avait un petit message de ma mère. Je suivis les mots du bout des doigts qui percevaient l'empreinte de son stylo dans le papier. Les mots avaient été écrits avec tellement d'amour et de tendresse que je pouvais presque la sentir dans les volutes de sa calligraphie.

Mon chéri,

Faire du pain demande du temps.

Il faut beaucoup laisser reposer la pâte.

Les êtres humains sont comme le pain. Parfois, nous avons besoin de nous reposer un certain temps pour nous élever.

Con amore,

Mama

Des petits messages.

Elle m'avait laissé des petits messages sur ses fiches de cuisine.

Je fis défiler le paquet de fiches et en sortis une au hasard.

Spaghettis à la Norma

Mon chéri,

Parfaite pour une journée ensoleillée, accompagnée de pain français et d'une salade.

Encore meilleur avec un verre de vin rouge. (Une fois que tu auras l'âge, bien sûr.)

Con amore,

Mama

J'eus l'impression que le monde se mettait à tourbillonner de plus en plus vite à mesure que je faisais défiler les autres fiches. Il y avait un petit mot sur chacune des fiches. Un message de sa part à mon intention. Même lorsqu'elle était au plus mal, elle avait pris le temps de m'écrire un petit message personnel sur chacune des recettes, signant à chaque fois avec les mots *con amore*. Avec mon amour.

On pouvait compter sur ma mère pour savoir quand j'aurais le plus besoin de son amour.

Qui aurait cru que l'amour perdurait dans l'au-delà ? J'avais le sentiment que mon père faisait tout pour précipiter sa fin pour aller la rejoindre le plus vite possible. Quelque part, je ne pouvais pas lui en vouloir.

– Elle m'a laissé un message sur chaque carte, expliquai-je à Starlet. Je n'en savais rien jusqu'à cet instant.

– Parfois la vie t'apporte du réconfort juste au moment où tu en as le plus besoin.

Si c'était vrai, je suppose que c'était la raison pour laquelle l'univers m'avait envoyé Starlet.

– Je vais passer une commande au supermarché pour qu'on nous livre. Ensuite, je pourrai m'y mettre. Si tu veux prendre une douche, j'ai sorti des serviettes de toilette et tout ça dans la salle de bains, pour toi. Je vais aussi appeler mon oncle pour savoir ce que je dois gérer aujourd'hui.

– Bonne idée.

Elle posa les mains sur mes genoux avant de se pencher et de m'embrasser doucement. Puis elle murmura sur mes lèvres :

– Tu ne vas pas bien.

Je secouai la tête.

– Je ne vais pas bien.

Elle m'embrassa encore une fois.

– Et c'est normal.

Je lui rendis son baiser, j'étais tellement reconnaissant qu'elle existe. Plus que je ne l'avais jamais été pour personne auparavant.

Elle se leva et me tendit la main.

– Avant de passer cette commande, viens prendre une douche avec moi. Ça te fera du bien.

J'hésitai un instant, pensant au million de choses que j'avais à faire, mais à ce moment-là nos regards se croisèrent et une étrange sensation de calme se répandit en moi. Le même genre de calme que j'avais ressenti en lisant les fiches de cuisine. La sensation que je n'étais pas seul.

Je pris sa main et elle m'entraîna vers la douche. Nous nous déshabillâmes mutuellement et je fis couler l'eau. Rapidement, la vapeur envahit la pièce et Starlet et moi entrâmes sous la douche. Je fermai les yeux alors que l'eau ruisselait sur nos corps. Quelque chose dans le fait de prendre une douche faisait ressortir des émotions que je retenais sans même le savoir. Les larmes commencèrent à ruisseler sur mon visage, se mélangeant aux gouttes d'eau tandis que Starlet commençait à me laver. Elle commença par me laver les cheveux. Puis le dos et la poitrine, sans rien laisser au hasard. J'ouvris les yeux et fixai les siens, me sentant de moins en moins seul alors qu'elle me lavait le corps et que je lavais le sien.

Elle avait les cheveux trempés, ce qui mettait en valeur ses boucles naturelles qui tombaient jusqu'au bas de son dos. Elle ne m'avait jamais paru plus belle.

Je posai les mains sur ses hanches et l'attirai contre moi. Je pressai mon front contre les siens en fermant les yeux. L'eau était brûlante, mais pour une raison inconnue, des frissons coururent sur tout mon corps.

– Merci, murmurai-je.

– De rien, répondit-elle.

* * *

APRÈS LA DOUCHE, elle enfila une culotte et un de mes tee-shirts trop grand pour elle. Elle était parfaite. Elle s'apprêtait à passer un pantalon, mais je souris.

– Le pantalon, c'est pas la peine.

Elle se mit à rire.

– Ah bon, alors c'est un jour où on traîne sans s'habiller ? Pas besoin de pantalon ?

– Le pantalon, c'est inutile quel que soit le jour à partir du moment où tu es chez moi.

Je lui préparai un petit déjeuner cuisiné. Une frittata aux poivrons rouges, bacon et fromage. En posant son assiette devant elle sur la table de la salle à manger, je sentis une petite montée de stress.

– Il faut que je te dise que je ne suis pas aussi bon cuisinier que ma mère, alors si tu n'aimes pas, c'est pas grave.

Elle renifla les arômes et gémit.

– Impossible. Comment je pourrais ne pas aimer ça ?

Je m'assis à côté d'elle et, avant de commencer à manger, je fis une petite prière à voix basse. Ce n'était pas mon genre de prier, mais ma mère priait toujours avant le repas quand nous nous mettions à table, alors je le fis à sa place. C'était bizarre, mais c'était l'effet de la peur. La peur fait faire des choses bizarres parfois. Puis je me redressai et commençai à manger. À ma grande surprise, la frittata avait le même goût que celle de maman.

– Ah, la vache !

Starlet et moi avions parlé à l'unisson et je levai les yeux en même temps qu'elle.

– Bravo, Monsieur Corti, dit-elle en applaudissant. C'est excellent.

– Ouais, c'est pas mal du tout.

Nous nous empiffrâmes, puis vint l'heure du déjeuner et on remit ça.

Je fis une pause pour aller voir mon père à l'hôpital. Je passai quelques heures à son chevet. Son état ne présentait aucun changement. Ni en mieux ni en pire. Je rentrai à la maison à l'heure de la fin des visites.

Starlet m'aida à préparer le dîner, ce qui fut très amusant. On se tournait autour comme si on était destinés à faire tourner une cuisine ensemble. On avait préparé le pain en cocotte au four quelques heures à l'avance pour accompagner le repas de ce soir – des bucatini à la carbonara au citron.

Mon chéri,

Ceci n'est pas la plus authentique version de la carbonara, mais quand la vie te donne des citrons... fais des pâtes.

Con amore,

Mama

Pendant que Starlet préparait la salade, je vins derrière elle, lui passai les bras autour de la taille et l'embrassai dans le cou. Je restai interdit un instant lorsqu'un souvenir me revint comme un flash. Papa faisait toujours ça quand maman cuisinait et il l'embrassait dans le cou aussi.

Le chagrin s'abattit sur moi telle une vague. Je fis un pas en arrière essayant de le dissiper. Starlet se retourna et remarqua mon soudain changement.

– Qu'est-ce qu'il y a ?

– Rien. Tout va bien.

– Tu mens.

– Non, je ne mens pas.

– Mais si. Tu veux savoir comment je le sais ?

– Dis toujours.

– Parce que lorsque tu mens, ton regard est froid.

Je ricanai, amusé.

– Et quand je dis la vérité, il est comment mon regard ?

– Vivant, il est vivant.

J'aurais aimé répliquer par un commentaire spirituel, mais mes tendances sarcastiques s'étaient noyées dans mon chagrin. Donc, à la place, je dis la vérité.

– Mes parents avaient l'habitude de faire la cuisine ensemble. Maman appelait mon père son lieutenant. Ils mettaient de la musique et dansaient tout autour de la cuisine, ils s'enlaçaient, s'embrassaient et riaient. Quand j'étais enfant, je trouvais ça énervant, mais... je ne sais pas. Cela m'est revenu comme un flash quand je t'ai prise dans mes bras.

– Oh, acquiesça-t-elle. Parfois ce sont les plus petits qui font souffrir le plus.

– Les plus petits ?

– Les souvenirs qui ont l'air si petits, voire minuscules. C'est comme si tu avais presque oublié qu'ils existaient jusqu'à ce qu'ils te reviennent brusquement dans la figure.

Je hochai la tête.

– Oui, c'était exactement ça. Mais c'était bizarre parce que... cela m'a interpellé, mais en même temps je me suis rendu compte que j'avais avec toi ce qu'ils avaient tous les deux. En te prenant dans mes bras, j'ai ressenti ce qu'ils ressentaient...

Je l'attirai contre moi et l'embrassai sur le front.

– Je me rends compte que c'est toi, murmurai-je.

– Que c'est moi, quoi ?

– Ce quelque chose qui fait que je vais mieux, même les jours les plus mauvais.

Ses yeux s'embuèrent et elle m'embrassa lentement. Ou peut-être que j'ai imaginé que c'était lent. Chaque fois que j'étais avec Starlet, c'était comme si le temps ralentissait pour le meilleur.

Je lui souris en la serrant contre moi.

– Tu sais, j'aime vraiment quand tu portes mon tee-shirt. On le croirait fait sur-mesure pour toi.

Elle recula et tourna sur elle-même.

– Tu trouves ? J'aurais peut-être dû mettre un pantalon plutôt que de rester en sous-vêtements.

Je me rapprochai et l'enlaçai de nouveau.

– Oh, non. La petite culotte, c'est ce qui rend le look absolument parfait.

Je l'embrassai sur le front et elle se pelotonna contre moi.

– Tu vas bien, Milo ?

– Maintenant, oui.

J'allais toujours mieux quand elle était dans mes bras. Je souris et l'embrassai. J'attendais avec tellement d'impatience le jour où nous pourrions faire ça en public. Je l'embrasserais devant tout le monde. Nous serions ce couple agaçant qui n'arrête pas de se bécoter et que tout le monde trouve insupportable.

Nous restions là au milieu de la cuisine dans les bras l'un de l'autre, sans aucune intention de nous lâcher. Du moins jusqu'à ce que le repas soit prêt. Alors nous nous repliâmes dans la salle à manger pour le troisième repas de la journée.

J'attrapai une bouteille de vin dans le placard.

– Je pense que mes parents ne seraient pas d'accord pour que je boive ça, mais vu que l'une est morte et que l'autre est dans le coma, ça m'étonnerait que je sois puni.

Starlet, choquée par mes paroles, ouvrit des yeux ronds, mais très vite elle comprit.

– L'humour noir, ça t'aide ?

– Oui, tu risques d'en entendre pas mal pendant les jours à venir.

– Tant mieux. C'est une très bonne chose.

Je jetai un regard circulaire dans la salle à manger qui semblait mieux éclairée que d'habitude. Mais je n'arrivais pas à voir exactement ce qui produisait cet effet.

– Tu as... tu as changé les ampoules ?

Elle fit oui de la tête.

– J'en ai commandé pendant que tu étais parti à l'hôpital. J'ai lu sur Internet que, parfois, des ampoules plus fortes pouvaient aider en cas de rétinite pigmentaire. Je les ai changées dans toutes les pièces.

Elle s'arrêta et secoua la tête.

– Excuse-moi. J'aurais dû te demander ton avis avant de le faire. C'est seulement que j'ai remarqué que certaines ampoules étaient grillées et je me suis dit qu'il faudrait les changer. Si ça ne te convient pas, je peux les remettre. Ce n'est pas un problème.

Je restai figé sur place et la regardai fixement. Elle était merveilleuse. Totalement merveilleuse, depuis ses cheveux en bataille, ses yeux stupéfiants, son doux sourire jusqu'à son cœur. Son cœur... je ne savais pas quelles raisons avaient présidé à son entrée dans ma vie, mais je savais que c'était un miracle. La chose qui rendait supportable les moments les plus durs. La personne qui me rappelait qu'il fallait recommencer à vivre après des années à retenir ma respiration avec ma tête sous l'eau. Elle était le deuxième acte de ma pièce après l'entracte dans lequel j'étais coincé depuis ce qui me semblait être une éternité. Je n'arrivais pas à croire que j'avais la chance de la connaître. De la toucher. De tomber désespérément amoureux d'elle.

Comment un enfoiré comme moi avait-il fini par être avec quelqu'un comme elle ?

– Je t'aime, dis-je brusquement.

Ce n'était pas la façon dont j'avais prévu de le lui dire. Ce n'était pas venu avec un grand mouvement romantique ni dit sur un ton d'admiration et de révérence. C'était sorti comme ça. Presque avec agressivité. C'était presque physique, comme si mon corps ne pouvait plus contenir ces mots. Comme si mon corps avait besoin d'expulser cette vérité sans plus attendre.

– Je t'aime, répétai-je, plus lentement cette fois, plus doucement. Je t'aime. Je t'aime. Je t'aime.

Starlet ouvrit grand ses yeux de biche et elle inclina la tête pour regarder droit dans les miens.

– Tu m'aimes ?

– Je t'aime.

Comment pourrait-il en être autrement ? Elle était la chaleur des nuits d'été opposée à la froidure de mes journées d'hiver. Elle était faite pour moi.

Je n'avais jamais pensé qu'il puisse exister une personne faite pour moi.

J'avais toujours pensé qu'il n'y aurait que moi avec moi-même.

Elle me regardait fixement et mon estomac se noua alors. Je m'éclaircis la gorge, me sentant un peu idiot d'avoir dit ça comme ça. Un soupçon de doute s'insinua en moi lorsque je réalisai qu'elle pourrait ne pas répondre à mes sentiments. Pourquoi le ferait-elle, franchement ? J'étais en vrac. Je connaissais mes blessures et je me demandais souvent comment une autre personne pourrait les aimer. Je déglutis avec difficulté, me rappelant que je n'avais pas prononcé ces mots pour les entendre en retour. Je les avais prononcés parce qu'ils étaient vrais. Je l'aimais. Je l'aimais à un point que je ne savais pas mon cœur capable d'aimer et je pensais qu'elle avait le droit de le savoir. Une personne comme elle méritait de savoir qu'elle était aimée. Ce serait dommage que les individus les plus aimants n'aient jamais l'occasion d'entendre ces mots prononcés à leur endroit.

Je me passai la main sur la nuque.

– Écoute, tu n'es pas...

– Moi aussi je t'aime, m'interrompit-elle et mon cœur s'arrêta de battre.

Ou bien se mit-il à battre plus fort ? Je n'aurais su le dire.

– Tu m'aimes ?

– Je t'aime.

Je l'embrassai parce que, qu'aurais-je pu faire d'autre à ce moment-là ? Elle me rendit mon baiser parce qu'elle m'aimait, elle aussi. Ces derniers temps, mes émotions ne parvenaient pas à se stabiliser. C'était comme si j'avais ressenti tellement de choses différentes en un laps de temps si court que j'étais incapable de trouver mon équilibre, mais alors qu'elle m'embrassait, j'eus l'impression de finalement me retrouver solidement ancré dans le sol.

Ce soir-là en allant nous coucher, je pus serrer contre moi la femme qui m'aimait autant que je l'aimais. Alors qu'elle était allongée dans mes bras, elle se tourna vers moi et dit :

– As-tu pensé à dire à ton père tout ce que tu m'as dit hier soir ? Peut-être lui dire combien tu as besoin de lui ? J'ai lu quelque part que parfois les personnes qui sont dans le coma peuvent t'entendre. Je pense que cela lui ferait du bien d'entendre ce que tu ressens vraiment.

Je réfléchis à son conseil. Au point où j'en étais, j'étais prêt à essayer n'importe quoi pour le voir rouvrir les yeux.

30

MILO

LE JOUR SUIVANT, je me rendis à l'hôpital pour voir mon père. Je n'avais pas très bien dormi. J'avais fait des cauchemars à répétition et j'étais exténué en me réveillant. Starlet m'avait conseillé de parler à mon père du fond du cœur et cela me perturbait parce que mon cœur était plutôt malmené ces derniers temps. Grâce à Starlet, il battait un peu plus régulièrement, mais cela n'empêchait pas que j'en bavais toujours au quotidien. J'aurais aimé que l'amour suffise à effacer les aspérités de la vie. Bien sûr, il avait l'effet d'un baume apaisant, mais il ne réparait pas les fêlures de mon cœur, s'il le tranquillisait parfois.

Je ne savais pas comment parler à mon père.

Je ne savais par quel bout commencer. Je ne savais même pas s'il m'entendait, pour être franc. Je me sentais un peu ridicule, mais le voir relié à toutes ces machines suffisait à me motiver pour essayer n'importe quoi au moins une fois. Je n'étais pas à l'aise avec les mots. Monsieur Slade ne me contredirait sûrement pas là-dessus. Pourtant, j'allais faire de mon mieux.

– Je t'en veux, lui dis-je, les yeux rivés sur tous les tuyaux branchés sur son corps et le tube enfoncé dans sa gorge. (Le bruit des machines qui résonnaient dans la chambre était celui qui hantait mes cauchemars.) Je t'en veux tellement d'être ici. J'avais besoin de toi. J'avais besoin de toi, papa, et tu n'as pas assuré. Et ça me fout en rogne.

Je reniflai avant de me racler la gorge.

– Maman, elle, elle aurait assuré. Elle aurait été à mes côtés et m'aurait dit de ne pas m'en faire, que tout allait s'arranger. Rien de ce qui concerne ma vie ne lui aurait échappé. Elle aurait remarqué qu'il y avait un truc qui clochait avec ma vue avant même que je ne m'en aperçoive moi-même. Elle aurait été là pour moi. Alors, va te faire voir, dis-je en essuyant les larmes qui roulaient sur mes joues. Va te faire voir pour avoir pensé que nous devions nous enfoncer chacun de notre côté au lieu de faire front ensemble. Va te faire voir pour t'être effondré sans penser que je pouvais t'aider. Et va te faire voir pour essayer de me laisser tomber maintenant. T'as pas intérêt à faire ça, d'accord ? T'as pas intérêt à te barrer d'ici pour aller retrouver maman, parce que je n'ai pas fini d'être furieux contre toi, d'accord ? J'en ai pas fini avec toi. J'en ai pas fini avec nous. Alors réveille-toi. S'il te plaît ? S'il te plaît, papa ? Tu veux bien te réveiller ? S'il te plaît, réveille-toi maintenant pour qu'on puisse être tristes ensemble. Debout, papa, criai-je en posant la tête contre son épaule. Réveille-toi, réveille-toi, réveille-toi.

Les machines continuèrent de biper, mais mon père n'ouvrit pas les yeux. Il ne revint pas vers moi à ce moment-là, mais moi je continuai à craquer. Je pleurais l'homme qu'il avait été autrefois et aussi l'homme qu'il était devenu. Je pleurais sur les occasions manquées de guérir ensemble. Je pleurais sur les souffrances que lui et moi avions endurées. Puis je revins le lendemain et recommençai à lui parler.

* * *

LE DEUXIÈME JOUR, je lui tins la main pendant que je lui parlais.

– Il est question de me trouver un chien guide. Enfin, ce ne serait pas pour tout de suite. Tu n'en reviendrais pas de toutes les formalités qu'il faut faire pour en avoir un. C'est plutôt marrant quand j'y pense. Pendant des années, je t'ai supplié pour avoir un chien et maintenant je vais en avoir un sans que tu puisses t'y opposer.

Je posai le menton sur son épaule et regardai ses yeux clos.

– Alors, qu'est-ce que tu dirais de te réveiller rapidement pour me dire non, papa ? Qu'est-ce que tu dirais de venir me dire que tu ne veux pas t'embêter à ramasser les crottes ? (Je lui donnai un petit coup de coude.) Si tu ne te réveilles pas rapidement, je pourrais faire n'importe quoi et prendre deux chiens, rien que pour te casser les pieds.

Je tressaillis en sentant une légère pression sur ma main. Je regardai sa main dans la mienne, attendant de voir si c'était vrai ou si je me faisais des idées.

– Allez, papa, réveille-toi.

Rien.

Donc je lui dis bonne nuit et revins le lendemain matin pour la troisième journée.

* * *

LE TROISIÈME JOUR, on lui enleva la canule respiratoire pour la remplacer par un masque à oxygène. J'avais l'impression que c'était une avancée positive. J'avais vraiment besoin de penser cela.

– Elle s'appelle Starlet. Tu ne t'en souviens sûrement pas, mais tu as dansé un slow avec elle le jour de votre anniversaire de mariage. Elle représente tout ce qu'il y a de bon dans ce monde, papa, dis-je en arpentant la chambre d'hôpital. Elle est intelligente, gentille et belle. Incroyablement belle, mais curieusement, ce n'est pas ce qu'il y a de plus intéressant chez elle. Elle est déterminée comme je ne l'ai jamais été. Elle me donne envie de devenir meilleur et elle veille sur moi lorsqu'il n'y a personne d'autre. J'essaie de faire la même chose pour elle, mais apparemment elle contrôle sa vie bien mieux que moi. Elle sait ce qu'elle veut dans la vie et je ne doute pas qu'elle atteigne tous ses objectifs. Parfois, souvent, je me dis que je ne suis pas assez bien pour elle, surtout avec tous mes problèmes. Je ne veux pas être un fardeau pour elle à cause de mes problèmes de vue. Dans mon groupe de thérapie, ils ont parlé du fardeau qu'ils constituent pour leur entourage, parfois. Je ne veux pas de ça. Je ne veux pas qu'elle s'oublie elle-même pour m'aider. Mais, voilà, c'est Starlet. Je l'aime. Je l'aime tellement, papa. Toi aussi tu l'aimerais si tu la rencontrais. Je pense que tout le monde tombe amoureux d'elle quand on la connaît. Oh, mais tu ne sais pas le plus beau.

Je m'approchai de lui, me penchai sur son oreille et murmurai :

– Elle travaille au lycée. Elle est professeur stagiaire. C'est dingue, non ? Weston en ferait une maladie s'il le savait, et je suis sûr que tu n'aurais pas fini de m'engueuler si tu pouvais. Alors, vas-y. Engueule-moi, papa. Réveille-toi. Dis-moi que je suis le dernier des imbéciles.

Ses paupières frémirent, mais ensuite plus rien.

* * *

LE QUATRIÈME JOUR, il respirait sans assistance.

Je m'assis sur la chaise et étendis les jambes pour poser les pieds sur la barrière de son lit médicalisé.

– Tu te souviens, un jour quand j'avais quatorze ans, tu étais persuadé que quelqu'un avait enfoncé ta voiture sur le parking du supermarché ? En fait, c'était Savannah et moi. On jouait dans le garage et j'ai cogné ta voiture avec ma batte de base-ball. J'étais étonné que tu ne l'aies pas remarqué, mais en rentrant des courses au supermarché, tu étais certain que quelqu'un l'avait enfoncée et s'était barré, je me suis dit pourquoi dire la vérité ? Oh, et quand j'avais huit ans, j'étais furax contre toi parce que tu m'avais puni, alors j'ai mis ta brosse à dents dans les toilettes et je t'ai appelé brosse à caca avec mes copains pendant deux semaines. Oh, et une fois, quand tu étais parti en opérations extérieures quand j'étais en sixième, j'ai dit à toute la classe que tu étais à Hollywood en train de tourner un film avec Brad Pitt. Je ne voulais pas qu'ils sachent que tu étais parti à la guerre. Je ne voulais pas y penser, en fait, parce que j'avais peur qu'il t'arrive quelque chose.

Je le regardai fixement, espérant je ne sais quoi. N'importe quel signe indiquant qu'il allait se réveiller.

Je retirai mes pieds de la barrière et approchai ma chaise du lit.

– Allez, papa, murmurai-je en observant son visage qui avait tant de traits en commun avec le mien. Fais-moi un signe, tu veux ?

– Certains sont plus coriaces que d'autres, dit une infirmière qui entrait dans la chambre en souriant. Je suis sûre qu'un de ces jours, vous lui parlerez et il vous répondra.

– Cela fait cinq jours et il ne se passe rien.

– Ce n'est pas vrai. Il n'a plus ce gros tube enfoncé dans sa gorge – c'est un progrès. Et il respire sans assistance – encore un progrès. Et puis il vous écoute.

– Pardon ? Qu'est-ce qui vous fait dire ça ?

– Vous voyez, là. (Elle tendit un doigt vers lui.) Lorsque vous parlez, sa tête bouge légèrement vers vous. Il est fatigué, c'est tout. Il a besoin de se reposer.

– Comme le pain, murmurai-je en pensant à la fiche cuisine de ma mère.

– Pardon ?

– Non, c'est rien. Merci. Je vais y aller. Je sais que les visites sont terminées.

Je me levai et serrai la main de mon père.

– À demain.

C'était peut-être le fruit de mon imagination, mais j'aurais pu jurer qu'il avait serré ma main en retour.

* * *

LES DEUX JOURS QUI SUIVIRENT, Weston me força à aller au lycée, et c'était bien la dernière chose que j'avais envie de faire, mais je savais aussi que je ne pouvais pas prendre de nouveau du retard dans mes études.

Après la sixième heure, je commençai à moins regretter d'être au lycée parce que cela voulait dire qu'au cours suivant j'allais voir Starlet. Cela rendait toujours la journée plus agréable.

En me rendant en cours, je tombai sur Bonnie et Savannah, en pleine discussion, comme toujours. Bonnie me fit un grand sourire et me donna un coup de coude.

– On a une bonne nouvelle pour toi.

Je fis la grimace.

– Est-ce que je devrais m'inquiéter ?

– Non. Tu devrais être content, au contraire. On sait que tu as eu des soucis, surtout avec ton père à l'hôpital, dit Bonnie.

– Pourquoi est-ce que quelque chose me dit que tu vas me sortir un truc de ouf ?

– Parce qu'elle va te sortir un truc de ouf, dit Savannah.

– On pense que t'as besoin de baiser, dit Bonnie tout à trac.

Je haussai un sourcil.

– Pardon, tu peux répéter ça ?

– Je sais qu'on t'a souvent conseillé de voir un psy pour parler de ta façon de gérer tes problèmes par le sexe, mais aux grands maux les grands remèdes. Devine ce qu'on a entendu dans les toilettes des filles ce matin.

– Pourquoi ai-je l'impression que je n'ai pas envie de le savoir ?

– C'étaient les jumelles, Beth et Amanda. Elles s'embrouillaient pour savoir laquelle te mettrait dans son lit la première. Tu as deux des jumelles les plus sexy qui bavent d'envie pour toi.

Savannah acquiesça.

– Tu peux absolument tourner ça à ton avantage, surtout avec tout ce qui se passe pour ton père. On sait que tu te sers du sexe pour oublier tes problèmes. Et donc...

– Plus maintenant.

Les deux filles s'immobilisèrent.

– Quoi ? dirent-elles en chœur.

Je haussai les épaules en m'approchant de mon casier.

– J'ai dit plus maintenant. Je ne couche plus avec n'importe qui comme ça.

– Oh, mon Dieu, dit Savannah, ébahie. Tu es amoureux !

– Quoi ? Mais non.

– Mais si. Pourquoi tu ne veux pas nous dire qui c'est ?

– Ça fait un petit moment que Savannah est persuadée que tu es secrètement amoureux d'une fille. Elle n'arrête pas de nous dire que tu as changé, dit Bonnie.

Je sortis mes livres de mon casier.

– Il n'y a personne.

Juste à ce moment-là, Starlet passa devant nous. Je croisai son regard et lui fis un petit sourire. Elle me sourit avant de sourire aux filles.

– Bonjour Mesdemoiselles, dit-elle avant de poser de nouveau les yeux sur moi. Bonjour Milo. À tout à l'heure en classe, dit-elle avant de s'éloigner.

Je la suivis du regard.

Bonnie et Savannah me regardèrent, bouche bée.

– Tu sors avec Mademoiselle Evans, chuchotèrent-elles sur un ton pressant.

J'ouvris des yeux ronds et claquai la porte de mon casier avant de me tourner vers elle pour chuchoter à mon tour.

– Taisez-vous, Mesdemoiselles.

Savannah posa les deux mains sur mes épaules et me regarda en plissant les yeux.

– Milo Corti, quand je t'ai connu, tu portais encore des couches, alors ne crois pas une seconde que tu peux me mentir, d'accord ? Est-ce que tu entretiens une relation secrète avec Mademoiselle Evans, oui ou non ?

Je clignai des yeux plusieurs fois. Je clignai des yeux plusieurs fois encore.

– C'est... compliqué.

– OHLAVACHE ! crièrent-elles en chœur.

J'étais foutu.

La sonnerie retentit, donc je me dirigeai vers la salle de classe. Bonnie devait partir dans l'autre sens, mais Savannah continua à avancer à côté de moi.

– Il faut que tu me racontes tout, chuchota-t-elle. Tout !

– Non, en fait.

– Milo ! Je suis ta meilleure amie. J'ai droit à tous les détails.

Elle plissa les yeux et m'obligea à m'arrêter.

– C'est un bon coup ?

– Je refuse de répondre à ça.

– Donc tu l'as mise dans ton lit.

– Je ne répondrai pas à ça non plus.

– Oh la vache. C'est le meilleur coup que tu as jamais eu, c'est ça ?

Je soupirai, me pinçai l'arête du nez et secouai la tête. Je savais que je ne m'en sortirais pas comme ça.

– Oui, c'est vrai... mais il n'y a pas que ça... je... je l'aime, Savannah. Tu ne dois le dire à personne. Mais je l'aime.

Les yeux de Savannah s'embuèrent et elle pressa les mains sur sa poitrine.

– OHLAVACHE ! hurla-t-elle.

Pour l'amour du ciel.

Je ne savais pas si je pourrais supporter ça plus longtemps.

En entrant au cours d'anglais, je ne levai pas les yeux vers Starlet. Ce n'était pas la peine de rendre la situation plus évidente qu'elle ne l'était déjà. Savannah me passa un bout de papier quand le cours commençait.

Et elle, elle t'aime aussi ?

Je lus le message et chiffonnai le papier.

Elle m'en passa un autre.

Vous allez vous marier ?

Je chiffonnai.

Je pourrai être ton témoin ?

Chiffonné, chiffonné, chiffonné.

Oh la vache. Tu baises avec notre prof !

Chiffonné, putain, chiffonné.

Tom est persuadé que ça fait longtemps que vous baisez ensemble.

– Ça suffit, chuchotai-je en déchirant le dernier morceau de papier.

Savannah ne semblait pas découragée par mes réactions.

– C'est exactement comme dans les feuilletons que ma grand-mère regarde à la télé. C'est scandaleux. Je suis bien contente pour toi. Il te fallait un meilleur scénario pour te sortir de ton marasme. Je pense que c'est une bonne chose pour toi. Je pense qu'elle te fait du bien.

Je grommelai et ignorai la remarque de Savannah.

En même temps, elle n'avait pas tort.

Je savais que Starlet me faisait du bien.

Pendant les minutes qui suivirent, je me pris la tête en me disant que j'allais devoir dire à Starlet que mes potes avaient découvert la vérité à notre sujet. Potes à qui j'allais devoir faire comprendre que si elles disaient un mot de tout ceci à qui que ce soit, je les couperais en morceaux que je jetterais dans le lac où personne ne les retrouverait jamais. Vers le milieu du cours, Weston apparut, l'air tourmenté.

– Désolé de vous interrompre, Monsieur Slade, mais je dois emmener Milo, dit-il en remontant ses lunettes.

Il se tourna vers moi et esquissa un sourire.

– Il est réveillé.

Il est réveillé ?

Je me levai d'un bond, attrapai mon sac à dos et me dirigeai vers la sortie. En passant devant Starlet, je remarquai qu'elle était au bord des larmes malgré le sourire figé sur son visage. Ma douce, sensible Star.

Elle mima avec les lèvres :

– Il s'est réveillé.

Je sentis ses paroles rouler sur mon âme, je hochai la tête et sortis avec Weston.

Il s'est réveillé.

* * *

WESTON M'EMMENA directement à l'hôpital et en entrant dans la chambre de mon père, je vis aussitôt ses yeux. Je pouvais encore le voir et il pouvait toujours me voir. J'avais eu tellement peur de ne plus jamais revoir ses yeux s'il choisissait de ne pas se réveiller. Mais il était là, réveillé.

– Salut, fiston, murmura-t-il d'une voix rauque et fatiguée.

Je me précipitai sur lui pour le prendre dans mes bras. J'éclatai en sanglots contre son épaule tandis qu'il s'écroulait contre la mienne. Toutes les disputes de l'année qui venait de s'écouler n'existaient plus à ce moment-là. Toutes les souffrances et les conflits que nous avions affrontés semblèrent s'évaporer là tout de suite. Rien n'avait plus d'importance sauf qu'il aille bien. Il était vivant. Il s'était réveillé.

– Ne me refais jamais ça, le grondai-je comme si mon cœur allait s'envoler hors de ma poitrine tellement il cognait. Ne me refais jamais ça, putain, papa.

Lorsque je relâchai mon étreinte, ses larmes continuèrent de couler. Il les essuya du revers de la main et renifla en nous regardant, Weston et moi.

– Je crois qu'il faut que je me fasse aider, avoua-t-il. Je ne peux pas continuer comme ça. Je veux aller mieux. Et j'ai besoin qu'on m'aide.

Ces mots résonnèrent comme de la musique à mes oreilles. Je le serrai contre moi de nouveau et lui dis doucement :

– C'est okay, papa. On va te trouver de l'aide.

– D'accord.

Il soupira. Je soupirai aussi.

D'accord.

31

MILO

ON A TROUVÉ UN CENTRE de désintoxication à Chicago qui était exactement ce qu'il fallait pour mon père. Il resta à l'hôpital une semaine de plus pour se reposer et, un dimanche matin, il passa rapidement à la maison pour mettre quelques affaires dans une valise et Weston le conduisit en ville pour le faire admettre.

Je proposai de les accompagner, mais mon père préférait que je ne le voie pas se faire admettre dans un endroit comme ça. J'aurais vraiment voulu y être, mais je respectai son choix. Je n'allai pas me bagarrer avec lui alors qu'il avait entrepris une démarche pour se faire aider. Il allait y passer au moins quatre semaines, ce qui semblait être le temps nécessaire pour l'aider à se remettre sur pied.

Dès qu'ils eurent quitté la maison, j'appelai Starlet pour qu'elle vienne me rejoindre et, moins d'une demi-heure plus tard, elle était là. On passa un petit moment à bavarder avant de se mettre à notre travail scolaire. Ensuite, on prépara une des recettes de maman pour le dîner. Alors que nous mettions la table, on entendit une voiture s'arrêter devant la maison. Je me figeai en entendant des clés tourner dans la serrure de la porte d'entrée. C'est alors que Weston entra.

– C'est bon, Milo. Ton père est installé. Je sais que tu as dit que tu préférais être seul, mais l'idée de te savoir seul ici me tourmentait. Alors j'ai apporté de quoi dîner.

Starlet s'immobilisa dans la salle à manger, tétanisée. Je ne fis pas un geste non plus. C'était comme si le monde autour de nous s'était mis à tourner au ralenti.

– Mademoiselle Evans, dit Weston, stupéfait, en voyant Starlet.

Vêtue de mon tee-shirt. En culotte.

– Oh mon Dieu ! Bonsoir, Monsieur le proviseur, bredouilla Starlet, décontenancée.

Les narines de Weston s'écartèrent lorsque la fureur d'être témoin de cette situation le frappa de plein fouet.

– Vous n'êtes pas sérieux, là ? hurla-t-il.

Il se pinça l'arête du nez et nous tourna le dos.

– Je peux tout t'expliquer, dis-je alors que Starlet se mettait à trembler de façon incontrôlée à côté de moi.

Elle était probablement en proie à une confusion extrême. J'avais mal au ventre simplement en imaginant ce qui se passait en elle.

– Je pense que le mieux serait de te taire, répondit Weston sur un ton tranchant. Mademoiselle Evans, vous devriez peut-être aller passer un pantalon et quitter cette maison.

Starlet ouvrit la bouche, mais aucun son n'en sortit. Des larmes se mirent à rouler sur ses joues et elle se précipita dans la chambre pour rassembler ses affaires. Lorsqu'elle en sortit avec son sac de voyage, Weston souffla d'un air scandalisé.

– Alors comme ça, on fait des soirées pyjamas ? C'est ça ? gronda-t-il.

– Vas-y mollo, West, dis-je.

– Ah non, aboya-t-il en pointant un index rageur vers moi. Pas toi, Milo.

Starlet passa tête baissée devant Weston. Elle tremblait de tous ses membres. Elle ouvrit la bouche.

– Je suis désolée, murmura-t-elle. Sincèrement désolée.

Je ne savais pas si ces excuses s'adressaient à Weston ou à moi, mais sans me laisser le temps de lui dire qu'elle n'avait pas à se justifier, elle sortit de la maison, monta dans sa voiture et fila.

Les mains sur les hanches, Weston me regardait comme si j'avais perdu la raison.

– Non, mais tu te fous de moi, Milo.

– Tu n'étais pas obligé de réagir comme ça.

Ses yeux s'agrandirent de colère.

– Ah, excuse-moi. Une de mes professeurs couche avec un de ses élèves et j'aurais dû rester cool, c'est ça ? Avec mon neveu, en plus ? ! Ah, désolé. J'avoue que je n'y ai pas pensé.

– Professeure stagiaire, marmonnai-je, comme si cela changeait quelque chose.

Weston me regarda comme si j'étais devenu un monstre à deux têtes ou un truc du genre.

– Incroyable. Bordel, Milo, franchement. Avec tout ce que nous vivons en ce moment, tu n'as rien trouvé de mieux à faire ?

– Tu crois que je ne sais pas ce qui se passe en ce moment ? C'est à moi que ça arrive, d'accord ? Je suis conscient de ce qui arrive. Et s'il n'y avait pas eu Star…

– Mademoiselle Evans, s'il te plaît. Pour toi, elle s'appelle Mademoiselle Evans.

– Je l'aime, dis-je en me redressant de toute ma hauteur, même si quelque part je me sentais comme un petit garçon qui se fait gronder parce qu'il a fait une bêtise. Je l'aime, West.

L'espace d'un instant, ses yeux s'embuèrent. L'espace d'un instant, je crus qu'il pouvait comprendre. L'espace d'un instant, je pensai qu'il m'avait entendu et qu'il allait passer outre la façon malencontreuse dont nos chemins s'étaient croisés, Starlet et moi. Mais son regard devint glacial.

– Eh bien, cesse de l'aimer. Immédiatement.

Il tourna les talons et sortit de la maison, me plantant là, tout seul.

Ma première réaction fut de me ruer sur mon téléphone pour appeler Starlet.

Elle ne répondit pas.

J'envoyai une ribambelle de textos. Je la rappelai une dizaine de fois.

Toujours aucune réponse.

32

STARLET

LE MERCREDI APRÈS-MIDI, je fus convoquée au bureau du proviseur.

Je n'avais pas fermé l'œil. J'avais été malade toute la nuit, incapable de faire autre chose que vomir tout ce que j'avais absorbé ce jour-là. Whitney était inquiète, elle pensait que j'avais la grippe, mais j'avais trop honte pour lui dire ce qui s'était passé en réalité. Je savais qu'elle allait me balancer un « je te l'avais bien dit » et je n'étais pas prête à entendre ça. Je n'étais pas prête à entendre quoi que ce soit. J'étais terrifiée à l'idée que j'avais bousillé ma vie. Tout ce pour quoi j'avais travaillé d'arrache-pied depuis plusieurs années était sur le point d'être balayé parce que j'avais décidé de tomber amoureuse d'un homme qui m'aimait lui aussi.

En parcourant les couloirs du lycée, j'aperçus Milo et quand il me vit, il se précipita vers moi.

– Qu'est-ce que tu fais là ? Tu devrais être chez toi, Milo. Tu ne devrais pas être ici avec ce que tu traverses en ce moment.

– Il fallait que je sache comment tu allais. Qu'est-ce qui se passe ? murmura-t-il en s'approchant plus près de moi.

– Milo, arrête, dis-je doucement.

– Tu n'as pas répondu à mes messages.

– Je ne peux pas, lui dis-je en ravalant les larmes qui menaçaient de couler.

– Star...

– *Non,* chuchotai-je avec fermeté.

Je le regardai droit dans les yeux et, instantanément, je sentis les larmes prêtes à jaillir. Son regard était lourd d'inquiétude, de gentillesse et de la douceur que j'avais appris à connaître et à aimer chez lui. *Je t'aime. Je t'aime tellement que c'est une souffrance.*

– Ne m'appelle pas comme ça, Milo. S'il te plaît. Je n'ai pas le droit de te parler. Je suis convoquée chez ton oncle.

– Je vais avec toi.

– Non, cela ne ferait qu'empirer les choses. Je savais ce que je faisais. J'ai agi en toute connaissance de cause. À moi d'assumer. Ce n'est pas de ta faute, ce n'est pas à toi de gérer ça. Je dois affronter les conséquences de mes actes.

Je tournai le coin du couloir qui s'était vidé. Milo me suivit et après avoir jeté un regard autour de nous, il m'attrapa par le bras et m'entraîna dans le local du gardien. Le même local où je l'avais entraîné des semaines plus tôt lorsqu'il était défoncé.

– Non, mais t'es pas bien ? chuchotai-je en le repoussant. Qu'est-ce que tu fais Milo ? Tu ne peux pas faire ça.

– Je sais, je sais, bordel ! cria-t-il en se passant la main dans les cheveux. Je déconne, Star. Je suis désolé. C'est juste que... je n'arrête pas de penser à toi et de me demander si tu vas bien.

Il avança vers moi et secoua la tête. Il posa la main sur ma joue et plongea ce regard que j'aimais dans le mien.

– Tu vas bien ?

Cette fois, je ne pus retenir mes larmes. Je secouai la tête. Je n'arrivais pas à croire ce qui arrivait. J'aurais voulu lui dire que non, je n'allais pas bien. J'aurais voulu me serrer contre lui et pleurer sur son épaule. J'aurais voulu qu'il me protège du monde qui implosait autour de moi. Mais je ne pouvais pas.

Je n'avais pas le droit de le serrer dans mes bras.

Je n'avais pas le droit de le toucher.

Je n'avais pas le droit de l'aimer.

Le pire dans toute cette histoire, c'était que ce n'était pas moi qui avais le plus besoin de réconfort à ce moment-là. C'était lui dont le monde était en proie aux flammes. C'était lui qui voyait tout s'écrouler autour de lui. C'était lui qui avait besoin qu'on le prenne dans ses bras. Qu'on le touche. Qu'on l'aime.

Je me redressai tout en frissonnant.

– Je vais sortir d'ici, Milo, et tu vas attendre un petit moment avant de sortir toi aussi.

Lorsqu'il saisit mon bras, une décharge électrique me traversa des pieds à la tête.

– Star, s'il te plaît. Laisse-moi te tenir dans mes bras une seconde.

Je dégageai violemment mon bras.

– Non. Non. Tu ne comprends pas ? Ce que nous faisons est mal. C'est mal depuis le début et à cause de moi tout est parti en vrille. C'était une énorme erreur, Mi.

– Tu penses que nous deux, c'était une erreur ?

La tristesse dans sa voix me brisa encore plus le cœur.

– Non, bien sûr que non, ce n'est pas ce que je voulais dire.

C'était loin d'être une erreur. C'était la seule chose bien depuis la mort de ma mère. Avec Milo Corti, j'étais chez moi. Mais cela ne changeait pas la donne, c'était mal.

– Tu regrettes ?

Je fis non de la tête et posai la main sur sa joue.

– Je ne regrette absolument rien. Même si j'essayais, je ne pourrais pas.

Il inclina la tête et embrassa la paume de ma main, et je fus traversée de frissons. Je baissai la tête.

– Il faut que j'y aille. Le proviseur m'attend.

– Je viens avec toi. On va l'affronter ensemble.

– Tu ne peux pas faire ça.

– Si, je peux. Ce n'est pas un problème. C'est mon oncle. Il va comprendre. Il va...

– Milo, l'interrompis-je.

Je secouai la tête.

– Tu ne peux pas mener ce combat à ma place. Je dois me conduire en adulte et accepter mon sort. Je suis désolée. Je dois y aller.

Sans lui laisser le temps de répliquer, je me glissai hors du local et m'éloignai rapidement sans me retourner de peur qu'il ne me suive. Ou de peur de craquer et de me jeter dans ses bras. Même si j'en mourais d'envie.

* * *

J'ENTRAI DANS LE BUREAU du proviseur avec l'estomac noué. Il me dit de fermer la porte derrière moi, ce que je fis. Il me fit signe de m'asseoir, ce que je fis aussi. Je tremblais comme une feuille lorsqu'il s'assit en face de moi de l'autre côté de son bureau qui constituait une barrière entre nous.

Je gardai la tête baissée tout en me tortillant les doigts. J'étais stressée au plus haut point et je me sentais toujours nauséeuse bien que je n'aie rien avalé au cours de ces dernières vingt-quatre heures.

Il garda le silence un moment et je me demandais s'il attendait que je prenne l'initiative de la conversation.

Je ne pouvais me résoudre à le regarder dans les yeux.

– Monsieur le proviseur...

– Comment cette histoire a-t-elle commencé ? me coupa-t-il.

Je relevai la tête et le regardai en face.

– Pardon ?

Il retira ses lunettes et se pinça l'arête du nez.

– Cette histoire entre mon neveu et vous. Comment est-ce que ça a commencé ?

J'avalai ma salive, la gorge serrée, me demandant quel degré de vérité je devais révéler. Puis je me dis que cela n'avait aucune importance. La vérité, c'était tout ce dont je disposais et quelle que soit la façon de présenter les choses, le résultat serait le même de toute façon.

Donc je lui racontai l'histoire en entier.

– Nous nous sommes rencontrés au cours d'une fête étudiante avant que je commence mon stage ici. Nous...

Je marquai une pause, un peu gênée.

– Nous nous sommes rapprochés.

– Vous avez couché avec lui, dit-il sèchement.

Je fis oui de la tête.

– Oui, Monsieur.

Il plissa le front et croisa les mains.

– Et ensuite vous êtes venue ici et vous avez découvert qu'il était élève dans ce lycée.

– Oui. C'est exactement ça.

– Et donc, vous avez continué de faire ce que vous aviez fait dans cette fameuse fête.

Je secouai la tête.

– Non. Pas du tout. Pendant très longtemps, j'ai maintenu des frontières à ne pas franchir avec lui. Nos relations étaient strictement professionnelles et puis, ensuite, eh bien, je... ben... il... nous...

Je me mis à bégayer. Incapable de démêler mes pensées confuses. Avant que je ne prononce une syllabe de plus, la porte du bureau s'ouvrit à toute volée et Milo entra en trombe dans la pièce, claquant la porte derrière lui.

– Elle n'y est pour rien, aboya-t-il, rageur.

Ou peut-être n'était-ce pas de la rage mais plutôt la peur de ce qui pourrait m'arriver. Ça aussi, ça me faisait culpabiliser, l'idée que Milo s'inquiète pour moi alors que son propre univers était au bord de la destruction.

– Milo, je ne t'ai pas invité à participer à cette réunion, dit Monsieur Gallo.

Une veine saillait dans son cou, ce qui me rendit encore plus nerveuse en constatant l'intensité de sa colère.

– J'en ai rien à foutre, West. Allez, tu sais que c'est des conneries, cria Milo. Elle fait trop bien son travail pour être sanctionnée pour...

– Pour quoi ? intervint le proviseur d'une voix basse mais ferme. Pour s'être envoyée en l'air avec un élève.

Avec mon neveu ? Tu n'es pas sérieux, là, Milo ? J'ai des responsabilités, et je te prie de sortir immédiatement de mon bureau et me laisser faire mon travail.

– Elle m'a sauvé, bredouilla Milo.

Il fixa son oncle, les yeux embués par l'émotion, se mettant à nu, là dans ce bureau. Il était à vif et authentique lorsqu'il reprit la parole.

– Je voulais quitter ce monde, avoua-t-il. Je ne voulais plus vivre. Je me laissais mourir, Weston, et elle m'a redonné goût à la vie. Elle m'a sauvé la vie, putain. Alors est-ce que tu pourrais ne pas lui faire ça ? Ne pas détruire sa vie parce qu'elle a choisi de sauver la mienne.

– Milo, sors de ce bureau, ordonna Monsieur Gallo.

Milo ne bougea pas d'un pouce.

– Non.

– Milo. Sors. Immédiatement, répéta-t-il.

– Non.

– Mi...

– J'ai tout perdu, dit Milo d'une voix qui se brisa. J'ai tout perdu, West. Je ne pourrai pas supporter ça, d'accord ? S'il te plaît. Je ne peux pas la perdre, elle aussi.

Mon cœur se brisa en mille morceaux en écoutant l'homme que j'aimais.

J'allais poser la main sur le bras de Milo, mais je m'arrêtai net en voyant le regard du proviseur suivre le mien. Je ne le touchai pas. Je n'avais pas le droit.

– S'il te plaît, Milo, sors, murmurai-je d'une voix brisée. S'il te plaît. Tout va s'arranger.

Milo me regarda, l'air de ne pas comprendre. Je lui étais reconnaissante de monter au créneau pour moi à ce moment-là, mais je savais que je devais assumer mes actes seule. La vie est faite de choix. J'avais fait mon lit, je devais m'y coucher. Je ne pouvais pas laisser Milo se coucher à côté de moi dans les décombres de ce que j'avais fait.

Il cligna des yeux plusieurs fois en me regardant avant de se tourner vers son oncle.

– Si tu détruis sa vie, je ne te le pardonnerai jamais.

– Ce n'est pas de sa faute, Milo. Il ne faut pas lui en vouloir, dis-je.

Milo savait que ce n'était pas la faute de son oncle et je me dis que c'était ce qui le peinait le plus. Lui et moi avions fait des choix. Nous avions pris des décisions que nous n'aurions pas dû prendre. Maintenant, nous devions en assumer les conséquences. On ne pouvait blâmer personne à part nous-mêmes.

Après qu'il eut quitté la pièce en refermant la porte, le proviseur Gallo se tassa un peu dans son fauteuil en se pinçant l'arête du nez.

– Il n'aurait jamais dû être présent. Ce problème était censé se régler entre vous et moi, Mademoiselle Evans.

– Je sais, mais il est venu parce qu'il savait que j'étais ici, murmurai-je, les yeux baissés sur mes mains tremblantes. Il est venu pour prendre ma défense.

Cette constatation s'installa en moi alors que j'étais assise dans ce fauteuil en face de l'homme qui tenait le devenir de ma carrière entre ses mains.

Le proviseur Gallo garda le silence un moment. Son regard était lourd d'émotions et j'étais incapable de connaître la nature de ses pensées. Je me demandais le chemin que suivait son esprit et ce qu'il allait me dire.

Tout ce que je savais, c'était que lui aussi traversait les étapes du deuil tout en essayant de savoir quelle était la bonne conduite à adopter. Il était dévasté, tout comme son neveu.

– Je suis désolée, lui dis-je en secouant légèrement la tête. Je suis désolée pour tout cela. Je vous le dis du plus profond du cœur, Monsieur le proviseur. Je suis sincèrement désolée.

Il se racla la gorge, évitant toujours de me regarder.

– Peut-être devrions-nous poursuivre cette conversation la semaine prochaine. D'ici là, je vous demande de ne plus reparaître au lycée. Je vous contacterai quand j'aurai pris une décision. Je vous prie aussi de vous tenir à l'écart de mon neveu. Sa vie est suffisamment compliquée comme ça. Votre implication ne ferait qu'aggraver les choses, croyez-moi.

J'entendais ce qu'il me disait, mais mon cœur refusait d'écouter. Parce que, au plus fort de la tempête, Milo était accouru pour me soutenir. Quel genre de monstre serais-je si je n'en faisais pas autant pour lui ?

– Je ne cesserai pas de le voir, avouai-je.

Le proviseur haussa un sourcil.

– Pardon ?

– Je sais ce que vous devez penser, Monsieur le proviseur. Je sais que cela doit vous paraître contraire à toute éthique professionnelle, et que vous devez me prendre pour un être abominable, mais je suis amoureuse de votre neveu, et la seule chose qui m'importe, c'est qu'il ne soit pas seul. Je vais arrêter mes études pour devenir enseignante. Je vais changer d'orientation puisque j'ai prouvé que je n'avais pas la stature morale pour exercer cette profession. Mais je ne regrette pas une seconde ce qui s'est passé entre Milo et moi...

– Starlet...

– Attendez, laissez-moi finir. Je sais que vous êtes là pour me dire en quoi tout ça est mal et en quoi j'ai merdé, et je veux que vous sachiez que je suis consciente de tout ça. Je comprends et je reconnais ma faute, mais Milo compte plus que tout pour moi. Personne n'a jamais autant compté pour moi, et je ne peux pas le quitter. Je ne peux pas le laisser partir. Il est ce qu'il y a de mieux dans ma vie. Même lorsqu'il est triste et brisé, il est quand même ce qu'il y a de mieux. Et je veux être ça pour lui aussi. Je veux être ce qui est bien pour lui. Alors, allez-y. Dites-moi quel être abominable je suis. Dites-moi que je me suis révélée sous un jour honteux... mais sachez que ce qu'il y a entre lui et moi est vrai. C'est le genre d'amour le plus authentique que j'aie jamais éprouvé, et je ne m'excuserai jamais d'éprouver ce sentiment.

Monsieur Gallo fronça les sourcils.

– Vous avez fini, maintenant, Starlet ?

Je hochai la tête.

– Oui, je pense que oui.

Il déchaussa ses lunettes et se renfonça dans son fauteuil.

– Bien. Maintenant à mon tour.

Il me regarda d'un air autoritaire et au moment où il ouvrait la bouche, ma peur de ce qu'il allait dire devint de plus en plus grande. C'est alors qu'il dit :

– Restez.

– Pardon ?

– Comprenez bien que ce n'est pas moi en tant que proviseur de ce lycée qui parle. C'est moi en tant qu'oncle. Cela fait quarante ans que je suis marié avec ma femme. Bien avant que vous et Milo soyez nés. Les parents de Milo ont été mariés pendant une quarantaine d'années. Ma sœur Ana et moi avons tous les deux vécu des histoires d'amour mémorables avec nos âmes sœurs. Des histoires d'amour dignes d'être portées au cinéma. Je n'ai pas compris la première fois que je vous ai vus ensemble, tous les deux. Et même, je n'ai probablement pas compris jusqu'à ce que vous me disiez non. Peut-être que je ne comprends toujours pas, mais je l'ai vu, Starlet. J'ai vu ce qu'il y a entre vous, et donc je vous demande de rester. Mon neveu est dévasté et pendant plus d'un an je n'ai pas réussi à trouver le moyen de l'aider. Rien ne semblait marcher et j'étais à bout de ressources. Puis vous êtes apparue et tout a commencé à changer. Il était plus gai lorsqu'il venait dans mon bureau. Il riait, il souriait. J'avais perdu l'espoir de le voir faire ça de nouveau. Aujourd'hui, je me rends compte pourquoi il avait recommencé. C'était grâce à vous. Vous avez ramené Milo à la vie, Starlet. Donc s'il vous plaît... restez avec lui. Vous lui sauvez la vie.

Je pris une profonde inspiration et la relâchai lentement.

– Je pense qu'il me sauve la vie aussi.

– J'espère que vous comprendrez qu'il m'est impossible de vous autoriser à continuer à enseigner dans ce lycée. Si cela venait aux oreilles de quiconque que Milo et vous...

Je hochai la tête.

– Je comprends.
– Mais je ne ferai pas de rapport. Nous trouverons une explication au fait que votre stage a pris fin.
– Merci, Monsieur le proviseur.
– Non. C'est moi qui vous remercie, Starlet.

* * *

PLUS TARD DANS LA SOIRÉE, je me pointai chez Milo avec mon sac de voyage à la main. Lorsque je sonnai à sa porte, mon cœur battait la chamade. Alors que j'attendais qu'il vienne ouvrir, mon esprit tournait à toute vitesse et pourtant, à l'instant où il le fit, dès qu'il ouvrit la porte et se tint devant moi, tout se mit à ralentir.

J'avais trouvé mon assise.

J'avais trouvé ma paix.

Il s'appuya contre le montant de la porte. Il avait les yeux rougis et paraissait exténué.
– Salut.
– Salut.

J'esquissai un sourire.
– Ça va ?

Il renifla un peu, ébaucha un sourire forcé et hocha la tête.
– Ça va.

Je me jetai dans ses bras et il me serra fort, aussi fort qu'il pouvait. Je refusais de le lâcher, moi aussi. Je resterais dans ses bras aussi longtemps qu'il en aurait besoin.
– Ça va, répéta-t-il en posant son menton sur le sommet de mon crâne.

Ça va.

33

STARLET

MON UNIVERS AVAIT ÉTÉ COMPLÈTEMENT CHAMBOULÉ, et jamais je ne m'étais sentie aussi paumée. Je savais que j'avais besoin qu'on m'aide à remettre ma vie sur ses rails, mais je n'étais pas certaine que ces rails soient toujours ceux qui me convenaient.

– Je ne sais plus ce que je vais faire de ma vie, dis-je en m'asseyant en face de ma conseillère d'orientation à la fac. J'ai l'impression de ne plus savoir qui je suis.

Une semaine s'était écoulée depuis que le proviseur Gallo avait découvert ma relation avec Milo, une semaine depuis que le père de Milo était entré en désintox.

Au cours de cette semaine, toute mon énergie avait été accaparée par les rendez-vous de Milo et le soutien que je pouvais lui apporter. Par moments, j'avais l'impression qu'il se voyait comme un boulet, mais je ne voulais pas qu'il pense ça. C'était bien de pouvoir enfin être ouvertement présente pour lui. Mais je mentirais si je disais que le désir de l'aider n'était pas un bon prétexte pour éviter mes propres problèmes.

Il était temps que je m'interroge sur ce sentiment que j'avais depuis quelque temps d'être complètement paumée, et le fait de l'exprimer à voix haute, c'était comme si enfin je relâchais un souffle que je retenais depuis des mois.

Madame Marvin était ma conseillère d'orientation depuis plusieurs années, mais c'était la première fois que je venais dans son bureau. J'avais dû fouiller dans mes papiers pour retrouver son nom. Je n'avais jamais eu besoin de conseils pour mes choix de vie jusqu'à aujourd'hui, parce que j'étais absolument convaincue d'être sur la bonne voie. À l'évidence, cela faisait quelque temps que je me fourvoyais.

– Ce n'est pas grave, dit Madame Marvin en me souriant comme si je ne venais pas de lui dire que j'étais en pleine crise existentielle.

Je haussai les sourcils.

– Vous n'avez pas entendu ce que je vous ai dit ? J'ai dit que je ne sais pas ce que je vais faire de ma vie.

– Oui, j'ai bien entendu. Et ce n'est pas grave. Vous êtes jeune et vous vous avez tout le temps d'apprendre à vous connaître, Starlet. Vous n'êtes pas obligée d'avoir déjà planifié toute votre vie.

– Je suis en deuxième année. Je n'ai plus qu'une année de fac à faire. Sans vouloir vous contredire, j'ai impression que l'horloge tourne de plus en plus vite.

Elle continuait de sourire. Je trouvais ça un peu agaçant.

– J'ai jeté un coup d'œil à votre dossier, Starlet, et il en ressort que vous êtes une très bonne étudiante. Vous avez d'excellents résultats...

– Oui, enfin j'ai eu C à un devoir ce semestre.

– Certains étudiants qui viennent dans mon bureau sont absolument extatiques parce qu'ils ont C à leurs devoirs.

Je soupirai.

– Vous savez, le plus dingue dans tout ça, c'est que je m'en suis fichue d'avoir C. C'était plutôt agréable de ne pas avoir à être parfaite pour une fois.

Je gémis et me passai les mains sur le visage.

– Qu'est-ce qui m'arrive ?

– Le burn out. Ça arrive aux meilleurs d'entre nous. Le problème pour vous les étudiants, c'est qu'on vous met tellement la pression pour que dès l'âge de dix-huit ans votre voie soit toute tracée. C'est une idée folle, si je puis me permettre. Vous seriez étonnée si je vous disais le nombre de personnes qui viennent me voir en première année en pensant qu'ils veulent une chose et qui terminent leur dernière année avec un projet de vie totalement différent.

– Quels conseils leur donnez-vous ?

– Bifurquez. Changez de direction. Absolument rien ne l'interdit.

– Mais ce n'est pas trop tard ?

– Certains étudiants viennent me voir un semestre avant leur diplôme. Il n'est jamais trop tard pour changer de vie. C'est la chose la plus courageuse qu'on puisse faire. Donc, vous Starlet, qu'est-ce que vous voulez ?

– C'est bien ça le problème. Je ne sais pas. Je n'ai pas la moindre idée de ce que je veux.

– C'est super, justement, parce que ça veut dire que tout est possible. Je pense que c'est le bon moment d'essayer différentes choses nouvelles ou de dresser une liste des choses qui vous intéressent.

Je ne sais même pas ce qui m'intéresse.

J'avais l'impression que ma vie était une toile vierge et que je ne savais pas peindre.

– Je vais vous donner un petit devoir à faire, dit Madame Marvin.

Je me redressai. Ça, c'était bien. Les devoirs, c'était mon truc, si on oubliait ce fichu C.

– Je veux que vous fassiez une liste de quinze choses que vous aimez. Quinze choses qui vous rendent heureuse. Puis je veux que vous reveniez me voir.

– Oh, ça, c'est facile. D'accord. Ça, je peux le faire.

Quinze choses qui me rendent heureuse ? Ça serait une promenade de santé.

– Je vous apporte ça la semaine prochaine, lui dis-je, sûre de moi.

* * *

ATTENTION JE SPOILE : lister quinze choses qui me rendaient heureuse n'était pas une promenade de santé. Je fixais la page de mon carnet sur laquelle j'avais écrit les chiffres un à quinze sans parvenir à aller plus loin. La seule chose qui me sauva du désespoir devant ma liste inexistante fut l'appel de Whitney me proposant d'aller déjeuner avec elle.

Je n'étais pas beaucoup retournée dans notre chambre à la résidence universitaire et j'avais besoin de passer du temps avec une amie. Whitney ne me fit aucun reproche. Elle semblait heureuse de me voir. Je n'en revenais pas de constater son air ébahi après que je l'avais mise au courant des tout derniers rebondissements de ma vie.

– Eh ben, on peut dire que tu n'es plus du tout Cheerios, souffla-t-elle. Qu'est-ce que tu vas faire ?

Je secouai la tête.

– Je n'en sais rien. La conseillère dit qu'il y a beaucoup de gens qui changent d'orientation en cours de route. Avec mon diplôme en communication, je pourrais trouver du boulot dans un domaine différent. Et puis, j'ai deux sujets mineurs.

– J'imagine que ton travail acharné a porté ses fruits, dit-elle en rigolant.

Puis elle fronça les sourcils.

– Tu envisages sérieusement de laisser tomber ta carrière d'enseignante pour ce mec ?

– Il ne s'agit pas que de Milo, avouai-je en me mordillant les ongles. Je pense que ça a de moins en moins à voir avec lui et de plus en plus avec moi. Je me suis embarquée là-dedans simplement parce que je voulais que ma mère soit fière de moi. Et bien sûr, peut-être qu'en fin de compte j'ai toujours envie d'enseigner, mais je n'ai pas les idées claires en ce moment, je ne suis pas certaine d'être capable de faire les bons choix. Je ne sais pas ce que j'aime ni ce que je n'aime pas. Tout ce que je sais, c'est que je suis douée pour apprendre. Je suis une étudiante brillante, mais ça ne veut pas dire que cela me rend heureuse. Pour la première fois de ma vie, je veux être heureuse, Whit.

– C'est aussi ce que je veux pour toi, Star. Mais c'est marrant. J'aurais pensé que j'étais celle qui traverserait cette période de doute bien avant toi.

Je ricanai.

– Je suis pleine de surprises cette année.

– Les choses qu'on fait par amour... dit-elle en plaisantant à demi.

– Tu penses que je suis folle.

– Oui.

Elle tendit le bras par-dessus la table et me prit la main.

– Mais je pense aussi que toutes les femmes les plus puissantes du monde ont dû être un peu folles pour obtenir ce qu'elles voulaient. Tu es courageuse, Star. Et par ailleurs, même si tout ça t'explose à la figure et que ta vie part en vrille, ça te fera une bonne histoire à raconter dans les maisons de retraite un jour.

Je me triturai les doigts tout en me renfonçant sur ma chaise.

– Whit, tu crois que tu pourrais citer quinze choses que tu adores faire ?

– Quinze ? (Elle me renvoya dans mes buts d'un revers de main.) Je t'en cite trente sans problème.

À la fin du repas, elle en avait cité quarante-deux.

34

MILO

À PARTIR DE CE MOMENT, Starlet et moi passâmes le plus clair de notre temps ensemble. On se douchait ensemble, on faisait la cuisine ensemble et on regardait des films ensemble. On écoutait les mêmes audiolivres avant de dormir. C'était comme si nos univers fusionnaient comme nous l'avions espéré. Mais j'avais le sentiment que quelque chose clochait. Je la sentais distante, ce qui me perturbait.

Un soir après que j'avais terminé mes devoirs, nous prîmes une douche ensemble avant d'enfiler une tenue confortable pour traîner.

– Il faut que tu manges. Je peux préparer quelque chose ou commander un truc, dit Starlet en regardant dans le frigo alors que je l'observais, assis sur un tabouret devant l'îlot central.

Elle portait un de mes sweats extra-larges et la seule chose à laquelle je pensais, c'était à quel point je l'aimais.

– Je n'ai pas très faim.

– Il faut quand même que tu manges. C'est important de manger. Je vais appeler...

– Hé...

Elle se tourna vers moi et ses épaules s'affaissèrent.

– Hé.

– Viens là.

Elle vint vers moi et s'avança entre mes jambes. Je la pris dans mes bras.

– Tu vas bien ?

– Ouais, ça va. Tout va bien. Je veux juste...

– Star.

Ses yeux s'embuèrent. Elle secoua la tête.

– C'est simplement que je réfléchis à des trucs dans ma tête.

– Tu veux y réfléchir à voix haute avec moi ?

– Non, ça va. Je ne veux pas rajouter plus de pression à ta vie.

Je haussai les sourcils.

– Là, pour le coup, tu m'inquiètes. Qu'est-ce qui ne va pas ?

Des émotions brillèrent dans ses yeux, mais elle cligna des paupières pour les faire disparaître. C'était tout à fait contraire à ce que je connaissais d'elle depuis le début. Starlet ne dissimulait jamais ses émotions. C'était l'une des nombreuses choses que j'adorais chez elle.

– Star, murmurai-je en effleurant ses lèvres des miennes. Parle-moi.

– D'accord. Bientôt. Mais pas ce soir, si tu veux bien. J'ai besoin de réfléchir avant.

– J'ai fait quelque chose de mal ?

Elle ouvrit de grands yeux en secouant la tête.

– Non. Bien sûr que non. Sincèrement, tu es la seule chose qui ait vraiment du sens dans mon univers en ce moment.

– Bon, ben, lorsque tu seras disposée à parler, je serai là pour t'écouter.

Je l'embrassai sur la joue.

– Mais en attendant, sache seulement que tout va s'arranger.

Elle pointa sur moi un index accusateur.

– Comment oses-tu retourner ces mots contre moi ?

– Désolé, Prof. Tu n'aurais jamais dû me les apprendre.

Elle baissa légèrement la tête.

– J'imagine que tu peux laisser tomber le mot Prof. Ce n'est pas une chose que je vois se réaliser dans un avenir proche.

Je haussai un sourcil.

– Qu'est-ce que tu veux dire ?

– Rien. Rien du tout. Je m'interroge sur certaines choses, c'est tout.

– Weston a été dur avec toi ?

Elle plissa les yeux et secoua la tête.

– Non. Plutôt l'inverse, en fait.

– Qu'est-ce qu'il t'a dit ?

– Il m'a dit de rester.

Cela fit manquer un battement ou deux à mon cœur éclopé. J'appuyai mon front contre le sien.

Bon Dieu, ce que j'étais content qu'elle soit restée.

Du moins, c'était ce que j'avais ressenti au début. À mesure que le temps passait, Starlet était restée près de moi, bien que je lui aie dit que ce n'était pas un problème qu'elle retourne à sa vie, à son monde. Je faisais régulièrement mes devoirs. Je ne pouvais pas en dire autant de Starlet.

Elle semblait tellement préoccupée par mon état moral qu'elle était prête à sacrifier ses propres études. Chaque fois que j'évoquais sa situation en tant qu'enseignante, elle me disait que tout allait bien, qu'elle s'en occupait. Elle me disait de ne pas m'inquiéter pour elle, ce qui était pratiquement impossible. Le dimanche, jour où normalement elle allait voir son père, elle restait et je ne pouvais m'empêcher de penser que c'était parce qu'elle culpabilisait. Je savais que mes valises étaient lourdes, mais je n'avais jamais demandé à Starlet de les porter.

Normalement, quand j'allais à la thérapie de groupe, je faisais plutôt partie de ceux qui écoutaient. Je n'étais pas du genre à prendre la parole pour exprimer mes problèmes. C'est peut-être pour cela que je mettais si longtemps à les régler. Mais cet après-midi-là, j'eus la sensation que le fait de m'exprimer pourrait non seulement m'aider, moi, mais aider aussi la personne qui comptait le plus pour moi.

Assis sur ma chaise métallique, j'avais un nœud dans l'estomac quand vint mon tour de partager mon expérience.

– Je pense que ma petite amie me consacre trop de son temps, avouai-je.

– Peux-tu développer cette pensée, Milo, dit Tracy. Aller un peu plus loin sans cette réflexion ?

Je me massai la nuque.

– En ce moment, mon père est dans une clinique de désintoxication. Il va y passer un petit moment, donc ma petite amie est venue s'installer temporairement chez moi pour que je ne reste pas seul. Ne vous méprenez pas, je l'aime. J'aime qu'elle soit là avec moi, mais... elle donne trop. Mes problèmes de vue la préoccupent plus que moi. Elle a évoqué cette nouvelle technologie pour m'aider à lire alors que je n'en suis pas encore à ce stade. Et pendant qu'elle fait tout ça, elle s'oublie elle-même. Elle est tellement concentrée sur moi qu'elle ne prend plus suffisamment soin d'elle-même.

– J'ai connu ça, dit une autre personne du nom de Greg.

Il était beaucoup plus silencieux que les autres, mais il contribuait à la discussion dès qu'il le jugeait opportun. D'après ce que je comprenais, ce n'était pas le type le plus positif du groupe.

– Elle va donner et donner jusqu'à ce qu'elle n'en puisse plus, et alors elle t'en voudra.

– Non. Elle n'est pas du tout comme ça.

– C'est ce que tu penses maintenant. Mais attends, tu vas voir, rétorqua-t-il amèrement.

Et moi qui pensais que c'était Henry le grincheux du groupe.

– Greg, faisons en sorte de ne pas projeter nos situations sur les autres. L'histoire de Milo n'est pas ton histoire, insista Tracy.

Greg grommela.

– D'accord, mais ne vous en prenez pas à moi lorsqu'on verra que j'avais raison.

– Oh, ferme-la, s'il te plaît, espèce d'oiseau de mauvais augure, gronda Henry.

Au moins mon grincheux préféré était de mon côté. Henry se racla la gorge.

– Ce que Milo veut dire, et dites-moi si je me trompe, c'est qu'il a l'impression d'être un boulet pour elle.

Je hochai la tête.

– Oui, c'est exactement ça. Je sais que je suis embarqué sur un chemin long et lent. Cela va peut-être mettre des années avant que je sois officiellement considéré comme malvoyant et même encore plus longtemps avant que je perde totalement la vue. Si elle est déjà aussi hyper concentrée sur moi, alors à quoi va ressembler le reste de sa vie ? Que va devenir son univers quand je vais avoir encore plus besoin d'elle matériellement ? Ou si ma santé mentale se détériore ? Il y aura des jours où je ne pourrai pas faire semblant d'être heureux. Je culpabilise déjà quand je traverse des mauvais jours, parce que cela la rend triste et que j'ai horreur qu'elle soit triste à cause de moi.

– Cela fait partie du chemin, expliqua Tracy. C'est ce qui le rend difficile et ardu. Parce que nous avons droit à l'amour sous toutes ses formes, comme tout le monde. Et puis, c'est une pente glissante de savoir à partir de quand on en demande trop à une personne. Combien est-on prêt à faire peser sur les épaules de l'autre ?

– Je ne veux pas qu'elle perde son temps à cause de moi.

– Alors, sois un homme et quitte-la, dit Greg.

– Greg, je te jure que je vais te flanquer mon poing dans la gueule pour te faire taire, cria Bobby.

– Bobby, personne ne met son poing dans la gueule de personne, gronda Tracy.

– Pourtant certaines personnes le mériteraient, protesta Bobby.

– Il n'a pas tort, marmonna Henry.

J'esquissai un sourire, mais le nœud dans mon estomac était toujours là.

– Arrêtez d'essayer de lui dorer la pilule. Vous savez que j'ai raison, ronchonna Greg. Dans vingt ans, ils regarderont en arrière et seront tous les deux très malheureux.

C'était ma plus grande peur. Je ne voulais pas être une source de regrets pour Starlet.

Après la réunion, tout le monde se dit au revoir. Henry et Bobby m'interpellèrent pour m'inviter à aller manger une glace le dimanche suivant.

– Vous vous fréquentez en dehors des réunions, tous les deux ? demandai-je, quelque peu étonné.

– Ben, c'est mon grand-père, après tout, dit Bobby.

– Grand-père par alliance, corrigea Henry. Sa mère a épousé mon fils il y a quelques années. Ils se sont rencontrés à une des fêtes organisées par le groupe où les familles sont invitées. Et maintenant, je vais devoir me coltiner ce gamin jusqu'à la fin de mes jours. Bref, on va manger une glace chez Taylor, le glacier, tous les dimanches à midi. Si tu veux nous accompagner, tu es le bienvenu.

– Ce sera avec plaisir, merci.

– Et aussi, Milo ? N'attache pas trop d'importance à ce qu'a dit Greg. Il peut être un vrai crétin. Et je sais de quoi je parle vu qu'il n'y a pas plus crétin que moi.

– Ouais, merci.

J'entendais ce que disait Henry, mais les paroles de Greg résonnaient plus fort ce soir-là. Je sortis de l'immeuble et trouvai Starlet qui m'attendait dans sa Jeep.

Je m'assis dans la voiture à côté d'elle et elle sourit. J'aurais aimé qu'elle ne le fasse pas. Cela rendait les choses plus difficiles.

– Salut, la réunion s'est bien passée ?

– Oui, très bien.

Je mentais et je m'en voulais.

– Tant mieux. En t'attendant, j'ai regardé différentes applications qui pourraient t'être utiles.

Je haussai un sourcil.

– Je croyais que tu avais du boulot pour la fac.

Elle haussa les épaules.

– Je le ferai plus tard.

Cela suffit à me faire basculer au-delà d'une limite dont Starlet ignorait tout.

Ce soir-là, on veilla très tard en regardant encore un autre film, mais j'avais l'esprit trop absorbé par autre chose pour y prêter attention.

– On devrait aller se coucher, dis-je en me levant du canapé.

Elle me tendit les bras et je la soulevai pour la transporter dans la chambre et l'allonger sur le lit. Elle m'attira vers elle et m'embrassa. D'abord lentement, puis plus intensément, comme si c'était le dernier baiser que nous échangerions.

Elle commença à me déshabiller, et je la laissai faire. Elle se mit à sucer le lobe de mon oreille, puis à lécher mon cou, et cela me fit plaisir. J'avais envie d'elle ce soir-là. Probablement plus que j'avais jamais eu envie d'elle.

– J'éteins la lumière ? demanda-t-elle.

Je fis non de la tête.

– On peut la laisser allumée ? J'ai envie de te voir entièrement. La moindre parcelle, la moindre courbe de ton corps.

Cette fois-là, lorsque nous avons couché ensemble, ce fut différent de toutes les autres fois. Cette nuit-là, nous avons fait l'amour. Je n'avais jamais fait l'amour avant elle, et je savais que je ne le ferais jamais avec quelqu'un d'autre. L'amour était une notion tellement nouvelle pour moi. Je ne m'attendais pas à ce que son amour voyage dans tellement de recoins de mon univers. Son amour vivait à l'intérieur des petits moments. Les petits moments de calme. Le calme après les violentes tempêtes. Je le trouvai dans ses douces embrassades et ses lents baisers. Sur ma peau appuyée contre la sienne. Dans les caresses indulgentes de nos âmes. Dans ses yeux, et je savais qu'il était aussi dans les miens.

Le véritable amour.

Je considérai chacun des mouvements qu'elle avait faits contre moi ce soir-là.

À ce moment-là, j'aurais dû ne ressentir qu'une intense félicité. J'aurais dû trouver de la consolation dans le fait que la forme la plus authentique de l'amour était allongée contre moi. En regardant dans les yeux de Starlet, je vis l'éternité. Je vis mon cœur et comment il allait pour toujours partir en lambeaux avec le sien.

Cette prise de conscience me terrorisa. Parce que la seule chose que je savais de l'amour, du véritable amour, c'était qu'il pouvait briser une personne. Une personne pouvait se détruire et se perdre dans cet amour. Mon père aimait ma mère, et puis elle avait disparu. Lorsqu'elle nous avait quittés, une partie de lui était morte avec elle. Je voyais ça se produire chez Starlet, aussi, avec ses rêves et ses ambitions. Elle les laissait mourir au nom de l'amour. Tout ça à cause de moi.

Ce qu'il y a de plus triste dans le véritable amour, c'est qu'au bout du compte il ne peut mener qu'à un véritable chagrin d'amour.

Alors que nous faisions l'amour, ses beaux yeux bruns plongés droit dans les miens, je l'éprouvai dans ma poitrine, ce chagrin. La douleur qui viendrait un jour s'y loger. La souffrance qui se développerait un jour soit dans mon âme soit dans la sienne. Parce que même s'il est véritable, l'amour ne peut jamais gagner contre la mort.

Alors que mon esprit aurait dû choisir de vivre l'instant présent, de s'épanouir dans les minutes, les secondes passées avec Starlet, je ne pouvais pas le permettre.

Mon cœur se brisait parce que je l'aimais tellement.

Mon âme souffrait parce qu'un jour viendrait où notre amour aurait une fin.

J'en avais tellement assez des fins. Les fins m'empêchaient à jamais de vouloir recommencer quelque chose.

Je tournai légèrement la tête vers elle et je fermai les yeux. Je sentis des larmes me monter aux paupières alors que j'essayais de ralentir mon esprit. Pour ne pas laisser mes peurs, mon angoisse, ma panique prendre le pas sur une chose censée être si belle.

Je t'emmerde, Milo, me dis-je à moi-même.

J'emmerde mon cerveau dérangé et son incapacité à vivre tranquillement dans l'instant.

– Hé, murmura-t-elle en posant la main sur ma joue. Regarde-moi.

J'hésitai à tourner la tête parce que je savais que si je croisais son regard, mes larmes allaient couler. Je savais que cela allait tout changer parce que j'étais sur le point de tout gâcher. J'étais sur le point de prendre un avion qui avait bien décollé et de le faire s'écraser.

– Milo, s'il te plaît...

Je soupirai, vaincu par la douceur de sa voix et la délicatesse de sa caresse sur mon visage. Mes larmes roulèrent sans prévenir. Je me tournai vers elle, les yeux brillant d'émotions que j'étais incapable de déchiffrer.

Pourtant, elle ne parut ni déconcertée ni critique. Son visage était empreint de douceur. Elle posa ses lèvres sur les miennes et m'embrassa.

– Je t'aime, dit-elle sur ma bouche. Je t'aime tellement.

Elle le voyait, elle aussi – l'amour.

– Je t'aime, répéta-t-elle encore et encore...

Je l'embrassai plus fort, mes larmes roulant sur ses joues. Ses belles joues, ses fossettes profondes et ses yeux emplis d'amour. Elle m'embrassa avec amour et je l'embrassai de même. Son amour était comme de la poésie pour mon esprit inculte. Il semblait naturel et infini. Je me demandai à quoi mon amour ressemblait pour elle. Était-il doux ? Était-il délicat ? Était-il brut et libre ?

Était-il vénéneux ? Faisait-il souffrir ?

Nous avons fait l'amour cette nuit-là.

Le seul problème ?

Elle m'a fait l'amour comme s'il allait durer éternellement.

Je lui fis l'amour comme s'il allait finir au petit matin parce que c'était ce qui allait se passer.

Quand viendrait le lever du soleil, je ferais mes adieux.

Puisque l'amour ne pouvait pas durer éternellement, alors nous n'aurions pas d'autres nuits.

35

STARLET

LE LENDEMAIN MATIN, je me réveillai dans le lit de Milo et je tendis le bras pour poser la main sur sa poitrine comme je l'avais fait les jours précédents. Ne le trouvant pas dans le lit, je me redressai et regardai autour de la chambre. Il était debout, vêtu seulement de son pantalon de jogging gris, torse nu, regardant par la fenêtre, un mug de café à la main.

– Bonjour, dis-je en bâillant et en me frottant les yeux.

Il se retourna et me regarda en esquissant un sourire.

– B'jour.

– Il y a longtemps que tu es levé ?

– Pas tellement. J'avais besoin de boire un café.

Je jetai un coup d'œil à ma montre.

– Oh il est plus tard que je ne le pensais. On devrait y aller si on veut voir le soleil se lever. Je m'habille en vitesse et...

– Je t'aime, Starlet.

Il dit ça d'une voix si calme et assurée que mon cœur se mit à faire des bonds.

– Tu le sais ? Tu sais que je t'aime, hein ?

– Bien sûr que je le sais.

Il vint vers moi et posa sa tasse de café sur la table de nuit. Puis il posa la main sur ma nuque et attira mon visage pour m'embrasser. Il m'embrassa longuement, intensément, plus intensément qu'il ne l'avait fait depuis un moment. Je sentis les vibrations de son baiser dans tout mon organisme, ce qui m'ébranla. C'était différent. Il y avait quelque chose qui clochait dans sa façon de m'embrasser. Je ne savais pas que les baisers pouvaient avoir un goût d'adieu avant qu'il pose ses lèvres sur les miennes.

Je m'écartai légèrement et plissai les yeux.

– Qu'est-ce qui se passe ?

– Rien. J'avais juste besoin de t'embrasser. C'est tout.

– Milo...

Il se redressa et me tendit la main.

– Allons voir le soleil se lever.

J'écartai sa main d'une petite tape.

– Non. C'était quoi, ça ?

– Quoi ?

Mon cœur s'emballa et je portai les mains à ma poitrine comme si cela pouvait calmer ses battements affolés.

– Dis-moi ce qui se passe.

Il baissa la tête, et mon cœur s'arrêta lorsqu'il me dit :

– Star, je te trouve formidable...

– Non...

Je secouai la tête.

– Qu'est-ce que tu fais ?

Il se frotta la nuque.

– J'ai seulement l'impression que nous... avec tout ce qui m'arrive en ce moment, je ne pense pas que nous devrions...

Il laissait toutes ses phrases en suspens, donc je pris la décision de les terminer pour lui.

– Est-ce que tu es en train de me quitter ? demandai-je d'une voix tremblante, l'angoisse remontant de mon estomac jusqu'à ma gorge.

Une nausée s'abattit sur mon système nerveux, bouleversant tout mon univers sur son passage.

Il gardait la tête baissée, les yeux cloués au sol au lieu de me regarder.

– Écoute...

– Non. Non. Si tu essayes de me dire que tu veux rompre, tu ne regardes pas le sol, Milo. Si tu t'apprêtes à rompre avec moi, regarde-moi dans les yeux et fais-le comme un adulte.

Je t'en supplie, ne lève pas les yeux. S'il te plaît, ne lève pas les yeux...

Il leva la tête.

Il me regarda droit dans les yeux.

Il me brisa le cœur.

– Je ne peux plus sortir avec toi, Starlet.

Il avait dit Starlet, pas Star.

Il avait employé mon nom entier. Pour la première fois depuis des semaines.

Je le ressentis comme une trahison à laquelle je n'étais pas préparée.

J'allais vomir. Tout dans ma tête se mit à tourner et j'eus la sensation que j'allais m'évanouir. Je sortis du lit, mais ma vue se brouilla. Qu'est-ce qu'il faisait ? Pourquoi disait-il ça ? C'était impossible qu'il me quitte comme ça. Pas après tout ce que nous avions traversé. Pas après tout ce que j'avais abandonné pour lui.

Je secouai la tête.

– J'ai tout abandonné pour ça. C'est ce que je veux. J'ai choisi de laisser tomber mon travail pour nous. J'abandonne ma carrière parce que c'est ça que je veux. Je te veux, toi. C'est pour nous. Tu ne peux pas nous faire ça, Mi. C'est notre première chance de faire exister réellement un nous, et tu ne peux pas tout envoyer promener, criai-je.

J'étais désorientée, blessée et brisée. Des mois auparavant, j'avais surpris mon ex-petit ami avec une autre et cela m'avait blessée. Pas seulement parce qu'il me trompait mais parce que cela avait porté un coup fatal à ma vie telle que je l'avais imaginée. Mais en y repensant aujourd'hui, je savais qu'il fallait que ça se passe comme ça, c'était logique. Sinon, je n'aurais jamais rencontré Milo. Or nous étions destinés l'un à l'autre. J'en étais sûre. Parce que dans le cas contraire, je n'éprouverais pas cette douleur insupportable qui me terrassait. Cela ne ferait pas si mal s'il n'était pas celui que le destin avait choisi pour moi.

Il fallait que Milo m'entende. Qu'il entende mes paroles, qu'il entende ma douleur.

– Je t'en prie, Mi... s'il te plaît. On est si bien ensemble.

Je pris ses mains dans les miennes pour qu'il sente mon contact. Il fallait qu'il sente ma chaleur, mon âme pénétrer la sienne.

Comment pouvait-il faire ça ? Comment pouvait-il me tourner le dos au moment où, enfin, nous avions la possibilité d'être qui nous voulions, de vivre comme nous le voulions – ensemble.

– Je sais, je sais, murmura-t-il en secouant la tête. Mais je pense que je ne te fais pas de bien, tout simplement.

– Pardon ? Tu penses que tu ne me fais pas de bien ? Mais bien sûr que si, tu me fais du bien. Tu es la meilleure chose qui me soit jamais arrivée.

– Tu ne te vois pas, Star. Moi, si, d'accord ? Je te vois. Je vois que tu envoies tout balader à cause de moi. Tu n'es plus toi-même. Tu ne fais plus ton travail pour la fac et tu n'assistes plus aux cours. La moitié du temps, tu te comportes comme si cela ne t'intéressait plus de devenir prof.

– Et alors ? C'est pas grave. Je ferai autre chose.

– Tu vois ce que je veux dire ? Tu n'as plus les idées claires. Tu es tellement obsédée par l'idée de tout faire pour que j'aille bien que tu oublies complètement ta propre vie.

J'ouvris la bouche pour répondre, mais j'étais trop perturbée pour aligner deux mots. J'avais l'impression de devenir folle là devant lui. Je ressentis une vague de honte me submerger parce que mes joues étaient inondées de larmes alors que, apparemment, lui n'était pas affecté aussi profondément que moi par les douleurs de la rupture. Il ne s'effondrait pas, contrairement à moi.

Espèce d'idiote, pensai-je pour moi-même.

Comment avais-je pu être aussi naïve ? J'avais cru que ce qu'il y avait entre nous était authentique, mais clairement, ces sentiments véritables étaient à sens unique et c'était moi qui pilotais le véhicule.

Il n'éprouvait pas pour moi ce que j'éprouvais pour lui. C'était impossible autrement. Si ça avait été le cas, il n'aurait pas pu me quitter si facilement.

– Tu m'as fait l'amour hier soir, Milo, criai-je en martelant sa poitrine. Tu m'as fait l'amour en sachant que tu allais me briser le cœur ce matin, c'est ça ?

Il ne répondit pas. Je le bousculai une deuxième fois.

– C'est ça ?

Sa voix se brisa.

– Starlet...

– Non ! criai-je en le bousculant encore. Et encore. Et encore.

Il se laissait faire comme s'il le méritait. Mes larmes coulaient de façon ininterrompue, la douleur était telle que mon corps était prêt à lâcher.

– Je suis désolé, murmura-t-il en saisissant mes poignets pour arrêter mes coups.

Je m'en fichais. Je ne voulais pas le frapper. Je voulais l'aimer. Je voulais qu'il m'aime en retour.

– Je suis vraiment désolé, Starlet, dit-il doucement.

Il avait employé mon nom entier une deuxième fois.

Il n'avait pas l'intention de le reprendre.

Il n'avait pas l'intention de changer d'avis.

Il ne voulait plus être avec moi, donc il me quittait.

Je dégageai mes poignets, prenant conscience que l'histoire que dans mon esprit nous venions enfin d'entamer ne serait pas un roman-fleuve. Nous n'étions rien de plus qu'une nouvelle. Il venait d'écrire la fin avant que nous n'ayons développé notre premier chapitre.

– Je t'en prie, ne fais pas ça, suppliai-je. Ne me rejette pas.

– J'espère qu'un jour tu comprendras mes raisons, plaida-t-il, ses yeux marron-vert plongés dans les profondeurs de mon âme.

Je le regardai droit dans les yeux moi aussi, espérant qu'il verrait à quel point il me faisait mal et comprendrait les paroles que j'étais sur le point de prononcer.

– Va te faire foutre, Milo Corti. J'espère ne plus jamais te revoir de ma vie.

* * *

J'ENTRAI DANS NOTRE CHAMBRE d'étudiante avec l'impression que mon cœur avait été arraché de ma poitrine. Je ne savais pas que l'amour était capable de faire ça... trancher la moindre bribe de l'âme d'un être tout en le laissant continuer à traverser la vie comme s'il n'était pas un mort vivant.

– Hé, salut ma coloc, dit Whitney depuis son lit en regardant par-dessus son épaule.

Enveloppée dans une couverture, elle regardait une émission de téléréalité qu'elle éteignit rapidement.

– Salut coloc, répondis-je en laissant tomber mes clés sur mon bureau.

Elle fronça les sourcils.

– Le cœur ?

– Brisé.

– Câlin ?

– Oui.

Elle m'ouvrit grand les bras. J'allai jusqu'à elle en traînant les pieds et m'écroulai dans ses bras. Whitney ne me posa pas d'autres questions. Elle ne me demanda pas ce qui n'avait pas marché entre Milo et moi. Elle ne chercha pas à savoir quelles dernières paroles nous avions échangées ni en quels termes nous nous étions quittés. Principalement parce qu'elle savait que rien de tout cela n'avait d'importance. Savoir ce qui s'était passé entre lui et moi n'aurait rien changé parce que deux faits incontestables demeuraient, Milo m'avait quittée et je l'avais laissé partir.

Maintenant nous devions tous les deux recoller les morceaux chacun de son côté.

Chacun de nous devait apprendre à vivre sans l'autre.

C'était un sentiment étrange – un jour Milo était un inconnu et le lendemain il constituait tout mon univers.

Je l'aimais et il m'aimait. Cela ne faisait aucun doute à mes yeux.

Et pourtant, nous avions dû laisser tomber.

J'imaginais que ce qu'on disait était vrai. L'amour ne suffit pas à faire durer une chose éternellement. Parfois la vie s'en mêlait. Demain je me ressaisirais. Demain je tenterais d'exister dans un monde dont il ne ferait plus partie.

Et pourtant ce soir, je pleurerais.

* * *

JE ME POINTAI AU SALON DE TATOUAGE sans avoir prévenu mon père. Lorsque je poussai la porte, toute la bande m'accueillit à grands cris, tout excités en me voyant. Mon père était au beau milieu d'une séance de tatouage et je dus attendre encore une heure avant qu'il vienne me rejoindre dans le hall d'entrée.

À l'instant où il me vit, il s'exclama :

– Qu'est-ce qui ne va pas ?

Je me levai et ouvris la bouche pour répondre, mais aucun son n'en sortit. J'éclatai en sanglots irrépressibles. Aussitôt, il vint vers moi et me prit dans ses bras.

– Tout va bien, mon chou, murmura-t-il en me serrant fort. Tout va bien.

Mais non, tout n'allait pas bien. Tout allait mal au contraire. Toute ma vie avait été chamboulée et je ne savais pas comment la remettre sur ses rails. J'avais pris du retard à la fac, perdu mon boulot de prof stagiaire et perdu Milo.

Je n'avais plus rien.

Je ne savais même plus qui j'étais moi-même.

Ma mère aurait eu tellement honte de la femme que j'étais devenue. Honte des choix que j'avais faits cet hiver et qui avaient conduit ma vie à la catastrophe.

Une fois que je parvins à me calmer, mon père me fit entrer dans son bureau et referma la porte. Je m'assis et lui racontai tout. Absolument toute l'histoire sans en omettre un seul détail.

Je ne fus pas assez courageuse pour regarder mon père droit dans les yeux pendant que je racontais. Je gardai les yeux fixés sur la moquette alors qu'un flot de paroles que je n'aurais jamais imaginé prononcer à voix haute à mon père se déversait de ma bouche.

Une fois que j'eus terminé, je me renfonçai dans mon siège, me sentant complètement idiote. Je finis par relever la tête pour affronter son regard.

– Eh ben, dis donc, dit-il dans un souffle.

– J'ai déconné, papa. J'ai tout foiré. J'ai gâché ma vie et je ne sais pas ce que je vais faire maintenant.

– Retournons un peu en arrière, ma puce.

Il passa la main sur sa barbe et plissa les yeux.

– Tu es amoureuse ?

Quoi ?

C'était de ça qu'il choisissait de parler ?

C'était cette partie de mon histoire tordue qu'il retenait ?

– Mais qu'est-ce que ça vient faire là ?

– Mais c'est au centre de tout, Star. Tu as fréquenté un premier garçon pendant des années sans jamais mentionner le mot amour. C'était comme si tu sortais avec lui parce que tu pensais que c'était ce qui était attendu de toi. Tu as toujours fait ce que tu pensais qu'on attendait de toi, jusqu'à aujourd'hui.

– Ouais, je sais. Et regarde ce que ça a donné.

– Oui. Quelque chose de très beau.

Je le regardai en plissant les yeux, agacée et déconcertée par sa réaction.

– Pourquoi tu ne me cries pas dessus ? Pourquoi tu ne m'engueules pas en me disant que je fais n'importe quoi et que j'ai gâché ma vie en faisant des choix imbéciles ? Dis-moi à quel point je suis nulle, papa.

– Mais ce n'est pas vrai. Si je devais t'engueuler, ce serait plutôt pour ne pas faire plus de conneries.

Il rigola.

– Papa.

– Je suis sérieux. Tu as tout juste vingt ans, Star. Est-ce que tu sais ce qu'on fait quand on a vingt ans ?

– Quoi ?

– Quand on a vingt ans, on se plante et on fait des erreurs. C'est la meilleure partie de cette période – les bêtises. Puis après, quand on a la trentaine, on se redécouvre parce que trente ans, c'est un peu bizarre. Quand on arrive à la quarantaine, on n'a plus qu'une dizaine d'années à se prendre la tête, ce qui est plutôt cool. Et après, c'est la cinquantaine. Et laisse-moi te dire une chose, j'adore y être, parce que ben, on se fout de tout. Tu comprends ?

Je fronçai les sourcils.

– Je crois ?

Il sourit et me tapota l'épaule.

– Ma chérie, ce que je veux dire, c'est que tu n'as même pas encore fait le tiers des conneries que tu vas faire. Profites-en. En outre, tu es amoureuse, et ça, c'est un plus.

– Qu'est-ce que ça veut dire, ça ?

– C'est l'amour, Starlet. Et si j'entends bien, c'est le véritable amour avec celui-ci. Ce qui veut dire qu'il ne faut pas t'attendre à ce que ce soit logique. Le véritable amour est tordu et compliqué, et on passe par un tas de hauts et de bas avant que ça marche.

– Ce n'est pas ce qui s'est passé pour maman et toi, dis-je quelque peu dépitée. Vous étiez le couple parfait.

Il explosa de rire.

– Tu crois ça ?

– Absolument. Vous étiez deux âmes sœurs.

– Oui, ma chérie, c'est vrai. Mais nous étions loin, très loin d'être un couple parfait.

– En tout cas, vu de l'extérieur, vous l'étiez. Vous ne vous disputiez jamais.

– Jamais devant toi, corrigea-t-il. On était très forts pour réserver nos engueulades à l'intérieur de nos voitures alors que toi, tu étais dans la maison.

J'ouvris la bouche, complètement éberluée.

– C'est pas vrai ?

– Absolument vrai. Et d'ailleurs, la première fois qu'on s'est rencontrés, on a couché ensemble par hasard, et bingo ! Elle est tombée enceinte.

– Quoi ? ! De qui ?

– De toi, tartouille.

Je portai la main à ma poitrine.

– Je suis le fruit d'un coup d'un soir ?

– Tu es complètement le fruit d'un coup d'un soir. Tes grands-parents étaient furieux. Oui, on s'est mariés jeunes, mais on y a été poussés par la pression de la société et de nos parents. J'ai pensé que demander en mariage la fille que j'avais mise en cloque était ce qu'on attendait de moi. Les premiers mois de notre mariage, ta mère et moi, on se détestait. On n'arrêtait pas de s'engueuler du matin au soir. Et puis, après ta naissance, c'est devenu de plus en plus dur jusqu'à ce que ça s'arrange un peu. On ne peut pas dire qu'on était heureux, et ça, sans doute jusqu'à ce que tu aies au moins deux ans.

Je restai là, complètement stupéfaite en entendant cette histoire.

– Comment ça se fait que vous ne m'ayez jamais rien dit.

– En général, on évite de dire à son enfant qu'il était un accident. Et puis, on oublie les débuts difficiles quand votre histoire a le plus beau milieu et la plus belle fin qui soient.

– Comment peux-tu dire que c'était une belle fin ? Elle est morte, papa.

– Oui, c'est vrai, Star, et ça a été dur. Mais elle est partie accompagnée de notre amour et nous a laissés avec le sien. Tu ne pourras pas m'empêcher de croire que c'est une chose merveilleuse – de s'aimer jusqu'à la dernière minute. Et si j'avais la possibilité de revivre notre histoire, sachant comment elle va finir, je le ferais sans la moindre hésitation. Parce que je saisirai toujours l'occasion de revivre l'amour s'il se présente.

Les larmes me montèrent aux yeux en entendant cela.

Mon père sourit.

– Star, la seule promesse que la vie nous fait lorsque nous venons au monde c'est qu'un jour nous le quitterons. La mort est le dernier acte de l'histoire de chacun d'entre nous. Nous le savons tous. Le problème, c'est que trop de gens vivent leur vie comme s'ils étaient déjà morts en se conformant à ce qu'ils croient qu'on attend d'eux au lieu d'écouter leur moi authentique. Je n'attends pas de toi que tu sois parfaite. Je veux que tu sois vraie. Je veux que tu vives. Que tu tombes amoureuse et que tu vives. Que tu te plantes et que tu vives. Que tu te trouves, Star, et que tu vives.

Je baissai les yeux sur mes ongles et me mis à les triturer.

– Je l'aime pour de bon, papa.

– Je suis content que tu aies accueilli cet amour.

– Mais il ne veut pas de moi. Il m'a repoussée.

– Pourquoi ?

– Parce qu'il pense que je gâchais ma vie.

– Et pourquoi s'est-il mis en tête que te repousser était ce qu'il y avait de mieux pour toi ?

– Parce que...

Je soupirai, soudain je comprenais.

– Parce qu'il m'aime.

– Exactement. Je comprends que c'est à vif, parce que c'est récent. Tu as tout à fait le droit d'être blessée et fâchée contre lui pour avoir fait ce choix. Mais tu peux aussi être reconnaissante d'avoir trouvé un type qui tient tellement à ton bonheur qu'il a accepté de s'effacer.

– J'aurais préféré qu'il reste.

– Ouais, mais tu sais quoi ? Parfois, ce n'est pas la fin de l'histoire d'un couple. Vous en êtes peut-être juste à l'entracte. Laisse le temps au temps. Accordez-vous à chacun l'espace nécessaire pour vous trouver, et puis voyez si les pièces du puzzle s'emboîtent toujours.

– Merci, papa, dis-je me sentant un peu mieux devant le chaos de ma vie actuelle.

– De rien, ma puce. Allez viens. On va aller t'acheter une glace.

Je rigolai.

– Papa. Ce n'est pas une glace qui va régler mes problèmes.

– Tu as raison. Ça ne réglera peut-être rien, mais au moins tu pourras être triste en mangeant un cheesecake glacé aux Oreos. La tristesse est plus à facile à supporter quand on mange un cheesecake glacé aux Oréos.

Pas faux.

– Ne t'inquiète pas, ma petite fille.

Mon père se mit debout en souriant et me tendit la main pour m'aider à me lever.

– Tout va s'arranger.

Tout va s'arranger.

– C'est quoi le nom de ce gars, déjà ?

– Milo.

– Milo comment ?

– Corti.

– Milo Corti. C'est un nom de dur à cuire.

– Pourquoi tu veux savoir son nom ?

– Parce que je vais aller le trouver et l'engueuler pour avoir fait pleurer ma fille, répondit-il sur un ton détaché.

Je ris, mais soudain je vis le sérieux de son visage.

– Papa, t'as pas intérêt à aller harceler mon ex-petit ami.

– Pas le harceler. Juste le... suivre.

– Papa !

Il ronchonna.

– D'accord, d'accord. Je ne le ferai pas.

– Tu me le jures ?

Il leva la main droite.

– Parole de scout, Star. Parole de scout.

36

MILO

– ALORS, COMME ÇA, c'est toi le type qui a brisé le cœur de ma fille ?

Il était tôt ce matin-là, le soleil n'était pas encore levé. Debout dans mon allée, je vis un grand type costaud, couvert de tatouages. Il portait des lunettes de soleil et dès qu'il les déchaussa, je sus que c'était le père de Starlet. Ils avaient les mêmes yeux.

Mon estomac se noua alors qu'il avançait dans ma direction. Cela ne faisait aucun doute qu'il pourrait me mettre K.-O. d'un seul coup de poing à en juger par la taille de ses biceps. L'expression sévère de son visage, associée à une grimace, suffit presque à me faire prendre mes jambes à mon cou. Mais je ne m'enfuis pas. Il faut reconnaître que quoi qu'il décide de faire, je l'avais bien cherché.

– Oui, c'est moi. Mais si ça peut vous consoler, j'ai brisé le mien par la même occasion.

Ce qui n'excusait rien du tout, j'en conviens.

– Je m'appelle Éric, dit-il en approchant.

Il déboutonna ses manches et les remonta. Je n'aurais jamais cru que des avant-bras puissent être aussi musculeux. Qu'est-ce qu'il mangeait ce type ? Des poulets entiers ?

– Toi, c'est Milo, c'est ça ?

– Oui, c'est moi.

J'essayai de ne pas avoir l'air intimidé.

– Et tu vas où comme ça ?

– J'avais l'intention d'aller m'asseoir au bord du lac où je pêchais avec mes parents.

Éric plissa les yeux.

– Ton père est toujours en désintox ?

Je hochai la tête, l'estomac serré.

– Oui, il en a encore pour plusieurs semaines.

– Comment ça se passe pour lui ?

Je haussai les épaules.

– C'est difficile à dire. Mais je suis content qu'il soit pris en charge.

– Bien. Je suis content pour toi. C'est dur la vie. Il faut avoir du courage pour accepter d'être aidé.

Il jeta un coup d'œil alentour, puis me regarda de nouveau dans les yeux.

– Tu veux que je t'emmène au lac ?

– Oh, non, ce n'est pas loin et...

– Milo, – il s'avança plus près –, tu veux que je t'emmène au lac ?

Je me dis que c'était moins une question qu'un ordre. J'avais les mains moites et j'étais pratiquement certain que j'allais me pisser dessus dans pas longtemps.

– Oui, d'accord. Merci.

Je montai dans sa voiture et refermai la portière doucement. Je ne risquais pas de claquer la portière d'un gars qui pouvait me briser en deux d'un seul regard.

Éric se mit au volant et me demanda l'itinéraire pour aller à ce fameux lac. Je le lui indiquai et, quelques minutes plus tard, nous avions garé la voiture et marchions en direction de l'un des bancs. Un long moment passa sans que nous échangions le moindre mot. Je ne savais pas si je devais me sentir mal à l'aise ou pas, mais d'une certaine façon, assis à côté d'Éric, je ressentais les deux à la fois.

J'attendis d'avoir rassemblé assez de courage pour dire :

– Je regrette pour ce qui s'est passé avec Starlet.

Éric gardait les yeux fixés sur le lac gelé.

– Quelle partie est-ce que tu regrettes ?

– Pardon ?

– Ce que je veux dire c'est, qu'est-ce que tu regrettes ? De t'être épris de ma fille ?

– Non. Bien sûr que non.

C'était la meilleure chose qui me soit jamais arrivée. Franchement je ne pense pas que j'aurais pu continuer à vivre ces derniers mois si Starlet n'était pas entrée dans ma vie. Je ne regretterais jamais les sentiments que je lui portais.

– Alors tu regrettes d'avoir mis un terme à votre relation ?

J'hésitai à répondre à cette question. Je regrettais que ce soit fini, bien sûr, mais je ne regrettais pas ma décision. C'était justement ça qui faisait mal. J'avais mis fin à notre relation parce que je ne serais pas capable de lui donner l'amour qu'elle méritait. Je sentais ma dépression s'installer avec plus de force ces derniers temps, surtout avec mes problèmes de santé et mon père en désintox. Je ne serais pas capable d'être présent pour elle comme je souhaitais l'être. Elle avait déjà perdu son poste au lycée et passait plus de temps qu'il n'aurait fallu avec moi. Je ne pouvais pas accepter qu'elle gâche sa vie à cause de moi.

– Non, murmurai-je. Je ne m'excuse pas pour ça.

– Alors, de quoi tu t'excuses ?

– Son poste au lycée. C'est de ma faute si on l'a renvoyée. Et je le vis très mal.

Il hocha la tête.

– Ah. Ça.

Il ramassa un petit caillou et le lança sur le lac où il retomba sur la glace qui se fendilla.

– Tu savais que la mère de Starlet était professeure ?

Je hochai la tête.

– Oui, elle m'en a parlé.

Il posa les mains aux doigts croisés sur ses genoux.

– Oui. Elle était professeure d'anglais. Une des meilleures, mais je ne suis peut-être pas impartial. Sais-tu ce que Starlet voulait faire avant que sa mère décède ?

– Non, quoi ?

– Tout sauf l'enseignement.

Il me jeta un coup d'œil et ramassa un autre caillou qu'il lança sur le lac. Une autre fissure se forma.

– Toute sa vie, Star a fait ce qu'il fallait. Elle n'a jamais été insolente. Elle a toujours fait son travail et elle était excellente à l'école. Elle ne jure même pas.

– Oui, d'ailleurs il m'arrive de me moquer d'elle avec ça.

– Moi aussi.

Il rigola avant de redevenir grave.

– Lorsque sa mère est morte, elle a décidé de suivre sa trace et de devenir professeure comme elle. Pendant longtemps, je me suis demandé si c'était une véritable envie chez elle ou si elle avait l'impression que ce serait un moyen de garder un lien avec sa mère.

– C'est une super professeure.

– Évidemment. Elle est super dans tout ce qu'elle fait. Je n'aurais pas pu rêver d'une meilleure enfant. Ça fait vingt et un ans que tout ce qu'elle fait, elle le fait bien. Et puis, tu es arrivé.

– Je me sens mal, là.

– Tu ne devrais pas, moi je te suis reconnaissant au contraire.

Je haussai les sourcils, sans comprendre. Il esquissa un petit sourire et lança un autre caillou. Une autre fissure.

– Ce n'est pas parce qu'une personne fait toujours ce qu'on attend d'elle que c'est bien pour elle. La dernière fois que j'ai vu ma fille craquer, c'était quand nous avons perdu Rosa. Jusqu'à ce qu'elle arrive chez moi complètement désespérée parce que tu avais rompu.

Je me sentis vraiment comme le dernier des derniers.

– Et je t'en remercie, dit Éric. Merci de l'avoir fait craquer.

– Pourquoi dites-vous ça ?

– Toute sa vie, ma fille a été une perfectionniste. Et ça s'est aggravé après la mort de Rosa, et cela m'a fait un peu peur. Je crois que la perfection ne fait pas le bonheur. Pour être heureux, il faut être vrai. On ne cherche pas la perfection… on cherche l'authenticité. Toi, Milo, tu as permis à Starlet de révéler sa vérité. Et même si elle souffre en ce moment, je sais qu'elle va grandir grâce à cette expérience. Donc, je te remercie.

Je ramassai un caillou et le lançai dans l'eau.

Crac.

J'en ramassai un autre et le lançai.

Crac, crac.

– Je l'aime.

– Oui. Difficile de faire autrement.

– Je peux vous demander pourquoi vous êtes venu me voir ? Surtout maintenant que Starlet et moi avons rompu.

Il sourit avant de s'éclaircir la voix.

– Parce que lorsqu'elle s'est effondrée, elle m'a dit que tu avais l'habitude de venir t'asseoir ici pour réfléchir depuis la mort de ta mère, et cela l'inquiétait que tu te retrouves tout seul ici alors que tu traverses d'autres épreuves difficiles. Je ne voulais pas que ça arrive. Je ne voulais pas que tu te retrouves tout seul.

Ah la vache.

Quelle bonne personne.

– Je vois d'où Star tient son grand cœur, lui dis-je.

– Nan. Ça, elle le tient de sa mère.

Il repoussa l'idée d'un revers de main.

– Mais sa beauté ? J'aime bien penser que c'est à moi qu'elle la doit.

Je rigolai, mais redevins vite silencieux. Même quand elle était malheureuse, Starlet s'inquiétait pour moi. Je découvrais que l'amour qu'on éprouve pour une personne peut encore grandir même lorsqu'on est séparé de cette personne. Cela me semblait injuste parce que je savais ce qui m'attendait. J'allais passer le reste de ma vie à tomber amoureux de Starlet Evans, même si je ne la revoyais jamais.

Je ne savais pas si c'était une bénédiction ou une malédiction.

– Je compatis pour tout ce que tu endures, Milo.

Je fixai mes mains aux doigts croisés.

– Comment avez-vous fait, demandai-je d'une petite voix tremblante. Comment avez-vous surmonté la perte de votre femme ?

Éric plissa le front. Il se passa la main sur la nuque et réfléchit avant de répondre.

– On ne surmonte pas ça. On passe en dessous.

Je haussai un sourcil, sans comprendre, donc il poursuivit.

– On croule sous le chagrin, on sent la pression et au début on se noie dans la tristesse. Les gens vous disent de faire des choses, de sortir et recommencer à vivre normalement, mais je pense que c'est des conneries. On ne peut pas être plus fort que le chagrin. Parfois, la guérison vient de l'acceptation des ténèbres.

– L'acceptation des ténèbres ?

– Oui. Vois le chagrin comme une bête. Un animal puissant et fort que tu es censé vaincre. Alors tu te bats contre lui, tu pousses et tu tires pour essayer de redonner un semblant de normalité à ton univers. Parce que c'est ça qui est détraqué, d'accord ? Tout le monde autour de toi avance beaucoup plus vite que toi. Tout le monde sourit en pensant à la personne disparue alors que tu as toujours envie de pleurer. Tout le monde retourne à sa petite vie comme si la personne qui n'est plus là n'y avait jamais été au départ. Ils parviennent à le faire naturellement parce que la personne décédée n'était pas leur moitié. Cette personne qui n'est plus était la tienne. Elle était les battements de ton cœur, et c'est comme si on te l'avait volée. Tu es en colère et furieux que les gens autour de toi puissent aller de l'avant alors que toi, tu es toujours en train de sombrer. Alors tu essaies de faire comme eux et tu luttes contre le chagrin. Tu pousses. Tu donnes des coups de pied, des coups de poing, tu hurles, tu te débats, jusqu'à ce qu'il ne te reste plus que la dépression.

Oui.

C'est ça...

Tout ce qu'il disait sonnait juste. C'était comme s'il s'était introduit dans mon cerveau et avait lu la liste de mes plus grandes peurs.

Je baissai la tête.

Je sentais le regard d'Éric posé sur moi. Ce n'était pas un regard de reproche, pourtant. Je le sentais plutôt compréhensif, comme s'il regardait une personne qu'il avait été à un moment.

– Est-ce que tu es déprimé, Milo ?

Je hochai la tête.

– Oui.

– Très bien, dit-il. Alors il faut l'accepter. Arrêter de te débattre.

Je levai les yeux en me triturant les mains.

– Que voulez-vous dire ?

– Tu m'as demandé comment surmonter le deuil d'une personne, et je t'ai dit qu'on ne le surmonte pas. On passe dessous. Cela veut dire qu'au lieu de combattre le monstre, tu t'assois avec lui. Tu l'invites à venir prendre le thé avec toi. Tu te lamentes, tu pleures, tu hurles, mais tu ne luttes pas. Tu ne donnes pas de coups de poing. Tu te laisses couler pendant un moment. Tu laisses tes émotions prendre le dessus. Tu ne bloques pas tes sentiments. Tu les creuses plus profondément. Tu continues à vivre, cependant, parce que ton être aimé ne voudrait pas que tu t'arrêtes. La seule chose qui soit plus effrayante que de ressentir toutes tes émotions, c'est de ne rien ressentir du tout. Crois-moi, je sais de quoi je parle.

– Mais si cela devient trop lourd ? Si je n'arrive plus à sortir la tête de l'eau ?

– Ne t'inquiète pas, dit Éric calmement. Tu apprendras à respirer sous l'eau.

N'essaie pas de passer par-dessus. Passe dessous.

– J'ai l'impression que je ne pleure pas seulement ma mère, mais mon père aussi, même s'il n'est pas mort.

– C'est le problème avec le chagrin. Parfois, les cas les plus graves, c'est quand il s'agit de personnes qui sont toujours là. Tu vas y arriver. J'espère que vous vous en sortirez tous les deux, et qu'au bout du compte, votre lien en sera renforcé.

– Merci, Éric.

– Je voudrais être sûr que j'ai bien tout compris. Tu es en train d'essayer de mettre de l'ordre dans ta vie et donc tu repousses Starlet parce que tu crois que c'est noble, que c'est bien.

– Je ne suis pas à la hauteur de ce qu'il lui faut, de ce qu'elle mérite. Je ne la mérite pas. Je ne mérite pas sa sollicitude ni son amour. Je suis en dépression.

En disant cela, je faillis m'étrangler. C'était la première fois que je disais, que j'exprimais la vérité de ce dont je souffrais. C'était la première fois que je le disais à voix haute. Quelque chose, en l'entendant de ma propre bouche, paraissait brutal.

– Oui, acquiesça-t-il. C'est vrai. Mais permets-moi de te poser une question. Qui t'a dit que les personnes souffrant de dépression n'avaient pas droit à l'amour ?

Moi.

Mon esprit.

Mes pensées.

Il se tapota la tempe.

– Les pensées qui viennent ici, jeune homme, ne sont pas toutes dignes de confiance. Apprends à filtrer les conneries, même si elles sont bruyantes. Tu as le droit d'être aimé. La vérité, c'est que nous sommes tous un peu cabossés. Nous avons tous des fêlures. Mais ces fêlures font de nous qui nous sommes. Et toutes les personnes abîmées ont quand même droit à l'amour. Peut-être même davantage que les autres.

– Merci.

– De rien. Maintenant, ne te méprends pas. Je trouve noble ton geste de t'éloigner de ma fille pendant que tu mets de l'ordre dans tes affaires en lui donnant l'occasion d'en faire autant de son côté. On ne peut donner que ce qu'on a et même si Starlet ne le comprend pas pour l'instant parce qu'elle est blessée, c'est la meilleure chose que vous puissiez faire. Mais je vais te demander de faire une chose pour moi.

– Bien sûr. Tout ce que vous voulez.

– Accroche-toi à ton amour pour elle et à son amour pour toi, même à distance. L'amour de Starlet m'a aidé à supporter mon chagrin au moment de la mort de sa mère. Son amour est ce qui m'a sauvé, même lorsque je me montrais distant avec elle. Emploie cet amour, ce sentiment pour t'aider à traverser les courants de ton chagrin. Ensuite, une fois que tu auras recommencé à nager – et tu y arriveras, Milo –, nage pour revenir jusqu'à elle.

– Mais... et si j'arrive trop tard ?

– Ce n'est pas impossible, mais si tu arrives juste au bon moment ? C'est ce qu'il y a de plus effrayant dans la vie – la vie ne fait pas de promesses. Mais tu sais ce qu'il y a de plus excitant dans la vie ?

– Non, quoi ?

– C'est qu'elle ne fait pas de promesses.

Éric sourit, d'un sourire qui me rappelait celui de Starlet. Je me demandai quelle proportion de Starlet se trouvait dans le visage de son père et quelle proportion dans celui de sa mère.

Notre discussion était terminée et il me reconduisit chez moi. En se garant dans l'allée, il dit :

– Je pense que je viendrai voir le lac le vendredi matin, si cela te convient. J'ai aimé la vue.

– C'est bon pour moi.

– Et apporte ton sac à dos. Je ne suis peut-être pas le meilleur des professeurs, mais je suis sûr de pouvoir t'aider à résoudre quelques équations en vue de ton diplôme.

Je fis un demi-sourire.

– Merci, Éric.

– Je t'en prie. Et aussi, Milo ?

– Oui ?

– Nage.

37

STARLET

UN SAMEDI SOIR ASSEZ TARD, je me tenais sur le porche de la maison de Milo. Au prix d'un gros effort, je sonnai à la porte et me retins de m'enfuir en courant pour me cacher dans les buissons. J'avais la gorge nouée par l'angoisse, mais je restai pétrifiée. Je ne pouvais pas laisser les choses en l'état. Après la discussion que j'avais eue avec mon père, il me semblait que je devais avoir une dernière conversation avec Milo, pour vider mon cœur.

Je ne savais pas ce que j'allais dire une fois qu'il serait face à moi, mais j'étais résolue à essayer de trouver les mots justes.

Lorsqu'il ouvrit la porte, je vis la surprise s'afficher sur son visage.

– Salut. Qu'est-ce que tu fais là ? Tu vas bien ? demanda-t-il, inquiet. Entre, ajouta-t-il en s'effaçant pour me laisser passer.

La sollicitude qui perçait dans sa voix me dit tout ce que j'avais besoin de savoir. Il m'aimait plus que personne ne m'avait jamais aimée.

– Il y avait quelque chose qui clochait, murmurai-je en avançant dans l'entrée de sa maison.

Il haussa un sourcil.

– Qu'est-ce qui clochait ?

– La dernière fois que nous avons couché ensemble. En y repensant, j'ai trouvé que c'était différent. Je l'ai vu dans tes yeux, aussi, mais je n'arrivais pas à mettre le doigt dessus, mais aujourd'hui je sais.

– Écoute...

– Non.

Je fis un pas vers lui et pris ses mains dans les miennes. Je regardai nos doigts entrelacés. Son contact me manquait tellement que la chaleur de ses doigts faillit me faire reculer.

– C'est toi qui dois m'écouter. Je veux que tu saches que je comprends pourquoi tu m'as repoussée. Je comprends pourquoi tu penses que je dois me recentrer sur moi-même. Tu as raison. Je suis paumée et j'ai besoin de me retrouver avant de pouvoir être avec toi. Mais je reviendrai pour être avec toi, Milo. Donc j'ai un problème avec la façon dont tu m'as fait l'amour l'autre soir.

– Que veux-tu dire ?

– Tu m'as fait l'amour comme pour me dire adieu. Et ça ne me va pas parce que ce n'est pas la fin de notre histoire. Nous ne nous disons pas adieu. Nous faisons une pause pour nous retrouver nous-mêmes avant de nous remettre ensemble, d'accord ?

Il m'attira plus près de lui et appuya son front contre le mien tout en fermant les yeux.

– Je ne peux pas te demander de m'attendre jusqu'à ce que j'aie retrouvé mon équilibre. Et le problème avec ma vue n'en est qu'aux premiers stades. Je ne veux pas que tu mettes ta vie sur la touche pour te consacrer à la mienne.

– Je sais à quoi je m'engage, Milo. Crois-moi, je le sais. Je ne te demande pas la permission de t'attendre.

J'effleurai ses lèvres des miennes et murmurai :

– Je te demande de m'attendre, moi.

Son regard devint tendre.

– Je t'attendrai toute ma vie, Star. Tu es tout ce que j'ai toujours désiré.

– Tu me le promets ?

– Je te le promets.

– Bien.

Je m'écartai de lui et souris en retirant mon manteau que je laissai tomber sur le sol.

– Je passe la nuit ici. Demain matin, je partirai et m'embarquerai pour mon expédition à la recherche de moi-même. Demain matin, ce sera un nouveau départ. Mais ce soir, je veux que tu me fasses l'amour comme une promesse d'avenir éternel au lieu de me dire adieu.

Dans ses yeux étincela la même passion que j'avais vue le premier soir où il m'avait regardée. Il tendit la main, agrippa mon tee-shirt et m'attira contre lui. Mes mains atterrirent sur sa poitrine et les battements de mon cœur s'intensifièrent alors que je plongeai mon regard dans ces yeux que j'aimais tant.

– Tu veux que je te montre comment je promets de t'aimer toujours ? murmura-t-il au bord de mon oreille.

Son souffle chaud fit courir des picotements tout le long de ma colonne vertébrale.

– Oui, soupirai-je dans un souffle, sentant des émotions envahir tout mon organisme.

Je voulais tout de lui ce soir-là. Sans règles, sans limites.

– Sans restrictions ?

– Aucune.

– Et j'ai jusqu'au lever du soleil ?

– Oui.

Sa voix devint plus grave.

– Tu viens de commettre une erreur, Star.

Mon cœur s'arrêta de battre un instant lorsqu'il dit cela.

– Qu'est-ce que tu veux dire ?

– Je veux dire que lorsque j'en aurai fini avec toi, tu ne seras pas en mesure de marcher droit en sortant de cette maison.

Il agrippa ma chevelure de ses grandes mains et m'attira encore plus près contre son corps. Sa bouche entreprit une balade sur ma nuque où sa langue dessina des petits cercles tandis qu'il poursuivait :

– J'espère que tu n'es pas fatiguée parce que ça va durer un moment.

J'ouvris la bouche pour répondre, mais il me souleva dans ses bras et m'emporta dans la cuisine pour m'asseoir sur le plan de travail.

– Enlève ton tee-shirt et allonge-toi sur le dos, ordonna-t-il en déboutonnant mon jean.

Je saisis le bord de mon tee-shirt que je fis passer par-dessus ma tête, révélant mon soutien-gorge noir. Je m'allongeai sur le dos sur le marbre froid du plan de travail pendant que Milo descendait mon jean sur mes cuisses. Je soulevai les hanches en me tortillant pour l'aider tout en observant sa réaction lorsque son regard se posa sur mon string en dentelle noire.

Il saisit mes fesses à deux mains, tout en inclinant le haut de son corps entre mes jambes.

– Tu es à moi, murmura-t-il en passant la langue sur le fin tissu de ma culotte. Entièrement à moi.

Une sensation de chaleur se répandit dans mon ventre lorsque sa langue se mit à aller et venir de haut en bas. Il posa la paume de ses mains sur le haut de mes cuisses pour les écarter tout en attrapant le string entre ses dents et l'écarter. Son souffle chaud passa sur mon clito juste avant qu'il le lèche si subtilement, de façon si excitante, qu'instinctivement je cambrai les hanches pour réclamer plus d'attention.

– S'il te plaît, dis-je en gémissant, lançant les bras de chaque côté du plan de travail pour m'accrocher aux bords.

Mes jambes flageolaient alors que sa langue allait et venait et je resserrai les cuisses dans une tentative de le maintenir en place pour le forcer à me donner encore plus de plaisir avec sa bouche.

D'un doigt, il écarta le string davantage sur le côté, puis appliqua un mouvement circulaire du pouce sur mon clitoris.

– Tu m'as manqué, Star, alors s'il te plaît, ne m'en veux pas si je prends mon temps pour déguster chaque détail de tes parties intimes, dit-il lorsque son visage se posa sur mon intimité.

Mes hanches se balancèrent contre son visage lorsqu'il commença à me dévorer, sa langue allant et venant sur mes grandes lèvres lentement, pour progressivement accélérer comme s'il se régalait de son festin préféré. Alors que sa langue entrait et sortait, j'en voulais encore et le faisais savoir en criant, tout mon corps était en feu. Il suça délicatement mon clitoris et glissa un doigt en moi.

J'écartai encore les jambes, lui donnant plus d'espace pour me respirer, et il en profita pour ajouter un doigt. Je baissai les yeux sur lui, mon cœur s'emballait alors que l'homme de mes rêves honorait ma chatte comme s'il en rêvait depuis une éternité. Il mit un troisième doigt et je me laissai tomber en arrière sur le comptoir, me tordant et me contorsionnant tandis que sa main prenait de la vitesse. Il s'activait sur mon corps comme si j'étais une déesse et qu'il venait en mon temple pour m'adorer.

Il poussa un grognement contre mon intimité et ma liqueur se répandit sur sa barbe. Il conjuguait les mouvements de ses doigts avec ceux de sa langue En même temps que ses doigts me pénétraient, sa bouche s'occupait de mon clito. Une bouffée d'adrénaline me frappa lorsqu'un quatrième doigt vint rejoindre les trois autres.

– Regarde-moi, Star, ordonna-t-il en écartant son visage, mais sans arrêter le mouvement de ses doigts.

Je mouillai de plus en plus.

– Tu vas jouir pour moi, exigea-t-il. Sans cesser de me regarder droit dans les yeux.

Je haletai lorsque son regard plongea dans le mien. Je m'appuyai sur mes coudes et soutins son regard alors qu'il appliquait sa magie en moi. Je m'arc-boutai à mesure que j'approchais du moment où j'allais me perdre complètement sous ses doigts.

– Je... c'est... tu...

Je bredouillais, incapable de former la moindre phrase cohérente. Je plongeai dans un état d'euphorie alors qu'il m'entraînait petit à petit vers l'extase.

– C'est ça, bébé, garde les yeux bien ouverts, dit-il d'une voix lourde de sex-appeal et de maîtrise.

J'aimais quand il faisait ça. Quand il prenait le contrôle de mon corps et de mon âme.

– Je vais... Milo, je vais...

– Vas-y, jouis. Jouis pour moi.

Il accéléra le mouvement, me pénétrant de plus en plus profondément, comme si son objectif était de me faire jouir à répétition. Mon corps tremblait sous ses doigts et je criai son nom. Mes cuisses palpitèrent sur le comptoir alors que, de sa main libre, il se mit à faire des cercles avec son pouce, insistant de plus en plus pour m'amener à l'orgasme le plus cataclysmique que j'avais connu jusqu'ici.

– Oh putain, oh putain, oh putain, dis-je en tremblant de façon incontrôlée sous l'effet de sa main, et lui donnant tout ce qu'il attendait de moi.

Les ondes de choc me traversèrent lorsqu'il retira lentement ses doigts. Il les lécha sans me quitter des yeux. Ensuite il posa ses mains sous mes fesses et me fit glisser vers lui et m'asseoir au bord du plan de travail. Il posa la bouche sur la mienne.

– J'adore sentir ton goût sur ma langue, murmura-t-il en m'embrassant avec dureté.

Il passa son tee-shirt par-dessus son torse, se séparant de ma bouche seulement une fraction de seconde pour le lancer par terre. Ses doigts passèrent derrière mon dos pour dégrafer mon soutien-gorge avant de me soulever du comptoir pour me reposer au sol. Les bretelles de mon soutien-gorge glissèrent de mes épaules et il tomba sur le sol lorsque Milo me retourna sur le ventre tout en retirant son pantalon de jogging.

Mon cœur se mit à battre plus vite lorsque son corps se pressa contre le mien. Sa queue effleura mes fesses. Ses mains passèrent autour de ma taille avant de remonter le long de mon buste pour aller se poser sur mes seins. Je murmurai son nom en cambrant les reins et sa bouche plongea dans mon cou. Il me malaxait les seins et la chaleur de son corps se répandit sur le mien.

– Pour toujours, gémit-il doucement contre mon oreille, alors que sa bite se frottait contre mon clito par-derrière.

Il me souleva légèrement et fit descendre ma chatte doucement sur son pieu, m'arrachant instantanément un cri de plaisir.

– Milo, dis-je, le souffle court, en claquant des mains sur le comptoir.

Je fermai les yeux et le rythme de son souffle s'accéléra lorsqu'il se glissa plus profondément en moi. Il posa une main sur la base de mon cou et serra avant de me faire légèrement tourner la tête pour que je regarde par-dessus mon épaule directement dans ses yeux marron-vert.

L'amour dans ses yeux, le léger écartement de ses lèvres lorsqu'il gémit de plaisir me firent tomber amoureuse de lui encore plus que je ne l'étais auparavant. Nos étreintes n'avaient pas le goût de l'adieu. Il me faisait l'amour en exprimant silencieusement la promesse qu'il reviendrait et qu'il recommencerait.

Tu es à moi.

Entièrement à moi.

Il pencha la tête et passa la langue sur mes lèvres avant de poser la main sur mon dos pour me plier en deux sur le plan de travail. J'étendis les bras, m'accrochant aux bords en marbre, et il se mit à me pilonner plus fort, plus profondément, plus vite.

La sensation de cette queue qui me pénétrait de façon répétée rendait mon souffle haché et irrégulier. Mes jambes se mirent à trembler sous la sauvagerie de son mouvement et il posa les mains sur mes hanches.

Il jura dans sa barbe en me pénétrant de toute sa longueur.

– Bordel, Star, tu es bonne, tellement bonne, marmonna-t-il. T'es complètement trempée, pour moi, j'adore.

J'ouvris la bouche pour répondre, mais les mots étaient un mystère que je n'arrivai pas à percer alors qu'il m'amenait de plus en plus près d'un nouvel orgasme. Chaque poussée était comme marquée du sceau de l'éternité et chaque caresse signifiait le mot toujours.

Il me retourna afin que je sois de nouveau face à lui et je passai les bras autour de son cou. Il me souleva, ce qui me permit de croiser les jambes autour de sa taille, et il nous déplaça vers le réfrigérateur. Il plaqua mon dos sur le métal froid de la porte, et d'une poussée il s'enfonça encore plus profondément en moi, faisant vibrer tout l'appareil.

– Oui, oui, vas-y, suppliai-je, sentant ma soif pour lui grandir avec chaque poussée si intense.

Sa bouche vint se poser sur la mienne et il écarta mes lèvres de sa langue. Nos deux langues se mirent à onduler ensemble alors que nous nous embrassions comme deux animaux affamés qui ne veulent pas manquer une miette l'un de l'autre.

– Le lit, plaidai-je en sentant monter un nouvel orgasme.

– Tu veux que je te baise dans le lit, c'est ça, ma Star ?

– Oui, dis-je, haletant sous le poids du désir.

Je sentis son sourire coquin sur ma bouche. Il s'écarta de moi, son gland excitant ma fente, me poussant à arquer les hanches vers lui en réaction à la sensation de vide que laissait son membre à l'intérieur de moi.

Il m'embrassa délicatement et dit :

– D'abord je veux que tu jouisses encore une fois sur ma bouche, ensuite je te ferai l'amour dans la chambre.

Sans un mot, il fit passer mes jambes sur ses épaules, me souleva plus haut et enfouit son visage entre mes cuisses. Une onde soudaine se propagea dans tout mon corps et, instantanément, des cris de plaisir s'échappèrent de mes lèvres.

Les paumes de mes mains se collaient sur le réfrigérateur alors qu'il me dévorait, tout en me tenant en équilibre dans l'espace comme si je n'étais pas plus lourde qu'une plume.

Je dégoulinais de sueur alors que Milo se repaissait de ma chatte sans jamais interrompre le mouvement affamé de sa langue en moi. Je pressai contre lui mes jambes qui flageolaient sous l'effet du plaisir.

À mi-chemin de mon orgasme, mon corps semblait en équilibre instable, pourtant il me maintint en place sans me lâcher alors que je jouissais violemment contre sa bouche, me perdant moi-même tout en le trouvant lui juste au même moment.

– Oui, bébé, dis-je en gémissant alors que l'extase et la félicité fusaient de toutes parts dans mon être. C'est tellement bon. J'adore me dissoudre sous ta langue.

Il me fit redescendre au niveau de sa taille. Je sentis son érection effleurer ma cuisse au moment où ses lèvres rejoignaient les miennes, partageant ma propre saveur.

– Dans le lit ?

– Le lit, répondis-je, désireuse de l'amener au même émerveillement où il m'avait conduite à de multiples reprises.

Il me transporta dans sa chambre et me posa sur le lit, laissant la lumière allumée de façon à pouvoir profiter de la vision de mon corps tout entier. Il grimpa sur moi et emmêla ses doigts dans ma chevelure rebelle. Lentement, il m'attira contre lui et appuya son front sur le mien.

– Je t'aime tellement, Star. J'espère que tu le sens, aussi. J'espère que tu sens mon amour, murmura-t-il en posant son gland sur ma fente.

Il n'était pas aussi sauvage qu'il l'avait été dans la cuisine. Non, ses mouvements étaient plus réguliers et maîtrisés et il ne me quitta pas des yeux pendant tout le temps. Je sentais ma poitrine se serrer alors que les émotions me submergeaient.

Milo ne me disait pas du tout adieu. À mesure qu'il me pénétrait, au travers de chaque coup de boutoir, il me disait qu'il attendrait. Chaque seconde qui passait, c'était lui qui verrouillait mon cœur avec sa clé. Il me fit l'amour dans cette chambre, tandis que nos corps s'entremêlaient et fusionnaient en un même organisme, un même rythme, une même histoire d'amour.

Comme nous baignions dans un flot d'amour, je m'arc-boutai vers lui et il accéléra son allure. Mes doigts se plantèrent dans son dos lorsque je me pressai contre son corps. Notre baiser était brutal, mais nous fîmes l'amour plus violemment de façon répétée cette nuit-là. Lorsqu'il jouit en moi, je m'écroulai avec lui, consciente que notre lien ne faisait que se raffermir.

À un moment donné, on s'écroula sur le matelas, exténués. Je fermai les yeux alors qu'il déposait des guirlandes de baisers sur tout mon corps, m'assurant que j'étais aimée, en sécurité et libre.

Comme il était allongé contre moi, je me collai contre lui, ajustant mon corps au sien comme s'il était la pièce manquante de mon puzzle. La tête posée sur sa poitrine, j'écoutai les battements de son cœur. Il me serra dans ses bras pendant des heures, me faisant l'amour spontanément tout au long de la nuit. Me remplissant de son amour qu'il scella par des baisers disséminés un peu partout sur moi. Il m'aima de toutes les façons possibles cette nuit-là. Avec rudesse et intensité. Avec lenteur et romantisme. Il déposa toutes les versions de son amour contre moi, éliminant toute possibilité pour moi de douter de cet amour.

Lorsque le soleil se leva, je n'eus pas le sentiment que nous nous disions adieu. Je me sentais encore plus proche de lui, au contraire. Nous avions chacun déposé notre empreinte sur nos âmes respectives, et la promesse d'un amour éternel était préservée pour nous deux.

Milo mit longtemps à sortir du lit. Il ramassa mes vêtements et m'habilla, je frissonnai alors qu'il caressait chaque centimètre de mon corps.

Il passa un pantalon de jogging et nous allâmes sur le porche. Il passa la main autour de mon cou pour m'attirer contre lui. Il m'embrassa lentement et longuement et j'aurais voulu que ce baiser n'ait jamais de fin. Une part de moi redoutait le moment de m'écarter de lui, mais je me souvins de ce qu'il m'avait prouvé la nuit précédente et de ce vers quoi je reviendrais plus tard.

– Tu peux me promettre quelque chose, demandai-je.

– Tout ce que tu veux.

– Pourrais-tu ne pas rester seul ? Accepte que tes amis et ta famille s'occupent de toi lorsque tu en auras besoin, d'accord ? Lorsque les choses deviendront difficiles, ne les affronte pas seul.

– Je te le promets. Et toi, peux-tu me promettre une chose ?

– Tout ce que tu veux.

– Quand tu auras fini de te chercher...

Il posa les lèvres sur mon front et m'embrassa tendrement.

– S'il te plaît, viens me trouver.

38

MILO

N'ESSAIE PAS DE LE SURMONTER. *Passe dessous.*

Les paroles d'Éric résonnaient dans ma tête quand j'entamai la semaine qui m'attendait. Starlet me manquait tellement que j'avais du mal à me concentrer sur autre chose. Mais je savais aussi que si je voulais être l'homme qu'elle méritait, je devais me concentrer sur moi-même, sur ma vie, et me ressaisir autant que possible. Il fallait que je sois au meilleur de moi-même déjà pour moi afin de pouvoir l'être pour elle. Il fallait aussi que je lui donne de l'espace pour qu'elle ait la possibilité de devenir la personne qu'elle était destinée à devenir, elle aussi.

Cependant supporter son absence ne devenait pas plus facile. Je m'autorisai à m'abandonner un peu à cette tristesse. Je me rendais compte de la chance que j'avais d'éprouver le manque d'une personne comme elle. C'était un sacré honneur de connaître un amour comme le sien.

– Je peux te donner la lettre maintenant, mentionna Weston un lundi matin où j'étais assis en face de lui dans son bureau.

Je regardai mon oncle, légèrement déconcerté. Depuis quelque temps, je ne dormais pas ou mal, quelques heures tout au plus et d'un sommeil agité. Vivre dans la maison où mes parents m'avaient élevé alors qu'ils n'y étaient pas était bizarre. Je ne m'étais jamais aperçu à quel point elle pouvait être silencieuse. Les bruits que faisait papa en se déplaçant d'une pièce à l'autre me manquaient. Lorsqu'il ouvrait et refermait les portes en râlant contre la télévision. Maintenant il n'y avait que le silence. Je ne savais pas que le silence pouvait être si douloureusement bruyant. J'avais hâte que mon père revienne.

– Qu'est-ce que tu veux dire ?

– La lettre que ta mère t'a laissée pour ta remise de diplôme. Je peux te le donner maintenant, si tu veux.

Je plissai les yeux. Est-ce que sa proposition était sérieuse ? Avait-il la lettre sur lui en ce moment ? J'aurais bien eu besoin d'une lettre de ma mère à cet instant. Je m'étais senti tellement loin d'elle ces derniers temps. Même les levers de soleil et les fiches de cuisine ne semblaient pas suffire à me motiver.

J'aurais pu dire oui.

J'aurais pu en déchirer l'enveloppe pour me repaître des mots qu'elle avait choisis pour essayer de me donner une bouffée d'espoir.

Mais elle avait dit qu'elle était destinée à récompenser mon diplôme.

Comment pouvais-je aller à l'encontre de ses désirs ?

– Ce n'est pas la peine, dis-je en laissant passer l'occasion. Mais merci quand même.

Weston fit une grimace.

– Si tu changes d'avis, dis-le-moi. Je sais que Star est là pour t'aider à traverser ces épreuves, mais...

– Nous avons rompu.

Il resta muet, stupéfait.

– Quoi ?

– J'ai mis fin à notre relation. Je me suis dit qu'il y avait déjà assez de bazar dans ma vie et que j'avais déjà pas mal bousillé la sienne. Par conséquent, j'ai pensé qu'il valait mieux qu'on suive chacun sa propre voie.

– C'est parce que je l'ai découvert ? Parce que j'ai dit à Starlet...

– Cela n'a rien à voir avec toi, Weston. C'est mon choix. Nos vies divergent en ce moment. Je dois me concentrer sur ma scolarité et aller mieux. Elle doit se recentrer sur sa vie. Nous n'avons pas trouvé de solution.

– Pour l'instant, intervint-il. Vous n'avez pas trouvé de solution pour l'instant.

Je ricanai.

– Et pourtant, tu t'opposais à notre relation lorsque tu l'as découverte, non ?

– Si. Et puis j'ai entendu votre histoire et j'ai vu à quel point vous teniez l'un à l'autre. Il y avait quelque chose de spécial entre vous. C'était la même chose pour vos parents.

Cela me laissa pensif parce que je ressentais ça, aussi. Mon côté stupide pensait que ma mère avait su que j'avais besoin d'amour et pour cette raison m'avait envoyé Starlet. Mais je ne pouvais pas gâcher sa vie parce que j'avais besoin qu'elle soit près de moi. Et puis, elle était comme une sorte de couverture de survie pour moi – une chose qui me distrairait de ma dépression. Si je voulais guérir, si je voulais aller mieux, être meilleur, j'avais besoin d'apprendre à me débrouiller tout seul. Il fallait que je m'asseye à une table avec mes démons et que je leur permette de me raconter leur version de l'histoire et leur donner la mienne.

Weston m'adressa un sourire triste au moment où la sonnerie retentit.

– Je crois que c'est mon signal pour aller en cours.

– Oui. Je crois bien.

Il se leva aussi et glissa les mains dans les poches de son pantalon.

– Et… Mi ?

– Oui.

– Tu vas bien ?

J'ouvris la bouche et je fus d'abord tenté de mentir, mais c'est la vérité qui sortit.

– Non.

Je me noyais dans un océan de conneries, luttant pour me rappeler comment on respire, la plupart des nuits.

– Est-ce que je devrais m'inquiéter pour toi ?

– Non. Il faut que j'en passe par là, pendant quelque temps. Je viendrai si jamais cela devient trop dur, mais autrement, j'ai hâte de lire cette lettre, dans deux mois.

Il avait l'air moins inquiet lorsqu'il sourit en hochant la tête.

– J'ai hâte de te la remettre.

– Dis donc, Weston ?

– Ouais ?

– Est-ce que je pourrais venir habiter chez vous un petit peu ? Je n'ai pas envie d'être tout seul. Et puis, je vais peut-être avoir besoin d'assistance pour me rendre à certains de mes rendez-vous pour mes problèmes de vue et tout ça.

– Tu rigoles ? Bien sûr. On va te préparer une chambre. Tiens-moi au courant des jours et heures de tes rendez-vous. Nous allons nous en occuper avec ta tante. Milo... tu fais partie de la famille. Tu n'es pas tout seul.

* * *

– TU AS ROMPU avec elle ? me demanda Bobby alors que nous étions assis devant une glace un dimanche après-midi.

Il y avait du printemps dans l'air. Tout le monde avait remisé ses tenues d'hiver et ressorti les sweats à capuche et les blousons légers.

– On n'a pas rompu à proprement parler. On fait juste une pause.

– Comme Ross et Rachel, dans *Friends* ? Vous êtes tous les deux au courant que vous faites un break ? Parce que ça n'a pas trop bien marché pour eux.

– Mais bon Dieu, pourquoi tu regardes *Friends* ? glapit Henry à l'intention de son petit-fils. Tu ne ferais pas mieux de regarder *Blue's Clues* ou quelque chose de plus adapté à ton âge ?

Bobby se pencha vers moi et murmura :

– Ne fais pas attention. Il ne sait pas vraiment ce qui est cool. Il ne regarde que des vieux épisodes de *Derrick.*

– C'est une très bonne série, intervint Henry. Revenons à ce qui nous intéresse, un break, donc ?

– Ouais. On s'est dit que c'était mieux, dis-je en prenant une bouchée de ma glace au chocolat.

– Elle est sexy ? lâcha Bobby brusquement.

Je haussai les sourcils.

– Qu'est-ce que ça a à voir ?

– Juste pour savoir. Elle l'est ? Je parie que oui.

Je ricanai un peu.

– Elle est très sexy.

– Waouh. J'arrive pas à croire qu'un type comme toi a laissé tomber une fille très sexy.

– Ça veut dire quoi, ça ?

Il haussa les épaules.

– Ne le prends pas mal, mais...

– Il va te dire un truc vexant, dit Henry.

Bobby poursuivit.

– Mais toi, t'es plutôt horrible.

– Quoi ? dis-je en riant. Tu ne me vois même pas !

– Ouais, mais tu as une voix horrible. Je suis sûr que ta tête est en rapport.

On pouvait compter sur Bobby pour vous remettre à votre place.

– Est-ce que ta mère sait qu'elle élève un petit merdeux ? demanda Henry à son petit-fils.

– Et ton fils, il sait qu'il a été élevé par une grosse merde ? contre-attaqua Bobby.

– Surveille ton langage, gronda Henry.

– Désolé, grand-père, répondit Bobby ironiquement.

– Grand-père *par alliance,* brailla Henry.

Je souris en les regardant. J'étais content de les avoir rencontrés au moment où j'avais besoin de conseils dans ma vie. Je restai encore quelque temps à bavarder avec eux avant de les quitter pour aller chez Savannah retrouver mon autre groupe de copains.

Même si Starlet me manquait, je tenais la promesse que je lui avais faite. Je ne restais pas seul.

Loin de là.

39

STARLET

IL ME MANQUAIT.

Milo me manquait et je m'inquiétais tellement pour lui que j'avais beaucoup de mal à me concentrer sur autre chose. Parfois je me surprenais à relire les vieux textos que nous avions échangés. Je n'en revenais pas de voir à quel point un fil de messages peut mettre en évidence le moment précis où deux personnes tombent amoureuses.

Je recommençai à m'intéresser à mes études et m'appliquai à maintenir mes notes pour le reste du semestre. Le proviseur Gallo avait été clair sur le fait qu'il ne ferait pas de rapport sur moi, étant donné l'extrême rareté de la situation entre Milo et moi, mais je n'étais quand même plus certaine d'aller dans la bonne direction dans ma vie.

Tous les choix que j'avais faits concernant ma carrière étaient liés à ceux de ma mère. Je voulais marcher sur ses traces et voir les choses à travers son regard. Aujourd'hui, peut-être qu'une part de moi voulait toujours devenir professeure, mais je voulais aussi explorer d'autres domaines pour m'assurer que je faisais ce choix pour moi-même au lieu de me contenter de reproduire la vie de ma mère.

– Okay, coloc. J'ai une idée, dit un jour Whitney en arrivant avec un panier chargé de différents objets.

Il y avait des marqueurs et des surligneurs et des piles de magazines ainsi que des panneaux d'affichage.

Je haussai un sourcil.

– C'est pour quoi faire, tout ça ?

– On va mettre ta vie à plat, une chose à la fois, et on va faire un tableau.

Je me mis à rire.

– Je ne sais pas si c'est une bonne idée. Le dernier tableau de visualisation que j'avais fait, j'ai fini par le déchirer en mille morceaux.

– Heureusement pour toi, ce que je te propose n'est pas un tableau de visualisation. C'est un tableau d'essais. On va essayer une foule de choses différentes chaque week-end et voir ce qui marche. Par exemple, de l'escalade, de la peinture ou encore enregistrer un podcast. On va faire une liste de choses à faire.

Je souris à mon amie, elle m'épatait parce qu'elle avait été vraiment formidable pendant le semestre le plus éprouvant de toute ma vie. Elle était l'incarnation de la véritable amie à la vie à la mort. Quelles que soient les erreurs que je faisais, Whitney était toujours de mon côté.

– Tu es la meilleure personne que j'aie jamais rencontrée, Whit. Je ne te mérite pas.

Elle sourit et haussa les épaules.

– C'est vrai. Tu ne me mérites pas. Mais, d'une façon générale, les gens ne me méritent pas. Je suis remarquable. Bon, maintenant, allons-y. On fait cette fichue liste.

* * *

ALORS QUE LES SEMAINES passaient et que le printemps montrait le bout de son nez dans les bourgeons qui apparaissaient sur les arbres, Milo me manquait toujours autant. Les choses ne devenaient pas plus faciles, en fait. Tout recommençait à me paraître normal, mais ma vie en elle-même était bancale. C'était comme s'il manquait une partie de mon être, et qu'il m'était impossible de la récupérer de sitôt.

Je m'arrangeais pour être toujours occupée, et ma liste d'activités à tester avec Whitney me facilitait la tâche. J'avais appris un certain nombre de choses sur moi-même en cours de route. J'avais essayé un cours de vélo en salle et m'étais inscrite à un cours de peinture. Je n'étais pas peintre, mais j'essayais quand même. J'avais essayé différentes sortes de café. J'avais profondément détesté le matcha. Je pleurais parfois, mais je trouvais aussi de nombreuses raisons de rire.

Apprendre à me connaître s'avérait être l'aventure la plus dingue dans laquelle je me sois lancée, mais positive en même temps. C'était comme si j'étais amenée à me rencontrer à ce moment très spécial de ma vie.

Lorsqu'arriva le mois de mai, j'allais un peu mieux. Du moins jusqu'à la fête des mères, le jour le plus difficile de l'année pour moi. Je m'occupais pour essayer de ne pas trop y penser. Mon père m'envoya un message pour me dire qu'il m'aimait, et cela me fit plaisir. Il m'invitait à dîner ce soir-là en l'honneur de maman, et ce serait super. J'aurais bien aimé recevoir un texto de maman aussi.

Whitney : Rentre à la résidence.

Starlet : Pourquoi ?

Whitney : Ramène tes fesses, immédiatement.

Starlet : J'ai cours dans une demi-heure.

Whitney : Immédiatement, Starlet !

En ronchonnant je traversai le campus jusqu'à la résidence. Normalement je ne retournais jamais à notre chambre pendant la journée parce que mes cours se succédaient sans interruption et que la résidence était à l'autre bout du campus. Dans l'ascenseur, je reçus un nouveau message de Whitney me disant de frapper à la porte avant d'entrer, ce qui me parut bizarre. Bon, en même temps, Whitney était bizarre, donc ça collait.

Je frappai à notre porte et elle l'ouvrit juste assez pour se faufiler dehors. Elle referma la porte derrière elle et me sourit.

– Salut, souffla-t-elle.

– Ben, qu'est ce qui se passe ?

– Je te dois des excuses.

– Quoi ?

Ses yeux s'embuèrent et elle secoua la tête.

– J'avais tout faux à son sujet. J'étais tellement inquiète à l'idée que ce type te fasse souffrir que je suis passée à côté de la partie la plus importante. Je sais que normalement je déteste les hommes mais – et crois-moi, je n'en reviens pas de ce que je vais dire, peut-être que ce n'est pas valable pour tous les hommes. Peut-être qu'il y en a qui sont corrects. Peut-être même qu'il existe des types bien.

Je plissai les yeux.

– Whit, de quoi tu parles, bon sang ?

Elle prit une profonde inspiration et expira lentement.

– Tu as un cadeau.

– Pardon ?

– Un cadeau. Tu as un cadeau. Dans la chambre.

– Tu m'as fait un cadeau ?

Elle secoua la tête.

– Nan. Pas moi. Mais, purée, ça m'a fait pleurer. T'es prête ?

– Tu me fais flipper. Pousse-toi.

En souriant, elle s'écarta pour me laisser passer. Je posai la main sur la poignée et la tournai pour ouvrir la porte. Aussitôt les larmes me montèrent aux yeux quand je vis l'objet posé devant moi. Une bicyclette rose avec des marguerites jaunes peintes dessus, un guidon mauve et un panier en osier blanc. Il y avait aussi un casque aux couleurs assorties et, dans le panier, il y avait un bouquet de pivoines et une carte.

Milo.

Je me précipitai et ouvris la carte pour la lire.

Mon tout,

Je sais qu'aujourd'hui est une journée particulièrement difficile pour toi, donc j'ai pensé t'offrir quelque chose qui la rendrait un peu plus souriante. Je l'ai fait avec un de mes nouveaux potes. Il n'est pas aussi parfait que celui de ta mère, mais j'espère qu'il te plaira.

J'espère que tu pourras faire une balade aujourd'hui et sentir la présence de ta maman dans le vent.

Bonne fête des mères à ta mère.

Elle a élevé la meilleure des meilleures.

Con amore

Milo.

– Donc...

Whitney entra dans la chambre et vit les larmes qui roulaient sur mes joues. Elle me tapota l'épaule et soupira.

– C'est l'homme de ta vie ?

Je hochai la tête.

– C'est lui.

Mais je n'étais pas certaine de ce que cela signifiait. Je n'étais pas certaine de ce que je devais en penser. Cela faisait des semaines que je ne l'avais pas vu, des semaines sans échanger un mot, mais ceci me rappelait avec précision pourquoi j'aimais tant cet homme.

Non seulement il était l'homme de ma vie mais il était mon cœur. Mon esprit. Ma lumière.

– Alors ? Qu'est-ce que tu vas faire ?

Je secouai la tête, indécise.

– Je... je... je ne sais pas.

– Tu dois aller le voir !

Mon estomac se nouait à cette idée. Je ne pouvais pas aller le voir comme ça. Je ne pouvais pas... ou si ?

Oh la vache.

J'allais vomir.

– J'ai besoin d'air, dis-je en secouant la tête, regardant incrédule le vélo devant moi. J'ai besoin d'air.

Et donc je pris le vélo, mis le casque et partis faire une balade afin de parler au vent.

Après ma balade et toujours en pleine confusion des sentiments, je rapportai le vélo à la résidence. Je sautai dans ma voiture et conduisis les deux heures de trajet pour aller chez mon père pour dîner. À peine arrivée chez lui, je déversai le flot de ce que Milo avait fait pour moi en m'offrant ce vélo. Mon père me prêta une oreille attentive tout en coupant des carottes pour le repas.

– Waouh. Je dirais qu'il est champion, là.

– Champion ? Papa ! Il m'envoie une bicyclette customisée alors qu'il ne m'a pas parlé pendant des semaines.

– Tu dois reconnaître que c'est quand même drôlement attentionné de sa part, insista-t-il.

Oui. En effet. Malgré tout, j'étais paumée.

– Je ne sais pas ce que ça veut dire.

– Je pense que ça veut dire qu'il t'aime.

– Je t'en prie, dis-moi ce que je suis censée faire. Dis-moi comment je suis censée réagir à ça.

– Je ne sais pas, ma puce. C'est ta vie.

Je ronchonnai.

– Je sais. Mais si c'était la tienne... qu'est-ce que tu ferais ?

Il haussa les épaules.

– Je ne sais pas, mais personnellement, je l'aime bien.

– Qu'est-ce que ça veut dire, ça ?

– Milo. Je l'aime bien.

Je ricanai.

– Tu ne le connais pas.

– Je veux dire, c'est moi qui l'ai aidé à faire ce vélo, alors on a une relation plutôt sympa depuis quelques semaines.

– De quoi tu parles ?

– On s'est vus plusieurs fois ces dernières semaines, donc je pense que je le connais assez bien.

Je plissai les yeux.

– Excuse-moi, mais qu'est-ce que tu racontes ?

– Tu te souviens que je t'ai donné ma parole de scout que je ne harcèlerais pas ton ex-petit ami ?

– Oui ?

– Eh bien, je n'ai jamais été scout, ma petite fille. Alors j'ai harcelé ton ex-petit ami. Je suis allé le voir une fois par semaine depuis ce jour-là.

Les yeux me sortirent de la tête.

– C'est pas possible !

– Désolé, ma puce. Je ne supportais pas l'idée que ce gars se retrouve tout seul après tout ce qu'il avait vécu. Surtout quand il a fait passer ton bien-être avant le sien pendant ces moments difficiles.

– Tu as fait plus de deux heures de voiture aller et autant pour le retour chaque semaine pour aller voir s'il allait bien ?

– Ouais.

Mes yeux se remplirent de larmes en réalisant la portée de ce que mon père me disait.

– Tu étais là pour lui ? Il n'était pas tout seul ?

Mon père posa son couteau, prit un torchon et s'essuya les mains. Il se tourna vers moi et sourit.

– Non, ma petite fille. Il n'était pas tout seul.

Impulsivement, je me jetai dans les bras de mon père et le serrai fort contre moi. Des larmes d'émotion jaillirent de mes yeux et roulèrent sur mes joues.

– Merci, papa.

Il m'embrassa sur le front et me serra fort.

– De rien.

Je le lâchai et essuyai mes larmes.

– Comment va-t-il ? Il va bien ?

– C'est un jeune homme solide. Il continue à avancer. Il va bientôt passer ses derniers examens, mais d'après ce que je sais, il a déjà la moyenne dans toutes les matières. Je n'ai pas été d'un grand secours en maths, mais mon espagnol n'est pas mauvais.

J'ouvris des yeux ronds.

– Tu l'as fait travailler ?

– *Si, mi hija,* répondit-il, ce qui me fit sourire. Certes, c'était ta mère la professeure, mais moi je n'étais pas si mauvais quand j'étais étudiant.

– Tu es la meilleure personne que je connaisse.

Il me serra contre lui.

– Pour être juste, tu es plutôt asociale, donc ça ne veut pas dire grand-chose, dit-il pour plaisanter.

Je me mis à rire.

– Tu crois que je devrais le contacter ? Ou qu'il vaut mieux que j'attende ?

– Eh bien, en fait, j'ai une idée. Mais tu vas peut-être la détester parce que tu vas devoir attendre encore un peu.

40

MILO

– AH, ÉRIC, TU VAS ÊTRE CONTENT de savoir que j'ai réussi mon examen de maths, dis-je en entendant des pas dans mon dos alors que j'étais assis sur le banc ce vendredi matin.

Je réussissais de mieux en mieux à utiliser mes autres sens pour appréhender mon environnement. En me retournant, je marquai un temps de pause en voyant qui était avec Éric.

– Papa ? Qu'est-ce que tu fais là ?

– C'était mon dernier jour à la clinique, et Éric a eu la gentillesse de me proposer de me raccompagner en voiture de Chicago.

Je plissai les yeux en regardant Éric.

– Tu étais en contact avec mon père ?

– Oui. On est devenus potes et on a eu quelques super conversations à cœur ouvert tous les deux.

Il vint vers moi et me donna une tape dans le dos.

– C'est un mec bien qui a un fils génial. Je me suis dit que vous pourriez avoir envie de regarder le soleil se lever tous les deux. Il faut que je retourne en ville.

Il me serra l'épaule avant de s'éloigner.

– Éric, le rappelai-je.

– Ouais ?

– Merci. Pour tout.

Il sourit. Le sourire de sa fille, ce qui me fit regretter Starlet encore plus.

– Je ferais tout pour ma fille. Et donc tout pour toi.

Il se détourna, dit au revoir à mon père, puis nous laissa seuls avec les sons de la forêt et de l'eau qui courait.

Mon père se frotta la nuque.

– Je n'arrive pas à décider si Éric existe vraiment ou si c'est cet ange sorti tout droit de *La vie est belle* de Capra.

Il ricana.

Je lui adressai un petit sourire.

– C'était le film de Noël préféré de maman.

Il fronça les sourcils et hocha la tête.

– Oui, c'est vrai.

Il montra le banc de la main.

– Je peux m'asseoir ?

– Bien sûr. C'est ton banc, après tout.

Il s'assit à côté de moi. Je le regardai suivre du bout des doigts les initiales qu'ils avaient gravées dans le bois avec maman. Il renifla et se racla la gorge.

– Trente-quatre jours.

Je haussai un sourcil.

– Trente-quatre jours sans une goutte d'alcool. Je sais que ça n'a rien d'impressionnant, mais...

– C'est impressionnant. Je suis fier de toi.

Ses yeux devinrent humides. Il secoua la tête et leva le regard vers le ciel qui commençait lentement à s'éclaircir.

– Je ne pensais pas que je t'entendrais de nouveau prononcer ces mots un jour. Pas après la façon dont je me suis comporté ces derniers mois. Je te dois des excuses, Milo.

– C'est bon, papa.

– Non, ce n'est pas bon. Au moment où tu avais le plus besoin de moi, je t'ai laissé tomber, encore et encore. Je n'ai pas été le père dont tu avais besoin ou que tu méritais, et je m'en excuse. Tu avais besoin de plus de présence, et ta mère t'en aurait accordé davantage.

– Peut-être, dis-je en haussant les épaules. Je veux dire, comprends-moi bien. Pendant un temps, c'est aussi ce que j'ai pensé. J'étais tellement furieux contre toi. J'étais persuadé que maman aurait fait mieux. Mais qui sait ? Si cela avait été l'inverse, si tu étais mort à sa place, je ne sais pas comment maman aurait supporté le fait de t'avoir perdu. Tout le monde ne gère pas le deuil de la même façon. On ne sait jamais comment il va nous affecter tant qu'on ne l'a pas vécu. Je te dois des excuses, moi aussi. J'aurais dû me rendre compte à quel point c'était dur pour toi. J'ai eu ma mère à mes côtés pendant dix-sept ans. Pour toi, cela a duré quarante-deux ans. Cela fait beaucoup plus à pleurer, et je suis désolé de ne pas m'être appuyé sur toi davantage. Je suis désolé de ne pas être venu plus souvent te demander comment tu allais.

Les larmes ruisselaient sur ses joues et il renifla en gardant les yeux levés vers le ciel. Des nuances bleues et mauves commençaient à apparaître. Les nuages se déplaçaient lentement vers la droite alors que les premiers rayons du soleil perçaient à travers les arbres. Mon père admirait le paysage en jouant avec ses doigts.

– Ta mère t'a dit de la chercher dans les ciels du petit matin. Moi, elle m'a dit de la trouver dans les soleils couchants. Je pense qu'elle voulait nous rassembler toi et moi afin que nous partagions à la fois les matins et les soirs.

– C'est le genre de trucs qu'elle aurait pu faire.

– J'ai déconné, Milo. Je t'ai laissé tomber un nombre incalculable de fois cette année, et je te demande pardon. Je compte sur la thérapie entre autres choses pour m'aider à gérer mon deuil. Je ne veux pas continuer à vivre comme ça, je ne veux plus me sentir comme ça. Je veux être présent pour toi. Je veux trouver le moyen d'être plus fort pour toi.

– Je n'ai pas besoin que tu sois fort, papa. Je comprends... ça craint et c'est dur, mais je n'ai pas besoin que tu sois fort. J'ai besoin que tu sois là. Maman comprendrait qu'on craque de temps en temps, et je ne pense pas qu'elle voudrait qu'on craque chacun seul dans son coin.

Il se passa les doigts sous le nez en regardant l'eau.

– On craque ensemble ?

– Ouais, on craque ensemble.

– Tu es un fils génial, Milo. Tu l'as toujours été, et je regrette de ne pas te l'avoir dit plus souvent.

– C'est pas grave, mais je vais t'obliger à le faire pendant tout le reste de notre vie.

Il sourit et battit des cils pour faire fuir ses larmes.

– Ouais, ben, je l'ai bien cherché.

– Tu es super, toi aussi, papa. Je veux que tu saches que je ne te jugerai pas sur cette mauvaise année alors que les dix-sept qui ont précédé ont été géniales. Une personne m'a dit un jour que nous ne sommes pas définis par nos plus mauvais moments et j'aime croire que c'est vrai.

Il croisa les mains et hocha la tête.

– Je t'entendais, tu sais.

– Pardon ?

– Quand tu venais me voir à l'hôpital et que tous les jours tu me demandais de rester. Je t'ai entendu à chaque fois. Je pense que c'est ce qui m'a permis de revenir. Je crois que c'est grâce à toi, Milo. C'est toi et ce sera toujours toi qui m'as fait revenir. C'est toi qui m'as sauvé la vie.

* * *

MON PÈRE ÉTAIT RENTRÉ à la maison juste à temps pour la remise des diplômes. Un jour auquel je ne suis pas certain d'avoir accédé tout seul, et je savais parfaitement que je n'en serais pas là sans Starlet. Si j'étais honnête, je ne sais même pas si je serais encore en vie sans elle. Pourtant, grâce à elle, j'avais passé l'hiver et découvert le printemps et l'été qui n'était pas loin.

Je n'avais jamais rien porté d'aussi inconfortable que la tenue de cérémonie, coiffe et toge réglementaires. En plus, c'était moche. C'était comme le moyen d'embêter les élèves jusqu'au dernier moment.

Le pompon me pendouillait devant la figure alors que, assis sur le terrain de foot, je regardais en direction de la scène. Les gradins étaient bondés de spectateurs, familles et amis, tous venus célébrer les diplômés. Le fait que mon père soit présent dans ces gradins n'avait pas de prix pour moi.

Le soleil était de la partie, et j'allais me transformer en une flaque de sueur. Ça me paraissait dingue que, à peine quelques mois plus tôt, tout était recouvert de neige et que maintenant le soleil me donnait envie d'aller me baigner à poil.

Mais je préférais de beaucoup les mois les plus chauds aux autres.

C'était Weston, en tant que proviseur, qui appelait un à un les élèves pour qu'ils viennent chercher leur diplôme. Heureusement pour moi, mon nom commençant par C, je serais parmi les premiers à m'avancer vers la scène. À l'appel de mon nom, je me levai de ma chaise et m'approchai. À ma grande surprise, une vague d'applaudissements se fit entendre, provenant non seulement de mes potes qui étaient diplômés mais des spectateurs aussi. Je regardai vers les gradins et ma poitrine se serra.

Star.

Ma Star.

Mon cœur cessa de battre pendant une fraction de seconde et je me figeai sur place, incapable de continuer à avancer.

Elle affichait un grand sourire et la chaleur envahit tout mon corps. Mince. Même à distance, elle contrôlait toujours tous mes mouvements.

– Milo, dit Weston à voix basse mais sur un ton pressant, me tirant de mon état second.

Je secouai la tête et m'éclaircis les idées du mieux que je pus. Je jetai un dernier coup d'œil à Starlet avant d'avancer vers mon oncle. Je lui serrai la main et il me serra fort dans ses bras. Comme il me tenait contre lui, je sentis couler ses larmes.

– Putain, je suis tellement fier de toi, mon grand, murmura-t-il.

Il me fit presque pleurer à mon tour, sur cette fichue estrade. Je lui rendis son accolade, pris le diplôme et retournai m'asseoir. Je regardai de nouveau vers les gradins, mais elle avait disparu. Je secouai la tête plusieurs fois en me demandant si je devenais dingue. Est-ce que j'avais cru la voir ? Est-ce que c'était seulement dans mon imagination ?

Je baissai les yeux sur mon diplôme et le déroulai pour voir le certificat. À la place, je trouvai une enveloppe – une lettre avec les mots « Mon tout » écrits dessus.

La lettre de ma mère.

Je l'ouvris aussitôt. Le monde autour de moi se mit à tourner au ralenti. Je n'entendis plus personne alors que mes yeux parcouraient les lignes écrites avec une encre qui n'était rien d'autre que de l'amour.

Mon tout

Aujourd'hui est un jour unique.

Le jour de la remise de ton diplôme.

Ceci est probablement la lettre la plus difficile que j'aie jamais eue à écrire. Alors que je vous entends toi et ton père regarder le sport à la télé dans le salon, les larmes coulent sur mes joues. La bouilloire est sur la cuisinière, et j'attends le sifflement nous avertissant que l'eau est chaude pour le thé. Tu vas te précipiter sur la théière pour m'en servir une tasse et me demander si je veux du sucre ou du miel.

Les deux, comme toujours.

Tu le sais, mais tu poses toujours la question.

Merci de t'être occupé de moi au cours de ces derniers mois. Je sais que cela n'a pas été facile pour toi, mon fils, mais tu as été le plus héroïque des êtres humains. Merci d'avoir aimé ta maman quand elle était trop faible pour s'aimer elle-même. Tu es et tu seras toujours la plus belle chose qui soit advenue dans ma vie.

Si tu lis cette lettre, c'est que j'ai quitté le monde physique, mais je veux que tu saches que je t'accompagne à chaque pas que tu fais.

Spécialement aujourd'hui. Le jour où tu vas avancer vers l'estrade pour recevoir ton diplôme qui marque le début du chapitre suivant de ta vie.

Je veux que tu saches que je comprends combien cette année écoulée a dû te demander d'efforts. Je veux que tu saches que je suis fière de toi, quoi qu'il arrive. Tu as pu te planter un million de fois. Tu as pu échouer encore et encore. Tu as pu te droguer, te soûler, et t'écrouler de façon répétée, et pourtant je reste tellement fière de toi, Milo, parce que tu es quand même parvenu là où tu es.

Je ne sais pas ce que tu vas faire maintenant. Mais je sais que ça va aller, parce que je te connais, mon fils. Je connais ton cœur et comment il bat. Je vois le bon en toi, dans ton âme et je connais la bienveillance de ton esprit. Ça va aller pour toi, et même davantage. Ça va être super.

Donc, je veux te donner quelques conseils de mère pour t'aider à avancer dans les années. Et j'espère que ces années seront les plus vivantes de ta vie, emplies de bonheur et de joie.

Mes conseils :

Mange des légumes. Je sais que les choux de Bruxelles c'est dégoûtant, mais c'est bon pour la santé. N'oublie pas le fil dentaire tous les soirs. D'accord, un soir sur deux. Je ne veux pas te mettre la pression.

Pardonne à ton père. Je sais à quel point il a le cœur tendre et je crains qu'il ne s'endurcisse une fois que je ne serai plus là. Prenez soin l'un de l'autre quand vous le pouvez et continue à l'aimer quand tu ne pourras plus. C'est déroutant d'être un être humain, et des difficultés apparaîtront, mais sache que l'amour qu'il te porte est fort même lorsque lui est faible. S'il te plaît, rappelle-toi ses bons jours quand il te montrera les plus mauvais.

Fais-toi de nouveaux amis et ménage les anciens qui se sont montrés patients quand tu souffrais. Garde-les un peu plus serrés que les autres. Et lorsqu'ils auront besoin de toi, réponds à leur appel. Sois leur pilier comme ils ont été les tiens.

Tombe amoureux. Je t'en prie, fais-le et accepte que ce soit chaotique. Tombe amoureux vite et profondément. Bats-toi pour cet amour et sois un ancrage pour lui. Autorise-toi l'espace nécessaire pour ressentir les choses pleinement. Dis Je t'aime aussi souvent que possible. Tu ne sais jamais quand cela risque d'être la dernière fois, et je préfère que tu te noies en étant amoureux plutôt que laisser passer le moment sans rien dire.

Ceci est sans doute la partie la plus importante de cette lettre. Aime-toi toi-même, Milo. S'il te plaît, s'il te plaît, aime-toi toi-même. Personne n'a plus le droit d'être témoin de ton amour que la personne qui te regarde dans ton miroir.

Cette lettre est accompagnée de la dernière fiche de cuisine que j'ai faite pour toi. J'espère que les autres t'ont consolé dans les moments les plus difficiles. Tout ce que je demande, c'est que tu fasses cette recette un dimanche pour la déguster en compagnie de toutes les personnes que tu aimes. Je veux que tu manges, que tu apprécies le repas, que tu ries, que tu plaisantes et que tu sois vivant.

Sois vivant, Milo. Vis.

Je veux que tu composes tes propres recettes de vie. Crée des souvenirs uniques de ta façon particulière. Développe-toi. Essaie des choses nouvelles. Échoue. Essaie encore. Tu es le fils le plus remarquable qui soit et c'est une bénédiction de t'avoir connu. Je sais que quoi que tu fasses de ta vie, elle sera délicieuse.

Con amore, figlio mio, con amore

Mama

Je sortis de son enveloppe la recette de la plus célèbre des sauces brunes que ma mère faisait le dimanche – la sauce qu'elle cuisinait pendant des heures pour régaler tous les êtres que nous aimions. Ma poitrine se serra et je murmurai par-devers moi :

– Merci, maman.

J'avais l'impression que la cérémonie s'éternisait et nous n'en étions qu'à la lettre M. Combien de gens avaient un nom commençant par cette fichue lettre M ? Je n'arrêtais pas de chercher Starlet des yeux dans les gradins, en vain. Elle n'y était pas. Ce devait être mon imagination qui me jouait des tours, ce qui n'avait rien d'étonnant étant donné qu'elle était en permanence présente dans mes pensées.

* * *

– DONC T'ES EN TRAIN de me dire qu'on t'a remis ton diplôme aujourd'hui, que tu penses avoir vu dans la foule ton ex-petite amie sexy, l'amour de ta vie, après lui avoir fabriqué un vélo avec son père et que tu as décidé que tu voulais venir manger une glace avec Henry le Grincheux et moi au lieu d'aller la voir ? me demanda Bobby, alors que nous étions assis chez le glacier.

– Oui, en gros on peut dire ça.

– C'est idiot, dit Bobby sur un ton détaché. Tu fais des mauvais choix dans la vie.

Je rigolai à demi.

– Et moi qui pensais que c'était Henry le plus brutal et franc des deux.

– C'est le cas, acquiesça Henry. Mais le gamin a raison. T'es un crétin.

– C'est sévère, dis-je en me fourrant une cuillerée de glace dans la bouche.

– On est juste des amis sincères. Tout le monde a besoin d'avoir des amis sincères, expliqua Bobby.

– Okay. Accouche. Dis-moi le fond de ta pensée.

Bobby s'éclaircit la voix.

– D'accord, mais tu l'auras voulu. À mon avis, c'était idiot de te croire obligé de rejeter cette personne pour faire le point sur ton merdier. Ma mère disait toujours que l'intérêt de l'amour, c'est qu'on n'est pas tout seul pour vivre les trucs, heureux ou tristes. Et toi, tu choisis de le faire tout seul. C'est idiot.

J'ouvris la bouche pour le contredire, mais aucun argument ne me vint à l'esprit, donc je continuai à m'empiffrer de glace.

– Le gamin a raison, espèce d'abruti, je ne vois même pas ce que tu fais encore là.

– Mon père avait des trucs à faire avant de venir me chercher ici pour aller à mon dîner de remise de diplôme, alors j'ai pas trop le choix, je suis coincé ici. Et puis si j'ai rêvé en croyant la voir là-bas, ça veut dire qu'elle est déjà repartie à Chicago chez son père pour les vacances.

– Uber, Milo. Prends un de ces fichus Uber, dit Bobby comme si c'était la chose la plus facile du monde.

Je rigolai.

– Pour aller à Chicago ?

– Ouais. Et laisse-lui un bon pourboire, ordonna Henry.

– Il n'y a rien de plus facile. T'es vraiment sûr que tu as eu ton diplôme de fin d'études aujourd'hui ? Tu m'as l'air plutôt crétin, pourtant.

– Genre *vraiment* crétin, renchérit Henry.

– En plus, poursuivit Bobby en ajoutant de plus en plus de vermicelles de chocolat sur sa glace, moi, si je n'étais pas non-voyant et que j'avais une petite amie que je trouvais sexy, je passerais des journées entières à la regarder.

Il avait raison. J'avais déjà perdu assez de temps comme ça.

– Bordel. Il faut que j'aille à Chicago.

– Sans blague ! dirent Bobby et Henry en chœur.

Comme je sortais mon téléphone, mon père entra dans la boutique du glacier en me souriant.

– Hé, Mi. T'es prêt ? On y va ? J'ai tout préparé pour le dîner. Il y a même ton cadeau pour ton diplôme qui t'attend dehors.

Je haussai les sourcils.

– Un cadeau ? Tu n'étais pas obligé. En fait, on ne pourrait pas changer de plan pour le dîner ? J'aimerais bien que tu m'emmènes à Chicago.

– À Chicago ? demanda-t-il, déconcerté.

– Il y a une fille sexy, dit Bobby. Et Milo est amoureux d'elle.

Mon père eut l'air surpris.

– Une fille, ah bon ?

– Une fille canon, expliqua Bobby. Croyez-moi. C'est la bonne.

Mon père se gratta le front.

– Eh bien, je me faisais une joie de ce dîner, mais si c'est le véritable amour...

– Tu veux bien m'emmener ? demandai-je, quelque peu étonné.

– Aujourd'hui, c'est ta journée, fils. Je ferai tout ce que tu voudras. Mais d'abord, il faut que je te montre ton cadeau. Viens dehors avec moi.

Je dis au revoir à mes potes et sortis avec mon père. Une fois à l'extérieur il me désigna de la main un énorme camping-car garé devant chez le glacier.

– Et voilà ! Félicitations pour ton diplôme, mon fils !

Je plissai les yeux.

– Excuse-moi, mais c'est quoi ?

– Je t'ai acheté un camping-car. Je me souviens que quand tu étais petit, tu disais que tu rêvais de voyager et faire le tour des États-Unis, alors je me suis dit que c'était le bon moment de t'en donner l'occasion pendant les mois d'été.

Il faut me comprendre, bien sûr l'attention était touchante, mais elle avait un défaut majeur.

– Je ne peux pas le conduire, papa. Je n'ai pas le droit de conduire. Sauf si tu as l'intention de venir avec moi.

– Ah, merde... non, fils. Je ne peux pas. Je viens juste de commencer ce nouveau boulot et je ne l'ai même pas envisagé. Je te demande pardon. J'imagine que c'est un cadeau à la con.

Je haussai les épaules et lui donnai une tape dans le dos.

– C'est l'intention qui compte.

– Si tu cherches un chauffeur, je suis assez disponible cet été, dit une personne en ouvrant la portière du camping-car.

En levant les yeux, je vis Starlet qui se tenait devant moi avec un immense sourire.

– Enfin, si mes compétences de chauffeur te conviennent.

Je me figeai sur place, la poitrine serrée, en la regardant fixement. Ses boucles naturelles flottaient dans le vent alors qu'elle se tenait dans l'embrasure de la portière du camping-car.

Mon regard fit l'aller et retour entre mon père et elle tandis que j'essayais de comprendre ce qui se passait. Je ne savais pas si je rêvais éveillé ou pas.

– Elle est là ? demandai-je à mon père.

Il fit oui de la tête.

– Oui, elle est là. Alors tu ferais bien d'aller lui dire bonjour.

Je me ruai sur elle et pris ses mains dans les miennes qui tremblaient. Je collai mon front contre le sien et je fermai les yeux.

– Salut, dis-je dans un souffle.

– Salut. Félicitations pour ton diplôme.

J'ouvris les yeux et caressai sa joue du revers de la main. Je la dévorai du regard. Ses yeux. Ses fossettes. Son sourire. Ses joues. Bobby avait raison. J'étais un crétin.

– Tu m'as manqué, à un point que tu n'imagines même pas, lui dis-je. Et je te demande pardon de t'avoir écartée pendant un moment.

– Ce n'est pas grave. C'était bon pour moi. J'ai encore un tas de choses à apprendre sur moi-même. Mais la chose la plus importante que j'ai apprise, c'est que je veux les apprendre avec toi.

– Je croyais que ça ne pouvait pas marcher entre nous si nous ne nous connaissions pas parfaitement nous-mêmes. Mais je me rends compte que le changement est la seule chose constante dans la vie. Je ne sais pas combien de temps il me faudra pour régler mes problèmes. Je ne sais même pas ce que cela veut dire aller mieux ou être normal en ce qui me concerne, Star. Mais tout ce que je sais, c'est que je veux être avec toi. Je veux que tu saches que je veux passer tout le temps qu'il me reste à te regarder.

– Milo, murmura-t-elle d'une voix qui tremblait légèrement. J'ai passé ma vie à essayer de me conformer à ce que je pensais que ma mère attendait de moi. J'ai essayé d'être parfaite en tout point pour qu'elle soit fière de moi. Mais c'est alors que je t'ai rencontré et que j'ai réalisé que je ne voulais plus être parfaite, mais fausse en même temps.

Je veux être vraie. Je veux une vie imparfaite. Je veux être imparfaite avec toi.

Je l'attirai contre moi et la pris dans mes bras pour l'embrasser avec fougue. À partir de cet instant, je refusai de jamais la lâcher à nouveau.

41

MILO

– C'EST INCROYABLE que tu fasses cuire cette sauce pendant dix-huit heures, dit Starlet debout derrière moi dans la cuisine.

Elle me tenait par la taille pendant que je tournais la sauce.

– La sauce brune faite maison de ma mère est une recette qui demande un long temps de cuisson.

Cela faisait une semaine que nous nous étions retrouvés et nous ne nous quittions plus. Cela avait été la semaine la plus heureuse de ma vie où je m'étais réveillé tous les matins dans ses bras et endormi tous les soirs de la même façon. Le départ pour notre road trip était prévu pour le lendemain matin, mais avant, mon père et moi avions décidé de lancer une invitation pour un grand dîner en l'honneur de Starlet et moi.

– Tu veux goûter, dis-je en portant à ses lèvres la cuillère en bois de maman.

Je ne l'avais pas utilisée depuis qu'elle nous avait quittés et cela me semblait une bonne occasion de le faire pour préparer le repas dominical en famille.

Elle ouvrit la bouche et goûta la sauce. Je sus qu'elle était parfaite lorsqu'elle poussa un gémissement plus suggestif que je l'avais jamais entendu pousser en d'autres circonstances plus intimes.

– Oh la vache, je n'ai jamais rien goûté d'aussi bon.

Je souris et l'embrassai sur les lèvres.

– Pas mal pour une première fois, non ?

– Tu vas devoir cuisiner ça pour moi tous les dimanches. J'espère que tu le sais, ok ?

– Je le ferai pendant tout le reste de ta vie si tu continues à gémir comme ça. Tu sais que tu es belle ? J'adore tes boucles au naturel.

Elle se tapota les cheveux et sourit.

– Je commence à les aimer moi aussi. Un jour à la fois.

Nous prenions tout de cette façon – un jour à la fois.

Je continuais de travailler sur mes problèmes de vue et à reconstruire une relation avec mon père. Le retour de Starlet dans ma vie n'avait pas résolu toutes ces questions, mais c'était plus facile à gérer, et plus léger. Je devais encore apprendre à nager dans le flot de mon deuil et de mes épreuves et tribulations, mais dans un sens, je commençais à respirer sous l'eau tandis que mes amis, ma famille et Star nageaient à mes côtés.

– Tu veux bien couper le pain ? demandai-je. Les autres ne vont pas tarder à arriver. La pasta est bientôt prête, on peut dresser la table.

– Bien sûr, dit-elle en m'embrassant sur la joue.

Mon père avait fait cuire une épaule de porc sur le gril pendant plusieurs heures et il avait entrepris de la découper.

Quelques minutes plus tard, les premiers invités commencèrent à arriver. Le père de Starlet était venu avec ses employés de Inked, son salon de tatouage. Whitney avait apporté un gâteau, la famille de Weston une salade et mes potes étaient tous venus avec leur appétit.

Ma mère aurait adoré voir sa maison de nouveau pleine de monde, de rire, d'amour et d'amitié.

Après l'avoir laissé échanger quelques minutes avec Éric, je sortis rejoindre mon père. Une douce brise traversait la soirée.

– Comment tu te sens ?

Il croisa les bras et me sourit. Il souriait. Au fil des dernières années, ses sourires s'étaient faits de plus en plus rares pour ne devenir qu'un souvenir et pendant un moment j'avais cru qu'il ne serait plus jamais capable de sourire à nouveau. Maintenant tout ce que je voulais, c'était que mon père trouve au moins une fois par jour une raison de sourire.

– Je vais bien. J'ai décidé de me remettre au sport. Quelqu'un m'avait conseillé la méditation, mais je ne pense pas que ce soit mon truc. En revanche, Éric m'a dit que sa forme de méditation préférée, c'était de soulever de la fonte et je me suis dit que ça, c'était dans mes cordes.

– C'est bien, papa. Je suis fier de toi.

Il posa la main sur mon épaule en souriant.

– C'est moi qui suis fier de toi, fils. De la personne que tu es... de la personne que tu es en train de devenir...

Il renifla et secoua légèrement la tête avant de poursuivre.

– Elle serait tellement fière de l'homme que tu es aujourd'hui. J'essaie juste de prendre modèle sur toi et de la rendre fière, moi aussi.

Je plissai les yeux.

– Tu es sûr que ça va aller cet été quand je ne serai pas là ? Je n'aime pas te savoir tout seul.

– Ne t'en fais pas pour moi. Ça va aller. Et puis, Weston et Éric m'ont assuré qu'ils n'allaient pas me lâcher des yeux très longtemps, dit-il pour plaisanter. Éric t'a dit que j'allais venir le voir à Chicago pour qu'il me tatoue ?

Je haussai les sourcils.

– Ah ouais, un tatouage ?

Il ricana.

– Certains parleraient de crise de la cinquantaine.

– Mais d'autres parleraient de guérison. Alors, continue comme ça, papa. Continue de guérir.

Nous restâmes sur le porche arrière encore un peu alors que le soleil se couchait au-dessus de nos têtes. Le ciel se parait de nuances orange et mauves, de filaments violets emmêlés de bleu, et nous prîmes une profonde inspiration.

– Pas si mal, Ana, murmura mon père.

Pas si mal en effet.

Le repas fut un succès. Tout le monde put repartir avec des restes, exactement comme à l'époque de maman. Starlet avait même fait des petits paquets de cookies aux pépites de chocolat pour tout le monde. Cela faisait partie de ses récentes découvertes sur elle-même, elle adorait faire de la pâtisserie.

Elle était toujours en mission pour découvrir qui elle était et ce qu'elle voulait devenir et j'admirais la patience dont elle faisait preuve au cours de ce processus.

Une fois tout le monde parti, on enfila des vêtements confortables pour ranger la maison. Après avoir chargé le camping-car pour le lendemain, nous nous penchâmes encore une fois sur l'itinéraire de notre périple.

– Ça va être le meilleur voyage de tous les temps, dit Starlet en se glissant dans le lit à côté de moi.

– J'arrive toujours pas à y croire.

On s'est endormis dans les bras l'un de l'autre. Au réveil, nous sommes allés regarder le soleil se lever sur le lac une dernière fois avant de nous embarquer dans notre aventure et voir beaucoup d'autres levers de soleil. Assis sur le banc que mon père avait fabriqué pour ma mère, nous avons admiré le ciel et toutes les couleurs dont le soleil ornait le paysage devant nos yeux.

Starlet posa la tête sur mon épaule et je passai le bras autour de sa taille.

– Je t'aime.

– Je t'aime.

En regardant le soleil se lever au-dessus de nous, je ne pus m'empêcher de penser que notre aventure ne faisait que commencer.

* * *

UN MOIS PLUS TARD

– C'EST TELLEMENT BEAU, est-ce que c'est pour de vrai ? demandai-je à Starlet alors que nous finissions notre ascension du Grand Canyon.

Cela faisait trente-deux jours que nous avions commencé notre voyage et admiré trente-deux levers de soleil ensemble, ainsi qu'un bon nombre de couchers de soleil. Nous avions visité des tas de sites magnifiques et des trucs bizarres aussi. Starlet n'avait pas adoré le Doll'Head Trail près d'Atlanta en Georgie, où on voyait des têtes et des membres de poupées boueux et flippants disséminés dans des sous-bois obscurs. Généralement, c'était elle qui me guidait sur les chemins mais, dans ce parc-là, elle s'était accrochée fermement à mon bras. Le Monde des Dinosaures dans le Kentucky avait été un autre point fort du circuit. À un moment, je m'étais dit qu'elle devait en avoir marre que je lui demande de s'arrêter à chaque statue de dinosaure exposée au bord de la route, mais on avait réussi à faire des milliers de photos avec T-Rex et ses amis.

La regarder danser dans les rues du Quartier Français de La Nouvelle-Orléans avait été un des moments phares du voyage en ce qui me concerne. Voir avec quelle liberté elle avait spontanément suivi une fanfare qui passait dans Bourbon Street était magnifique. Elle ne savait peut-être pas précisément ce qu'elle ferait de sa vie, mais en tout cas, elle sut vivre en toute liberté cet été-là.

– Tu m'as vue danser avec le batteur ? me demanda-t-elle, rayonnante de joie.

Je souris et l'attirai à moi pour l'embrasser sur le front.

– Oui je t'ai vue.

Et c'était vrai, je l'avais vue. Je la voyais tout entière et en détail, que mes yeux soient ouverts ou fermés. L'aura de Starlet brillait tellement que je ne pouvais pas la manquer, même si j'essayais. Je la sentais partout dans mon corps.

Il y avait quelque chose chez elle qui rendait les jours sombres beaucoup plus lumineux.

Elle ne faisait jamais d'histoire quand il fallait m'aider au cours de nos visites. Elle ne se plaignait pas de devoir toujours tenir le volant. Elle ne se départait pas d'une bonne humeur que je ne pensais pas mériter et me donnait un amour sans limites.

Je réfléchis un moment alors que nous étions assis en haut du Grand Canyon, admirant le paysage le plus époustouflant que j'avais jamais vu. Le vent passa sur nous et je fus presque certain que c'était la mère de Starlet qui nous disait bonjour. J'avais vite appris que c'était comme ça qu'elle aimait communiquer, par l'intermédiaire du vent.

Je regrettais de ne pas l'avoir connue. J'aurais aimé pouvoir rencontrer la femme qui m'avait donné le cadeau le plus précieux que j'aie jamais eu. Je ne savais pas comment remercier l'Univers pour avoir créé une personne comme Starlet. Tout ce que je savais, c'est que j'étais submergé de gratitude.

– Viens, mets-toi debout, je vais te prendre en photo devant les canyons, dis-je en agitant mon appareil.

Starled bondit, me tourna le dos et écarta largement les bras.

– C'est parfait. Reste là. Essaie quelques poses.

Elle fit ce que je lui demandais et je pris quelques clichés avant de poser mon appareil au sol.

– D'accord, maintenant tourne-toi que je puisse te prendre de face.

Elle pivota sur ses talons et ouvrit grand la bouche en croisant mon regard.

– Oh là là, Milo, murmura-t-elle en portant la main à ses lèvres.

J'étais là, un genou en terre, une bague de fiançailles à la main. Je tremblais de tous mes membres en regardant Starlet. J'étais une boule de nerfs alors qu'elle restait comme paralysée sur place. J'ouvris la bouche pour parler et ma voix se brisa sur le premier mot qui en sortit.

– Je t'aime, Star. Je t'aime à un point que je ne pouvais même pas imaginer. En l'espace de quelques mois, tu es apparue dans ma vie et tu as remis tous mon univers à l'endroit. Tu m'as sauvé du désespoir, tu m'as appris ce qu'était l'amour inconditionnel, et tu es la meilleure personne que j'aie jamais rencontrée et je veux passer le reste de ma vie à t'aimer. Je veux être à toi et que tu sois à moi pour toujours. Donc...

Avec un petit rire nerveux, je secouai la tête pour empêcher mes larmes de couler.

– Veux-tu m'épouser ? Épouse-moi, Star et partons à la poursuite du soleil jusqu'à la fin de notre vie.

Elle vint plus près de moi et me tendit les bras.

– Oui, s'écria-t-elle, les larmes jaillissant de ses yeux. Bien sûr que je veux t'épouser.

Sans même un regard à la bague, elle m'aida à me relever. Elle écrasa ses lèvres sur les miennes. Je voyais tout en fermant les yeux pour embrasser la femme de mes rêves. Je voyais mon avenir, je voyais mon passé et je voyais mon destin. J'étais destiné à aimer Starlet Evans et elle était destinée à m'aimer en retour. Nos destinées étaient écrites dans les étoiles – ou plus exactement dans les levers de soleil.

La vie ne serait pas toujours parfaite, mais je savais que nous étions en sécurité ensemble. Je me rendais compte que je n'avais pas besoin d'autre chose. Je n'avais pas besoin de perfection – j'avais besoin de sécurité, ce que Starlet représentait pour moi. Elle était l'endroit le plus sûr où me poser et mon seul objectif était d'être le sien. Les bons jours, nous trouverions la joie. Les mauvais jours, nous découvririons le réconfort l'un auprès de l'autre. J'étais reconnaissant de cela et de ce que Starlet m'avait appris tout au long de ces moments passés ensemble. Quoi qu'il arrive, tout allait s'arranger.

ÉPILOGUE

STARLET

DEUX ANS PLUS TARD

– JE N'EN REVIENS TOUJOURS PAS que tu te maries, dit Whitney en finissant de nous servir des Mimosas.

J'étais dans la chambre d'hôtel, l'estomac vibrionnant de papillons, sachant que j'allais dire oui à l'amour de ma vie dans quelques heures. Whitney, bien sûr, m'avait dit que le prosecco était le seul remède au stress.

Comme je bâillais debout dans ma robe de mariée, Whitney pointa un doigt accusateur vers moi.

– Non. Interdit de bâiller. Je t'avais dit de faire un petit somme avant, comme moi.

– Je sais, mais j'étais trop stressée. Je n'ai pas réussi à dormir.

– Normal, c'est quand même le plus beau jour de ta vie, dit-elle avec un sourire fendu jusqu'aux oreilles. Le plus beau jour de ta vie !

La nuit était encore noire alors que nous nous trouvions dans cette chambre d'hôtel. Il n'était que quatre heures du matin et il me restait peu de temps avant d'emprunter le chemin secret vers le lac pour retrouver Milo.

Une cérémonie à l'aube, ce n'était peut-être pas l'idée que tout le monde se faisait d'un mariage réussi, mais comment aurions-nous pu nous marier sans le soleil se levant au-dessus de nous ? Comment pourrions-nous nous marier sans la brise du matin passant sur nos joues ? Nous avions besoin de la présence de nos mères le plus beau jour de notre vie. On frappa à la porte et Whitney alla ouvrir. À ma grande surprise, Jacob se trouvait là en costume, avec un grand sourire.

– Bonjour. Désolé de vous déranger. Je me demandais si je pouvais m'entretenir un instant avec la future mariée ?

– Bien sûr. Pas de problème. Je vais m'assurer que tous les autres sont prêts à partir, dit Whitney en sortant de la chambre et en refermant la porte derrière elle.

Jacob me sourit et secoua la tête.

– Waouh, Starlet, tu es magnifique.

Je souris et baissai les yeux sur ma robe en passant les mains sur la dentelle et le haut en crochet.

– Merci. C'était la robe de ma mère. Mon accessoire ancien pour me porter bonheur selon la tradition.

Je levai le pied pour montrer mes chaussures bleu marine.

– Et toujours pour respecter la tradition, ça, c'est mon accessoire bleu et Whitney m'a prêté son collier pour l'élément emprunté.

Jacob sortit une enveloppe de sa poche arrière.

– Ceci pourra peut-être aller pour ton élément neuf.

Il vint vers moi, je le regardai intriguée. Il agita l'enveloppe en l'air.

– Ana a confié une deuxième lettre à Weston pour la remettre en ce jour très spécial, lui aussi, et je lui ai demandé si je pouvais être celui qui te la remettrait.

Mon cœur s'emballa lorsque je me rendis compte que ce qu'il tenait à la main était une lettre écrite par la mère de Milo – et qui m'était destinée.

– Ne pleure pas tout de suite, Star. Il ne faudrait pas abîmer ton maquillage dès maintenant.

Il me tendit l'enveloppe, m'embrassa sur la joue et me serra dans ses bras. Lorsqu'il s'écarta, ses yeux étaient humides aussi.

– Elle t'aurait adorée, ma chérie, et elle aurait prié pour que notre fils rencontre une femme telle que toi.

Je ris doucement, sentant une vague d'émotion me soulever la poitrine.

– Vous ne pouvez pas me dire de ne pas pleurer pour ensuite me dire ce genre de choses, Jacob.

– Excuse-moi. C'est simplement une journée merveilleuse. Pendant longtemps j'ai pensé que je cheminerais seul avec Milo. Heureusement, l'univers m'a envoyé une fille aussi. Bonne lecture. À tout de suite.

Il tourna les talons pour quitter la pièce, mais je le rappelai.

– Jacob ?

– Oui ?

Je souris.

– Vous me réservez une danse ?

Il me sourit à son tour, ce même sourire chaleureux et accueillant dont son fils avait hérité.

– Promis.

Après son départ, je pris une profonde inspiration. J'allai m'asseoir sur le canapé, les mains tremblantes. J'ouvris l'enveloppe et mon maquillage fut foutu parce que mes larmes se mirent à couler abondamment pendant que je lisais les mots d'Ana.

Amour de mon amour

Bonjour toi, je suis ravie de te rencontrer. Aujourd'hui est une journée exceptionnelle, et je suis triste de ne pas être présente en personne pour voir mon fils prononcer ses vœux à l'amour de sa vie, mais je suis reconnaissante de pouvoir vous regarder tous les deux depuis l'au-delà.

Je te dois beaucoup de remerciements. Merci, ma fille. Merci d'aimer mon fils. Merci d'être là pour lui dans les moments faciles comme dans les difficiles. Merci d'être sa meilleure amie et sa moitié. Le cœur de mon fils regorge d'amour et je sais qu'il a choisi la meilleure des meilleures pour partager cet amour avec lui.

Mon amour pour vous deux est infini, et j'espère que vous le sentirez encore longtemps après vous être dit oui.

Bienvenue dans la famille, mia figlia.

Mange un morceau de gâteau pour moi et assure-toi que ta vie avec Milo soit tout aussi douce.

Con amore,

Belle-mama

Je lus la lettre et la relus, examinant la façon dont Ana plaçait les points sur les I et les barres aux T. J'observai les volutes de sa calligraphie et l'amour qu'elle avait instillé dans chaque mot. J'étais stupéfaite de m'apercevoir qu'on pouvait ressentir à ce point l'amour d'une personne qui n'était pas physiquement présente.

Whitney revint dans la chambre, avec un sourire immense.

– Okay, Star. C'est le moment. Tout le monde est déjà installé au bord de l'eau, attendant l'arrivée de la mariée. Tu es prête à te diriger vers le lac ?

Je n'avais jamais été aussi prête de ma vie.

En arrivant au lac, je croisai le regard de mon père. J'eus l'impression qu'il allait pleurer en me voyant.

– Mon bébé est devenu une femme, pleurnicha-t-il en venant vers moi pour me serrer dans ses bras. Tu es fabuleuse, Star.

Je souris et essuyai ses larmes.

– Je te fais penser à elle ? demandai-je en parlant de maman.

Il partit d'un rire chargé d'émotion et hocha la tête.

– Tu me fais toujours penser à elle. Tu es notre plus beau rêve devenu réalité, et c'est un honneur d'être ton père et de te confier à l'amour de ta vie, aujourd'hui.

Il resserra son embrassade.

– Sens-tu sa présence ? murmura-t-il. Est-ce que tu sens sa présence dans le vent ?

Oui. Je sentais sa présence tous les jours et encore plus au petit matin.

– Tu es prête ?

– Oui.

Mon père passa son bras sous le mien, Whitney me tendit le bouquet de pivoines et nous abordâmes le chemin qui menait au lac.

La musique commença à jouer au moment où mon père et moi avancions vers Milo, mon avenir radieux. Il était si beau dans son costume bleu marine et ses chaussures de daim marron. Il avait une pivoine à la boutonnière et il sourit tout le temps où je m'approchais de lui.

En arrivant à lui, mon père lui serra la main avant de lui donner une accolade. Il murmura quelque chose à l'oreille de Milo qui le fit sourire Il rendit son accolade à mon père. Lorsqu'ils s'écartèrent l'un de l'autre, je pris la main de Milo et fis un pas en avant.

– Salut, murmurai-je.

– Tu es la plus belle chose que la terre ait portée, répondit-il doucement, envoyant dans mon ventre des papillons comme il l'avait toujours fait.

Nos vies ces dernières années avaient été tout un voyage. Après notre road trip mémorable, nous avions décidé que nous n'étions pas encore prêts à mettre un terme à notre aventure. J'avais terminé mon diplôme universitaire, mais je n'étais pas entrée dans l'enseignement après cela. Milo et moi nous étions mis d'accord pour donner à nos rêves une vraie chance de se réaliser et avions lancé notre vlog sur Internet pour partager nos voyages. Nous nous étions montrés au monde en partageant les hauts et les bas de notre vie. Milo partageait son moi le plus authentique, attirant l'attention du public sur la cécité et prouvant que son diagnostic n'était pas un arrêt de mort. C'était simplement un nouveau chapitre de son histoire. Son histoire lui appartenait totalement et c'était une belle histoire.

Je n'étais pas trop fâchée par le tour que ma vie avait pris. Il s'était avéré que j'aimais toujours enseigner. La seule différence, c'était que j'enseignais par l'intermédiaire de nos vidéos. Au cours de nos aventures, nous visitions des monuments historiques et je montais des épisodes sur le contexte historique de ces lieux célèbres. Nous avions passé les deux dernières années à voir le monde, à explorer et, d'une certaine façon, nous avions réussi à gagner notre vie en le faisant – une vie bâtie autour de nos rêves et de nos passions. Je n'étais peut-être pas devenue officiellement professeure, mais je partageais mes connaissances avec des centaines de milliers d'abonnés à travers le monde. Mon père nous appelait ses formateurs préférés.

Je sais que cela paraissait probablement fou aux yeux des autres, que nous voyagions tous les deux dans un camping-car et que nous gagnions notre vie en téléchargeant des vidéos sur Internet, mais nous nous sentions davantage nous-mêmes que nous ne l'avions jamais été.

Et aujourd'hui au moment de dire « oui », je ne pouvais pas m'empêcher de sourire en pensant à toutes les aventures qui nous attendaient encore.

Alors que Milo tenait ma main dans la sienne, le soleil se leva juste au moment où il prononçait ses vœux.

– Ma Star, mon étoile préférée… à un moment de ma vie, j'ai cru que je ne parviendrais jamais jusqu'ici. La plupart des jours étaient pour moi comme des nuits hostiles et froides. J'étais figé dans le désespoir, incapable de trouver ma voie pour sortir de l'obscurité. Je ne croyais pas à l'idée que l'amour pourrait trouver le chemin d'un cœur aussi cabossé que le mien, mais tu es arrivée et tu as murmuré ton amour à mon âme. Tu m'as appris à respirer de nouveau. Tu m'as appris que même les cœurs brisés comme le mien pouvaient guérir et battre de nouveau, encore plus fort. Même si ma vue se détériore, ma vision ne s'est pas émoussée, loin de là. Parce que je vois tout. Je te vois, je me vois et les nombreuses années d'amour et de joie qui nous attendent. J'entends ton rire dans le noir et les battements de ton cœur dans le silence. T'aimer est le plus beau cadeau que la vie m'ait apporté, et je le ferai jusqu'au jour de ma mort. Je t'aime pour toujours, Star, parce que t'aimer est chose facile. Je serai éternellement reconnaissant de t'avoir, toi et ton amour. Donc, aujourd'hui, le plus beau jour de ma vie, je dis oui. Je dis oui, je te protégerai. Je dis oui, je m'occuperai de toi. Je dis oui pour toujours. Tu es mon avenir et je te jure aujourd'hui que je resterai toujours le tien. Je t'aime aussi sauvagement que le vent qui souffle et aussi calmement que le soleil qui se lève. Merci pour ton amour. Merci d'être aussi patiente avec moi. Et merci, plus que tout, d'exister dans le même monde que moi.

Et voilà comment je tombais encore plus amoureuse de mon meilleur ami.

Milo Corti était l'homme qui avait réveillé mon univers après des années de somnambulisme. Il m'avait amenée au plus près de moi-même en me permettant de m'effondrer par moments. Il m'avait réconfortée dans les moments difficiles et avait ri avec moi dans les plus paisibles. C'était l'homme de ma vie. Le seul et unique.

À partir de ce jour, tout ce que je voulais, c'était un peu plus de lui chaque jour du reste de ma vie. Je voulais ses printemps pluvieux et ses automnes frisquets. Je désirais ses journées d'été et ses nuits d'hiver. Je voulais encore plus de lui et plus de nous.

C'était tout, et c'était tout ce dont j'aurais besoin à partir de maintenant et pour toujours.

Encore, encore, encore.

REMERCIEMENTS

Bonjour à tous !

Merci d'avoir pris du temps pour lire *The coldest winter*. J'espère que vous avez apprécié cette lecture riche en émotions. Ce roman est une œuvre d'amour, et il ne serait pas né sans le soutien et le talent d'un grand nombre d'individus qui m'ont prêté leurs oreilles et leurs yeux pour m'aider à créer ce récit.

Tout d'abord, je tiens à remercier Nicole de Emerald Edits pour son incroyable talent d'éditrice. Elle s'est surpassée pour m'aider à créer cette histoire et en faire ce qu'elle est devenue, et je suis épatée par ses compétences.

Ensuite, mon équipe d'éditrices loyales et dignes de confiance. Ellie, Jenny, Virginia et Emily. Merci de m'avoir aidée à débarrasser ce roman de ses scories grâce à des séries de modifications. Désolée pour les virgules. Et aussi désolée pour *lay, laid, laying*, euh. J'aurais dû vous faire relire cette partie du livre aussi. Ce sera pour la prochaine fois !

Un grand merci à mes lectrices bêta, Sarah, Christy, Maria et Talon pour leurs commentaires et m'avoir aidée à faire de ce livre ce qu'il est aujourd'hui. Je vous dois une reconnaissance éternelle.

À ma merveilleuse assistante, Tina, qui maîtrise toujours la situation quand je baisse les bras. Merci d'avoir toujours une longueur d'avance sur moi. J'ai une chance exceptionnelle de t'avoir dans mon équipe.

Merci à Valentine PR et Good Girls PR pour m'avoir aidée à créer ma marque en me montrant les ficelles et à faire jaillir mes idées.

Un énorme merci à Nasha, manager de mes réseaux sociaux, qui est là tous les jours pour me faciliter la vie en me permettant de me concentrer sur mon travail d'écriture.

À mes merveilleuses agentes, Flavia et Meire, merci pour votre accompagnement à chaque étape de mon travail. Vous êtes des femmes aux multiples talents qui offrent au monde un présent essentiel – en tout cas vous le faites pour moi.

J'aimerais remercier ma famille et mes amis pour leur soutien inconditionnel et leur compréhension lorsque je disparais pendant des mois pour me réfugier dans ma grotte afin d'écrire. Je serais incapable d'inventer des personnages si pleins d'amour si je n'étais pas moi-même entourée d'un amour tel que le vôtre. Vous êtes tout pour moi, et je vous aime plus que je ne saurais le dire avec des mots.

Pour tous mes lecteurs et lectrices à travers le monde, merci d'avoir donné leur chance à Starlet et Milo. Merci d'avoir choisi ce livre et de vous être immergés dans l'univers de *The coldest winter*. J'espère que vous savez à quel point vous comptez pour moi, même si je ne peux pas toujours répondre à vos messages. J'espère que vous savez que vos lettres me vont droit au cœur. Sans vous, je ne suis qu'une femme qui gribouille des mots sur du papier. Merci à vous de donner vie à ces mots.

Je suis tellement excitée à l'idée de ce qui nous attend ! Je suis si excitée à l'idée de tout ce que nous avons encore à explorer ensemble, dans ce monde fou et merveilleux des livres.

C'est vous et moi, lecteurs-lectrices, prêts à faire ce voyage dans les levers de soleil et tombant amoureux à répétition. C'est ce que je nous souhaite. Encore plus d'histoires. Encore plus d'amour. Encore plus de communauté.

Encore. Encore. Encore

BCherry

À PROPOS DE L'AUTEURE

Brittainy Cherry est tombée amoureuse des mots à la naissance. Elle est sortie de l'Université Carroll avec, en poche, une licence en arts du théâtre et un diplôme de Creative Writing. Elle adore prendre part à l'écriture de scénarios, jouer et danser – médiocrement, évidemment. Le café, le thé chai et le vin sont trois choses qu'elle considère comme indispensables à son bonheur.

Brittainy vit à Milwaukee, Wisconsin avec sa famille. Quand elle n'est pas occupée à courir partout ou à imaginer des histoires, elle joue probablement avec ses adorables animaux de compagnie.

Pour la contacter :

NEWSLETTER : BCherry Books Newsletter
FACEBOOK : facebook.com/brittainycherry
BOOKBUB : BookBub Updates
INSTAGRAM : Instagram.com/bcherryauthor
TWITTER : twitter.com/brittainycherry
WEBSITE : www.bcherrybooks.com

Imprimé en France par CPI
en février 2024

Composition réalisée par Nord Compo à Villeneuve-d'Ascq

N° d'impression : 3055076